涅《ね》槃《はん》　下

垣根涼介

角川文庫
24248

目次

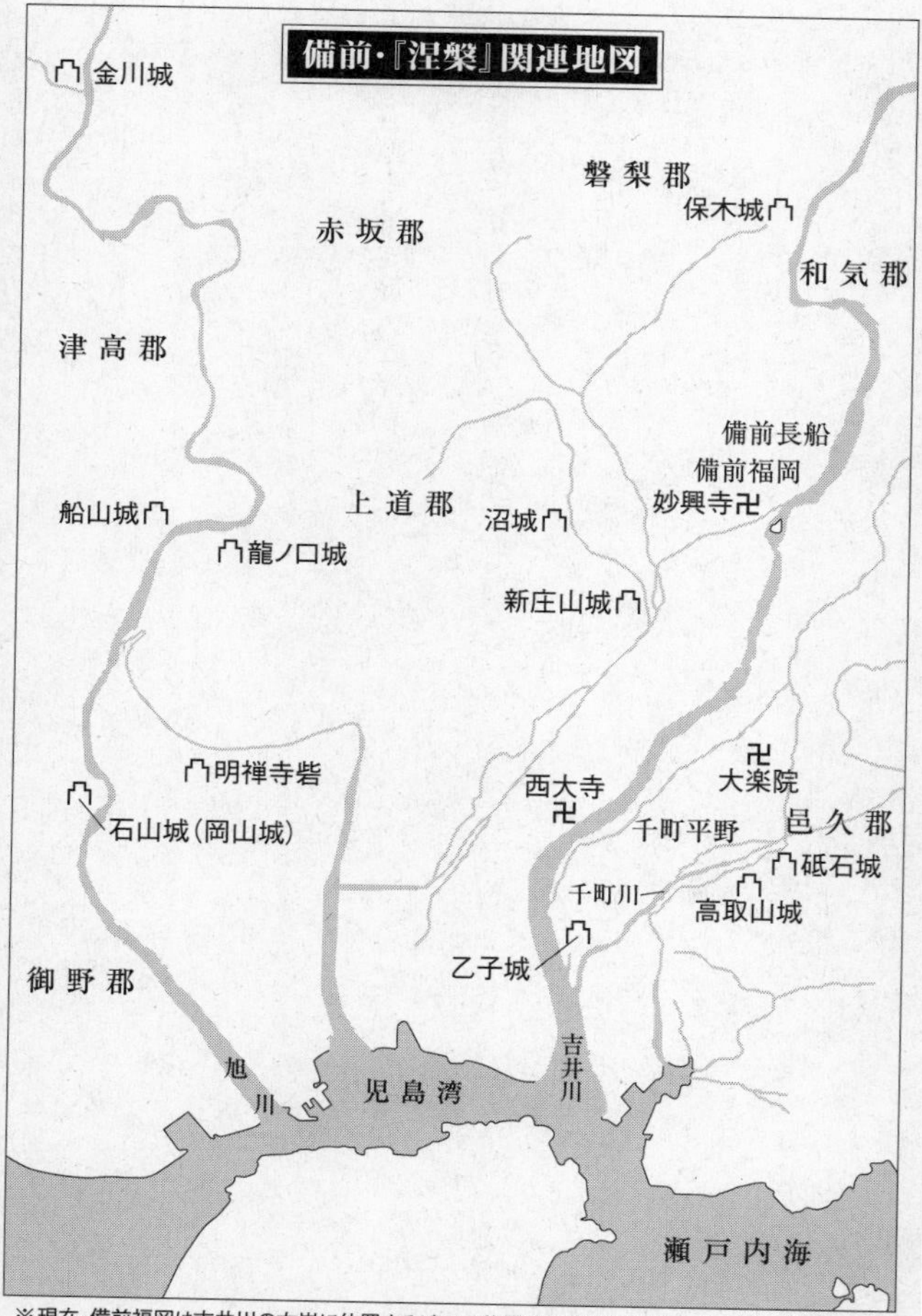

※現在、備前福岡は吉井川の左岸に位置するが、この物語の時代（16世紀）には右岸に位置していた。

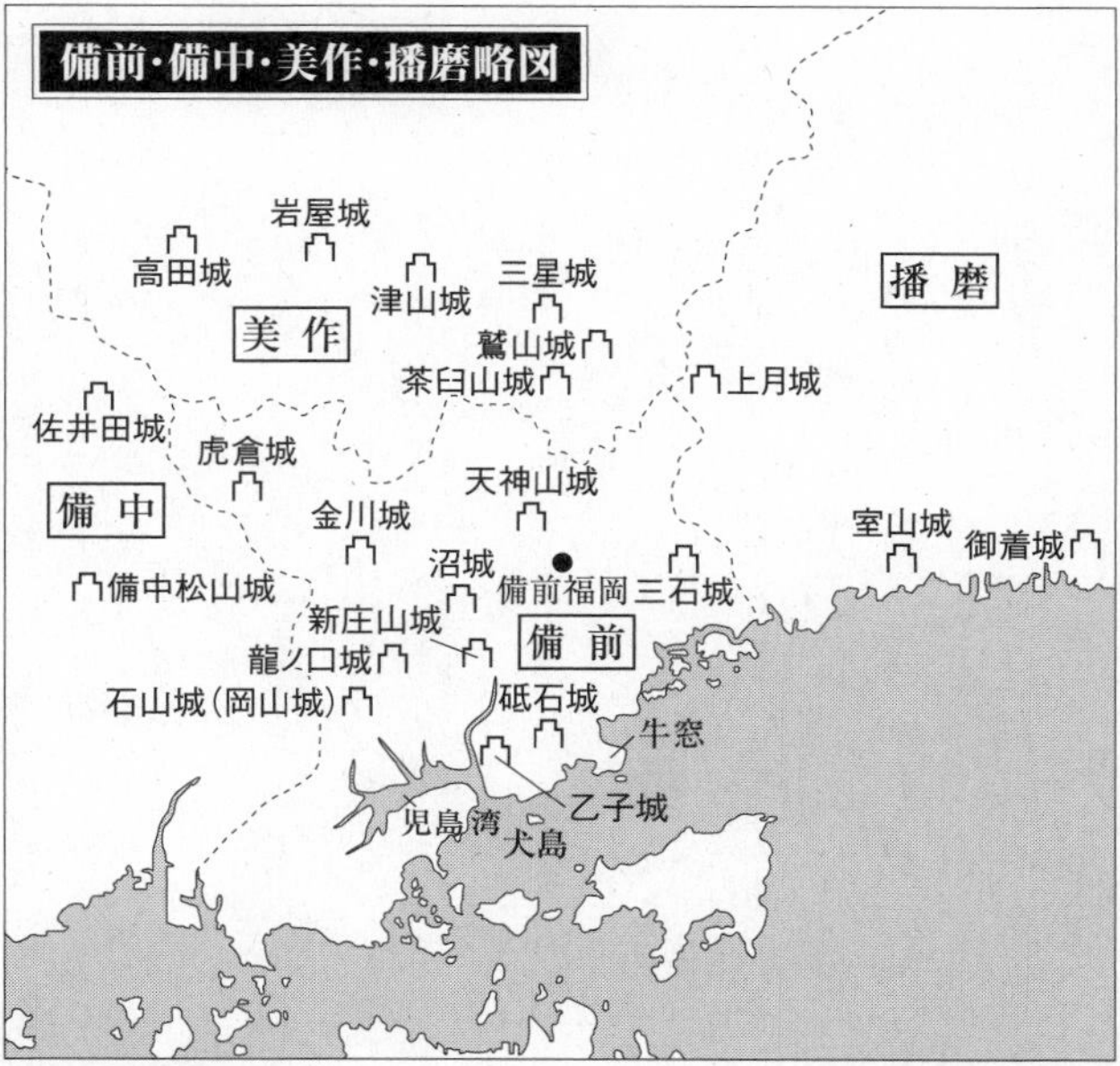
備前・備中・美作・播磨略図
岩屋城
高田城
三星城
津山城
播磨
美作
鷲山城
茶臼山城
上月城
佐井田城
虎倉城
天神山城
備中
金川城
室山城
御着城
沼城
備中松山城
備前福岡
三石城
新庄山城
備前
龍ノ口城
石山城（岡山城）
砥石城
牛窓
乙子城
児島湾
犬島

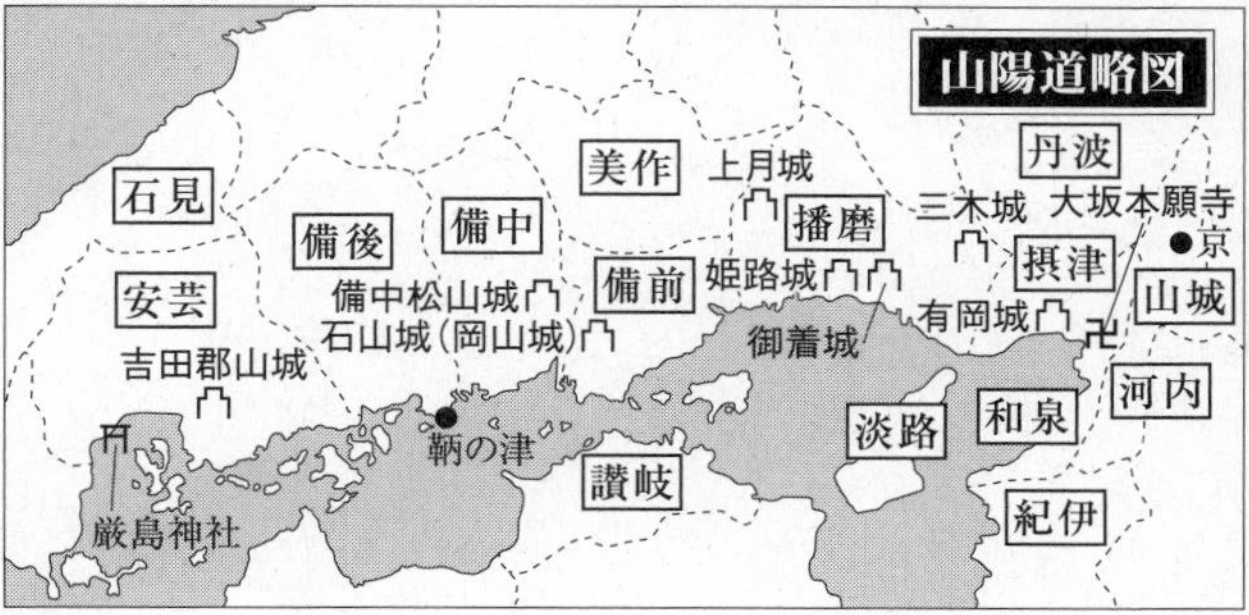
山陽道略図
丹波
美作
上月城
石見
三木城
大坂本願寺
備中
播磨
備後
京
摂津
安芸
姫路城
備前
備中松山城
山城
有岡城
御着城
石山城（岡山城）
吉田郡山城
河内
和泉
淡路
鞆の津
讃岐
紀伊
厳島神社

第五章　遠き旅人（承前）

3

お福《ふく》がこの沼《ぬま》城にやって来てから、三年が経《た》った。

変わっておられる、と月日が経つにつれてその思いは強まっていく。

この城の城主で宇喜多《うきた》家の当主、直家《なおいえ》のことだ。

桃寿丸《とうじゅまる》を育てつつも、奥向きを仕切っている戸川《とがわ》に仕えながら、直家の言動を時に耳にし、時に直《じか》に見ることがある。その度に、ますます興味をそそられた。

やはり、つくづく変わっておられる——。

第一に、およそ二十万石の所領を持つ武門の棟梁《とうりょう》とは思えぬほど、その日常は地味である。

例えば直家には奥方がいない。話に聞く奈美《なみ》殿とやらが播州《ばんしゅう》に去ってからというもの、もう十年も正室の座は空いたままだ。むろん側室もいない。

お福は想像する。

三十一歳から四十歳までといえば、男の盛りでもある。けれどこの十年間というもの、日常で閨《ねや》を共にする女性はまったく居なかったということだ。果たして直家はそれで平気なのだろうか……。

が、まだそれはいい。言ってみれば直家個人の問題に過ぎない。

それ以前の深刻な問題として、直家には他家に嫁がせた娘が三人いるが、息子はいない。つまりは武門の世継ぎがいない。

それでも直家は、正室はおろか側室さえ作ろうとはせず、弟の忠家《ただいえ》の長子で、今年七歳になる与太郎《よたろう》を養子としてこの沼城に迎え、宇喜多家の世継ぎとして扶育《ふいく》し始めている。

この淡白さには、お福も感心を通り越して呆《あき》れた。

最近の桃寿丸は、一歳年下の与太郎と、あたかも昔からの乳兄弟だったように仲良く遊ぶようになっている。

けれども、いったいどこの武門の棟梁が、自らは子も生《な》そうとせず、異母弟の息子をわざわざ養子に迎え、自らの嗣子《しし》として育てるような酔狂なことをやるというのか……およそ武門の世界では聞いたこともない浮世離れした話だ。

一度、思い切って老女《ろうじょ》の戸川に聞いたことがある。この戸川が、お福のことも含めて奥向きの一切の雑務を差配している。

「ひょっとして和泉守《いずみのかみ》様は、御衆道《しゅどう》（男色）の気《け》がおありなのでござりまするか」

するとと宇喜多家の家老、戸川肥後守《ひごのかみ》の実母でもあるこの老女は、弾《はじ》けるように笑った。

「まさか――」

戸川はよほど面白かったのか、なおも体を二つに折るようにして笑い転げ、こう答えた。

「御屋形様は、十二歳まで福岡の町家でお育ちになられました。お言葉は悪《あ》しゅうござりまするが、生粋の武家育ちではまったくございませぬ。それ以降は西大寺《さいだいじ》に近い場所にお住まいになられ、十五にて浦上《うらがみ》家に出仕なされた時、はじめて武士におなりになられました」

なおも戸川が言うには、直家の男女観は、それ以前に既に確立してしまっているという。たいていの商人や馬借《ばしゃく》、職人と同じように、女性にしか興味はない。

「ですから、そのようなお方が今さら衆道を好まれることなど、あり得ませぬ」

「されど、現に十年にわたって、空閨《くうけい》を保たれておられるようでありまするが……」

すると、戸川はお福のことをしげしげと見つめた。あまりにも穴の開くように見られたために、かえってこちらのほうがばつが悪くなった。

ついそう尋ねると、戸川は真面目な顔をして言った。

「お福殿は、我が和泉守殿のことをどう思われまするか」

「……なにか？」

「どう、とは？」

「つまりは男として見て、好まれるかどうかでありまする」

ここまであけすけに尋ねられて、お福はまたしても身の置き所に困った。

確かにそう言われれば、直家は既に四十とはいえ、よく見ればなかなかの美男ではある。けれどそれ以前の経緯《いきさつ》から、お福は直家のことを、桃寿丸の行く末と三浦《みうら》家再興のためにひたすらに縋《すが》る相手としてしか見てきていない。

それは相手も同様のようで、直家にとってお福と桃寿丸は、高田《たかだ》城を毛利《もうり》の手から取り戻して、自分の勢力下に置くための体《てい》のいい手駒としてしか見ていないような気配がある。

なによりも直家は、浦上家の命により十年ほど前に岳父の中山備中守《なかやまびっちゅうのかみ》を討ったことを、今でも相当気に病んでいるらしく、

「政略のための縁組など、もう二度と御免だ」

と、こぼしているという。それでも執拗《しつよう》に嫁取りを勧める家臣に対しては、

「だいたい武家育ちの女子《おなご》など、つまらぬ。型に嵌《はま》り過ぎていて、話していてまった

く退屈至極である。ならば、このまま一生独り身でもよい」

と、頑としてそれらの再婚話を撥《は》ねつけているという。

この後者の言葉には、武家育ちであるお福もさすがにむっときた。

直家自身もそもそもは、その途中の育ちがどうであれ、砥石《といし》城主という武門の、純然たる棟梁の嫡子《ちゃくし》であった人間ではないか。

ならば、いったいどんな女が良いというのか。

その意味のことを、なるべく毒を含まぬような口調で、戸川に再び問いかけた。

するとこの老女は、またおかしそうに笑った。そして、ひそと耳打ちしてきた。

「実は御屋形様は、十三、四の頃には既に男におなりです」

「は？」

「ですから、元服の数年前から、女子《おなご》と交わっておられました。なんでもそのお相手は、西大寺で小間物屋を営んでいた、十ほど年上の女子であられましたそうな」

お福は少し想像を巡らして、愕然《がくぜん》とした。

つまり直家は、ちょうど今の自分と同じ頃合いの町人の女と、わずか十三、四の子供の分際で交わっていたことになる。

この衝撃の事実には、お福もしばし開いた口が塞《ふさ》がらなかった。

……汚《きたな》らしい。

破廉恥《はれんち》にもほどがある。なんたる蕩児《とうじ》かと、束の間は吐き気さえ覚えた。ほんの一時期でも、亡き夫の生い立ちに重ね合わせて、直家の幼き頃の来し方に同情していた自分が、まるで馬鹿そのもののように感じた。

が、なおも続いた戸川の口調は、何故《なぜ》か直家に同情する口ぶりだった。

「以来、御屋形様は、十年もの長き月日にわたって、一貫してそのお方と御縁を結んでおられました。よほど、お好きだったのでございましょう」

けれどお福は、つい別の面で逆算してしまった。はしたないとは思いつつも、疑念を思わずぶつけた。

「すると、奈美殿と夫婦《めおと》になる、その直前まででございまするか」

戸川は、ゆっくりとうなずいた。

「いかに浦上家の御上意とはいえ、思えば、あのご婚姻はそのような意味で、最初《はな》から逆縁でござりました」

なるほど――別の女にたっぷりと未練を残したまま、武門同士の縁組を余儀なくされたのか。

卑俗極まりないとは充分に自覚しつつも、お福の想像はさらに際限もなく膨らんだ。おそらく十も年上のその女とやらは、男の旨《うま》みを充分に知り尽くした商家の後家か囲い者であったのではないか。いくら世間知の狭いお福でも、男女の規範の緩い殷賑《いんしん》の巷《ちまた》には、そのような女性《にょしょう》がまれにいることは知っている。そして直家はおそらく、その相手から老練な快楽を手ほどきされた。自然、女子とはそういう美味なるものだと規定した。

対して夫婦になった相手は、まだ男も知らぬ武家育ちの生娘《きむすめ》だ。これでは最初から夫婦仲など上手《うま》くいくはずもない。当然だ。

そう、直家に対する濃厚な悪意をもって結論付けた。

半面で素朴な疑問も湧いた。

「されど、そのお方のことをそこまで気に入られておったなら、何故《なにゆえ》に御一緒になられなかったのでござりましょう」

「そのお相手は、町人という身分違いの上に、石女《うまずめ》でございました由、いくら好き合ってはいても、最後には縁がないとご決断されたようでありまする」

「それは、和泉守様が？」

意外にも、戸川は首を振った。

「いえ。御屋形様は、それでも夫婦になることを執拗に求められたようにござりまするが、お相手のほうが御屋形様の先々の御為《おんため》ならずと、頑として拒まれたご様子で……」

ほう、と少しは感心した。となれば、その年上の女子は、意外にまともな相手だったのかも知れない。

ふと戸川は、嘆息するように洩《も》らした。

「私は、御屋形様がまだ町家におわしました十歳の頃から仕えさせていただいておりまする。恐れ多きことは重々承知の上で申し上げますが、御屋形様のことは平助《へいすけ》（戸川秀安《ひでやす》）と同じく、今でもどこかで我が子のように思うておりまする」

さらに、やや口ごもる素振りを見せた後、こう続けた。

「その上で、往時の御屋形様のお気持ちを考えますれば、あの折にせめて私だけでも件《くだん》の女子とのご婚姻を強く後押しすべきでござりました。さすれば、中山家との惨劇も、あのような形では起きずに済んだかと……御屋形様は、まだ当時の痛手を引き摺《ず》っておられます。それが、今も独り身を貫かれている訳のようにお見受けいたしまする」

そう話し終わると、再びお福の顔をまじまじと見つめてきた。

「……」

お福は不意に悟った。そして顔中が熱くなった。

自分がそれなりの美形に生まれついてきたらしいことは、幼き頃よりの周囲の反応で多少なりとも自覚して育ってきた。

その記憶が、今のお福をさらに居たたまれない気持ちにさせる。軽い屈辱を覚えた。

なんなのだ、この宇喜多家の奥を取り仕切る老女は――。

いったい私に何を期待しているのか。私を、何だと思っているのだ。

確かに、こうして母子ともども三年もの間手厚く庇護《ひご》されていることには、直家に深く感謝している。

だからといって、今は寄る辺をなくして武門同士の利害の埒外《らちがい》にあるこの私に、あの男を好きになれとでもいうのか。乳兄弟のように仲睦《なかむつ》まじく遊ぶ子供同士を縁に、お互いに好き合って男女の仲になってくれればと願ってでもいるというのか。

いくら戸川に悪気がないとはいえ、やや腹に据えかねるものがある。

そもそも私は、三浦家を再興するためにここまでやって来た。かつては相当な蕩児だったらしいあの四十男と男女の仲になるためでは、決してない。

そういう反感もあって、これ以降は直家を男として見ることなどは、さらに生臭くて、とうてい出来たものではなかった。

とはいえ、お家再興という一点に関しては、直家にはさらに感謝すべき出来事が二年前に起こっていた。同時に、その際の直家のやり口には、いっそう呆《あき》れたりもした。

三年前に直家に初めて会った時、

「なるべく早い時期に、三浦家の再興を計らいたいと考えている」

という意味のことを言われた。

そしてその言葉通り、直家はその後一年間をかけて、お福を通じて三浦家の残党を徐々にこの沼城へと集めた。来《きた》るべき高田城奪還に備えてのことだ。

そこまでの下準備をしたうえで、二年前の二月、再び西美作《みまさか》に侵攻してきた三村家《みむらいえ》親《ちか》に対して、直家はまず遠藤《えんどう》兄弟という鉄砲の名人の刺客《しかく》を放った。

けれど、仮にも武門の棟梁《とうりょう》である男を飛び道具で殺そうという発想には、お福も相当に辟易《へきえき》した。いくら三浦家の仇敵《きゅうてき》といえどもだ。これでは武士道も何もあったものではない。

しかし、直家という男は目的さえ達せられれば、そのやり方には一向に頓着《とんちゃく》しないようであった。

戦の心得は、

「一殺多生《いっさつたしょう》」

であると、直家本人がしばしば家臣たちに公言するとも聞いていた。予《あらかじ》め敵の威力を削《そ》ぎ、なるべく味方の損傷を経ず戦に勝つには、奇策はいくらでも弄《ろう》してよい。卑《ひ》怯《きょう》と世間でそしられようが一向に構わない。武士道とはそもそもが畜生道であり、この世界にあっては、目的は手段を正当化するのだ、という意味のことも、折に触れて口にするとも耳にした。

現に、話に聞く七年前の龍《たつ》ノ口《くち》城の攻城でもそうだ。落城の契機は、当時はまだ直家の小姓であった岡剛介《おかごうすけ》を巧みな手段で龍ノ口城に送り込み、城主である穝所元常《さいしよもとつね》の寝首を掻《か》かせてから、改めて攻城の総攻撃を開始するという念の入れようであった。

そういう面ではまさしく郎党の江川小四郎《えがわこしろう》がかつて言った通りで、直家の武略は倫理の欠片《かけら》もない没義道《もぎどう》そのものであった。

ともかくも二年前、刺客として放たれた遠藤兄弟は、美作の籾《も》村にあった興善寺《こうぜんじ》という場所で、三村家の当主である家親を撃ち殺した。その三村軍の混乱に乗じて宇喜多軍と三浦家残党の計三千名を西美作まで一気に侵攻させ、見事に高田城を奪還してくれた。

直家は、そのやり方がどうであれ、三浦家滅亡から二年後には、確かにお福に言った通りのことを実現してくれた。亡夫と桃寿丸のために尽くしてくれた。だから、やはりこのこと自体には深く感謝している。

しかし、その直後に直家に呼ばれた時、またひどく腹の立つことがあった。

直家はお福に会うなり、

「お福殿と桃寿丸殿は、しばらくは高田城に戻らぬほうが良かろうと存ずる。亡くなられた称名院（故・三浦貞勝）殿の叔父《おじ》で、攻城戦の大将であった三浦貞盛《さだもり》殿に、当座は城を預かったままにしておいてもらったほうがよろしかろう」

と、言ってのけた。

すっかり西美作に帰る気でいたお福は、呆気《あつけ》にとられた。

「はい？」

ついそう間の抜けた反応を示すと、直家は冷静に答えた。

「高田城自体は取り戻したとはいえ、真島《ましま》郡周辺の情勢は依然として予断を許さぬ。三村もその背後にいる毛利も、国境近くに充分すぎるほどの兵を常に配備している。対して、あの地域に常に千以上の自軍を駐留させておく余力は、まだ当方にはござらぬ」

続けて、さらに不吉なことを口にした。

「となると、敵は今後いつ何時、再び高田城奪還に動かぬとも限らぬ」

「されど、現に三浦家は今、高田城を奪還いたしました。仮にお力添えがなくとも、我が郎党たちは、その城を守り抜いてこその武士《もののふ》ではございませぬか。また、そうであれかしと切《せつ》に願っております」

すると直家は、いかにも煩《わずら》わしそうに首を振った。

「そのような愚にもつかぬ侍の心意気など、聞いているのではござらぬ。このわしは、現状に沿っての見通しを様々に考え抜いた上で申し上げている。城は何度でも取り返すことが出来るが、正統な嫡流である桃寿丸殿の御命は、一つしかござらぬ。その万が一のことを考えれば、今の情勢がもう少し好転してから初めて、西美作に戻られたほうがよろしい」

この道理には、お福も渋々ながら同意せざるを得なかった。けれど半面では、再びむっとした。

愚にもつかぬ、などという言いようは、およそこの私を馬鹿にしている。私のモノの考え方を、明らかに見下している。まるで、十五かそこいらの娘御のように扱っている。

さらには亡夫の叔父である三浦貞盛のこともある。もし直家の危惧《きぐ》が現実になった場合、あの人の好《よ》い叔父は体のいい人身御供《ひとみごくう》そのものになるではないか。

それでも冷徹にここまでのことを言ってのける相手の薄情さには、ほとほと愛想《あいそ》が尽きる思いだった。

しかし今年になって早々、直家の憂慮は現実のものになった。

高田城は、三浦家の残党を含んだ宇喜多勢が奪還するまでは、三村に代わって毛利家の預かりとなっていた。その毛利軍が二月、突如大軍を擁して高田城を襲ったのだ。むろん直家も即刻兵三千を率いて沼城を進発した。が、現地に着いた時には、既に城は毛利の手に落ちていた。城主を務めていた叔父の貞盛も討ち死にしていた。

それでも直家率いる宇喜多軍は、しばらくの間攻城戦を続けていたが、彼我の兵力差や三村氏の側面攻撃などもあり、月末には兵を備前へと返した。

「わしの力不足である。面目《めんぼく》ない」

直家は帰城すると、甲冑《かっちゅう》姿のままお福の許《もと》へとやって来て、すぐに頭を下げた。

確かに不首尾は不首尾としても、お福は相手の態度に驚いた。腹の底では何を考えているかよく分からぬこの男も、時にはこうして潔《いさぎよ》く頭を下げることは出来るのだ。それに、宇喜多家の武力に頼りっぱなしなのはこちらの方だとも感じた。

「どうか、頭をお上げくださいませ。そのようなこと、私などにはもったいのうございます」

するとややあって直家は顔を上げた。その時には、すでに別のことを考え始めていたのか、思案顔になっていた。

「無理がある」

そう、誰に言うともなくつぶやいた。

なんとなくその意味を感じ取り、ついお福は口を開いた。

「西美作までの陸路が、ということでござりましょうか」

お、という顔を直家はした。まるで夢から覚めたような表情になって、お福をしげしげと見た。

「そのこと、お分かりか」

お福も以前から時おり考えていたことなので、うなずいた。それでも直家は言った。

「どう、時がかかるか申されてみよ」

試されているのだ、と思う。

お福は必要な時以外はあまり口を開かないので、一見おとなしい女だと思われることが多いが、その実は気が強い。というか、たいがいの女は男よりはるかにきつい。やはりこのお方は私のことを下に見ているのだ、と心外に感じ、今度こそ自分が思っていたことを腹蔵なく言うことにした。

「西美作までは旭川《あさひがわ》も川上にて、船で進むのもままならず、延々と上りの遠路でございます。これでは、いざという際の行軍に時がかかり過ぎまする」さらには松田《まつだ》家の問題も付け加えた。「それ以上に、松田家の領地を事前に了承を取ってから通らねばならぬので、さらに手間暇がかかりまする」

そう答えてから、自分の言葉の持つ意味にはっとした。

松田家は、直家の娘を嫁に貰《もら》っているにもかかわらず、三年前の明禅寺《みょうぜんじ》合戦の折、直家の援軍要請に兵を出さなかった。おかげで宇喜多家は――結果としては完勝だったものの――二万対五千という絶望的な兵力差の中で戦う羽目となった。その時のことを直家は今でも、かなり不満に思っているという家中の噂《うわさ》だった。

さらに言えば、二年前の高田城奪還の折も、今回の高田城落城の折も、松田家は、

「所詮《しょせん》は隣国美作の騒動である。我が家には関係のなきこと」

と傍観を決めこみ、またしても援軍を出さなかった。当然、その被官である伊賀久《いがひさ》隆《たか》も動かなかった。

その一連の対応で、直家はますます松田家への不興を募らせていると、戸川からも洩《も》れ聞いていた。

これらの状況と直家の今までのやり方を考えれば、お福は自分が今、非常に危うい
ことを口にしたことを改めて自覚した。

とはいえ、お福も以前から、松田家のこれらの動きにはかなりの不満を覚えていた。当然だ。松田家とかつての三浦家は、隣国とはいえその領土を接していた。そして三浦家が常に三村軍の盾になっていればこそ、松田家は今まで安穏としてこられたのだ。それを、

「我が家には関係のなきこと」

と言って憚《はばか》らない。まったくおめでたい武門の当主もあったものだと感じる。

直家はまた聞いてきた。

「お福殿は、左近将監《さこんのしょうげん》（松田《まつだ》元輝《もとてる》）殿を、どう思われる」

一瞬口を開きかけ、思い直して言った。

「私がどう、というより、松田家の被官たちは左近将監様の政《まつりごと》のやり様に、いたく

ご困惑の様子だと伺っております」

ほう、という顔を再び直家はした。

「そのことも存じておられるか」

お福はうなずいた。

「私の母の実家は、津高《つだか》郡は下土井《しもどい》村の土井氏でございます。伊賀守《いがのかみ》（伊賀久隆）殿の被官でござりますゆえ、色々な噂は私のような者にも、郎党たちを通して聞こえて参ります」

「例えば、どのような」

「左近将監様も子の孫次郎《まごじろう》様も、異常なほどに熱心な日蓮宗の宗徒でありまするそうな」このことは直家も既に知っているはずだ、とは思いつつも、お福は求められるままに語った。「近年ではその傾向がますます甚《はなは》だしくなり、城内にある道林寺《どうりんじ》で読経に明け暮れ、国政も顧みられぬと聞いております」

「ふむ？」

その言い方で、さらに先を促されていることを感じ取る。

「さらには領内の吉備津彦《きびつひこ》神社や金山寺《きんざんじ》などにも改宗を迫り、拒んだ寺社はことごとく破却されたり焼き討ちをかけられておりまする。このために人心は荒れ、それらの檀家《だんか》であった被官たちの、松田家に対する不信不満の念は、これ以上ないほどに高まっておりまする」

「お福殿の叔父上《おじ》の仕えられている、伊賀殿はどうか」

伊賀久隆は松田家で侍大将を務めるとともに、被官のうちの最大の重臣である。が、これまた松田家とは近年、不仲になっている。そのことも直家は充分に分かっているはずだと思いつつ、再び答えた。

「叔父上によりますれば、伊賀殿も半ばは愛想を尽かし始めておられまするご様子で」

うむ、と直家はうなずいた。

「いま一つ。では左近将監殿の重臣で、最も忠実なる者は？」

あっ、とお福は直家の意図を直感的に悟った。これは……。

けれど、話の流れは既に抜き差しならぬところまで来てしまっている。

「……宇垣《うがき》様という重臣の御兄弟でございます」

すると直家は案の定、満足そうにうなずいた。

「いや。お福殿の申されること、よう分かり申した」

直家が去った後しばらくして、お福はこう思った。

おそらく直家は、戦に疎い女の私ですら、松田家の良からぬ風評は様々に聞いていることを確かめたかったのではないか……。それにより、ますます松田家の内情に関する確信を深めた。

今の松田親子は、明らかに家中を上手《うま》く統率できていない。それを思えば、三年前の明禅寺の戦いも高田城攻防戦の際にも、援軍を出さなかったことに悪気はない。他家の合戦ゆえに、もし勝利したとしても、新たな領土や恩賞を家臣に与えることは出来ない。援軍を出したくても出せなかったのだ。つまり、そこまで松田家の統率力は落ちている。

数日後、また直家に会った時に、つい松田家を庇《かば》いだてするような口調で、そのことを口にした。

すると直家は、珍しく白い歯を覗《のぞ》かせて笑った。

「そのとおりだ。確かに、左近将監殿に悪気はなかっただろう」

「かと存じます」

「が、だからこそ始末に負えぬのだ」

そう素っ気なく答えると、廊下の向こうに消えていった。

三月になり、直家に呼ばれ、こう言われた。

「伊賀守殿のところへ、ちと微行《びこう》して来申す。お福殿の叔父上にも会うだろう。何ぞお伝えすることはござるか」

なんのために、と本当は聞きたかった。

でも空恐ろしくて、結局は聞けなかった。それにもし予感が当たっているとしたら、やがては三浦家の復興にもつながることでもあるのだ、と自分に言い聞かせた。

そこまでのことを一瞬で考え、お福は言った。

「お福も桃寿丸も達者でございますとだけ、お伝えくださりませ」

直家は、そんなお福の反応を束の間眺めていた。何か他に言いたいことがあるようなら申せ、とでも言いたげな顔つきをしていた。

それでも、お福は何も付け足せなかった。


四月になった。

直家は松田家の領地で鹿狩りを催した。松田、宇喜多氏の共同開催であった。その際、誰かが放った流れ矢に当たって、松田家の股肱《ここう》の臣であった宇垣与右衛門《よえもん》が死んだ。松田側では宇喜多家の家臣を怪しんだが、これ以上宇喜多家との関係が悪化するのを恐れ、射手の追及をしなかった。この元輝のあまりの不甲斐《ふがい》なさに与右衛門の兄・宇垣市郎兵衛《いちろうべえ》は激怒した。主君に対して絶縁状を突き付け、松田家を出奔した。これで、松田家の要《かなめ》を支える重臣はいなくなった。

それから三ヶ月が経った七月五日の早暁、沼城に各地から宇喜多軍が続々と集まってきた。

まったく突然の出来事で、お福は仰天した。

やがて朝になり、直家もまた兜《かぶと》に甲冑《かっちゅう》姿で、城から出て行こうとしていた。

「これは、何事にてございまするか」

「うん――」直家は散策にでも行くように、気軽にうなずいた。「伊賀守殿が本日、金川《かながわ》城を攻める。その後詰《ごづ》めに入る」

金川城とは、松田家の本城だ。やはり、とお福は思った。三月に伊賀久隆に会いに行ったのも、四月に鹿狩りを催したのも、すべてはこの戦のための伏線だったのだ。

後に知ったことだが、この七月五日の昼前には既に、伊賀久隆の軍が金川城に押し寄せていたらしい。そして、たちまちのうちに大手門を突破して楼門《ろうもん》を占拠し、本丸のすぐ傍《そば》まで迫ったという。

当主の松田元輝は、伊賀のこの謀叛《むほん》に激怒し、つい軽率な行動をとった。本丸にある城の櫓《やぐら》に上り、そこから身を乗り出したまま、声を嗄《か》らして伊賀久隆を罵倒《ばとう》し始めたのだ。

そこを、伊賀軍の鉄砲隊が狙い撃ちした。この松田家の当主は胸に数発被弾し、櫓から落ちてあっけなく絶命した。

その後の防戦の指揮は、元輝の嫡男で、直家の娘婿《むこ》でもある元賢《もとかた》が執った。が、翌日の六日、直家の大軍が伊賀軍の後ろ巻きに入ったことを知ると、元賢はこれ以上の防戦が不可能なことを悟った。その深夜に主だった家臣や連枝《れんし》衆と共に金川城を脱出するも、翌七日の未明、西の山伝いにある下田《しもだ》村で伊賀軍の伏兵に発見されると、敵と散々に斬り結んだ挙句、討ち死にした。

この瞬間、十三代、二百四十年近く続いた西備前《びぜん》の名門、松田氏は滅亡した。

五日後に帰城した直家に呼ばれ、

「そのようなわけで、二日で金川城は落城した」

と簡潔に告げられた。

けれど、お福には気がかりなことがあった。勝利したわりには、この相手の様子にどうも元気がない。つい聞いてしまった。

「和泉守様の娘御――お澪《みお》の方は、どうなされたのです」

すると、直家は束の間下を向いた。ややあって答えた。

「お澪は、城中に取り残されておった。元賢も、まさかわしが娘を殺すことはあるまいと思っての処置だったのだろう。敵ながらその判断は正しい」

「では、ご無事で？」

直家は、首を振った。

「――え？」

「お澪は夫の死を知ると、我らが目を外した刹那《せつな》、奥の間に駆け込んで自らの首を短刀で貫いた」直家は、ぼそぼそと小さな声で答えた。「宇喜多家に戻ることを良しとせず、夫の死に殉じた」

「そんな……」

「わしは、人並みな親の情をもってあいつに接したことがない。それに、あの子の祖父まで手にかけ、母親の里である中山家を潰《つぶ》した。わしを、ひどく恨んでいた」直家の声はますます低く、か細くなった。「だから、かような次第となった」

確かに、その噂は聞いたことがあった。

直家は、前妻との間に出来た子らとは、その夫婦仲の悪さも手伝って、親子としての交流はほとんどなかったらしい。

お福は、目の前の直家を改めて見た。ひどく暗い目をしていた。凱旋《がいせん》将軍のはずなのに、この瞬間ばかりは雨に濡《ぬ》れそぼった負け犬のように、その両肩が小さく見えた。

改めて家中の噂を思い出す。

「政略のための縁組など、もう二度と御免だ」

直家は、よくそう呟《つぶや》いていた。

「武家育ちの女子《おなご》は、型に嵌《はま》り過ぎていてつまらぬ」

……おそらくは武門の娘として生まれた以上、こういうことになるかも知れぬ事態をも、どこかで危惧《きぐ》していた。

だが、嫁と娘に人並みの愛情さえ持てておれば、ここまで悲惨な結果になることもなかっただろう。

過酷な生い立ちを背負い、夫婦仲にも恵まれず、挙句には実の娘にも実家に帰ることを拒否され、自害されてしまう……どこまでも悲しい男だ、と感じる。

けれど、この男がこういう結果になった一因には、間違いなく三浦家の一件も絡んでいる。安易に同情するのは、その遺児を抱えている立場の自分だからこそ、迂闊《うかつ》には出来ない。

直家は、旧松田領の大半を、戦の実質的主務者であった伊賀久隆に与えた。これにより伊賀家の所領は七万石近くになり、直家の被官の中では最大の豪族となるとともに、備前でも第三の勢力に躍り出た。当然、直家が率いる備前衆は、この時点で浦上宗景《むねかげ》率いる天神山《てんじんやま》衆の勢力を大きく引き離し、この国で最大のものとなった。

直家は、自分の娘の亡骸《なきがら》をわざわざ金川城から運んできて、城の裏手へと葬った。そして小さな墓を建てた。

お福は思う。

なるほど、この直家という男は、周辺の敵に対してはその下準備も含めて、どんな

が特別なわけではない。


狡猾《こうかつ》な手を使ってでも常に勝とうとする。その臆面《おくめん》のなさたるや、見ているこちらが恥ずかしくなるくらいだ。そして実際に勝つ。そのような意味で、近隣にいる大名たちにとっては油断も隙もあったものではない相手だろう。

けれど半面で、このような権謀術数を多用した戦い方は、この備前に限らず、毛利やかつての尼子《あまご》、畿内の三好《みよし》や松永《まつなが》、甲斐《かい》の武田《たけだ》氏など、近隣を盛んに切り取って版《はん》図《と》を広げている戦国大名なら、誰でもやって来たことだとも感じる。なにも直家だけが特別なわけではない。

加えて直家は、外敵に対してはともかく、家臣や自分を頼ってくる弱き者に対しては、その相手が信用に足る限り、とても大事に扱う。家臣郎党たちをこれほど手厚く遇する武将もまれではないかと感じる。

現に、元は敵だった馬場《ばば》職家《もといえ》も今では宇喜多家の侍大将を務めている。

世にいう汚れ仕事をさせた者も、決して使い捨てにはしない。元は直家の小姓であった岡剛介という若者も、龍ノ口城落城の契機を作った武功で、今では七百石を知行する堂々たる組頭である。三村家親を撃ち殺し、明禅寺合戦で武功をあげた遠藤兄弟も、兄は一千石、弟は四百石の将校になっている。飛び道具での武功としては類を見ない立身である。

最後に自分たち親子と、三浦家の残党たちだ。直家は、自領の格段に増えた伊賀久隆に、三浦家の残党を扶持《ふち》してくれるように申し入れてくれていた。おかげで、これまで山野に隠れていた亡夫の郎党たちの多くは、少なくとも日々の暮らしには困らぬようになった。

さらに直家は、この松田家攻略の直後から、高田城の奪還へと再び乗り出した。家老の長船《おさふね》越中守貞親《えっちゅうのかみさだちか》、岡豊前守家利《おかぶぜんのかみいえとし》、岡剛介らで構成された四千もの軍を率いて、三浦家の残党と共に激しく高田城を攻撃した。が、城を守る毛利家の重臣・牛尾《うしお》太郎左衛門《たろうざえもん》の守りは手堅く、さらには毛利と三村軍が重厚な布陣で高田城の西方で後詰めに入っていることもあり、二月《ふたつき》の滞陣を経ても高田城を落とすことは出来なかった。

夏の終わり頃、捗々《はかばか》しい戦果もなく沼城に帰城した直家は、すぐにお福に会いに来て、再び頭を下げた。

「すまぬ。またしてもわしの力不足であった」

けれど、この頃になると、お福には三浦家の再興に関する限り、直家に対する感謝の気持ちしかなかった。

「和泉守様のお力添えには、このお福、感謝してもしきれませぬ。どうぞその頭をお上げくださりませ。かえってこちらのほうが心苦しゅうございます」

正直な気持ちだった。

たとえ不首尾だったとはいえ、どこの武門の棟梁《とうりょう》が、地縁も血縁も絡まない他国の戦にここまで力を貸してくれるというのか……。

自然、この四十男に少しずつ好意を持つようになった。

以降、城中で直家に会えば、今後の高田城攻略の件もあり、これまでと違ってしばしば言葉を交わすようになった。

4

高田城奪還が不首尾に終わってから秋が訪れるまでの一月《ひとつき》ほど、直家の日常は、わりと落ち着きを見せた。そしてこの平穏は十一月までは続くだろう。

備前でも美作でも、これから秋の実りの収穫期に入り、農民の実入りの上に基盤を持つ被官たちは、この時期の戦を喜ばない。被官たちが戦場に連れてくる足軽の多くは、それら百姓の次男三男を徴募したものだからだ。

それに、出先でも収穫期の田畑を荒らすと、必ずやその土地の土豪や百姓からの恨みを一生買うこととなる。恨みを買えば、その地域からはいざ合戦となった時の協力は得られない。だから、戦は冬まで中断せざるを得ない。これはなにも宇喜多家に限ったことではない。毛利や三村も、同様の事情を抱えている。

そのような訳で、八月から十一月初頭にかけての時期は、この中国地方では滅多に戦が起こることがない。それは中国地方に限らず、日ノ本の津々浦々でも同じだ。

武士とは不便なものだと、時に直家は思う。以前から折に触れ、そう感じ続けていた。

戦をすることが武士の本業だが、その時期は冬の十二月から三月までの四ヶ月と、六月から八月にかけての三ヶ月の、計七ヶ月に限られる。どこの武門も、残りの年の三分の一以上は遊んでいるも同然だ。

その点、阿部善定《あべぜんじよう》などの商人はいい。その時々の需要と供給、そして物流の様子をにらみながら、一年を通して仕事に精を出すことが出来る。それを思えば、武士に比べ商人という業態は、その活動の在り方としてはよほど進んでいる。

直家は、たまに夢想することがある。

もし武士も商人のように通年で活動をすることが出来たなら、その武門はそれまでより五割増しの頻度で軍を動かすことが出来る。当然、当家にこのままの勢いさえあれば、周辺の敵を平らげてさらに宇喜多家を大きくしていくことも、五割増しの早さで出来るだろう。

むろん、武士であっても通年の活動は、論理的には可能だ。

直家を旗頭とする被官たちすべてを、宇喜多家の家臣のように完全に郎党化し、その知行地を、彼らの頂点に立つ直家が一元管理する。彼らの所領の百姓の面倒も宇喜多家が直《じか》に見る。収穫を家臣たちに分配する。その上で、食い詰め者の農家の次男三男をも、扶持にて常雇いにする。

そうすれば、兵農分離という意味では、年間を通じて完全に活動できる兵団が出来上がる。

が、それは夢物語だろう。

『一所懸命』という言葉が示す通り、侍はその所領を守るために命を懸けて戦をするのだ。彼ら被官にとっての土地とは、その存在理由そのものであり、また矜持《きょうじ》の拠《よ》り所なのだ。

おそらくこの構想を実現しようとすれば、被官や地侍たちの激しい抵抗にあう。被官たちに対して絶対的な権力を持っているならばいざ知らず、直家はあくまでも彼らの盟主でしかない。

やはり、夢物語だ……。

そんなことを、たまに訪れるお澪の墓前で考える時もあった。

直家はこの娘が生きていた時は、前妻との関係もあり、あまり愛情を持てなかった。が、あの落城の際、自分が保護しかけたにもかかわらず、その隙を縫って決然と自害したこの二女の有りようには、さすがに同情を禁じえない。

一面では、そんな武家の娘としての矜持がいったい何の役に立つのだとうんざりしながらも、あの時の娘の気持ちを慮《おもんぱか》れば、やはり哀《かな》しくは思う。

だから、時に墓前を訪《おとな》う。

その行為で、今さら泉下の娘に許してもらおうと思ってはいない。

ただ、自分の出自からきた罪深さを、ひどく実感させられる。

そしてその実感が、しばしば直家を少年時代の過去へと誘《いざな》う。

もしあのまま、善定の許《もと》で商人の道を志していたらと、四十になった今でも時に夢想してしまう。おれが町人としてそこいらの娘と利害抜きの夫婦になっていたら、その子はこの二女のようにはならずに済んだだろう。また、おれも人並みに我が子への愛情を持てたのかも知れない。

たいていの場合、お澪の墓前には、誰かしらが手向けた花がある。おそらくは老女の戸川だ。

戸川は、直家の娘たちを実質的に育てた。裏切り裏切られは武門の習いということも充分に承知したうえで、この二女の鎮魂のために、あの老女がしばしば墓参している。

が、その供えてある花の取り合わせと活《い》け方が、たまに変わっていることがある。

戸川の他にも、誰かこの薄幸の娘の墓前を時おり訪っているのだと感じていた。

九月下旬の、早朝のことだ。

直家が城の櫓《やぐら》からぼんやりと外を見ていた時、朝靄《あさもや》の中を城の裏手に向かって歩いていく一人の女性《にょしょう》の後ろ姿があった。手折《たお》った花を両手に抱え、二女の墓のほうに歩いていく。

お福だった。

お福は、墓前にしゃがみ込み、両手に持っていた花を竹の筒に丁寧に挿し始めた。

お福も滅んだ武門の女なのだ。だからお澪のことを、とても他人事《ひとごと》とは思えないのかも知れない。

考えてみれば、この沼城に寝起きする者で、自家が目の前で敵に蹂躙《じゅうりん》され、その身一つで落ち延びたという悲惨な実体験を持つ者は、自分とこのお福しかいない。

そして、自分に黙ってこのようなことを行っている相手に、やや奥ゆかしさのようなものも感じる。

直家は年々、お福への認識を改めつつあった。

単に気が強いだけの単純な女ではないらしい。零落した武門の辛酸も舐《な》め、その結果として、人の運命の脆《もろ》さと悲しみというものも知っている。さらには、過日の松田の一件の時に見せた、素早い理解力もそうだ。そのような意味で、そこらあたりにいる苦労知らずの武家の女とは、かなり違うようだ。

そんなこともあり、お福とは城中で会えば、努めて愛想よく接するようになった。

そんな束の間の平穏が続いていた、十月下旬のことだ。

福岡の備前屋から使いがやって来て、善定からの急ぎの文を貰《もら》った。

分厚い手紙だった。何気なくその懐紙を開けて読み始め、最初の数行に目を通してからは、一気に目が覚めたようになり、さらに貪《むさぼ》るように読み続けた。

内容は、驚くべきものだった。

そして、その文中に書かれていた人物に関しても、直家は以前に鉄砲の件に絡んで、善定から少し聞き及んでいた。

三年前のことだ。ちょうど明禅寺合戦の四月《よつき》ほど前、善定の備前屋に泊まった。

その時に善定が話していた。

現在、鉄砲はこの日ノ本に五十万挺《ちょう》はあるという。

その話題の終わりのほうで、直家は聞いた。

ではその日ノ本の大名で、最も鉄砲を保有している者は誰であろうか、と。

するとこれまた善定は、たちどころに答えた。

「畿内の噂によりますれば、六年ほど前に尾張《おわり》を統一した、織田《おだ》上総介《かずさのすけ》信長《のぶなが》というお方でありまするそうな」

むろん直家も、斯波《しば》氏の陪臣から勢力を拡大した、自分と同様のこの出来星《できぼし》大名のことは、それ以前から風聞にて多少は知っていた。

尾張半国を領有する土豪の子として生まれたこの男は、尾張統一の翌年には、駿遠《すんえん》から攻めて来た今川の大軍を完膚《かんぷ》なきまでに打ち破り、敵の大将であった東海の名門・今川義元《いまがわよしもと》の首級まで挙げた。その衝撃的な噂は、遠くこの備前までも流れて来ていた。

しかし、と直家はその時にも不思議に思ったものだ。

尾張は濃尾《のうび》平野が一面に広がり、沃野《よくや》の領国とも聞くが、それでも石高は五十五万石ほどだったはずだ。むろん大名としては大なる者に違いないが、石高で言えば、東国には三百万石近くの勢力を持つ北条《ほうじょう》氏や、甲斐と信濃《しなの》に百万石近くを有する武田信《しん》玄《げん》もいる。それでも彼らを差し置いて、この日ノ本一の鉄砲の保有者になれるものなのか。

しかし、この疑問にも善定は明確に答えた。

「尾張には津島《つしま》という、東海道筋でも有数の湊《みなと》がございまする。なんでも織田上総介様は、その商都の豪商らの保護と便宜を図る見返りに、莫大《ばくだい》な矢銭《やせん》を得ておられるというお噂で」

「その津島とやらは、福岡よりも大きゅうござりまするか」

善定は、大きくうなずいた。

「この福岡など、比べ物にならぬほどに栄えているというお話でございます」

これには驚いた。

「何故、そこまで栄えているのでござるか」

「上総介様は、主だった町では絹布《けんぷ》、麹《こうじ》、紙、油など、座の特権を強引に撤廃し、商取引を自由にやらせているようですな」

なるほど、それは栄えるはずだと直家は思った。石高と同様に、貫高《かんだか》の収入にもかなりの比重を置いて、領国経営を切り盛りしているのだ。町で育ち、商業の重要さを身に染みて育っている直家は、その一点で、織田家がそれほどの鉄砲を揃《そろ》えられる富裕さをすぐに理解できた。

この点、やや苦い思いを感じた。

その織田上総介という男のやり方は、まさしくこのおれが、時に夢想している国の仕置きそのものではないか……。

さらに、ちょうど一年前の秋に備前屋に立ち寄った時も、善定から再びその名前を聞かされた。

「以前に話に出ました織田様ですが、堺からの噂によりますれば、北伊勢四郡に引き続き、ついに美濃も併呑《へいどん》されましたそうな」

直家はそれを聞いて、以前から脳裏に刻み込んでいる日ノ本の地図の中で想像を膨らませた。

尾張と美濃、そして北伊勢四郡を合わせれば、計百三十万石以上はあろう。しかも、その織田家は、隣国の三河《みかわ》——徳川《とくがわ》家三十五万石とも、織田家が上である主従関係の同盟を結んでいる。

となれば、この織田信長という人物は、短期間に百七十万石の勢力圏を持つ大大名にのし上がったことになる。西国の毛利以上の恐るべき膨張力だ。

さらに、この織田信長がその本拠地を移した美濃は、隣国の近江《おうみ》を挟んで京までは、わずか三十里（約百二十キロ）に満たぬ距離である。

ひょっとしたら、この出来星大名の織田家が、稀代《きたい》の戦上手と噂される甲斐の武田信玄や越後《えちご》の上杉謙信《うえすぎけんしん》を出し抜いて、京に一番に上るかもしれない——。

そこまでの可能性は、以前からぼんやりと危惧《きぐ》していた。

それでも、こうして善定からの文を読むまでは、どこかで今後の見通しをまだ楽観していた。

善定の手紙によると、こういう次第だった。

九月の上旬、その織田信長が次期将軍候補の足利義昭《あしかがよしあき》を担ぎ、突如として上洛《じょうらく》を開始したという。その軍容は、尾張と美濃、北伊勢の織田軍に、三河の徳川軍、北近江の浅井《あざい》軍を含めた兵五万という、途方もない数にのぼった。そして南近江に入ると、驚くことにわずか一日で鎌倉以来の武門・六角《ろっかく》氏を粉砕し、降伏した六角氏の被官に対しては素早く穏当な戦後処置を行った。九月の下旬には大津《おおつ》まで迫った。京洛の支配者であった松永と三好の徒は、織田軍の軍容と凄《すさ》まじい勢いに恐れをなし、半ばは降伏し、半ばは本拠地の摂津《せっつ》や阿波《あわ》に撤退した。

織田軍が呆気《あっけ》ないほど容易《たやす》く入京した後、京洛の治安は、逆にそれ以前より劇的に改善したらしい。

織田軍の軍規が峻烈《しゅんれつ》で、かつ信長は、「一銭斬り」という触れを軍中に出しているのだという。

占領軍という武威を笠《かさ》に着て、市中の京者に乱暴を働いたり物銭を奪う自兵は、たとえそれが一銭であっても処罰する、というものだった。

これまた分かっている、と直家は思う。

町衆を大事に出来ぬ者は、その後、何かにつけて彼らから積極的な協力を取り付けることが出来ない。市中を安定的に支配し、富を生ませることが出来ない。やはり信長は、その一事を分かっている。

裏を返せば信長は、此度《こたび》の上洛を一時的なもので済ませるつもりはなく、おそらくは京を継続的に支配するつもりなのだ。そして直家が考えるに、織田家の本拠地である美濃から南近江という京までの通路を確保した現在、それは実質的に可能だ。

織田家が北近江四十万石とも同盟を結び、南近江四十万石をもその軍政下に置いた今、信長の勢力圏は一気に二百五十万石にまで膨らんだことになる。さらには織田軍の保護下にある山城《やましろ》、降伏した松永の持つ大和《やまと》を加えれば、瞬《またた》く間に三百万石近くの勢力圏を持つ大名になったことになる。

善定の文は、その信長が奉戴《ほうたい》した足利義昭が、朝廷から宣下《せんげ》を受けて、室町幕府第十五代の征夷大将軍《せいいたいしょうぐん》に任ぜられたくだりで終わっていた。

読み終えた時、思わず深いため息をついた。

西には、三村の勢力圏を含む毛利氏の百万石以上が、すぐそこまで迫って来ている。反対の東には、まだ摂津と播州二国を緩衝地帯として挟んでいるとはいえ、三百万石近くの勢力を持つ織田家が突如として出現した。

以前の善定との会話を思い出す……たしか、あの時に自分はこう問いかけた。

「つまりはこの福岡に限らず、大量の菜種油と鉄砲がこの日ノ本を急速に変えていくと、そう言われたいのでございますか」

「左様――」善定は言った。「安い菜種油が各地に出回れば、人の暮らしは夜も長くなりましょう。その長くなった分だけ、世の動きも早くなりまする。数多《あまた》ある鉄砲も然《しか》り。おそらくは武士の世界でも、大なる武門が小なる武門を次々と呑《の》み込んでいくこととなりましょう」

やはり、世間は縮んでいっている。この宇内《うだい》は小さくなっていく――。

そして、その時期は直家が予想していたよりもはるかに早く到来し始めていることを、かすかな焦りとともに実感した。

……。

直家はしばらく思案していたが、やがて筆を執り、善定への文をしたため始めた。

善定は仕事がら、堺の商人と濃厚な結びつきを持っている。その彼らから、信長の言動や動向をさらに詳しく聞いてもらえるように依頼した。そして、その話を聞きに、二十日後には伺う旨《むね》までを書いて、沼城から急ぎ福岡へと使者を出した。

十一月の上旬になり、直家は福岡に向かう準備をしていて、ふと思いついた。

忠家から跡継ぎとして養子に取った与太郎も、この際だから連れて行こうと考えた。これからの領国経営は、石高という実入りだけではやってはいけぬ。町や商人の生業《なりわい》も知らねばどうにもならぬという持論にもとづいてのことだ。

が、その話を庭先で桃寿丸と遊んでいた与太郎にすると、桃寿丸までもが、この福岡行きに非常な関心を示し、

「御屋形様、わたくしも一緒に連れて行ってもらいとうございます」

と、懸命に直家に訴えてきた。

直家は、自分と同じようにお家を再興する宿命を背負ったこの少年には、どこかで甘い。

束の間迷ったが、結局はこう言った。

「では、母御のお許しを貰《もら》ってくるのだ。それならば、連れて行く」

「はいっ」

桃寿丸はよほど嬉《うれ》しかったらしく、城の奥のほうへと飛んで行った。

が、しばらくして帰って来た時には、しょんぼりと両肩を落としていた。

「母上は、御屋形様のご迷惑になるから、行ってはならぬ、と申されました」

そういかにも悲しげに言って、この今年八歳になる子は、じいっと上目遣いで直家を見上げてきた。

こいつ——直家は、つい笑い出しそうになった。

このおれに、自分の母親を説得して欲しいのだ。

しばし躊躇《ちゅうちょ》した。が、仕方なくこう持ち掛けてやった。

「ではわしが、そなたの母御を説得して進ぜよう」

「あっ、ありがとうございまするっ」

「ただし、出来るかどうかは分からぬぞ」

「ありがとうございまするっ」

そう米搗《こめつ》き飛蝗《ばった》のように頭を下げ続ける桃寿丸を伴い、お福の寝起きする部屋へと赴いた。

が、お福は直家を見るなりそれと察したらしく、桃寿丸をきつく叱った。

「なりませぬ」

さらに声を一段低めて、静かに言葉を続けた。

「私たち親子と三浦の一党は、この三年というもの、ただでさえ御屋形様のご厚情にお縋《すが》りするばかりなのです。人は、その分を弁《わきま》えてこその人なのです。弁えぬ者は、鳥獣と同じです。おまえには、何故その一事が分からぬのですか」

直家はその言葉に、心のどこかを、ぐい、と鷲摑《わしづか》みにされた。

分を弁えてこその人、とくるか。

我が来し方に照らし合わせても、まさしくその通りではないかと思う。

人は他の生き物とは違い、この世に生まれ出てきた時から、常に二親《ふたおや》の宿命を背負っている。背負わざるを得ない。人は欲するままに生きられるのではない。どんなに他の世界に憧《あこが》れたとしても、その出自からくる境遇に、一時たりとも目を瞑《つむ》っては生きられぬ。

そして、そんな浮世の見切りをさらりと口にするお福に、目が覚めたような思いを感じる。不覚にも、腰元の男根がじわりと熱くなった。

思わずうろたえた。

なんなのだ、これは……。

相手の洩《も》らした言葉を契機に欲情することなど、かつてなかったことだ。

が、なんとか気を静めた。

以前にも思ったが、武門の滅びという辛酸をその身をもって味わったのは、この城にはおれとこの女しかいない。だからこそ、その見切りが肌身を通して分かるのだ、と感じる。

気がつけば、横の桃寿丸が先ほど以上に力なくうなだれていた。ややかわいそうになる。

「まあまあ、お福殿、そこまで叱らずとも――」

つい桃寿丸を庇《かば》いだてするようなことを口走った。

冷静に考えれば、このお福の心配も分かる。桃寿丸は、三浦家のたった一人の嫡流なのだ。町には良からぬ輩《やから》もいる。もし万が一、この子を目を離した隙に失うことでもあれば、三浦家は今後の核を失《な》くす……そう危惧《きぐ》している。

あることを思い付いた。迷いと臆《おく》する気持ちはあったが、思い切って口にした。

「ではどうであろう。お福殿も、この桃寿丸を伴って福岡に一緒に来られてはどうか」

「はい？」

そう反応され、何故か照れた。

「これよりの武士は、町の成り立ちを知らずば、ゆくゆくその武門を大きくすることは出来申さぬ。武門の嫡流として生まれたのなら、なおさらでござる」直家は早口に持論を展開した。「商売というものを知らずば、家政は成り立たぬ。だからこそ、初めに与太郎を連れて行こうと思案した次第。この子のことが心配なら我らと来られればよろしい」

お福は、しばらく直家の顔を見たまま呆気《あっけ》に取られていたが、やがて思案顔になった。

「……確かに、そうかも知れませぬ」

「そう、思われるか」

お福はうなずいた。

「御屋形様が初陣にての知行地の希望を聞かれた折、乙子《おとご》という荒蕪《こうぶ》の地を敢《あ》えて求められたこと、既に城中の噂で聞き及んでおりまする」

「左様か」

「河川の水運料と運上金により、浮田《うきた》大和守《やまとのかみ》殿との四年にわたる戦費を賄《まかな》われ続けたとのこと。たしかに年に一度の石高だけでは、年による豊作不作もありまするゆえ、心許《こころもと》のうございまする」

これにはやや驚いた。この女は武家の出なのに、そのことを理解できるのか。が、念のために尋ねた。

「つまり、それはどういうことか」

これにもまた、お福は言い淀《よど》みもせずにすらすらと答えた。

「戦は、時に負けても、最後には戦費を調達し続けるお方が勝つのではないかと思われます。そのためには、石高と同じか、あるいはそれ以上に貫高からの実入りも大事になるということではございますまいか。矢銭は、常に定まった実入りが見込まれますゆえ」

うむ。完全に分かっている。ますますこの相手を見直す気になる。

なおも躊躇《ためら》いながら、直家は言った。

「既に存じられているかと思うが、わしは商家にて育った。此度《こたび》は宇喜多家の今後のため、ある件を聞きにその商家を訪れる。この桃寿丸が先々で、その銭を生む町というものに関心を持つためにも、一緒に来られたほうがよろしいかと思うが……」

が、そう誘われたお福の迷いも、直家以上だったようだ。今にも爪を嚙《か》みそうな表情をしていた。

それでも、最後には遠慮がちにこう口を開いた。

「では、心苦しい限りですが、そのご厚意に、親子ともども甘えさせていただいてもよろしゅうございますか」

「むろん」

そう答えると、お福は三つ指を床に突き、深々と頭を下げた。その指先が初雪のように白く、すらりと細長いことに、直家は三年も同じ城に住んでいながら今さらのように気づいた。

5

お福は直家らと共に、昼前には沼城を出発し、騎馬にて福岡を目指した。

備前屋の主《あるじ》・善定とは夕刻より会う約束だが、その前に直家は、与太郎と桃寿丸に福岡という商都をゆっくりと見せてやりたいのだという。

また、その豪商との要件も、道々お福に打ち明けてくれた。

「二月ほど前、織田上総介信長という御仁が、足利義昭という将軍候補を奉戴《ほうたい》して美濃から上洛《じょうらく》した」直家は言った。「そしてつい先日、その足利殿は室町幕府の十五代将軍として帝《みかど》から宣下を受けられた」

その風聞は、お福も城内でわずかながら聞き及んでいた。

「では、その新しい公方《くぼう》様のことを、お聞きに参られるのでございますか」

「違う」直家は首を振った。「その公方様を奉戴して上洛した、織田信長という男に興味がある」

「されどお噂では、公方様自らが織田、浅井、徳川の諸将を率いて上洛されたとのことです。織田殿は、単にその供奉《ぐぶ》の一人なのではございませぬか」

すると、直家は微笑《ほほえ》んだ。

「これは、聡《さと》きお福殿の言葉とも思えぬ」

「え？」

「確かに家臣たちは、そう噂しておる。また、当初は京童《きょうわらわ》たちも、そのような見方であったらしい。が、考えてもみられよ。当世の室町幕府に、諸将を糾合《きゅうごう》する力などあるはずもない。ましてや今の公方様は、上洛の折はまだ足利一門の連枝衆に過ぎず、なおさらそのような離れ業《わざ》などは出来申さぬ」

「……」

「信長だ」直家は、いきなり諱《いみな》で呼び捨てにした。「この男が浅井、徳川らの上に立ち、先だっての上洛戦を指揮した。公方様は、その信長が担ぎ上げた京入りの神輿《みこし》に過ぎぬ。現に畿内の掃討戦も、先だっての南近江での上洛戦も、織田軍が一手に引き受けている。浅井や徳川は、単にその織田軍に付き従っていただけだ」

その言い方で感じた。この男は、その織田上総介信長という御仁のことを、つい呼び捨てにしてしまうほど以前から考えていたのだ。

案の定だった。直家はその後、信長がいかに商業と銭というものの力を知り尽くして、そこから織田家の浮力を得ているのかを、常に似合わず熱心に話した。

しかし、それを聞いていたお福の思うところは、再び別のものであった。

……どうやらその信長という御仁は、目の前のこの男と同じ考え方をする武将らしい。そして直家は、遠い京での話にもかかわらず、自分と似たような男の出現に、そして宇喜多家よりはるかに大きな勢力に、早くも脅威と焦りのようなものを感じているようだ。

それはともかく、ややあって気づいた。

先ほどこの相手は、聡きお福殿の言葉とも思えぬ、と言った。

顔が、突然火照《ほて》るのがわかった。

物心がついた頃から、哀《いと》しき御子よ、美しきお方よ、と褒めそやされてきた。

けれど人はみな、私のその一点しか見ようとしない。私が女に生まれたからこそ、外見にしか興味がない。

だから、私のことを人形扱いして感心する者はいても、聡いなどとその中身について褒められたことは一度もなかった。亡夫の貞勝も、私のことを「三国一の美人」と言ってひたすらに愛《め》でてはくれたが、そのモノの考え方に興味を持たれたことは一度もなかった。

お福の斜め前を進む男は、今はもう黙って馬を打たせている。

この男だけが先ほど、初めて私の中身を認めてくれた。

それを思うだに、嬉《うれ》しさと恥ずかしさの相半ばするような気持ちが、どうしても込み上げてくる……。


日が中天から西の地平に向かってやや傾き始めた頃、福岡に着いた。

実はお福は、これほど大きな町を見るのは生まれて初めてのことだった。通りを行き交う人の多さや、店先で飛び交う呼び込みや商談、笑い声、馬借、車借らの激しい往来に、思わず圧倒された。

「福岡の町とは、このように大きいものでございましたか」

つい、直家にそう感嘆の言葉を洩《も》らした。

「中国筋にかけては、三指に入る商都であるらしい」

善定と会う約束は夕刻になってからだという。事実、この備前屋の亭主も商用からまだ帰ってきていなかった。

内儀《ないぎ》が歓待して屋内に上げようとしたのを、直家はやんわりと断り、四人の馬と荷物を預かってもらい、再び人の行き交う通りへと出た。

気づくと、直家の腰のものが脇差《わきざし》だけになっていた。

「それで、よろしいのですか」

「まあ、大丈夫だろう」直家はやや気楽そうに答えた。「善定殿を長《おさ》とする町衆たちが、この町の治安をしっかりと管理しておられる。店《たな》ごとが雇っている用心棒たちをまとめて、自警団を作っている」

お福は再び驚きに包まれる。これくらいの町の規模になれば、商人というのはそういう面倒まで見ているのか。まるで町の大名だ。そして、いくら町長《まちおさ》とは言え、商人に対して「おられる」という敬語を使ったことにも、思わず言葉を失った。

桃寿丸と与太郎が、すっかりはしゃいだ様子でお福と直家の前を駆けて行く。途中で様々な店の前で何度も立ち止まり、興味津々の体で軒先を覗《のぞ》き込む。

直家は二人に追いつくたびに、それら商家の仕事をいちいち説明する。

「これは日銭屋じゃ。銭を貸すのが仕事じゃ。利息で儲《もう》ける」

そして、その利息の概念を説明した。

「鉄器、槍刀《そうとう》を扱う店じゃ。吉井川《よしいがわ》沿いの上流は、日ノ本でも有数の良鉄の産地である。だから、この福岡で扱う武具は高い値で取引される」

「油を扱う店じゃな。最近は荏胡麻《えごま》油に代わって、菜種油の売れ行きがいいらしい」

「ここは車借の元締の店じゃ。各地にモノを運び、その駄賃で儲けている」

その度に、桃寿丸と与太郎が驚嘆の声を上げる。狭い城中だけで育った彼らには、武士以外の世界が余程珍しいのだ。

「これは、問丸《といまる》じゃ。日銭屋と同じく金貸しもやるが、もっと金額が大きい。他に割《さい》符《ふ》の引き受けと換金もやっておる。これがまた馬鹿にならぬ」

「割符？」

　ほぼ同時に、二人が聞き返す。

「そなたらも、ゆくゆくは城主になる身である。年貢を遠方に運び、銭に替える立場になる。特にこの割符の仕組みは、覚えておかねばならぬことだ」

　そう言って、割符の仕組みと、手数料の他にも出現する意外な利潤について詳しく説明した。

　が、桃寿丸も与太郎も、ぽかんと口を開けて聞いていた。

　直家は、さらに嚙《か》んで含めるように、その仕組みを説く。

　けれど、二人の子供はそれでもまったく理解できていないようであった。

　お福は、それを脇で聞きながら一人おかしく思った。

　この男、やはり子供の相手をするのに慣れていない。たかだか七、八歳の子供たちに、こんな難しい銭の運用方法をいくら言い募ったところで、分かるものか。

　現に、大人のお福でさえそうだった。一度目は正直、直家の言っていることがよく分からなかった。二度目の執拗《しつよう》なほどの説明で、やっとこさ理解できた。

けれど直家は子供たちを見て、ため息をついた。

「これからの武門の長は、銭の回る仕組みも分からねば、とうてい家政は立ち行かぬ。頭も使わねばならぬのだぞ。わしは、そなたらの年頃には既にほぼ理解できていた。戦場で戦うばかりが武士ではない。そんな体たらくで、どうするのだ」

すると二人とも叱られたと思い、しょんぼりとした。

しばし考えてから、お福は補足するように口を開いた。

「御屋形様は、相手の便宜さえ図れば利息なしで集まってくるお金も、この世にはあることを申されているのです。それを誰かに貸せば、他人の元手で利息がまるまる儲かることをおっしゃっているのです。分かりますか」

「なんとのう……」

ようやく桃寿丸だけが、かろうじて返事をする。

ふと気づく。直家がお福の顔を見たまま、感心した表情をしている。

「お福殿、物言いが実に柔らこうござる」

やや恥ずかしくなった。

「私は、女子《おなご》でございますゆえ」

「いや――」直家は首を振った。「わしの言いようは、硬い。お福殿は、難しきことを易きに申される。ようはわしよりも地頭が良い」

「はあ……」

そんなものかと思う。

やがて、福岡の町の外れまで来た。

妙見堂《みょうけんどう》の前まで来た時、二人の子供は向こうに見える河原へと喜び勇んで走っていった。

直家は何故か突っ立ったまま、その祠《ほこら》をしばし眺めていた。

二人きりになって、つい男女を意識する。

なんとなく沈黙が気まずくなり、お福は口を開いた。

「さすがに町には、お詳しゅうございますね」

すると、何故か直家は、やや俯《うつむ》いた。その仕草が、足元にある小石でも今にも蹴《け》り出しそうな子供のようで、とても四十になった男とは思えない。少なくとも、こんな頼りない様子は、家臣たちの居る城内では一度も見たことがない。

直家は顔を上げてお福を見ると、少し笑った。

「若い頃は、武将になどなりたくはなかった」

一瞬、耳を疑った。

「え？」

「だから、なりたいとは思わなんだ。わしのことだ」

唐突な告白に、思わず言葉を失う。

「十五の頃までは、町で暮らしていこうと真剣に考えていた。今でも正直、こんな極《ごく》道渡世《どうとせい》より商人《あきんど》の平穏な暮らしに惹《ひ》かれるものはある。されど、生きるとはそういうままならぬものを含めてのことだ。夢と現《うつつ》の狭間《はざま》を漂いつつ、在ることだと思うておる」

ますます驚く。

少なくともお福は、今まで自分に別の生き方があることなど考えたこともない。武家に生まれたからには、何があろうとも当然、武家の女として生き抜いていくのだと思っていた。

というか、それ以外には生き方の見当が皆目つかない。

けれど、町で育ったこの相手は、その他の身の立て方もあるのだということを肌感覚として分かっているらしい。

そして、別の面でようやく悟った。

この男は弱いのだ。

元々の神経がか細くできている。数多《あまた》の血で血を洗うような稼業には、そもそも向いていない。

だから、一殺多生などともっともらしい理屈をつけて、卑怯《ひきょう》な手と誹《そし》られようとも、なるべく効率的に勝とうとする。充分な大人になった今でさえ、おそらくは合戦をするのが物憂い。

そして、その弱い性根を精神力と知恵で下支えして、なんとかここまでやってきた。

しかし、仮にも備前随一の勢力に成り上がったこの男の内面とは、こんなにも寂しく孤独なものなのか。

……いけない。

私はこの相手に、まるで庇護者《ひご》がか弱き相手に対する同情と好意が入り交じったような気持ちを、じわじわと感じつつある。現実はまるっきり逆だというのにだ。

日が、西の山の端《は》に入り始めた頃、備前屋へと戻った。

善定という備前屋の主人は、もう六十代後半と直家から聞いていたが、その表情や挙措《きょそ》に老人臭さはまったくなく、雰囲気がとても若々しかった。

家中の噂では、直家はこの豪商を実父のように仰ぎ見ることしきりで、この宇内では誰よりも尊敬しているという話だった。

その相手が直家の顔を見るや否や、抱き着かんばかりに小走りに寄って来たのが、お福の目には痛いほどだった。相手も身分の差こそあれ、直家を我が子のように思っている。

その後、ちょっとした手違いがあった。

昼に会った善定の内儀が、直家とお福のことを既に相当な仲だと勘違いしたのだろう。それは、そうかもしれない。よほど親しくなければ、郎党も連れずに福岡まで男女が連れ立って来ることなど、まずあり得ない。

そんなわけで、直家とお福だけ離れの建物へと、桃寿丸と与太郎は、その離れから渡り廊下を渡ったすぐの部屋に案内されそうになった。

「これは――」

ついそう口に出しかけたお福だったが、直家は言った。

「いや……善定殿との会食には、お福殿も一緒に出てもらおうかと思っておる。おそらく話は夜遅くまでかかる。子供たちは先に寝てしまうだろう」

やや迷ったが、お福は結局うなずいた。

そういう次第なら、同じ部屋に泊まっても何も起こらないだろう、すぐに床《とこ》に就くだけだ。第一、ここは沼城ではないから、帰ってから家中の噂になる心配もない。

「ささ、長らく町を歩かれて、お疲れでもございましょう。湯を沸かしてございます。夕餉《ゆうげ》の前にさっぱりなされては如何《いかが》でしょうか」

内儀がそう言って、風呂《ふろ》に入ることを勧めてきた。ここ備前屋は使用人も多く、男女で湯殿の内部が仕切られているという。

お福は桃寿丸を、直家は与太郎を連れてそれぞれ風呂へと赴いた。

湯気の立つ蒸し風呂の中、しばらくすると、桃寿丸が訴えかけるような顔をしてお福を見上げた。

「母上、熱くてたまりませぬ」

「もうしばらく、我慢するのです」お福は言った。「お呼ばれする時には、小ざっぱりしてから行くものです」

「あと、どれくらい」

それには答えず、水の入った樽《たる》の中から、手桶《ておけ》に水を汲《く》み、桃寿丸に少しずつかけた。

「冷たい」

桃寿丸が身を捩《よじ》る。が、その表情は束の間熱さから解放されたせいか、まんざらでもなさそうだ。

「もう一度じっくりと汗をかいて、水を浴びたら、先に上がってもよいですよ」

と、板一枚で仕切られた隣から、不意に与太郎の声が聞こえた。

「伯父《おじ》上、お呼ばれとは、なんですか」

「食を招かれる、という意味じゃな。この場合は」直家は答えた。「与太郎も、もう我慢がならぬか」

「……いささか」

すると、板間に水の弾ける音が聞こえてきた。

湯気のせいではなく、お福は顔中がかっと熱くなった。こちらの会話もまた、相手に筒抜けだったのだ。

ややあって桃寿丸が先に上がり、次いで、隣の与太郎も湯屋を出た気配を感じた。

仕切り板一枚を隔てて、お福と直家の二人だけになった。

その頃には、お福ももう全身の毛穴という毛穴から、止めどもなく汗が噴き出していた。絹布でその汗を拭《ぬぐ》いながら、さらにもうしばらく我慢する。

隣の直家が、水を浴びる気配はまだない。

家中の噂で聞いていた。直家は、日頃からとてつもなく長湯だという。二度、三度と汗をかき、その度に水を浴びる。長い時は半刻《とき》（約一時間）以上もこの蒸気の中に居るらしい。

一度家臣がその訳を問うと、

「埃臭《ほこり》いのは嫌なのだ。一日の終わりくらいは、さっぱりとして眠りたい」

と、答えたという。

ふむ。やはり神経が細かい。

と同時に、おそらくは他人の汗臭さ、埃臭さも気になるのだと感じる……。

それを思うと、お福はなおさら自分から先には出られないような気になった。

熱気に頭が多少ぼんやりとなり始めた頃、直家がようやく水を浴び始めた。お福も黙ったまま、それに倣《なら》う。その途端、
きんっ、
と、頭の奥が激しく痺《しび》れた。皮膚が蘇生《そせい》していくような、びりびりとした感覚もある。

ふう――。

あまりの気持ち良さに、隣に何か話しかけようかとも思ったが、互いに全裸のままではしたないことのような気がしつつ、また躊躇《ためら》いの中でいたずらに時が経った。

「……」

隣から、二度目に水を浴びる音が聞こえ始める。お福もそうした。

三度目はお福のほうが先に水をゆっくりと被《かぶ》り始めた。もうそろそろ我慢の限界だったと思ったら、これ以上熱気を浴びていたら、もう湯あたりを起こす。

と思ったら、隣からも盛大に水を浴びる音が聞こえ始めた。

その浴び方で、相手ももう上がるのだと悟った。

善定との会食が始まった。

二人の子供たちは、隣室で善定の内儀に構われながら夕餉を取っている。その気配を感じつつ、直家と善定の会話に耳を傾けた。話は当然、往路で出た織田信長という人物のことだった。

「織田殿のこと、どうやら富国に力を入れていたのは、その親の代の信秀《のぶひで》公の頃からでありまするそうな」

さらに善定が言うには、信長は父のやり方をさらに推し進め、尾張の統一後は海沿いの干拓や河川の橋梁《きょうりょう》、道の普請《ふしん》など、国内の土木工事を盛んにやっていたという。

「交通の便も図ることによって、商都をさらに富ませたということでござるか」

そう直家が問いかけると、善定はうなずいた。

「そのため、信秀公が尾張一国を治めておられた頃以上に、商都から納められる矢銭は莫大《ばくだい》な額に上っているというお話でございます」

お福は感じる。そこまで念を入れて自分たちの町を繁栄させてくれる大名がいるのなら、商人たちも要請に応じ、喜んで軍用金を納めるだろう。

「また、此度《このたび》の上洛《じょうらく》後、新しく将軍に宣下された足利義昭公から副将軍の座を打診されたようでございまするが、織田殿は固辞されたとのことで――」

これには驚いた。往路での直家の話によると、尾張の織田家などは宇喜多家と同様、かつては正統な尾張守護の斯波氏からみれば陪臣に過ぎず、出来星大名そのものの筋目の悪さだったという。そんな武門が、栄《は》えある天下の副将軍の座を断るとは、なんとも風変わりな大名もあるものだと思った。

が、隣で聞いていた直家の感想は、また違ったものらしかった。

「つまり、虚名は要らぬ、と」

「おそらくはそうでございましょう。昨今の室町幕府など、あってなきが如き次第……さらにはそのような官位を受けて、筋目ある有力大名の反感を買うよりは、尾張と美濃、北伊勢と近江半国の実質的な守護になったことを承認してさえくれればいい……まずまず、そのようなお気持ちではなかりましょうか。裏を返せば、やはり一度の上洛のみで終わらせる気はない――」

ふむ、と直家は首をひねった。「確かに織田殿は、そのおつもりでありましょうな」

善定は、はっきりとうなずいた。

「もうひとつ。その官位を辞退する代わりに、織田殿はさかんに気の毒がる公方《くぼう》様に、和泉《いずみ》の堺、近江の草津《くさつ》と大津、この商都に代官を置かれたい旨を申し出られ、承認されたようでございまする」

打てば響くように直家も即答した。

「矢銭、でございまするな」

「左様。はなはだ失礼ながら、武門のお方の大半は石高の上がる土地には敏感なれど、貫高の成る商都というものの大事さには、存外に気づいておられませぬ。米二石はほぼ銭一貫――その価値で交換が出来ると申しまするのにな……ともかく、織田殿はお気づきであられる。この一点を見ましても、他国が『あれよ、織田殿はわざわざ上洛の骨折りまでとって、土地も官位も要らずとは、存外に謙虚なことよ』と、まだ油断している間に、畿内での地盤を着々と固めようとする意図ではないかと存じまする」

直家が小さな唸《うな》り声を上げた。

「されど、その意図通りになりますでしょうか。他の大名の抵抗もありましょう。今後、織田家がそこまで伸びていきましょうか」

「さらにひとつ。ここが最も肝要《かんよう》かと存じますが、織田家は、そのお家の仕組みがやや特殊でありまする」

「と、申しますと」

「織田殿は、尾張から美濃へと拠点を移された際、尾張と北伊勢から付き従っていた被官たちの、ほぼ完全な郎党化を図られております」

直後に何故か直家は、あっ、という顔をした。

明らかに愕然《がくぜん》としていることが、はたから見ているお福にも分かった。善定も言った直後、わずかに表情を変えた。お互いに、何事かの理解を瞬時に共有したらしい。

けれど、その郎党化が何故そんなに重要な話なのか、いまひとつお福には摑《つか》めなかった。

善定の話はなおも続いた。

「被官たちともども美濃へと本拠を移すにあたり、織田殿は『みなみな、尾張の知行地の管理が煩雑であろうから、わしが代行してやってもよいが、どうか？』と問いかけられ、林《はやし》や佐久間《さくま》といった大族以外は、ほぼすべてが賛同されたそうでございまする。おそらくそれらのお方々は、先々の武功を立てるのみを存念に、実入りの首根っこを摑まれたことにも気づかず賛同したものと拝察致しまする。美濃も同様な為様《しざま》でございましょう。されば数年のちには、家中で織田殿の申されることはほぼ絶対になっておりまする。先に、直家殿が文にて書いておられた三百万石のうち、その半分近くが織田家の直轄地になるようなもの」

「……」

「西の毛利家、東の北条家を見ましても、そこまでの広大な直轄地を持つ大名は、この日ノ本にはございませぬ。また、稀代《きたい》の名将と謳《うた》われておりまする武田信玄公、上杉謙信公にしましても、武門の最終方針は、被官たちとの合議の上で決まると風聞にて伺っております。時と手間がかかりまする。されど織田家は、信長殿のご意向ひとつで、武門全体をすぐに一糸乱れぬ態勢で動かすことが出来まする。この一事にて、これより先は、いったん京に出た織田殿の優位は動かぬと、それがしは愚考いたしまする」

今度こそ、直家は絶句したような表情を浮かべた。

お福もようやくその意味を悟り、目が覚めるような驚きを覚えた。その織田殿とやらは武将として何から何まで革新的なことを試み、それを確実に実現している。

と同時にお福は、別の面でもひどく感心することしきりだった。

この善定という男――いくら備前有数の豪商とはいえ――一地方の商人に過ぎないのに、中央に進出しかかった武門に対してここまでの着眼点を持ち、かつ、それら事象に対する思考の腑《ふ》分《わ》けも冴《さ》え渡っている。

一方で、同じ武士である沼城家中では、少なくともお福の知る限り、次期将軍候補に付き添って上洛した織田など、どこの大名だ、といった呑気《のんき》さだった。それを、この商人はいくら直家から話を集める要請があったとはいえ、ここまで詳細に分析してみせる。道理で、隣の男が実父同然に仰ぐはずだと感じた。

ややあって、直家は少し気を取り直したらしく、再び聞いた。

「して、織田殿はそれら商都へは、権益の保護を申し出る代わりに、いかほどの矢銭を要求されたのでございましょうか」

「相済みませぬ。そこまでの仔細《しさい》は、今日までの船便では、まだ入ってきておりませぬ」

「……左様ですか」

「ですが明日の夕刻、源六《げんろく》——魚屋九郎右衛門《うおやくろうえもん》の店に、堺から小西隆佐《こにしりゅうさ》殿が商用で参られます。もし沼城への帰城が明後日になってもよろしければ、それがしのほうから小西殿との会食の手はずを整えることも出来まするが、いかがでしょう」

直家は、束の間迷ったようなそぶりのあと、お福を黙って見た。

私の意向を聞いているのだ。

宇喜多家の居候の身分に過ぎぬ、この私に。

この時ばかりは激しい感動と共に、直家に対して染み入るような好意を覚えた。

高田城在住の時代も含めて、およそ侍の誰が女子《おなご》の私にここまでの配慮を示してくれたというのか——亡夫も含めて皆無だ。

この私に、明日も明後日も大事な用などあるはずもない。当然極まりないが、こちらの話のほうが、今後の宇喜多家にとっても、ひいては三浦家の先々を占う上でもはるかに重要だ。

「むろんでございます」むしろ、お福のほうが鼻息荒く口を開いた。「是非、そのようになさりませ」

それを受け、直家は善定に向かって、深々と頭を下げた。

「では是非に、よろしくお願い致します」

しばらくすると善定の内儀がやって来て、子供たちがすっかり眠っていることを伝えた。

「されば、わしが運ぼう」

直家はそう言って隣室へと消えた。ややあって、人の気配が隣室から消える。

善定がお福に向かって瓶子《へいし》を差し出す。

「ささ、お福様もいまひとつ――」

盃《さかずき》に受け、少し飲む。勧め上手の善定を断り切れず、既に慣れぬ酒を三杯は飲んでいたので、頭が多少ふわふわとしてきている。

善定が口を開いた。

「直家殿は、よほどお福様のことをお見込みのようであられまするな」

「いえ。そのようなことはございませぬ」

そう答え、福岡に来たのは二人の子供の付き添いであったことを告げた。

すると、善定は微笑んだ。

「されど、直家殿が拙宅に城中のお方を連れてこられたことなど、一度もございませぬ。ましてや先々での武門の指針に関わる話に誰かを同席させるなど、よほど相手を信用しておらずば、出来ぬことでございます」

そう言って、善定は改めて居ずまいを正した。そして畳の上に両手を突き、深々と頭を下げた。

「こう申しますのも憚《はばか》りながら、それがし、直家殿のことは我が子も同然と思うておりまする。なにとぞこの気持ちをお含みいただき、今後とも宜《よろ》しくお願い致しまする」

「……」

やがて善定との会食は終わった。

部屋に戻ると、障子に真っ白な月明かりが映っていた。

満月か、それに近いのかも知れない。夜にしては室内がひどく明るい。

お福も直家もすぐに床に就いた。

けれども、お福は残っている酔いのせいもあるのか、はたまた皓々《こうこう》と明るい障子側の布団に寝たせいもあるのか、なかなか寝付けなかった。

……。

違う。

本当は、男と久しぶりに一つの部屋に寝ているからだ。高田城が落城して以来のことだ。

そう……。もう四年だ。

四年も経ったのだ。亡夫の三回忌も一昨年《おととし》、終わっている。瞼《まぶた》に白々とした月光を感じながら、もう充分だろうとも感じる。何が充分なのかは自分でもよく分からないが。

と、隣の布団から、ふと声が洩《も》れた。

「お福殿、眠れぬのか」

少し迷ったが、返事をした。

「まだ酔いが、残っているようでございます」

一瞬遅れ、

「ふむ」

という、肯定ともため息ともつかぬ声が戻って来た。

その返事がなんとなく感慨深そうに感じた。

「直家様は、ひょっとしてこの部屋でお育ちになったのですか」

「そうだ」

「お懐かしゅうございましょうね」

すると、少し笑いを含んだ声が聞こえた。

「父は自らの甲斐性《かいしょう》のなさを嘆き、自死した。義母のことはあまり好きではなかった。虐《いじ》められてもいた。だから、良い思い出ばかりでもない」

驚いて、思わず隣の布団を見た。

「どのように、虐められたのです」

すると、直家はそのことを淡々と語った。お福はその凄惨《せいさん》に愕然《がくぜん》とした。と同時に、昼の妙見堂でも感じたこの男への哀憐《あいれん》が、再び募ってきた。

もう限界だった。構うものか――。

今度こそ、相手の肩にしっかりと手を伸ばしていた。手のひらで何度か肩口をさすった。

と、その手を軽く摑《つか》まれた。

はっとしたが、咄嗟《とっさ》に握り返した。

互いに手を握ったまま、ずいぶんと無言の時が流れた。

やがて直家が起き上がり、お福の脇にゆっくりとしゃがみ込んだ。月明かりの中、その横顔が見える。

「お福殿、お覚悟はよろしいか」

うなずきかけ、慌ててこう言った。

「されど、久しぶりのことゆえ、お福は怖《こお》うございます」

すると直家も、少し首をかしげて笑った。

「わしもそうだ。もう十数年、女子の体には触れておらぬ」

けれども後から振り返ってみるに、それからの直家の行為は、おそろしく滑らかなものだった。お福が相当に緊張していたのも最初のうちだけで、徐々に陰部が濡《ぬ》れ始めた。

気づくと相手は、舌を下腹部のほうに這《は》わせ始めていた。さらに股《また》のほうへと降りていく。亡夫にはそんなことをされたことは一度もない。恥ずかしさに耐えかねて、思わずお福は言った。

「あれ、そこはなりませぬ」

束の間、相手の動作が止まった。

「何故？」

「……そこは、汚らしゅうございますゆえ」

すると、相手の含み笑いが股間《こかん》から聞こえた。

「別に、汚くはない」

直後に、両足を膝裏《ひざうら》から持ち上げられた。あっ、と思った時には陰部に吸い付かれていた。相手の舌先が陰部の上のほうを刺激してくる。

う。うう……。

自分の中の何かが、ぽこりと外に向かって剝《む》き出ているようだ。その突起物を舌先で転がされるたびに、ぞわぞわと背筋を気持ち良さが走る。

やがて、尿意のようなものを催した。その頻度も強度も、次第に増してくる。

その刺激に耐え切れず、お福はつい身を捩《よじ》った。

「もう、お止《や》めくだされ」

「ふむ？」

けれど、そう言った後、さらに陰部に吸い付かれた。再び激しい尿意を催す。気づいた時には我知らず相手の頭部を押さえ、口走っていた。

「お止めくだされ。なにゆえか、小水が洩れそうでございまする」

直家は股間から顔を上げた。

「それは、小水ではござらぬ」

「え？」

「が、お福殿がそこまで申されるのなら、お止めいたそう」

こんな場合ながら、ついお福はおかしくなった。

散々に破廉恥極まりないことをしているというのに、相変わらずその口調は謹直に過ぎる。

「なにか、おかしゅうござるか」

お福は慌てた。

「いえ、何でもありませぬ」

直家はお福の上で、こっくりとうなずいた。

「では、いざ。参らせていただく」

うっ――。

またしてもお福は噴き出しそうになった。

もう私は充分に濡れている。その上で、今から合戦にでも出かけるように念押しをするなど、少なくともお福にはひどく間が抜けて感じる。

もう緊張など、すっかりどこかに消し飛んでいた。

じわり、と直家のものがお福の中に入ってくる。さらにじわりじわりと奥まで進んでくる。

ややあって、相手がゆっくりと動き始めた。

……ん。

不思議な感覚だった。少なくとも亡夫の時には味わったことがない。むろん、その頃も気持ち良いには気持ち良かったが、往時の心地好《よ》さとはまったく異なる感覚だ。ゆっくりと動いているのに、不思議と刺激が強い。

特に膣《ちつ》の中の上部――入り口から二寸（約六センチ）ほどの辺りが、ひどく気持ち良くなってくる。どうしてそうなるのかは分からないが、次第にまた尿意を催し始める。

けれど、それは小水ではないと直家は言った。昔は蕩児《とうじ》だったらしい相手の言うことだから、本当だろう。であれば、他に何も出るものはないはずだから、このまま我慢してみよう。

が、直家の動きが次第に速さを増すにつれて、

いっ——。

と、その我慢も限界にまで達し、つい相手に夢中でしがみついていた。

直後、直家は何を思ったのか、いきなり男根を抜いた。

ああっ、と思った時には、陰部から大量に何かが噴き出た感覚があった。実際に内股が冷たい。飛び散っている。

恥ずかしさにうろたえ、さらに心配になる。どうしよう。夜具を汚してしまった……乾かしたとしても、跡が残る。

「……ふむ、やはりか」

何故か直家は、妙に納得したような声を洩らした。

けれど、「ふむ」どころではない。しかも何が「やはり」なのか。お福は、我が身の情けなさに半泣きになりながら直家に訴えた。

「小水が、出たではありませぬか」

「だから、小水ではない。潮でござる」

「しお？」

言うなり直家は、お福の陰部を撫《な》でた。その濡れた手をお福の目の前にかざした。

つい顔を背けようとした瞬間、直家は指先を口に含んだ。

あまりのことに、お福は呆然《ぼうぜん》とする。

「味も、匂いもせぬ。水と同じだ」そう言い、また手のひらをお福の前に差し出す。

「むろん色もない。べたつきもせぬ」

手のひらも全体が濡れて月光に光っている。好奇心に負け、つい匂いを嗅《か》いだ。さらに念入りに鼻を少し鳴らしたが、確かに無色無臭で、水のようだ。

「女子《おなご》の体は、時にこういう潮を噴く」直家は淡々と言った。「気持ち良くなれば、当然のこと」

お福にはそう言われても分からない。分かるのは、この男が過去、想像以上の蕩児だったという事実だけだ。

「朝になれば夜具も乾く。跡も残らぬ」

「……」

「もう、抜かぬ。飛び散ることはない」

言うなり、直家は再び挿入してきた。

もう止めて欲しいと言おうとしたが、相手が動き始めると、再びすぐに気持ち良くなってきた。

陶然となりつつも、この昔とは違う気持ちの良さの正体は何なのだろうと、わずかに残っている意識の中で思う。

けれど、思考力もそこで途切れた。体の中を高波のような予兆が襲う。すると直家も何かを感じるのか、動きを速めた。

気づけば、今度もまた相手にきつくしがみついていた。

不意に満ちてきた。下腹部が急激に収縮し、かっと熱くなり、その感じが背筋を通って頭まで達してくる。じいんと脳裏が痺《しび》れる。意識がやや混濁し、腰部と手足ががくがくと震え始めた。

相手はお福の上で、お福の痙攣《けいれん》が収まるまでじっとしていた。

またゆっくりと動き始める。動きが次第に激しくなる。再び高波が押し寄せるような感覚が近づいてくる。

来た、と感じる。

今度は脳裏の痺れと全身の痙攣が同時にやって来た。

気持ちが良い。とてつもなく気持ちが良い。けれど、これはいったい何なのだ。

そんな繰り返しが、幾度続いただろう。分からない。

何度目かの激しい痙攣が収まった後、直家は束の間、お福の体の上を離れた。

海の底から一気に蘇生《そせい》したような気持ちになった。やや我に返る。

不意に、大工の話を思い出した。かつて高田城の修理に来た大工の話だ。鋸《のこぎり》は押す時にではなく、引く時に切るのだという。鉋《かんな》もそうだ。

考えてみれば、幼い時に父から多少教わった薙刀《なぎなた》もそうだった。引く時に、斬る。

そう——たぶん、腰の引き方にある。

引く時のほうが、膣の上部に亀頭《きとう》の付け根がより激しく当たる。それが、押す時と相まって刺激が数倍になる。相手がどういう具合でやっているのかは分からないが、その引き方がひどく上手《うま》いのだ。しかも何故か、私の高波のやってくる頃合いまで正確に摑《つか》めるらしい。盃《さかずき》から水が溢《あふ》れ出すような直前まで来ると、急にその動きと強度を高める。

今度もまた好奇心に負け、婉曲《えんきょく》に聞いてしまった。

すると、相手はこう答えた。

「お福殿の中がの、こう——」そう、身振り手振りを交えて説明し始めた。「その時になると、尺取虫《しゃくとりむし》のように、前へ前へと動き始める」

「前？」

「つまり、奥へだ。膣の深部へと向かって、内壁が激しく波打つ」

聞いておきながら、お福は羞恥《しゅうち》に顔が熱くなった。

すると、直家はあっさりと笑った。

「恥ずかしいことではない。ごく自然のことでござる」

言いながらお福の腰を摑み、自らの体の上に乗せてきた。

「あっ――このような」

あられもない格好など、今まで一度もしたことがない。しかももう、相手のものはお福の中に入ってしまっている。

「恥ずかしくはない」相手は繰り返して、さらに続けた。「わしも驚いているが、おそらくは一度目で降りてきている」

ん？……何が降りてきている、というのか。

と、下の相手が微妙に腰の角度を変えた。相手のものが、先ほどより奥深くまで分け入ってくる。

何故か、それだけでぞわぞわと背筋に愉悦が走る。相手がお福の腰元を摑んだ。さらに亀頭が奥深くまで進んでくる。その先端が、自分の中の何か固いものに当たった。

途端、

「うっ」

思わず呻《うめ》き声を洩《も》らした。

「やはり、降りてきている」

が、お福はもうそれどころではない。何かよく分からない激しい刺激に、正気を失くしそうになる。

「よろしいか」

相手の声が聞こえ、腰を一度、前後に動かされた。

ぽこっ。

「あっ」

今度こそ小さな悲鳴を上げた。

痛いっ。

耐えきれずに、思わず両手を直家の胸の上に突く。

「しばし、我慢なされよ」

両の手のひらをやんわりと押し返され、元の体勢に戻される。再び腰を前後に数回、ゆっくりと動かされた。

ぽこっ。

ぽこっ。

……ぅう。

痛い、と最初に思ったのは勘違いだ。それほどの衝撃だった。亀頭の先が膣《ちつ》の奥の固いものに擦《こす》れるたびに、まるで雷《いかずち》にでも打たれたような愉悦が全身を襲う。

ぼこっ。

ぽくっ。

「あっ――」

五度目の擦れは、さらに強烈だった。ずん、と脳天が痺れ、がくがくと四肢が震え出した。たまらずに直家の上に突っ伏した。

しばらくして、痙攣は収まった。四肢からは、ぐったりと力が抜けている。直家の体の上で、まったくの虚脱状態に陥っていた。

ややあって、相手の声が聞こえた。

「大丈夫でござるか」

かろうじてお福は顔を上げ、直家を見た。

「……なんとか」

ふむ、と直家はうなずいた。「今宵《こよい》は、これにて仕舞いと致そう。わしもこう、何やら少し急《せ》き過ぎた。まだ先もござる」

「先？」

愕然《がくぜん》とする。これよりも先があるというのか。これ以上強烈な刺激を受けたら、私は死んでしまうかも知れない。

「わしがここで寝る。お福殿は、隣の布団で寝られよ」

えっ、とまた驚く。まだこの男は精を出していない。それで大丈夫なのだろうか。

しかし、そのことをあからさまに聞くのはやはり憚《はばか》られた。

それよりもなによりも、私が出した体液の中でこの男を寝かせるなど、とてもできたものではない。だいいち、布団を濡《ぬ》らしてしまったのはこの私だ。

自分がここで寝ることを言うと、直家は首を振った。

「わしのほうが体は大きい。男は体温も高い。布団を乾かすにはちょうど良い」

こんな場合ながら、お福はつい笑った。

「お詳しゅうございますね」

「ふむ？」

「女子《おなご》の、様々なことに」

すると直家も、いかにも仕方なさそうに苦笑した。

「そんなことはない。わしは若年の頃、さる女性に手ほどきを受けた。それだけのことだ」

不思議なものだ。つい先頃までこの男のことは好きでも何でもなかった。

ましてやこうして閨《ねや》を共にするなど、想像もしていなかった。なのに、その女性とのまぐわいとやらは、今よりもさらに凄《すご》かったのだと愚にもつかぬ想像をすると、じんわりと腹の中が熱くなる。

　お福は言った。

「では、私もここで一緒に寝まする」それからさらに早口で続けた。「二人なら、なおのことしっかりと乾きましょう」

「されど、お福殿も多少腰が冷える」

「構いませぬ」

　そう言って、脇にのけていた掛布団を、自分と直家の上を覆うようにして載せた。

「仰向《あおむ》けで寝ては、腰元が冷たかろう」

　直家はそう言って、お福の首の下に右腕を回し、自らの脇に引き寄せた。自然、お福は直家の体に寄り添い、横向きになる形になった。

　なるほど……これなら、左の太腿《ふともも》がすこし湿っているだけだ。先ほどより寝やすい。

　しかし、こんなことまでごく自然に気遣えるとは、ますますお福の思っていた以上の手練《てだ》れだ。

　相手の胸に手を置いてじっとしているうちに、うつらうつらと睡魔が襲ってきた。

　お福は不思議に思う。

　私は、いつも寝つきが悪いほうだ。暗くなると、つい滅んだ三浦家の先々を考えて眠れなくなってしまう。

　でも今宵は違うようだ。誰かの肌に触れて寝ているからだろうか。

そんなことをぼんやりと考えているうちに、ごく自然と眠りに落ちた。

翌朝に起きた時、お福は体が軽くなっているような気がした。特に腰部だ。昨晩はそこをかなり動かしたはずだというのに、不思議だ。

起きて身支度を整え始めると、やはり四肢も軽い。常になく、さくさくと動く。

付書院《つけしょいん》の天板の上に、手鏡が置いてあった。内儀が気を利かせたのだろう。

それを手に取り、手早く鏡面の中に映り込んだ自分の顔を見る。

ふむ。やはり、血色もいい。いつになく肌が艶々《つやつや》としている。

今日は、夕方に魚屋九郎右衛門――元々は善定の手代だった者の店で、会食がある。

朝餉《あさげ》の後、直家はお福に、

「それまでの日中は、この福岡と並ぶ殷賑《いんしん》の西大寺を、あの子らのために見せようかと思うが、いかがか」

と聞いてきた。

むろんお福に異存はなかった。というより、むしろそれ以上の興味があった。

この相手が、男にならなかった町だ。昨夜、直家はもう十数年男女のことはないと言った。

それだけの間が空いていながらも、あれだけの房事《ぼうじ》をさらりとこなす。若年の頃に、よほどきっちり仕込まれたのだろうと感じた。

西大寺には吉井川沿いに下って行くと、拍子抜けするほどすぐに着いた。

直家の腰元には、今日も脇差《わきざし》しか差さっていない。

見慣れてみると、むしろその姿のほうが、この男には似合っているような気もしてくる。

門前町をぶらぶらと歩きながら、二人の子供に請われるまま、直家はいろんな店の説明をしていた。おかげで、湊《みなと》から続く表通りの往復だけで、一刻《とき》を費やしてしまった。

日が中天を過ぎた頃から、西大寺に参詣《さんけい》した。その後境内をしばらく散策しながら、直家は再び子供たちに、西大寺の地の利を絡めて、何故この門前町が発展したのかを分かりやすく話した。

その北側から延びるもう一つの通りを、再び子供たちに軒先に並ぶ店を説明しながらぶらついた。

どこにあるのだろう、とお福は思った。

直家を男にした女子の店だ。そもそも、まだこの町にいるのだろうか。もしいたとしても、五十ほどにはなっているはずだ。けれど、それをあからさまに聞くのは、さすがに気が引ける。やむなく、こんな聞き方をした。

た。

「直家殿は、この西大寺で十二歳から十五歳までを過ごされたのでございますよね」

だが、直家は不思議そうな顔をしてお福を見た。

「わしは、ここよりほど近い下笠加《しもがさか》村の大楽院《たいらくいん》で育った。住んではおらぬ」

あ――迂闊《うかつ》だった。戸川の話しぶりから、てっきりここで育ったのだと錯覚していた。

ややうろたえ、思わず下を向いた。それでも直家の視線をまだ顔に感じる。ますます居たたまれない心持ちになる。

と、かすかに笑いを含んだ、澄んだ声が問いかけてきた。

「老女の戸川から聞かれたのだな」

「……はい」

すると、軽い吐息が聞こえ、お福はつい顔を上げた。

直家がお福を見たまま、柔らかな表情をたたえている。

「昔、この町には世話になった女子がいた。昨夜に話した。だから足繁く来ていた」

「いた？」

直家はうなずいた。

「今はもうおらぬ。どこに行ったかも分からぬ。町ではよくあることだ」

ついお福は聞いた。

「それは、いつ頃のことでござりましょうや」

「十年前」直家は、正確に答えた。「わしが岳父であった備中守を滅ぼした、その前年だ」

すると、まだこの男は形ばかりながらも前婦《ぜんぷ》と夫婦の仲だった頃だ。

「むろん、備中守の娘と夫婦になって以来、行き来は途絶えていた。が、世話になった女子だ。何かの折には力になりたいと思い、店がまだあるかどうかは折に触れ、乙子の家臣から報告を受けていた。それが、十年前に店が突然なくなった」

直家は淡々と言葉を続けた。

「店は、常に客入りは良かったらしい。だから自ら店をたたんで、次の生き方を決めたのであろう。悪い話ではない」

なんと言っていいのか分からず、お福はつい頭を下げた。

「申し訳ありませぬ。不躾《ぶしつけ》でございました」

「いやいや」直家は軽く手を上げた。「お福殿が関心を示すのは、当然のこと。だからわしも、合切《がっさい》のことを申し上げた。それに――」

「それに?」

そう問い返すと、この四十男は再び昨日の妙見堂の前でのように、少し俯《うつむ》いた。

既に肌を合わせた仲だ。お福には分かる。この相手、何か大事なことを言うか言うまいか迷っている。

ややあって、ようやく直家は言葉を続けた。

「その……つまり、この先お福殿さえよければ、このことはもう次第に思い出すこともなかろうと感じておる」

まあ、とお福はこんな場合ながら、つい笑い出しそうになった。

昨晩あれだけ破廉恥なことをしておいて、この期《ご》に及んでもこの内気さ、人に対する臆病《おくびょう》さときたら、一体なんなのだ。とても権謀術数を弄《ろう》して備前第一の勢力になった男とは思えない。

いや……違う。

お福は、思い違いに気づく。

臆病だからこそ、自家の先々に対しても先回りし、あれこれと手を尽くす。遠方の織田家のことも調べる。そもそも武門の知恵とは、その根を洗えば臆病さから発酵するものではなかろうか。だからこそ宇喜多家もこのように大きくなった。

子供たちを見る。三間ほど先の軒先を夢中でのぞき込んでいる。

一瞬迷ったが、その隙を逃さず、咄嗟《とっさ》に直家の手に触れた。

何も言わずとも、これで相手には充分に伝わるはずだ。

夕刻が迫る前には備前屋に戻り、昨日のようにそれぞれ子供を連れて湯殿へと入った。

子供たちが熱さに負けてそれぞれの湯殿を出て行ったあと、お福は意識して汗をじっくりと出した。おそらくは今宵《こよい》も抱かれる。もしその時、少しでも匂いがするのは、絶対に嫌だ。

特に腋《わき》や首元、そしてあの部分は、汗を滴《したた》るほどかくたびに、念入りに絹布で拭《ぬぐ》った。

そうやって二度目の水浴びもすみ、再び蒸気の中でじっとしている時に、不意に隣から呼びかけられた。

「わしもそうだが、お福殿も、なかなかに長湯でござるな」そう、直家の笑いを含んだ声が聞こえた。「が、そろそろ我慢が出来ぬ。先に上がりますぞ」

どうぞ、とお福が小さく答えた直後から、盛大に水を浴びる音が聞こえ始めた。

直家が上がった後も、お福はしばらく毛穴という毛穴から汗を絞り出していた。最後に三度目の水を被《かぶ》りながら、

きんっ――、

と昨日と同じく、頭と全身が痺《しび》れゆく感覚を味わった。一瞬、意識がくらくらとして何も考えられなくなる。

ややあって、ふと思う。

この感じ……昨夜、自分が上になっていた時の、あの強い刺激にかなり近い。そして、そんなことを思い出す自分に、呆《あき》れた。

好色にもほどがある。

さらに水を何度かざぶざぶと被り、湯殿を出た。


魚屋九郎右衛門の店は、備前屋から半町ほど大通りを進んだ、逆側にあった。

他家の会食に招かれるという事情もあり、善定の内儀が二人の子供の面倒を見てくれるという。だから、二人だけでその店に出向いた。

「これは和泉守様、お久しゅうござりまする。ささ、よくお越しくださりました」

五十前後の恰幅《かっぷく》のいい男が軒先まで出て来て、満面の笑みで二人を出迎えた。

直家の話によれば、この九郎右衛門は、そもそもは備前屋の手代で、その後に独立して店を構えた。源六と呼ばれていた頃は、居候の直家と一つ屋根の下で、六年間も寝食を共にしていたという。

さっそく座敷へと案内され、そこにいた九郎右衛門と同年代と思《おぼ》しき商人を紹介された。

「こちらは、小西隆佐殿と申され、堺で薬種問屋を営まれているお方でございまする」

直家は相手を見ると、すぐ丁重に頭を下げた。

「今宵は急なご無理をお聞き入れいただき、まことにありがたく存じております」

その態度にも言葉遣いにも、お福は驚いた。

侍は、そのほとんどが商人などまともな生業《なりわい》として見ていない。が、この男は――父と仰ぐ善定はともかくとして――その他の商人に対しても、その生き方を武士よりも卑しいとはまったく思っていないらしい。

この点に関しては、挨拶《あいさつ》をされた隆佐もよほど驚いたらしく、

「いやはや、それがしなどにそのようなお言葉など、もったいなくも畏《おそ》れ多き次第でございまする」

と両手を突き、深々とお辞儀をした。

その双方の様子を見て、九郎右衛門がさらににこやかに笑った。

「隆佐殿、私が申していた通りでございましょう？」

左様、と隆佐は遠慮がちに答えた。「それがし程度の者が申すも憚《はばか》りながら、和泉守様は、やはりこの浮世における我らの役回りをしかとお分かりのご様子。正直、いたく感激しております」

それからすぐに膳《ぜん》を囲んで会食が始まった。

むろん、その酒の肴《さかな》は件《くだん》の織田信長のことだ。

隆佐が言った。

「織田殿は、我ら堺の会合衆《えごうしゅう》に二万貫の矢銭を要求されておりまする」

途端、隣の直家から、小さな唸《うな》り声が上がった。むろん、この額にはお福も仰天した。

銭二万貫と言えば、米で四万石から五万石に相当する。それを純粋な貯えとして備蓄するには、直家のような二十万石規模の領国をもってしても至難の業だ。あるいは五十万石ほどの領国があればなんとか都合がつくかもしれないが、それにしても、その有り金を全部寄越《よこ》せと言われているに等しい。

さらに隆佐の言葉は続く。

「それだけではなく、大坂本願寺《おおさかほんがんじ》にも五千貫。さらには尼崎《あまがさき》の町にも矢銭を要求されるおつもりのようでございまする」

直家が聞いた。

「大津、草津に続き、畿内の主だった町からは、残らず徴収されるおつもりですな」

「左様でありまする」

「して、隆佐殿の堺のご対応は？」

「今井宗久《いまいそうきゅう》殿を除いては、ほとんどの会合衆がこの要求には反対し、常雇いのお武家様の他に大量の牢人《ろうにん》衆のお方々を雇い入れ、町の周囲にぐるりと高塀を増築し、堀を深くし、その要所要所に大筒まで設置し始めております。さらには、三好三人衆のお歴々と共同戦線を図りつつありまする」

ふむ、と直家はうなずいた。

「隆佐殿も、その反対派でありまするか」

一瞬、隆佐は口ごもった。

「むろん、それがしとて堺の自治権を奪われとうはございませぬ……」そう言って、改めて居ずまいを正した。「そこで、今度はこちらから和泉守様にお尋ねしとうございまする。武門の方々から見られまして、私どもの抵抗は、果たして実を結ぶでありましょうや」

直家は少し首をひねった。

「その今井殿とやらは、なんと申しておられるのか」

「今井殿は、もはや織田勢は旭日《きょくじつ》の勢い、はなはだ不本意ではあるが、背に腹は代えられぬ、ここはひとつ、膝《ひざ》を折ってこその堺でござる、と……」

「なるほど」

隆佐はもう一度深々と頭を下げた。

「繰り返し申し上げまする。この件につき、和泉守様のお考えを是非お伺いしとうございまする」

その声にも、切実な思いがこもっていた。

直家はつい、という仕草で懐手になり、それから口を開いた。

「されば、まずは結論から申し上げまする。いかに不条理でも、一旦《いったん》は織田殿の要求を呑《の》まれたほうがよろしかろう」

「何故、そうお思いになられますでしょうか」

「これは、昨晩に備前屋の善定殿から聞いた話でござるが、それがしもまったく同意見でござる――」

そう前置きをしたうえで、織田家がいかに革新的な家臣編制をし、かつ、その直轄地も驚異的に多いかということを語った。

「これにて、織田家はその棟梁《とうりょう》の下、一糸乱れぬ系統で動きまする。対して三好家は、その三人衆という言葉が示す通り、内実は必ずしも一枚岩ではござらぬ。さらにはその動かせる軍勢にもはるかに差がございます。現に、先だっての織田家の上洛《じょうらく》の折、三好家は蜘蛛《くも》の子を散らすように京洛から退散したとのこと……これを見ましても、三好家の後ろ盾などはまったく当てにならぬと考えられたほうが妥当でござる」

「ですが、われらがご牢人の方々を、さらに数多く徴募すれば？」

すると、直家はからりと笑った。

「これは、算用の得手《えて》なお方々の言葉とも思えませぬな」

「はい？」

「織田殿が上洛の際に引き連れた軍勢は、五万とも聞いておりまする。城攻めには兵三倍の法というものがござるが、三好氏が当てにならぬとすれば、堺はその籠城《ろうじよう》戦に耐えるだけでも、この兵法の裏である一万五千から二万の軍勢は要りまする。さすればその徴募する軍費は、二万貫どころか二十万貫でもとうてい間に合いませぬ」

「……」

「戦は、矜持《きようじ》でやるものではござらぬ。実際に算盤《そろばん》を弾《はじ》いて、しかと勝算を立ててから初めてやるものでござる。このこと、会合衆のお方々も物事に鋭敏な商人であられるなら、よくよくご思案されたほうがよろしい」

お福はそれを聞いていて、なんだか変な気分になった。同時に、妙なおかしみも感じる。

これではどちらが武士で、どちらが商人か、まるで分からぬではないか——。

備前屋までの帰路、大通りの両側には軒先に吊《つ》るされた屋号入りの行灯《あんどん》が、ずっと先まで続いていた。まるでこの世のものとも思えぬ幻想的な美しさだった。やはり殷《いん》賑《しん》の地なのだ、とお福は歩きながら見とれていた。

けれど、直家のつぶやきに、急に現実《うつつ》に引き戻された。

「信長は、恐ろしいほどに銭というものが分かっている。郎党化を図って扶持《ふち》雇いすることといい、町の押さえ方といい、やり方も徹底している」

そのとおりだ、とお福も感じた。

聞けば聞くほど、その織田信長という人物には凄《すご》みを感じる。さらには町衆への為《し》様《ざま》にも、ひやりと酷薄なものを感じる。

その信長への印象を、離れの部屋に戻った時に口にした。

直家はうなずいた。

「わしも、そう思う。おそらく信長は、相当に剣呑《けんのん》な男だろう」

素朴な疑問としてお福は聞いた。

「ならば何故、堺の方々には織田家の軍門に降《くだ》るように申されたのですか」

「どちらにしても堺は、今の織田家の武力の前には、最後には服従せざるを得ぬ。ならば徹底抗戦した挙句に、半ば圧死させられるようにして軍門に降るより、その財力を温存し、折を見て反撃の機会を残したまま服従したほうがよい」

それで直家も反信長派であることを、改めて察した。そして出来れば、織田信長などという余所者《よそもの》にこの備前の地まで進出して欲しくはない。

気づけば、お福はいつの間にか布団に包《くる》まって、ごく自然に直家の胸に右手を回し、添い寝をしていた。

その鳩尾《みぞおち》が、お福の手のひらの中で、とく、とく、とはっきり動いている。

少し躊躇《ためら》ったが、やはり聞いた。

「ご心配なのですか」

ややあって、直家は恥じ入るように答えた。

「そうだ。情けないが、わしは実に小心な男だ」

「……」

「織田家がこの備前までやって来ることを想うだけで、胸の鼓動が自然に速くなる。西には毛利、東には織田。我が宇喜多家は、やがてこの二つの勢力に挟み撃ちになる」

お福はやはり、変に感心する。

他家には謀略の限りを尽くすくせに、実際に向き合えば、これほど正直に内心を吐露する男も滅多にいないのではあるまいか。

少なくともお福は、ここまで素直に心の内をさらけ出す男を、今までに一度も見たことがない。

そして再び感じる。こういう小心さ、用心深さこそが、やはりこの男を修羅道の世界でここまで生き残らせてきたのだと。

やや子供扱いのような気もしながら、その鳩尾を何度か撫《な》でた。

「後のことは、後のことにてございます。いかに織田殿が強大とはいえ、この備前までやって来るには五年から十年はかかりましょう。直家殿ならきっとその間に、なにか良いお考えが閃《ひらめ》きになられます」

けれど、直家はなおも自信がなさそうだった。

「で、あろうか」

「そうでございますとも」

さらに励まし、今度は腹のあたりに手のひらを移した。

「今は分からぬことでも、焦らずじっくりと時さえかければ、分かってゆくことも多くあるように思われます。人の決断も事の次第も、時さえ経《た》てば、収まるべきところに収まっていくようでございます」

「ふむ……」

「ですから、今はこれ以上思い悩まれるのは、お止めなさりませ」

直家は、ようやく少し笑った。

「時さえ経てば、収まるべきところに収まっていく、か……良き言葉だ。そうかも知れぬな」

「はい」

応じながら、ふと気づいた。

これだ。この頼りなさ、この妙な素直さは、直家がまだ少年だった頃は、より顕著だったに違いない。侍だからと言って、変に武張《ぶば》ることが一切ない。

道理で、その西大寺の女とやらが放っておけなかったわけだ。そんなことを考えているうちに、じわりと股間《こかん》が濡《ぬ》れてきた。

今宵《こよい》も強い月明かりが、皓々《こうこう》と障子を照らし出している。

「……」

どちらから誘《いざな》うともなく、閨《ねや》の事が始まった。

早くも肌がなじんできているのか、体が敏感に反応する。素直に気持ちがいいと感じる。途中、膣《ちつ》の上部を擦《こす》られるあまりの気持ち良さに、挿入され続けたままの隙間から、じゃばじゃばと潮を洩《も》らしてしまった。

膣から抜かれた時は、さらに一層の潮が噴き出る。

やがて、お福が上になる時が来た。

直家が微妙に腰の角度を変え、お福の腰に両手を回してゆっくりと前後に揺すり始めた。

来た、と思う。今夜は、もうはっきりと分かる。

膣内の行き止まりにある突起物に、硬い亀頭《きとう》が当たる。その先が、突起物を弾くようにして前後に動くのだ。

ぽこっ。

一瞬にして背筋から脳天まで、痺《しび》れるような激しい愉悦が駆け抜ける。

ぽこっ、ぽこっ。

二度、三度とその行為を繰り返されるだけで、早くも肌が粟立《あわだ》ち、いきそうになる。

ぽくっ——。

どういうやり方なのか、四度目でやや強く当てられると、
あっ、
と思わず声が出てしまった。一瞬、意識が飛んだような感じになる。

昨夜と同じように全身ががくがくと震えて四肢から力が抜け、ついに直家の体の上に突っ伏してしまう。

その結果としての一連の行為が、じっくりと時をかけて幾度となく繰り返された。

頭が痺れてゆく頻度が増し、視界さえぼんやりとしてくる。

時おり少し正気に戻り、改めて感じる。

やはり気持ちが良い。ひどく心地好《よ》い。

話に聞く極楽とは、少なくとも五感に関する限り、このようなものではないか……。

が、やがて慣れない体勢に腰の筋力の限界が来た。それ以前から、もう四肢にもまったく力が入らなくなっていた。完全な虚脱状態だ。

行為をいったん止めて二人で添い寝しているうちに、ひんやりとした夜の冷気が火

照った体から熱を奪っていく。汗がゆっくりと引いていく。

ふと気づく。

一連の行為を始めてからこうして中断するまで、畳の上を移動した月の明かりの位置から見るに、優に一刻《とき》は経っていた。その間、男根は一度も柔らかくなることはなく、ずっと怒張したままだった。四十にもなるのに、まったくたいした耐性と体力だと思う。

少なくとも、お福の亡夫は挿入した後、しばらく動くと堪《たま》らずに、すぐに精を放出していた。それで男女の行為は、いつもあっけなく終わりだった。

けれどこの相手は、今宵もまだ精を出していない。

その二つの意味のことを、なるべく婉曲《えんきょく》な表現で尋ねると、直家は珍しく照れたように笑った。

「わしは、お福殿とはよほど相性が良いものとみえる。だから、ずっとこれが――」

と、股間のほうに手をむけ、「元気なようである」とぬけぬけと言ってのけた。

これには言われたお福も、何と答えていいものやら分からない。

ややあって、ようやく一言だけ口にした。

「されど、よくもちまするね」

精を出さずに続けることが、という意味で言った。

相手もそれが分かったらしく、うなずいた。

「川床の砂の中から、一粒の砂金を探し出すようなものだ」

「え？」

「閨での相性が、ぴたりと合う相手を探す、ということはだ」

「……」

「だから、その一粒の金は、時をかけて大事に扱いたい」

しばらくして、男女の事を再開した。今度はお福が下になり、直家が上になる。この体勢もひどく気持ちが良い。挿入されたまま、何度か潮を吹いてしまった。

しばらく続けたあと、直家が言った。

「お福殿、刺激が強いことをしても、構わぬか」

「え？」

昨日言っていた続きのことだ、と直後には悟る。

「お福殿の奥に、こりこりとした突起があろう」

もう、その意味は分かった。だから、黙ってうなずいた。

「そこを、もう少し強く擦《こす》る」

なんとなく恐ろしくなった。自分が上になった時、そこを何度か擦られるだけで、あまりの気持ち良さに、今夜も私は危うく正気を失くしそうになった。

恐る恐る言った。

「……正直、どのようなものか知りたい気持ちはございます」

「ふむ」

「けれど、私はこれ以上の刺激に遭えば、体がばらばらになるような気がいたします」

すると、直家は穏やかな口ぶりで言った。

「大丈夫でござる。お福殿は、そのまま俯《うつぶ》せに寝られているだけでよろしい。あとは、わしに任せられよ」

言われた通りに布団の上に俯せになった。直家がそのお福の下腹部に、枕を入れてくる。自然、臀部《でんぶ》をやや突き出したような格好になる。恥ずかしくもある。

と、相手が、お福の顔の横に浴衣《ゆかた》の帯を置いた。

「もし大声を上げそうになったら、これを口に含《ふく》まれよ」

それを聞いて、お福はますます不安になった。

「そのように、甚だしいものでございますか」

「どんなに我慢しても、多少の声は出るようじゃ」

期待はある。それがどんなものかという好奇心もそれ以上にある。けれど、やはり止めましょう、と言いかけたところで、背後から相手の男根がそろそろと入ってきた。

う……。

　まだ挿入されただけだというのに、今までとは微妙に違う気持ち良さを早くも感じ始める。

次に、お福の中を八分目あたりまで埋めて、ゆっくりと動き始めた。

うぅ、う……。

なんだろう、この異様な気持ち良さは。膣内を軽く、そしてゆっくりと前後している だけなのに、今までの愉悦とはまるで違う。

「では、そろそろ奥へと参る」

そう言って、さらに奥へと入ってきた。突起物に、直家の先が当たった。

そのまま相手は、しばらくじっとしていた。

けれど、じっとしているつもりでも、互いの体はごく微妙に動いてはいるから、当然その当たり所もほんの僅《わず》かずつ、擦《こす》れながらずれてゆく。ぞわぞわと蟻《あり》が這《は》い寄ってくるような感触が脳裏に押し寄せる。

と、その突起を亀頭の先がさらに押した。直後、その先端が強く擦れながら外れる。

ごりっ――。

「あっ！」

思わずお福は声を上げた。一瞬で、全身が総毛立つ。

咄嗟《とっさ》に帯を口の中に咥《くわ》え込んだ。そうでもしないとまた絶対に声が出る。

直家は、背後から動きを続ける。

ごっ。ごりっ。

ごりっ。

「！」

もう、あまりの強烈な刺激に声すら出ない。後頭部を槌《つち》で殴り付けられているような凄《すさ》まじい衝撃だ。愉悦だ。早くも気が遠くなりそうになる。両太腿《ふともも》も激しく痙攣《けいれん》しているのが分かる。

と、直家の動きが束の間止まり、

「如何《いかが》か」

というつぶやきが聞こえた。

それに呼応するように、つい二度、三度と激しくうなずいた……ような気がする。

「では、いま少し」

そんなつぶやきが再び聞こえた。

男根の角度が微妙に変わった。今度はさらに強く、亀頭《きとう》の先端で圧迫してくる。

ぼくっ――。

押し付けたまま突起物を激しく弾《はじ》き、また弾きを繰り返す。

ぼくっ。ぼこっ。ぼくっ。

そのたびに稲妻に打たれたような衝撃が背筋から脳天まで走り、頭が激しく痺《しび》れる。

「ひっ――」

続けざまに襲い来る悦楽に、もはや痙攣を起こす余裕すらない。間断ない愉悦の波が、さらに一段と高くなってお福に押し寄せてくる。

直家はなおもその行為を繰り返している。

いけない……。

意識が急激に白っぽくなっていく。

同時に、頭の中が何か甘い蜜《みつ》のようなもので満たされていく。

溶けていく。欠けていく。壊れていく。

今感じている宇内が、ばらばらになっていく。

……自分が、ここでない何処《どこ》かに行こうとしている。

ふっと意識の中に、薄晴れの天空が見えた。

その空の下、遠くにせせらぎがある。明るい靄《もや》がかかっている。何か、黄色いものが舞っている。

彼岸だ、と感じる。

途端、お福は気を失った。

目が覚めた時、お福は直家の脇で寄り添うようにして寝ていた。

布団はかけられているが、むろん、素っ裸のままだ。

咄嗟に障子に映っている月光の角度を見る。長く眠っていたように感じたが、そんなに時は経っていない。四半刻《しはんとき》、といったところだろうか。まだまだ夜は長い。

横にいる相手を見た。直家はずっと起きていたのか、すぐにこちらを見た。

「目覚められたか」

そう聞いてきた。

「すみませぬ」それから自分が可笑《おか》しくなり、少し笑った。「これが、気死《きし》というものでございますね」

相手も少し笑い、うなずいた。

「体は、痛まぬか」

そう言われ、改めて体の隅々の感覚を意識する。どこにも痛みはない。肝心なあの部分にしても、まだ少し痺れたように疼《うず》いているが、それは痛いからではない。昔、薙刀《なぎなた》の稽古《けいこ》を散々した後に感じたことのある、ある種の気持ち良さのようなものだ。

お福は、勇を鼓して口にした。

「直家殿は、大丈夫なのですか」

ん？　という顔を相手はした。それから意味を悟ったらしく、あっさりと笑った。

「わしが精を出さぬことに、気を遣っておられるのか」

そうあからさまに言われると、何とも答えようがない。だから黙ってうなずいた。

「まだ、動けそうか」

少し考える。少し眠って、体力も回復していた。

「はい」

「ではわしも、今度は最後までいき申す」

なんだかまた、可笑しくなった。この男は、閨《ねや》のことについても念入りに了承を取りつけつつ、徐々に段階を進めていくつもりらしい。細心な上に、慎重な性分なのだ、と改めて感じる。

「なにか、面白きことでも？」

「なんでもございませぬ」

ふむ、と直家はまた笑った。「確かに、少し眠られて元気になった」

再び男女の事が始まった。

前と同じく一連の行為を最初から重ねて、お福の体が充分にほぐれたところで、再び背後から奥の突起を刺激され始める。

ぼくっ。

ぼくっ——。

……く。

やはり擦られるたびに、意識が飛びそうなくらいに心地が好《よ》い。

五度ほど繰り返されたところで、たまらずに痙攣を起こす。

すると、直家は動きを止める。

お福の痙攣が収まったところで、再び動き始める。

そのようにして、二度、三度と頭の中が芯《しん》まで痺れた後に、今度はいよいよお福の膣奥《ちつおく》に圧をかけて挿入してきた。

来た——。

お福はその期待に、早くも全身がぞくぞくする。

果たして相手は、亀頭を密着させたまま、動き始める。

ぼこっ。

うっ——。

ぼこっ。ぼこっ。

やはりだ。前のように亀頭を密着させたまま、お福の突起物を前後に、そして左右に弾き続ける。そのたびに全身の神経を抜かれるような、痛みとも快楽ともつかぬ衝撃が訪れる。

お福は帯を口に含んだまま、必死に声を上げまいとする。布団の端を摑《つか》んでいる両手にも、布を引き裂かんばかりに力がこもる。

……やはり、苦痛なのではない。刺激があまりにも強すぎるだけだ。

早くも意識が遠のきそうになるのを、必死に持ち堪《こた》える。

あと少し。

もう少し先まで行きたい。

それでも再び脳裏が次第に混濁してきて、余計なことは何も考えられなくなる。五感だけが残っている。

亀頭が密着したまま、依然として突起物を弾き続けている。そのたびに気死しそうになるのを懸命に堪える。

またた。

また、少しずつ魂が体から抜けていく感覚がある。

見えてきた。

白っぽい意識の先に、景色が広がる。振り返った黄色い野原の川向こうに、誰かがいる。

誰だろう。

……私？

直後、体の奥で感じた。それまでも充分に硬かった直家のものが、よりいっそうに怒張し始めている。

分かる。終わりは近い。間違いない。直家の動きも速くなる。

ぼくっ。ぼこっ。ぼくっ。ぼこっ。ぼこっ――。

閉じた目の奥で稲妻が横に流れ、幾筋にも枝分かれし、その雷が何度も脳天に落ちる。体が一気に壊れ始める。

もう、我慢も限界だ。

「うーっ！」

ついに限界が来た。帯を咥《くわ》えた口の端から、堪《こら》え切れずに大声が洩《も》れた。

直後だった。膣の奥にどっと液体が迸《ほとばし》る感覚があった。たちまちのうちに内部が満たされていく。

ぷつっ――。

そんな絹糸の切れるような音が脳裏のどこかで弾《はじ》けた。

懸命に耐え続けていたにもかかわらず、その最後で、完全に意識が途切れた。お福は再び気を失った。

6

永禄十一（一五六八）年も暮れて、正月が明けた。

直家は今、沼城の広間で、各地から集まってきた家臣たちから年賀の挨拶《あいさつ》を受けている。

隣ではお福が、やや居心地が悪そうに座っている。恥ずかしがってさかんに尻込《しりご》みする相手を、直家がそうさせた。

思い出す。二月《ふたつき》前の、福岡での二晩目のことだ。

あの夜更け、直家が果てた直後に、お福は再び気死した。

が、夜明け前にどちらからともなく目覚めた時には、まるでそれが暗黙の了解でもあるかのように、また房事を始めていた。

お福の体は、三度目にして早くも練度が上がり始めていた。無意識にだろうが、体位の力点変化による相手への体の預け方を、早くも覚えつつあった。膣の中も、直家が動くたびにますます激しく脈動する。驚くべき順応性だった。

昔、紗代《さよ》が言っていた。

男女のこの事は、会話と同じようなものです、と……。

そして、この会話の水準がいつまで経っても繰り上がらない相手と接することほど、虚《むな》しいものはない。

しかし、お福は二晩目で早くも繰り上がりつつある。

もともとの地頭が良いのだ、と直家は感動と共に思った。

その夜明けにもう一度精を出して果てた時、直家は照れながらも、ついこう口にした。

「わしは今、長い旅路を経て、そこもとの許《もと》に来たような気がする」

正直な気持ちだった。

とはいえ、人の一生は、生まれた時から、「今・ここ」に向かって一時の迷いもなく進んできたわけではない。

水が、岩肌を低きに流れていくようなものだ。その岩肌の上を何度も枝分かれし、時に停滞し、時に袋小路に入り、結果として今に至った流れが、たまたまここという場所になる。

だから直家も、このお福という相手に会うためだけに、その半生を過ごしてきたわけではない。

それでもやはり、この女に出会うために、これまでの半生があったのではないかとさえ思える。そしてその甘美《かんび》な錯覚こそが、生きる妙味《みょうみ》というものだ。ちょうど、かっての紗代に感じていたように……。

お福は、その直家の発した言葉をしばらく噛《か》みしめるように黙っていたが、ややあって照れたように笑った。

「不思議でございます。私にも、なにやらそのように思えてきまする」

あの日、直家は沼城に帰ってきてからすぐ、お福を宇喜多家の奥方に迎える旨を、沼城家中の者を大広間に集めた上で伝えた。

さらにこう念を押した。

「此度《こたび》のこと、誰からも強いられてはおらぬ。わしの望みであり、このお福殿も同様であられる」

おぉ、というどよめきが座に満ちた。

「殿、ようやくその気になられましたか」

「いや、めでたい」

「これで宇喜多家も安泰でござる」

直家は内心で苦笑した。

現在、跡継ぎには与太郎を据えている。が、忠家の治める砥石城以外の家臣は、やはり直家に嫡男《ちゃくなん》が生まれてこその宇喜多家だと思っている。

けれど、直家には直家の考えがある。

そして年が明けた正月、支城の重臣も集まった中で婚礼の儀を執り行い、与太郎に続き、桃寿丸も宇喜多家の養子として迎えた。

この後、跡取りの件では、お福との間でも多少のやり取りがあった。

「されど、私との間に男児が生まれれば、どうなさるおつもりです」

「それは、生まれてからの子柄《こがら》を見て、また考えればよい」

そして、商人になることを希望しながらも、備前屋に奉公している間に夭折《ようせつ》してしまった異母弟の三男・春家のことを語った。

「たとえ武門の家に生まれたからといって、この極道渡世には向き不向きがある」直家は言った。「もし不向きな者を棟梁《とうりょう》に据えれば、当家などすぐに滅びるのだ。であれば、たとえわしとの血の関わりは薄くとも、武将に向いた男児を跡取りに据えたほうがよい」

さらに付け加えた。

「たとえば、桃寿丸が与太郎より向いているようであれば、当然そのようにする」

本心だった。武門の棟梁など、我が身を振り返ってみても人であって人ではない。人の集団をまとめ上げ、載せていく土器《かわらけ》なのだ。だから、その土器に向く者を据える。

すると何故か、お福は笑った。

「はてさて、血脈には、まことに恬淡《てんたん》とされたお方でありまするな」

多少憮然《ぶぜん》として、直家は言った。

「当たり前だ。親の情にほだされて判断を誤るようであれば、宇喜多家などすぐに滅びる。申すも憚《はばか》りながら、わしの父がいい例だ。宇喜多家に仕える五千名の命運を考えれば、わし個人の親の情など、どうでもよい」

お福は首をひねった。

「つまり、跡取りは直家殿のようなお方であれかし、と」

「それは、時と場合による」直家は答えた。「今、宇喜多家は東西から大勢力により、次第にその封土《ほうど》を挟まれつつある。このどちらかが消滅してくれるなら、棟梁はわしのような者でもよい。が、このまま時勢の移ろいと共に、さらに両者が備前の近くまで圧迫して来たとしたら、この宇喜多家は一方から身を守るために、他方の傘下に入らざるを得ぬ。毛利か織田に屈せざるを得ぬ。そうなった場合——」

そこまで言って、つい言葉に詰まった。

ここから先の話は、情けないが自分の資質の限界を語るようで、出来れば話したくなかった。

が、お福は容赦がなかった。

「そうなった場合？」

「……うむ」

お福がやや居ずまいを正し、改めて直家を見た。

「直家殿、気乗りせぬ話を途中で切り上げられるのは、直家殿の悪い癖でございます。どうぞ、素直におなりあそばせ」

まるで子供でも諭すかのようなその口調に、つい顔をしかめる。

この新しい女房とは、ほぼ毎晩のように閨《ねや》での時を過ごしている。それどころか、時には双方快楽の奴隷になり果て、互いに肛門《こうもん》まで舐《な》め合う間柄になっていた。

これでは十五以上の歳の差も、夫としての威厳もあったものではない。

さらには自分でも悪い癖だとは思うが――かつての紗代に対してそうだったように――いったん心を許してしまった女性には、ついつい身辺に起きたことを詳細に話してしまう。

その上で、この女はどういうわけか、直家の物の感じ方や考え方をすぐに吸収して、自分のものにしてしまう。

結果として、以前は二人の間で圧倒的に開いていた精神の年齢差や思考の差異が、次第になくなってきている。互いの距離や言葉にも、遠慮がなくなってきている。

仕方なく直家は、渋々と言葉を続けた。

「わしは、十六から城主になったせいもあり、下の者に対する扱いはそれなりに心得ているつもりだ。されど、どこかの武門に新たに被官として属した場合、旗頭と仰ぐ棟梁や、その組下の者と上手《うま》く付き合っていけるかどうかの自信がない」

「それは、どうしてでございましょうや」

ますます直家は言葉に窮した。

言いたくない。この年若い女房の前で、亭主――いや、男としての弱みをこれ以上見せたくはない。

が、結局は白状した。

「……わしが生来の人見知りだからだ。知らぬ者が大勢いる場に身を置くと、つい心が臆《おく》する。何と話しかけて仲良くなればよいか分からぬ。ひどく疲れる。二十五年前に浦上家に仕えた時もそうだった。わずか半年ほどだったとはいえ、わしには親しき朋輩《ほうばい》は一人も出来なかった。だからじゃ」

それを聞くと、お福は体を折るようにして笑い出した。

「さても、気弱な」

その反応に、直家は苦り切った。

「笑うな」

「されど、とても三十万石近くを傘下に持たれた棟梁のお言葉とも思えませぬゆえ」

「しかし、そうなのじゃ」直家はなおも意固地になって言い募った。「だから、もしそうなった場合は、わしのように臆する者ではうまく行かぬだろう。もっとあけっぴろげな人柄で、上からも朋輩からも好まれるような者を、宇喜多家の次代の当主に据える必要がある」

が、お福はなおも笑い転げていた。

「なんともまあ、頼りなきご領主であられまするこど」

直家は、ますます身の置き所がなくなった。

が、同時にこうして初めて口に出すことにより、自らの心底もようやくはっきりと透《す》けて見えてきた。

毛利と、それを旗頭と仰ぐ三村の連合軍……以前から厄介な敵とはいえ、これはまだいい。

毛利家は、元就《もとなり》の跡目を継いだ二代目の隆元《たかもと》が、六年ほど前に急死していた。

その二年後の明禅寺合戦の年に、当時、三代目を継いだ輝元《てるもと》は、まだ十三歳にしかならぬ少年だった。長じた今も、武将としての資質は凡庸との世評が専《もっぱ》らであった。

元就が仕方なく、七十をとうに過ぎた今でも嫡孫《ちゃくそん》の後見人として政務を見ている。

そして、その老体の軍事面を補佐するのは、元就の次男と三男である吉川元春《きっかわもとはる》と小《こ》早川隆景《ばやかわたかかげ》だ。

しかし、肝心の当主が凡庸では、いくらこの両川《りょうせん》が有能でも、毛利家本体の動きは当然のごとく鈍くならざるを得ない。

だから、あの明禅寺の戦いでも、三村軍の後ろ盾だった毛利家の動きは常に一歩遅く、辛うじて自分が勝ちを拾えたのだと、直家は今にして思う。

だから、この西の勢力だけなら、松田家の封土も手中に収めた今では、なんとか宇喜多家だけでも独力で対抗できる自信はある。

問題は、織田だ。

あの圧倒的な軍事力を持つ信長がこれ以上西へと膨張してくるようであれば、宇喜多家は西への対抗上、織田の軍門に降《くだ》らざるを得ぬ。

そう、半ばは結論を下した。

しかし自分は、織田の勢力が膨張するのを歓迎しているのかと言えば、毛利や三村に対する以上に決してそんなことはないとも、直家は我が感情としてはっきりと意識した。

二月になり、再び善定から分厚い文が届いた。

中身は、直家の危惧《きぐ》していた通りのものだった。

それ以前に、堺が織田家に対抗するため、直家の忠告を無視して三好三人衆と組んだことは、魚屋九郎右衛門や善定から聞き及んで知っていた。

別にその件では、直家は気分を害したりはしなかった。

堺の会合衆としては当然の気持ちだろう。なにがなんでも町の自治権を守り抜きたかったに違いない。

織田軍は、昨年に上洛《じょうらく》してから一月ほどで、畿内の掃討戦を粗々《あらあら》に片付けた。そして十月の下旬、その主力部隊のほとんどが美濃へと帰還していた。

むろん、軍令を出した信長自身もそうだ。

足利義昭を十五代将軍の地位に就けた後は、一見、これでもう京になど未練があるかと言わんばかりの慌ただしさで、岐阜城へと戻った。

堺の会合衆はこの一連の動きで、織田家の在京での長期政権はないと踏んだ。

たぶんに希望的観測が入っており、商人にはあるまじき判断だが、だれしもこのような場合は、そのような見通しを立てがちなものだろう。

直家は思う。人は、たいがいの場合において、自分が見たい現実しか見ようとしないものだ。

ともかくも、堺から軍費の協力を取り付けた三好三人衆ら一万の軍は、一月五日、義昭の仮御所である六条本國寺《ほんこくじ》を襲った。

が、本國寺にわずかに残っていた明智光秀《あけちみつひで》ら織田軍の奮戦により、急襲は失敗する。

翌日には細川藤孝《ほそかわふじたか》や荒木村重《あらきむらしげ》らの軍も本國寺まで駆けつけてきて、三好三人衆は織田勢に対して数倍する軍容にもかかわらず、撤退を余儀なくされる。

岐阜城にいた信長は、この報を一月六日に受け取った。直後には豪雪をものともせず少数の部隊を率いて美濃を発した。三十里の行程を二日とかからずに走破し、八日には入京していた。

おそるべき行動力だと、直家はまたしても怖気《おぞけ》をふるった。

翌九日、先発した信長に続いて、美濃と尾張の各地から織田軍が続々と京に集結した。ある程度の軍勢が揃ったと見るや、信長は間を置かずに畿内での掃討戦を開始する。

十日には高槻《たかつき》城の入江《いりえ》春景《はるかげ》を攻め滅ぼし、続いて三好三人衆をも阿波へと敗退させ、ほぼ摂津全土を軍政下に収めた。

信長は既に、三好勢力を背後で動かしているのは堺だと気づいていた。そしてひどく怒っていた。

「ただちに矢銭二万貫を納め、織田家に服従せよ。さもなくば、町を焼き払う」

結局、堺はこの要求を吞《の》んだ。

信長は、以前から織田家に好意的であった今井宗久を町衆の代表として、堺を実質的に支配下に置いた。

直家は、つい軽いため息を洩《も》らした。

その迅速なること鬼神の如くである。やはり織田家は信長の軍令下、一糸乱れずに動く。

さらにしばらくすると、信長が足利義昭のために、京に大規模な城郭を築城中であるとの風聞が流れてきた。一方で、将軍家のためにそこまでの巨費を投じているにもかかわらず、正親町《おおぎまち》天皇から正式に要請された副将軍就任の話は、再びにべもなく断っている。

そこに直家は、信長の心底をありありと想像することが出来る。

信長はそもそも足利将軍家など、歯牙《しが》にもかけていないのだ。今、協力を惜しまないのは、それが一時的に織田家の名目になるからだけで、やがては自分が将軍家に取って代わろうとしている。

改めて実感する。この男の勢力は、やがて必ずや備前まで伸びてくる。

一方、播磨《はりま》に目を向ければ、龍野《たつの》城主の赤松政秀《あかまつまさひで》や、三木《みき》城主の別所安治《べっしょやすはる》らは、昨年の織田軍の上洛直後には、京に出向いて信長に誼《よしみ》を通じている。それどころか別所などは、本國寺の変では、織田にすぐさま援軍を出しているという腰の入れようだった。

他方で、今では直家と潜在的な対立状態にある浦上宗景は、相も変わらず西播磨の赤松領に兵を入れている。当然、織田家には与《くみ》していない。

播磨国の東から順に言えば、

別所・親織田
小寺《こでら》・反織田
赤松・親織田
浦上・反織田

となる。反織田と親織田派が見事に交互に入り交じっている。互いに隣国を牽制《けんせい》するためだ。さらに言えば、龍野城主の赤松政秀は、宗景の執拗《しつよう》な領土侵食にたまりかね、織田家に再三にわたって援軍を請うている最中だ。

宗景を備前での今後の敵対勢力だと見定め始めている直家にとっては、ここで親織田派に与していたほうが、何かとやりやすい。三村や毛利への対抗策としても有効だろう。

それでも直家は、まだ迷っていた。

そんなある日の夕刻、思わぬ人物の来訪を受けた。

家老の長船が、

「宗円《そうえん》という頭を丸めたお方が、殿に謁見を求めて参られております」

と、直家に報告してきた。

「なに、宗円とな」

むろん、その名前は古い記憶にすぐ結びついた。紗代のかつての大旦那《おおだんな》であった、西大寺の高僧の名だ。

しかし、あれから二十五年ほど経っても生きており、こうして沼城まで来る体力があるとは驚いた。もう、とうに八十は越しているはずだ。

「大層なご高齢でもあられる。丁重に、奥の間にお通しせよ」

すると、長船は不思議そうな表情を浮かべた
「そこまでご高齢ではありませぬ。御屋形様と同じか、行ってもせいぜい四、五歳ほど年上かと」

「ん？」

「昔の名を、黒田満隆《くろだみつたか》様と申され、なにやら福岡に所縁《ゆかり》のある方でございまするそうで――」

あっ、と直家はさらに愕然《がくぜん》とした。思わず軽く腰を浮かしかけ、また座った。

まさか、播磨からはるばるわしを訪ねてきたのか。

ひどく動揺している。まだ長船の言ったことが信じられない。

ふう――。

お福は一仕事片付き、ひとつ軽い吐息を洩らした。

正式な室《しつ》ともなると、奥向きの雑務に追われ、何かと忙しい。特にこの宇喜多家には、五千名もの家臣や被官たちがいる。その家族を含めれば、二万人は下らないだろう。三浦家の頃より、なおさら日々の雑事に追われる。

さらには、自分にはまだ分からない判断を求められる事柄もある。今まで奥を取り仕切ってきた戸川に頼ろうとすると、

「それは、奥方様がまずはじっくりとお考えあれ」

と、以前とはうってかわったようににべもない。

「何の考えも持たず、すぐに私に諮《はか》ろうなど、今後のためになりませぬ」

最初の頃は、その対応がとても不満だった。何故この老女は、このように急に冷たくなったのか。

しかし、やがて戸川にこう諭されて、ようやく腑《ふ》に落ちるものがあった。

「私も六十を越し、老い先もそう長くはありませぬでしょう。その時に当家の奥を仕切って参られるのは、お福様しかおられぬのです」

つまり、戸川は私に、武門の正室として急速に独り立ちするように促している。戸川がいなくなった時に、自らの考えをしっかりと持った上で物事を判断するなり、家臣に諮るなりが出来るようになることを求めている。

それが分かってからは、まずは懸命に自分の頭で考えるようになった。その上で戸

川に相談を持ち掛ければ、この老女は、お福が時に間違ったことを言ったとしても、決してそのことを叱ったりはしなかった。

「むしろ、それでよいのです。たとえ間違っていたとしても、自ら考えられてからの相談でしたら、他人にその過ちを指摘されれば、しっかりと心に刻み込まれまする。同じ考え方の間違いは二度と繰り返されますまい」

やっぱりそうなのだ、と感じた。この戸川は、私を早く一人前に育て上げるために、このようなことを要求している。

そう納得してからは、考えに要する時もますます増えていった。日々の暮らしが一層に忙しくなった。

加えて城主である直家からも、しばしば表向きの政務や今後の家中の相談を受ける。この年長の夫は、自らの発する言葉がお福に理解できると見るや、重要な案件が発生すると、

「お福、お福よ」

と、すぐに彼女を呼びたがる。そして二人きりになると、まずは自らの考えを詳細に述べたうえで、お福の意向を聞いてくるようになっていた。

当然、お福の日常は奥向きと表向きの政務の両面で、さらに目の回るような多忙さになった。

が、お福はその忙しさを、むしろ喜んで受け入れた。

ひとつには、自分の能力を頼られ、期待されているという嬉《うれ》しさもある。今までは誰も私に求めてこなかったものだ。新しい自分を、皆が期待している。

それに、と思う。

これだけ激務を日々こなしているにもかかわらず、私は相変わらず体調がいい。身も心も軽く動く。

ちらりと手鏡を覗《のぞ》き込む。

……やはりだ。

鏡面の中に映り込んだ自分の顔は、以前より張りが増し、肌の表面にも、常にうっすらと脂が巻いている。

夜になれば、その時が来る。

むろん直家も既に四十過ぎの男ゆえ、毎回精を出すことはないが、それでもほぼ毎晩、半刻《とき》から一刻ほどは、お福を充分に堪能《たんのう》させてくれる。脳天から全身の隅々まで、何度も激しく痺《しび》れさせてくれる。

正直、お福は直家と同衾《どうきん》するまで、これほどまでの快楽が人の世に存在するとは、夢にも思っていなかった。

いったん閨《ねや》の事が始まれば、激しい愉悦の高波にすぐに巻き込まれる。むしろ日中が煩雑であればあるほど、その高ぶった神経を癒《い》やすかのように、相手との行為に夢中でのめり込んでしまう。

事が終わってひとしきり鼓動が収まった後は、すぐに強い眠気が襲う。昔のように夜半に目覚めることもなく、悪夢を見ることもなく、朝までぐっすりと深い眠りに落ちる。

現に今も、昨夜の営みを思い返すだけで、股間《こかん》がじわりと濡《ぬ》れてくる。

まるで私は快楽の犬のようだと思う半面、そういうめりはりのある生活だからこそ、日が暮れるまでは懸命に政務に励むことが出来るのだとも感じる。

今日も夕刻になって、直家が奥までやって来た。

「思いもかけぬお方が、わしを訪ねて来られた。旅塵《りょじん》に塗《まみ》れておられた様子ゆえ、すぐ風呂《ふろ》へとお通しして、今、上がられた」

その声が明らかに弾んでいる。さらに詳しい話は、二人で湯殿に入りながら聞いた。

ちなみに直家とお福は、年が明けてからすぐ、一緒に風呂に入るようになっていた。別に何かをするわけではない。じっと汗をかいている間、城中の様々な話が出来るからだ。そのぶん時間の節約になる。

その来訪者との出会いは、直家が十一歳の時であったという。

「わずかな間ではあったが、この満隆殿と仲良くなれて、わしは一時期、どれほど救われたか」

さらにその満隆との五日ほどの同居、そして続いた別れの話で、去年の妙見堂での様子も、ようやく腑に落ちた。

つい、お福は言った。

「直家殿がそこまで言われるならば、きっと今も良き人であられましょうな」

すると、途端に直家はうなずいた
「むろん、そうだ。あれほど良き人が、今さら悪人になれようはずもない」

と、この用心深いこと極まりない男が、珍しく断言した。

その直家の感傷は感傷として、肝心な話を聞いてみた。

「されど、まだその宗円殿とは、お会いになられてはおらぬのですね」

「そうだ」

「何故」

すると、直家は一瞬俯《うつむ》いた。

「……確かに、懐かしいには懐かしい。すぐにでも会いたい嬉しさもある。じゃが、小寺家の筆頭家老ともあろう者が、懐かしさだけからはるばる播磨からお忍びでわしを訪ねて来ることはなかろう。必ずや何事かの話がある。だからこうしてお福に話すことで、事前に心を整えておる」

なるほど。一見浮かれてはいても、相変わらず冷静な部分も持っている。

その後の夕餉《ゆうげ》も兼ねた初会合には、直家の希望もあってお福も同席した。

初めて見るかつての黒田満隆――改名して小寺宗円という人物は、お福の予想とは違って小柄な、そしていかにも温和そうな中年男だった。歳の頃も、夫とはそう変わらぬように思える。

膳《ぜん》の前で正座していた宗円は、直家を見るなり、その丸めた頭を深々と下げた。

「これは和泉守様、大変お懐かしゅうございまする。武門を再興され、また大いに勢力を伸ばされたこと、遠く播磨でも風聞にて、我がことのように喜んでおりました」

あぁ、そのような堅苦しい挨拶《あいさつ》は、と直家は笑って手を振った。「満隆殿とそれがしとの御縁でござる。互いに昔の名で呼び合ったほうが、ごく自然ではありますまいか。ささ、その膝《ひざ》もどうか崩されよ」

「いや、しかし……」

「ささ、遠慮なさらず」

宗円も少し笑み、座り直した。

「妻の、お福と申しまする」

そう紹介され、お福もまた神妙に挨拶をして頭を下げた。

おや、というように宗円がお福に微笑みを向ける。

「直家殿も、たいそうなご艶福《えんぷく》であらせられまするな」

「恐縮でござる」直家は苦笑した。そしてお福を向き、「こちらがかつては黒田満隆殿と申され、わずかな間ではあったが、わしが唯一兄のようにお慕い申したお方であられる」と、気持ちを込めて紹介した。

これには相手の宗円も、その相貌《そうぼう》に感に堪《た》えぬような表情を浮かべた。

「昔日の事、そこまでお思い頂き、まことに我が身にはもったいなき言葉でござりまする」

あとは、互いに杯を傾けながらの雑談になった。

「満隆殿も姫路《ひめじ》にて、たいそうなご立身であると、善定殿から聞き及んでおりました」

「いやはや、それがしなど……」

そう遜《へりくだ》る宗円だったが、まんざら謙譲だけでもあるまい、とお福は感じる。

宗円は小寺家の筆頭家老とはいえ、その小寺家自体が十万石程度の小大名である。対する直家は既に、小寺家に倍する二十万石程度を領する武門の棟梁《とうりょう》であり、その勢力下にある伊賀久隆を含めば三十万石近くの勢力を誇る。

だから、こうして親しげに交わしている言葉にも、自然に上下の響きが出てくる。

「ところで、満隆殿はいつ入道《にゅうどう》になられたのか」

「数年前、長子に家督を譲った時でござる」

なんと、と直家は声を上げた。

「わずか四十過ぎで、すでに隠居になられてござるか」

「左様です」少し笑みながら、宗円はうなずいた。「同時に小寺家の家老の職も、子の官兵衛《かんべえ》に譲りました」

「して、その時の官兵衛殿とやらの、ご年齢は？」

「二十二でございました」

「それは……なんともはや、たいそう早《はよ》うござるな」

宗円は苦笑を浮かべた。

「このようなことを申せば、さぞや親馬鹿だとお笑いでしょうが、我が長子の官兵衛は、どうやらそれがしなどより器量が上のように思われます。ですから、まだ若年なのを承知の上で、家督を譲りましたる次第」

「――ほう」

「されば、こうして直家殿の許《もと》を訪れましたのも、この官兵衛と小寺家の今後に、多少のかかわりもあってでございまする」

「と、申されると？」

宗円は改まって杯を置き、口を開いた。

「卒爾《そつじ》ながら今からそれがしが申しますること、当面はこの場限りの話として、あとは忘れて頂くことは可能でござりましょうや」

お福はつい直家と顔を見合わせた。むろん自分に異存はないから、小さくうなずいた。それを確認して、直家は宗円に向き直った。

「ご安心召《め》されよ。我が妻は、武門同士の政略で嫁いで来た者ではござらぬ。つまり、我が口からはむろん、妻の口からもここでの話が他家に洩《も》れることはござらぬ」

「それは、ありがたし」

「されど当面とは、いかほどばかりか」

「少なくとも数年。長ければ五年ほど」

「それは、いかなるご判断にて申されるか」

宗円は一呼吸置き、ひそりと言った。

「此度《こたび》も京を制した織田殿の、今後の出方次第でございます」

再び直家が、ちらりとお福のほうを見てきた。しかし、直後には口を開いた。

「しかし小寺殿は、織田殿には与《くみ》しておらぬと聞き申しておりますが」

「我らの旗頭である加賀守《かがのかみ》（小寺政職《まさもと》）様は、左様です。それと家中の主だった重臣、被官たちも、進んで織田殿に加担しようとする者はおりませぬ。みな、織田家など出来星そのもので、やがては京から手を引かざるを得ぬ、と楽観しておるようです」

「なるほど」

「されど我が長子、官兵衛の料簡《りょうけん》は違いまする。それがしも話を聞くうちに、息子と同じ考えに思い至りました。今では、ゆくゆく織田殿がこの日ノ本を席巻《せっけん》する勢力になることは、まず間違いのないところと見ております」

「はて、ご子息は何故《なにゆえ》そうお思いか？」

「これは、あくまでも長子の見立てでございますが――」

宗円は前置きしたうえで、何故織田家が今後も勢力を伸ばしていくか、その必然を詳細に説明した。

聞きながらお福は驚いた。以前に直家と善定が推測した織田家の体制の話と瓜《うり》二つだったからだ。

案の定、直家も口を開いた。

「驚きましたな。それがしの料簡も、ほぼ同じでござる」

「左様ですか」宗円は何故か、ため息交じりにうなずいた。「やはり、見る者が見れば、先々は明らかというわけですな」

「かと言って、織田殿がこの備前までやって来ることを歓迎してもおりませぬが」

「それは、我が小寺家も同様」

宗円はうなずいた。そして言葉を続ける。

「さらに腹を打ち割ります。我ら親子は――今はまだ小寺家家中の反対に遭ってはおりまするが――今後、織田家との提携の道を残しておきたいと考えております」

直家は無言だった。再び宗円は続けた。

「その上でお尋ね申します。今後、宇喜多家は織田家に与されまするか」それから言下に否定されるのを恐れるかのように、急に早口になった。「それがしの見るところ、おそらく直家殿は、近々に織田家と誼《よしみ》を通じられるのではないか、と……」

直家はやや首をかしげた。

「何故、そう思われる」

すると宗円は少し微笑んだ。

「失礼ながら、この備前周辺を俯瞰《ふかん》すれば一目瞭然《りょうぜん》。直家殿のご勢力は、主筋《しゅうすじ》であられた東の浦上家と、西の三村・毛利の連合に挟まれておりまする。去る明禅寺合戦の折にも、浦上家は裏で毛利と気脈を通じておられたようで」

お福はいよいよ驚く。この夫の旧縁は、浦上家と宇喜多家の内情にもここまで詳しい。

直家も軽く苦笑した。

「だから近々わしも、近隣への対抗策として織田と手を組まざるを得ぬ、と？」

　宗円はうなずいた。

「そうなりました後日、もし小寺家が織田家に新たに与するように申し入れた時、織田殿が受け入れるよう、是非ともお力添えをお頼み申したい、ということでございます」

「それは、仮に織田傘下の被官と小寺家の間で戦が起こった後でも、ということでござるか」

「左様でございます」

「ふむ……」

「どうでござろうか」宗円は今一度、頭を深々と下げた。「今、この申し出、仮の約《やく》定《じょう》としてお受けいただくことは可能でありましょうや」

　直家はしばらく思案している様子だったが、やがてはうなずいた。

「分かり申した。当家が万が一織田家に与した場合、そのような事態が出来《しゅったい》すれば、ご助力させていただきまする」

　途端、宗円は無邪気な喜色を浮かべた。

「ありがたや――」

「ただし、あくまでも今後、当方が織田家に与した時は、ということでございますぞ。それがしはまだ、何も決めてはおりませぬゆえ」

「それはもう――」

脇で黙ってやりとりを聞いていたお福は、新たな夫の一面を見たようで、以前のようにまたしても変に感心する。

直家は、この手の話の寝技に関しては、いかにも人の好《よ》さげな宗円より一枚も二枚も上手のようだ。いかに相手が旧縁でも、相手の肚《はら》だけを露《あら》わに引き出し、自分の心底は――一見は同意に見せながらも――微妙に韜晦《とうかい》する術《すべ》を心得ている。

あくまでも仮の話として、武門の方針としての言質《げんち》を相手に与えていない。

だが、宗円はその答えで満足したようだった。

その後は、互いの周辺の勢力に対する四方山《よもやま》話で、会食はお開きになった。

直家と共に寝所に入った時、お福はつい言った。

「直家殿も、お人が悪うございまするな」

「ん？」

「あれだけ宗円殿を喜ばせておきながら、自らは織田家に与するとも与しないとも、確約されませせなんだ」

すると、この年上の夫は苦い顔をした。

「実際、わしはまだ何も決めてはおらぬのだ。確約も何もあったものではない」

どうだか、とお福は内心で苦笑した。

7

翌日、直家は福岡の外れの船着き場近くまで、宗円——満隆を見送っていった。

福岡の大通りを過ぎたあたりで、ふと気づいた。

「善定殿の店《たな》には、立ち寄りませぬのか」

「今回は、あくまでも微行でござる。心苦しくはありますが、出来うるだけお会いする相手は減らしとうござる」

「なるほど」

直家はうなずいた。

時に二人は、妙見堂の前を通りかかっていた。

不意に満隆が言った。

「それがしは、嬉《うれ》しゅうござる」

「はい？」

「あの時、わしは先々への望みを込めて、この祠《ほこら》の前で直家殿を励まし申した。遠くにいても、やがては風聞にて互いを知ることができるようになりましょうぞ、と……それが今、現実《うつつ》の事となっておりまする」

あの往時のことを今でも忘れずにいてくれたのかと、我知らず感動する。

が、その感傷を無理やり退けた。

余計なこととは思ったが、この年長の男のためにも、つい念押しした。

「満隆殿、武門に生まれし者に、無用な感傷は禁物でござりまするぞ」

すると満隆は、からりと笑った。

「直家殿は、そうでござろう。されど、我が身は既に隠居の身――これぐらいの感傷は、許されて然《しか》るべきかと愚考いたす」

そう言われれば、直家にはまたしても言葉がなかった。

ややあって、謝った。

「出過ぎたことを申しました」

「なんの――」

満隆は、軽く手を振った。

それからは、なんとなく互いに無言で進んだ。

船着き場に着き、いよいよ出船の間際になって、満隆がさらりと本音を口にした。

「実は此度《こたび》の件、わざわざ出向くほど、切迫した用でもありませなんだ」

「え？」

「今はまだ宇喜多家と小寺家は、互いに敵味方定かではありませぬ。されば、損得がほとんど絡まぬ今こそ、一度は虚心にて直家殿にお会いしておきたかったのでござる。どのような大丈夫《だいじょうふ》に成長されたのか、それを我がことのような楽しみとして、ここまで参った次第でござる」

不意に、泣き出したいような気持ちに駆られた。

改めて感じた。

これだ。この万感迫るような思いを、この束の間でも兄と慕った男は、自分と共有したかったのだ。

そしてそれは、直家が随分と久しく忘れていた感覚でもあった。

打ち水――。

初夏のからりとした朝に、店先に撒かれた水の匂い。

それが、幼い頃の直家はたとえようもなく好きだった。

ほとんど嫌な記憶しかない子供時代だったが、あの匂いと町家の一日が始まる気配だけは、いつも特別だった。何故かごく自然に心が浮き立つ感じを、常に覚えていた。

この店先の大通りは、東西にどこまでも続いている。その気にさえなれば、京や肥前の西海まで行くこともできる。

時に、そんな夢想を膨らませていた。

その頃のような瑞々《みずみず》しい感覚を、この相手は今もまだしっかりと持って生きている。おれがこの二十五年もの間に、権謀術数の腕と引き換えに、どこかに置き忘れてきたものだ。

だからこそ、はるばると播磨から自分を訪ねてきた——。

気がつけば川辺の湿った地面の上に膝《ひざ》を折り、深々と頭を下げていた。

「直家殿、御身分にかかわりまする。どうか、そのようなことはお止めくだされ」

「いや……」

「さ。どうか——」

そう言って満隆は、直家の腕を軽く摑《つか》み、そっと引き上げようとした。その心遣いが、またしても心の柔らかい部分を刺激した。つい本音が出た。

「満隆殿、わしは、随分と遠いところまで来てしまった」

「遠いところ？」

「武門の棟梁《とうりょう》などという、この在りようでござる。周りに期《き》されるまま、必死にここまで生きてきた」いつもは心の奥底に仕舞っている本音が、ついぽろりとこぼれ出た。愚痴だ。四十も過ぎていい大人になった今、愚痴以外の何物でもない。自分でも分かっている。けれど、いったん言い出すと、もうどうにも止まらなかった。「されど、できれば善定殿のように、市井《しせい》に生きたかった」

これに対する満隆の答えは、やや遅れた。

「それは、この福岡で生まれ育った拙者《せっしゃ》も同様でござる」

「はい？」

「子供の頃、この町の集まりで、連歌師《れんがし》に会ったことが何度もござる。わしは、そのような歌詠みになりたかった。各地を旅して月を愛《め》で、春空を舞う雲雀《ひばり》の鳴き声に心を洗われるような、そんな一生を送りたいものだと常に憧《あこが》れていた」

「……」

「されど、いつか我が父から言われ申した。『人は皆、木の股《また》から生まれてきたわけではない。人は、その血に応じて生きていくしか仕方なきものだ。自分というものを、一生持ち越して過ごしていくものだ』と。それがしも今ではそう思う。良くも悪くも、それが本来の生を生きるということでござろう」

それは直家も、まったく同感だった。

最後に、満隆は励ますように言った。

「お互い、これよりも堅固でおりましょうぞ」

福岡の湊《みなと》から出ていく川舟に、直家は子供の頃に返ったかのように大きく手を振った。

春霞《はるがすみ》のたなびく中、満隆も小さくなっていく舟尾に立ったまま、何度か手を振り返した。

思い出す。

そういえばあの時も、吉井川は春だった。二人で、川向こうの砥石城のある連山を眺めていた。

やがて川舟は、大きく蛇行した吉井川の岸辺の向こうに見えなくなった。

8

その後の一月《ひとつき》ほど、直家は考えに考えた。

「……」

やはり、織田家に与《くみ》したほうがよいのだろうか。信長と、誼《よしみ》を通じたほうがいいのか。

しかし、やはりふんぎりはつかない。

悩んだ末、またお福に相談した。

この女房は生まれた時代が違うせいもあるのか、まれに思いもかけぬことを言い出すことがある。この時もそうだった。お福はしばらく黙って考えていたが、やがて口を開いた。

「いっそのこと使者を遣わすのではなく、直家殿本人が、織田家と誼を通じるという名目にて、実際に信長殿に会いに行かれてはいかがでしょう」

「ん？」

「ですから、直家殿が直《じか》に観察して、相手の器量を推し量るのです。そのほうが風聞などより、信長殿の人となりをはるかに正確に摑めるのではありませぬか」

直家は、多少慌てた。

「しかし、わしは、まだ織田家に与するとも決めておらぬ。それは、あまりにも早計というものではなかろうか」

すると、お福は笑った。

「仮に誼を通じたからと言って、それは、今この時だけの方便のようなもの……今後も状況は、いくらでも変わりゆきまする。その時々にしかける遠交近攻のようなものではございますまいか」

言われれば、確かにその通りだった。

それでも、直家はまだぐずぐずと言った。

「わしは、なんとのう気が重い」

「なにを子供のようなことを」お福はまた軽く笑った。「直家殿は、それでも武門の棟梁でございますか」

ふと、満隆との別れのやりとりを思い出した。

「望んでなったわけではない」

「そのような、今さら詮無《せんな》きことを聞いているのではありませぬ」

……確かにそうだ。

そんな直家を見ながらお福はさらに一呼吸を置き、

「直家殿。たまには閨《ねや》でのように、凜々《りり》しくはきとなさりませ」

と釘《くぎ》を刺した。

これには直家も返す言葉がなかった。いざとなれば男より女のほうがはるかに現実的で逞《たくま》しく、また、あられもない物言いをするものだとも辟易《へきえき》した。

「……」

結局直家は、福岡の源六――魚屋九郎右衛門を訪ね、事情を話して、小西隆佐《りゅうさ》から今井宗久の手を経て、信長宛《あて》に、自らが上洛《じょうらく》し、参上したい旨の文を託した。

が、この間にも播磨での状況は激しく動きつつあった。

この文を出してからしばらくして、驚愕《きょうがく》の報《しら》せが善定からもたらされた。

赤松政秀からの執拗《しつよう》な要請にこたえて、信長がついに宗景討伐のための播磨出兵を決めたという。そして今、池田《いけだ》勝正《かつまさ》らの摂津衆を中核とした軍団を徐々に編制しつつあるらしい。

さらには西播磨の情勢も、緊迫の度合いを強めていた。

西播磨には、龍野城主の政秀と並んで、もう一つの赤松氏がいる。赤松義祐《よしすけ》である。実は赤松氏の宗家は、政秀ではなく、置塩《おしお》城主を務めるこの赤松義祐であった。正式な播磨の守護・赤松宗家の第十二代当主である。

この義祐が、宗景と組んで、さらに政秀に新たな圧をかけ始めていたのだ。

この報があってからしばらくした五月初旬、信長からの返信が直家の許《もと》にやって来た。

祐筆《ゆうひつ》の松井友閑《まついゆうかん》が、信長の口伝《くでん》をしたためた文を要約すれば、このような次第だった。

「我が織田家に与力《よりき》されるとの事、誠にめでたきことである。されど、今は上洛にはおよばず。我が軍は、これより出羽守《でわのかみ》（赤松義祐）と遠江守《とおとうみのかみ》（浦上宗景）を東から攻め申す所存。然《しか》るに貴殿には、その背後を脅《おびや》かしてもらえればと存じ候《そうろう》。与力される料簡《りょうけん》あらば、馳走《ちそう》のほど、よろしく申し上げ候也」

一読後、直家は肥溜《こえだ》めの臭いでも無理やりに嗅《か》がされたような不快な気持ちにさせられた。

おれはまだ信長と会ったこともないのだ。それに、正式に織田家の傘下に入るとも明言してはいない。ただ上洛して会いたい旨を伝えただけだ。

それなのに、「上洛にはおよばず」や「与力される料簡あらば、馳走のほど」などという言いようは――その文面こそ丁寧なものの――まるで直家が既に織田家の被官になったような指図の仕方ではないか。

直家は幼少の頃に辛苦に塗《まみ》れて忍耐強く育ったせいもあり、滅多なことでは怒らないが、この時ばかりは久しぶりに腹が煮えた。

おれはほぼ独力で、この備前での版図を切り取ってきた。信長から貰《もら》った土地は寸分もない。なのに、かの尾張の田舎者は何をのぼせ上がっているのか。

しかし半面では、信長のこの判断はまったく正しいとも感じる。

たしかに今の局面を考えれば、直家がのこのこと上洛するより、宗景の背後を脅かす策略を取ったほうが、結果としてははるかに織田家に赤心を見せることになる。

さらにその上で宗景を弱体化させられれば、宇喜多家にとっては願ったりの状況にもなる。

そこまで考えたうえで、お福に書面を見せた。

が、一読した相手は、さっそく顔色を変えた。こちらを見上げたその目も蒼《あお》く映る。

「直家殿、会ってもおらぬ、しかも恩義もなきお相手から、宇喜多家は何故このように肩越しにモノを言われなければならぬのです」

その声も、かすかに震えていた。この女、相当に怒っている、と感じた。

そしてその怒りの訳も、直家が先ほど感じたことと同様だった。

曰《いわ》く、宇喜多家は独力で領土を拡張してきた武門であり、その意味では規模の大小こそあれども、織田家とは同様の自立の勢力である。しかも物事を頼んできているのは相手だというのに、このごく自然に相手を見下すような尊大さは一体なんでござりましょうや、と……。

「言うな」

直家は自然、信長を庇《かば》いだてするような口調になった。

「たしかにそうは思う。されど、癪《しゃく》だがこの信長の言っておることは、今の局面ではもっともなことだ」

「されど――」

「わしにちと考えがある。うまくいけば、また高田城を取り戻すことが出来るやも知れぬ」

そういうやりとりをしていた直後、西播磨での新たな事態が、さらに直家の許にもたらされた。

赤松政秀とその一派は、信長の援軍派遣の報に触れ、急に気丈になったらしい。周辺から被官を募った兵三千を率いて、かねてより対立していた小寺政職の封土の西端――姫路城に向けて出陣したのだ。

一方、小寺政職は来《きた》るべき織田家との戦に備え、その旗下の殆《ほとん》どの兵を赤松義祐の置塩城に入れていた。この時点で小寺家の最前線を守るのは、筆頭家老である小寺孝高《よし たか》が率いる兵、わずかに三百であった。

直家は既に、この小寺孝高なるものが、先だって黒田満隆が手放しにその才幹を自慢した彼の長子・官兵衛だということを知っている。

さらには五年前、この官兵衛の妹——つまり満隆の娘は、浦上宗家との婚儀の時に赤松政秀から奇襲を受けた。婿《むこ》である清宗《きよむね》と、その父で宗景の兄である政宗《まさむね》を斬殺《ざんさつ》された。晴れの婚儀は惨劇の場となった。

娘本人は助かったものの、小寺家は武門の名に泥を塗られた。そのような意味で赤松政秀は小寺家にとっても、今でも記憶に生々しい仇敵《きゅうてき》であった。

しかし、直家は思う。

この官兵衛なる若者が、満隆が言う通りいかに有能であろうとも、普通ならば十倍もの兵力差は、どうあっても覆《くつがえ》せないだろう。

一方で、赤松政秀の武勇はあくまでも常人並みで、現状を見ても、浦上宗景より明らかに劣っていることも知っている。そして宗景の知勇も直家の見るところ、さほどなものではない。

……あるいは官兵衛とやらは、この局面を覆せるのか。

ともかくも直家は、まだ見ぬ満隆の長子に多少の同情は覚えた。

この若者は信長の力量を相当買っているにもかかわらず、小寺家中の総意で心ならずも浦上家と組んで、信長の同盟者と戦う羽目になっている。

戦況は、十倍もの兵力差にもかかわらず、いきなり動いた。

圧倒的兵力差に慢心していた赤松政秀の軍に、小勢の小寺軍が突如として夜襲を仕掛けたのだ。予期せぬ急襲に赤松軍は狼狽《ろうばい》し、しばしの抗戦の後、すぐに潰走《かいそう》を始めた。満隆の息子は自軍の犠牲も顧みず、逃げる敵兵をさらに激しく追尾した。

赤松政秀が命からがら龍野城まで戻った時には、有力な武将の過半が討ち死にしていたという。

やるやる、と直家は、満隆の長子の采配《さいはい》の小気味よさに舌を巻いた。確かに官兵衛とやらは、相当な器量者らしい。

始まりよければ半ば良し、という言葉がある。もとは南蛮の言葉らしい。

この小戦は、たとえとるに足らぬ局地戦であろうとも、大局から見れば織田と浦上の前哨戦《ぜんしょうせん》でもある。

むろん最終的に見れば、織田方が勝つだろうとの確信は揺るがない。揺るがないが、それでも当初に見込んでいたように、容易に織田方が勝つとも思えなくなった。

ふむ……。

だからこそ見方によっては、ますますこちらにとって好都合のように思えた。

そこまでの経過を見据えた上で、信長に再び文をしたためた。

曰く、合力《ごうりき》のほど了承したことをまず伝え、さらにその与力の態勢を万全にするためにも、織田軍の播磨到着までに西の三村・毛利からの脅威を取り除いた上で、その時に備えるつもりの旨を書いた。

具体的には、織田軍到来までに、毛利氏の重臣・香川広景《かがわひろかげ》が守る真島郡の高田城を落とすつもりだという文を送った。

直家は、思う。

信長がこの件を内心ではどう思うにせよ、まず断るということはあるまい。

けれど、そう推測すると同時に、一抹《いちまつ》の苦い思いも依然としてある。

何故おれが、恩義もなき相手に、このような了承を求めねばならぬのか……。

十日ばかり経って、信長からの返事がきた。案の定、高田城攻城の件も含めて合力することを求める旨が書かれてあった。

これで、よし。

直家は早速、お福の亡夫・貞勝の実兄である貞広《さだひろ》を三浦家残党の大将として、美作の高田城に、伊賀久隆の兵を含めた宇喜多勢六千を派兵した。

宗景への警戒の兵を備前に一部残すと、これが今、宇喜多家が動員できる兵団能力の限界であった。逆に言えば、そこまでして一気に高田城を攻め落とそうとした。

これには、お福の感謝の仕方もひとしおであった。

「ありがとうございまする。桃寿丸と三浦家の残党のためにここまでのこと、誠にありがとうございまする」

そう、まるで神仏でも拝むかのように、涙をにじませながら何度も頭を下げてきた。

そんな様子を見ながらも、直家は内心、我が心事に苦笑せざるを得ない。

なにも、お福と桃寿丸のためだけではない。そしておれも、仏ではない。桃寿丸のことたしかにお福のことは、この世で二《に》無《な》き者として大切に思っている。桃寿丸のことも宇喜多家の養子に迎え入れたほどに、その子柄を好んでいる。

が、それだけでこの派兵を決めたわけではない。

宇喜多家の生き残りを第一に考えているからこそ、この決断に踏み切った。その意味では直家は仏どころではなく、乱世の無明長夜《むみょうぢょうや》を彷徨《さまよ》う悪鬼そのものであった。

信長は何故、まだ見も知らぬこのおれに、平然とここまで指図をできるのか。

むろん噂に聞くあの男の傲慢《ごうまん》さ、尊大さからくるものもあるだろう。

しかし、それが本質ではない。

単に、宇喜多家が織田家に対して圧倒的に小さな所帯であるからこそ、信長はこのような態度を取れるのだ。

であれば、織田家が備前に手を伸ばしてくる前に、宇喜多家の身上を一段と肥《ふと》らせておく必要がある。

今の二十万石——被官同然の伊賀の所領を含めても三十万石近くでは、とうてい足りない。四十万石でも微妙だろう。何故なら、その四十万石を持つ北近江の浅井《あざい》氏に対しても、信長は明らかに被官同様の扱いをしている。

せめて五十万石ほどがなければ、いざとなった時に織田家に取引を持ち掛けることは出来ないし、信長自身も直家の意向を忖度《そんたく》することもあるまい。

そう算段を立てたうえでの、まずはこの高田城攻城であった。

が、事はそう思い通りには運ばなかった。この宇喜多家侵攻の危機に、毛利軍も高田城に大量の兵を補強し、結局は一進一退の攻防戦となった。

さらには宇喜多勢が雑軍だったせいもある。最も小勢力である三浦家残党の貞広を大将としたために、宇喜多軍や伊賀軍に対する指揮系統が乱れていた。

が、宇喜多家の部将を攻城軍の大将に据えては、単に領土拡張の戦だと他家からは見られる。大将は、あくまでも三浦家から出すべきであった。

しかし、そのせいもあって戦況の進捗《しんちょく》は時が経っても一向に思わしくなかった。毛利も、高田城への兵站《へいたん》をますます補強し始めていた。

そうこうするうちに八月になり、いよいよ織田軍が播磨に向かって動き出した。

池田勝正《いけだかつまさ》らの摂津衆を中核とした軍団が東播磨に進軍するや、東播磨の別所《べっしょ》や明石《あかし》氏が合流し、一万五千ほどの軍団に膨らんだ。宗景と共同戦線を組む赤松義祐の西播磨を目掛け、さらに行軍を開始した。

「……」

ここまでだ、と直家は観念した。

残念ながら信長との約定通り、宇喜多家の本隊四千だけは浦上宗景の背後を脅かすために、東備前へと取って返すしかない。

ただし、三浦家と伊賀軍だけは高田城の攻城軍として美作に残した。というか、名目上残さざるを得なかった。織田と浦上家の攻防戦に、そもそもこれら二つの勢力は関係ない。

この二つの兵団でも兵二千となるので、籠城《ろうじょう》戦に徹する毛利への手当ては、まず大丈夫だろう。

時に浦上宗景からも、直家に助力を求める文が来ていた。

なにを虫のいい、と直家は鼻先で笑った。

明禅寺合戦の折、我が武門の最大の危機を傍観したまま見殺しにしようとしたのは、いったいどこの誰だったのか。

直家は返事もせずに、和気《わけ》郡と磐梨《いわなし》郡の境を流れている吉井川沿いの北部に、総兵力五千をずらりと数珠《じゅず》なりに配備した。

といって、吉井川を越えての進軍も指示しなかった。敵味方定かならぬ無言の圧を、宗景に加えただけだ。

この点、直家の心境は複雑でもある。

確かに先々を考えれば、領土の面でも宗景は滅ぼしたい。それに今この時なら、攻め滅ぼすことも可能だと感じる。

しかし浦上家を潰《つぶ》せば、赤松義祐と小寺家は完全なる孤立無援に陥り、すぐ織田軍に降伏するかもしれない。ますます信長の思う壺《つぼ》になる。

織田家には、今すぐには播磨全土を制圧して欲しくない。おれがしっかりと備前で地場を固めるまでは、宗景、赤松宗家や小寺には弱りつつも、その東方からの盾になってくれたほうが望ましい。

……なんとなくだが、満隆の横顔が脳裏を過《よぎ》った。

信長との約定では、背後を脅かすことを取り決めただけだ。だから、これで満隆への義理は充分に果たすことになるはずだ。

案の定、宗景率いる浦上軍は直家の意図を警戒し、織田軍の播磨侵攻を前にしても、東へと動けなくなった。その状況を横目に、池田勝正率いる織田摂津衆と別所・明石の連合軍は、赤松宗家の支城——庄山《しょうやま》城、高砂《たかさご》城、大塩《おおしお》城などを次々と落としていった。

八月も下旬になり、直家はなおも旗下の軍を吉井川沿いに滞陣させつつ、播磨の戦況を静観していた。

九月に入り、意外な事態が起こった。

それまでの織田軍は、陥落させた庄山城に本拠を置き、赤松宗家と小寺家のそれぞれの本城である置塩城と御着《ごちやく》城をしきりに窺《うかが》っていた。

が、突如として撤退を始めたのだ。しかも播磨攻略の友軍である直家には何の前相談もなく、である。

この信長のやり様よ、と直家は呆《あき》れもしたが、ともかくも臨戦態勢を解いた。旗下の備前衆をそれぞれの領地に戻した。

次に、その撤退理由を探ることであった。

四方に伝手《つて》を求めているうちに、阿波に避難していた三好家が、渡海して織田摂津衆の背後を突く計画が存在していたことが分かってきた。

この援軍を当てにして、赤松義祐は置塩城にて籠城戦に出ていたのだ。

後日、さらに驚くべき事実が堺の小西隆佐からもたらされた。

実は信長は、今年の一月中旬に『殿中御掟《でんちゅうおんおきて》』という条例を将軍家に対して発給していた。十四日と十六日付の計十六ヶ条からなり、将軍家の権限を極限まで縛《しば》るものだった。それを、第十五代将軍の足利義昭に強引に承諾させていた。

それを契機に信長と義昭の仲は急速に冷え込み、半年以上が経った今では、もはや両者の関係は修復不可能なまでに悪化しているらしい。

今、義昭は水面下で、しきりに反織田の勢力と接触し始めているという話だった。

なるほど、と直家はようやく納得した。それで畿内の情勢が不安定になり、信長は織田摂津衆を引き返させたのか……。

むろん、小西隆佐からの文には、その殿中御掟の内容も書いてあった。

直家は一読して目を瞠《みは》った。

特に注意を引いた項目は、

一、幕臣といえども、御所に用向きがある時は、必ず信長の承認を得ること。それなくして御所に近づくことを禁ずる。
一、訴訟事は、織田家奉行人の手を経ずに、幕府や朝廷にその旨を諮ってはいけない。
一、右に付随して、将軍家への直訴を禁ずる。
一、織田家の申次衆《もうしつぎしゅう》を経ずに、将軍に何かを伝えてはならない。
一、(将軍家の)訴訟の沙汰《さた》を禁ずる。また、事物の勝手な処理も禁ずる。

などであった。将軍家の実態のあまりの洞《うろ》ぶりと、対する信長の、その将軍家を屁《へ》とも思わぬきつい枷《かせ》の嵌《は》め方には、悲惨さを通り越して滑稽感《こっけいかん》さえ感じた。気づいた時には、

「あは、は――」

と、つい乾いた笑い声を立てていた。

たまたまその時、お福が横にいた。

「珍しく、何を声を上げてお笑いです」

「これが、笑わずにおれまいか」

直家はそう言って、隆佐からの文を差し出した。

「信長が、将軍家に突きつけた殿中掟だ。公方《くぼう》様はこれを呑《の》んだ」

言いながらその掟の部分を指し示した。

「お福も、読んでみるとよい」

「よいのですか」

「むろんじゃ」

「では――」

お福はしばし読み込んでいたが、やがて顔を上げた。その表情が義憤に満ちている。

「これでは公方様は、まるでお飾りではありませぬか」

「まるで、ではなく、事実そうなのだ」

すると、お福はさらに腹を立てたようだ。

「直家殿、笑い事ではございませぬ」

「されど今の世は、おしなべてそういうものらしい」

ようは、いくら貴種《きしゅ》であろうとも力なき者は、力ある下位の者に小突《こづ》き回されるようになってきている。

「現に、赤松家と浦上家がそうではないか。尾張の斯波氏や織田宗家に対する信長が、そうではないか。ただこの一件、公方様に対する信長の締め付けが無慈悲なまでにあからさまで、徹底している。だから、つい笑った」

すると、これにはお福も仕方なさそうに苦笑を浮かべた。

「無慈悲なまでにあからさま、とは、まさにそのとおりでございまするな」

直家率いる備前衆が吉井川から退いた後、後顧の憂いを無くした宗景旗下の天神山衆は、赤松政秀の龍野城攻略への圧をさらに強めた。

政秀は去る五月の小寺氏との戦いで、有力な武将の過半を失っていた。しばしは耐えたが、織田の援軍が再度やって来るという報を受けても、三月《みつき》までは持ち堪《こた》えられなかった。

十一月、龍野赤松氏はとうとう浦上氏に降伏した。

宗景は、備前の南と西を直家に押さえられながらも、これで美作南部に加えて西播磨をその手中にした。以前から持つ備前東部と合わせれば、その勢力は二十万石ほどになった。

目的を失った織田軍は、播磨の半ばまで来て再び畿内へと取って返した。

9

さて、どうするか――。

宗景との関係を、十一月の末まで直家は考えた。

が、織田家に与《くみ》するか否かの時のようには、時間はかからなかった。

答えは決まっている。

西方では今も、毛利と三村が備前を虎視《こし》眈々《たんたん》と窺っている。この時期に宗景と全面戦争になれば、宇喜多家は東西から挟み撃ちになって滅びる可能性が高い。

やはり、天神山城の宗景に正式に詫《わ》びを入れに行くことにした。

「後生ですから、お止め下さりませ。下手をすれば殺されまする」

お福や弟の忠家は、涙ながらに必死に諫《いさ》めたが、直家は考えを変えるつもりはなかった。

「まず、その心配はあるまい」

と答えた。事実そう思っていた。そして宗景の身になって、その訳を語った。

ほぼ単身で乗り込む直家を殺したところで、宇喜多家の兵五千は無傷のままだ。友軍の伊賀家二千五百の兵もいる。これがもし宗景の没義道《もぎどう》に怒って西の毛利勢に付けば、やがて織田家が再び侵攻してきた折、今度は宗景自身が東西から挟み撃ちになる。

「――だからだ」

「されど、絶対ということはありますまい」

そう長船や岡といった重臣たちは、さらに言い募ってきた。

「馬鹿な」

直家は笑った。一呼吸置き、また笑った。これらの者たちの、愛すべき単純さよ。

「そもそもこの世に絶対などということが、果たしてありうるだろうか。武士の渡世ならば、なおさらだ」そしてつい、時おり思っていることを口にした。「もしあるとすれば、人はいつか死ぬるという、その一事のみだ」

それを聞き、家老の戸川は顔を思い切りしかめた。

「殿、このような場合に、滅多なことを申されるものではありませぬ」

「大丈夫だ」直家は繰り返した。「それにの、遠江守殿がわしを殺せぬ理由は、まだある」

そして、その理由を周辺国の事情も含めてさらに詳細に語った。

今度は一同も、やや納得した表情を浮かべた。

「それでも皆々が申した通り、この世に絶対ということはない」

そう、横の忠家に向き直った。

「万一の時は忠家よ、おぬしが与太郎と共に、お福ともよくよく相談して、この宇喜多家をさらに守《も》り立てよ」

事実そう思っていた。多少の諦観《ていかん》もある。もともと好きで武門の棟梁《とうりよう》になどなった覚えはない。血の責務のみで、ここまで生き急いできた。我が命一つなど、なくて元々だ。

「兄者《あにじや》……」

忠家は感極まって絶句し、お福はとうとう泣き出した。

「皆も今のこと、良いな」

そう念を押すと、広間にいた重臣たちは直家の覚悟に打たれたかのように、いっせいに平伏した。

翌日の暁闇《ぎようあん》より、直家はわずかな供を連れて、和気郡にある天神山城へと向かった。

天神山の麓《ふもと》に着いたのは日が傾きかかった頃で、険阻な山道を登っていくうちに、要所要所の曲輪《くるわ》に立っていた浦上家の衛兵に誰何《すいか》された。

「宇喜多和泉守である」

そう答える度に、門番たちは騒然となった。なにせ今では、宗景と共に備前を二分する一方の棟梁である。そして決まって、頂上にある天神山城へと駆け出していく。

尾根沿いに聳《そび》える大手門まで来た。

木々の間を通して斜光のかかる中、その石垣の脇に、一人の武士が直家と同じように数名の郎党らしき者たちを背後に引き連れて、立っていた。

その髭剃《ひげそ》り跡の青々とした男を見て、直家は驚き、同時に(これは幸先《さいさき》がいい――)と嬉《うれ》しくなった。

相手も直家を見て、少し笑った。

「やはり、和泉守殿でござったか」

「飛騨《ひだ》殿」

直家も微笑んだ。そしてやや速足になり、その相手――明石飛騨守行雄《ゆきかつ》に近づいていった。

「四年前の助太刀のことは、今も感謝してもしきれませぬ」

事実そうだ。この明石は、浦上家が兄弟で家督争いをしていた頃から、一貫して宗景の股肱《ここう》の臣であった。一方で、浦上家の被官としては半独立色の強い勢力でもあり、明禅寺合戦の折には備前全体の危機と見て、郎党、被官を引き連れて直家の許《もと》に駆けつけてくれた。

さらには信長との取り決めもあり、直家は八月以降、美作の高田城から兵を引いたが、十月からは三浦の残党と伊賀軍の要請に応じて、この明石が高田城攻略に定期的に兵を入れてくれてもいる。

ようは、と直家は感じる。

この男は備前の脅威になるようなことなら、国内の事情に関係なく、助太刀をするために駆け回るような直《す》ぐな性格なのだ、と改めて好感を持つ。

本丸に向かって肩を並べて歩きつつ、多少の話をした。

聞けば、明石は宗景から、本当に直家本人が来たのかどうかを確かめてくるように言われたのだという。

「されど、お肝《きも》の太いことだ」

「で、ありますかの」

そう軽く応じると、明石はずけりと切り込んできた。

「ほぼ単身で乗り込んで来られて、いざとなれば、御屋形様に手打ちにされるとは思われなんだか」

一呼吸置いて、直家は答えた。

「思いませぬな」

ほう、という顔を明石はした。「何故でござる」

直家はつい笑った。

「それがしがおらずとも、今の宇喜多家であれば立ち行きまする。それにわしが死ねば、備中の三村は親の仇《かたき》を失いましょう……そう、遠江守様にお伝えいただいてもよろしゅうござる」

それで、明石にはすぐに察しがついたらしい。なるほど、と大きくうなずいた。

「つまりは、そういうことですな」

「左様」

「ではそのように、お伝えいたす」

そして、こちらの顔を見て少し笑みを見せた。

これで暗黙の了解が取れた。ふむ――。

この男、頭の巡りもいい。俠気《おとこぎ》と武勇もある。その上に保木《ほぎ》城周辺の知行地も一万石は持っているから、武門の兵団としても備前ではかなり大なる部類に入る。

欲しい男だ、と感じる。宗景が最も頼りとするこの男を籠絡《ろうらく》すれば、浦上家はまとまりを欠いて、戦力はすぐにでも半減する。

しかし、それを考えるにはまだ早い。

ともかくも本丸から城中へと入り、さらに宗景の待つ謁見の間へと向かった。

大広間に着くと、浦上家の重臣たちの居並ぶ中、高座はまだ空いていた。

が、すぐに宗景が姿を現し、その後から明石も続いた。直家は平伏しながらも、宗景の表情を一瞬盗み見た。多少冴《さ》えない顔をしているように感じる。たぶん、先ほどの話を明石から既に聞いた。

そこまでを確認した後、また改めて平伏し、まずは宗景に向かって尋常な挨拶《あいさつ》を並べた。並べながらも、直家は思った。

一応、高座にいる四十半ばの相手には、今こうして被官の礼を取ってはいる。けれど、実際に会うのは四年ぶりだった。既に浦上家の旗下から離れている我が家を、改めて実感する。

それを充分に承知の上で、直家はこの八月から九月にかけての自分の行動を申し開きした。

「それがしは、西の毛利・三村との防衛戦に備えておく必要があり、いくら御要請を受けましたとはいえ、軍を動かすのは吉井川までが限界でございました。今さらながらではございますが、この事情、なにとぞお含み頂きますよう――」

が、その言葉の途中で宗景からの反論が来た。

「されど、それならそれで何故にそのような次第だという返事をせぬのだ」

「憚《はばか》りながら、この手の風聞は洩《も》れまするもの。それを聞きつけた周辺国がどう動くかは、分からぬ話でございまする」

「周辺国？」

直家はうなずいた。

「それがしが吉井川より東に進めぬと確信すれば、御屋形様が征服された美作でも、尼子《あまご》の残党に唆《そそのか》されて、不穏な動きがあったやもしれませぬ」

宗景は憤然とした様子で言った。

「国を亡くしたあの残党らに、そんな力があるものか」

「それが、あるのでござりまする」

直家は断言した。

実は信長は去る八月、播州出兵とほぼ並行して、山城から丹波《たんば》を経て但馬《たじま》や因幡《いなば》といった山陰筋にも兵を入れていた。

それ以前の事の経緯はこうだ。

六月、九州で大友《おおとも》氏と交戦中であった毛利氏の隙を突いて、山中鹿介《やまなかしかのすけ》という者の率いる尼子の残党が、出雲国《いずものくに》にあるかつての本貫《ほんかん》・月山富田《がっさんとだ》城を奪還しようと動き始めた。

ただし、尼子氏の残党のみで仕掛けられるような小ぶりな戦ではない。

そこで、山中鹿介は、但馬と因幡の太守である山名《やまな》祐豊《すけとよ》に大幅な援軍を請い、この同盟軍が出雲を目指して進軍を開始した。

大友氏と交戦中であった毛利元就は、慌てた。さらには美作西部の高田城にも大量の兵を籠城《ろうじよう》戦に充てており、出雲を守る兵は手薄になっている。

元就は織田家に、出雲侵攻軍の大半を占める山名家の背後を突いてもらうように要請した。

これに、信長は応じた。織田家の重臣・木下秀吉《きのしたひでよし》という男を総大将とする軍二万を、ただちに山陰筋へと派遣した。

秀吉なる者は、信長の期待に見事に応《こた》えた。わずか十日間で但馬や因幡の十八もの城を陥落させ、山名家は瞬《また》く間に領土の過半を織田軍に占拠された。守護である祐豊も、たまらず堺へと亡命した。

残された山中鹿介の残党は、友軍も、その当初の攻撃目標も失った。行き場のない兵気《へいき》だけが残った。

そこまでをゆるゆると語った後、直家はこう言った。

「そこで、この山中鹿介なる首領は戦略を一転させ、せめて美作の旧領の一部でも取り戻そうと、かつての地縁を伝手《つて》に、北美作より順次に兵を潜ませ、蜂起《ほうき》の種を蒔《ま》き始めていたようでございます。もし、それがしが吉井川より東に動けぬと確実に知っておれば、美作での謀叛《むほん》の気配はさらに大きくなっておりましたでしょう」

「……事実か」

「事実でございます」

そう言い切った答えをしたが、まんざら嘘でもない。八月まで美作に駐留していた宇喜多軍からは、実際にそういう風聞を何度か耳にしていた。

この直家の弁明には、さすがに宗景も言葉を失くした。

締めくくりに直家は、痛烈な皮肉を含んだ詭弁《きべん》を弄《ろう》した。

「さらには、出過ぎたことを申すようですが、四年前の明禅寺合戦の折、御屋形様も今のそれがしと御同様の思惑をお抱えだったからこそ、当方にはあからさまに援軍を差し向けられなかったものと拝察いたしております」

果たしてこれには、周囲の重臣たちが激昂《げきこう》した。

「おのれ、何を言い出すかと思えば、しまいにはとんだ雑言を――」

が、直家はそれらの発言を一蹴《いっしゅう》した。

「今のお言葉、それがしは御屋形様に対して申し上げているのでございまする。失礼ながら、皆々様に対してではございませぬ」

そう言って、浦上家の重臣たちをじわりと一瞥《いちべつ》した。さらに彼らは一層怒りだしたが、直家は平気だった。

問題は、この一連の直家の申し開きを宗景がどう裁定するかであった。

が、いくら腹が煮えていたところで、このわしを今すぐには手打ちに出来まい。

何故なら、戸川らの家臣にも言い残してきた通り、宗景は龍野赤松氏を滅ぼして西播磨を手に入れたとは言え、東方の織田からの脅威は依然として存在する。畿内さえ安定すれば、また播磨攻略に乗り出してくる。

この現状で、直家を殺したとする。

しかし、先ほど明石に暗示したように、たとえ今直家が殺されたとしても、跡継ぎには既に与太郎を据えてある。その後見役として実父の忠家が、宇喜多家の家政と軍政をすぐに仕切ることが出来るようになっている。さらにはこの異母弟はむろん、馬場、戸川、岡、長船、花房《はなぶさ》といった重臣たちも、近年では名うての戦上手として周辺国にはつとに知られるようになってきている。

今では、

「宇喜多家は和泉守殿でなく、重臣たちの武者働きによってもっている」

という評判が立つほどだ。

というか、直家が努めてそういう風評が立つようにしてきた。

一つには直家自身が血腥《ちなまぐさ》い現場が苦手なせいもあるが、自らは外交と内政を専らとして、重臣を常に最前線の大将として送り出し、また、その戦いごとに大幅に知行地を増やしていった。ようは、それだけの有能な武将を抱えているという印象を、いつも他家に与えるように努めてきた。

これら宇喜多家の重臣たちが守りを固めれば、宗景も、宇喜多家をそう易々とは攻め滅ぼせないと感じているはずだ。

その現状の上で、もしここで直家が手討ちになった場合、忠家を中心とした宇喜多家は、すぐに毛利と同盟を組む算段を整える手はずになっている。というか、直家自身がその策まで重臣たちに授けて、天神山に来ていた。

備前の中央部までが毛利氏の傘下に戦わずして入るとなれば、おそらく元就は――いくら明禅寺合戦の折は、宇喜多家を潰《つぶ》すために宗景と一時的な黙契《もっけい》を結んでいたとはいえ――以前の友好関係を反故《ほご》にしてでも、宇喜多家との同盟を受け入れる。

三村元親《もとちか》も、親の仇《かたき》の張本である直家が生きていればともかく、死んでいる以上は仇討《あだう》ちという目的を失う。さらには東西を同盟国に守られて、備中の治安も安定する。感情と利害を秤《はかり》にかけた結果は、渋々でも毛利の決定に従わざるを得ない。

さらに東に目を向ければ、赤松宗家の義祐は、三月《みつき》前まで織田軍に抗戦を試みたが、籠城戦の策しか取れなかった自分たちの武力のなさと、かつ、当てにしていた宗景からも援軍が来なかったことで、先々への不安をかなり覚えたらしい。

結果、今では驚くことに信長と誼《よしみ》を通じ、臣従を誓ってしまっている。

この赤松宗家の意外な鞍替《くらが》えには、黒田満隆のいる小寺家も、今後の方針を巡ってかなり動揺しているという。

そうなれば、この高座の男が守る浦上家の版図は、東は織田の勢力圏、西は毛利の勢力圏と直《じか》に境界線を接することになる。もし織田と毛利が呼応して攻めてくれば、今さらどちらとも組めない。一巻の終わりだ。

それくらいのことは、宗景も先ほどの直家の言葉から、少し考えれば推測できるはずだ。

果たしてしばしのやり取りの後、宗景は苦い顔で問うてきた。

「和泉守よ、これよりは浦上家の命を奉じること、誓うか」

直家は大きくうなずいた。

「誓いまする」

嘘ではない。少なくとも今の時点では、と心中で嘯《うそぶ》いた。

だが、先々では知らぬ。

10

直家が天神山城から無事戻って来た際、お福は安堵《あんど》と喜びに危うく涙を滲《にじ》ませかけた。今度は連れ合いを亡くすことはなかったのだと、しみじみと天に感謝したものだ。

直家は無事沼城まで帰還するとすぐ、三浦家の残党と伊賀軍が攻めあぐんでいる高田城に宇喜多軍四千を派遣した。

やがて年を越して永禄十三（一五七〇）年になった。一月も過ぎ、さらに少しずつ寒さが緩み始める二月に入った。

それでも高田城に大兵を入れて籠城戦に徹する毛利軍の前に、依然として戦況は停滞したままだった。

この頃になるとお福は、いくら三浦家再興のためとはいえ、ここまで直家と宇喜多家に負担をかけている自分と桃寿丸の存在が、次第に心苦しくなり始めていた。

その一方で――他家には謀略の限りを尽くすくせに――親族や家臣に対するこの手厚さや義理堅さが、宇喜多家という武門の一枚岩を支えているのだ、とも感じ入る。

そんな折、畿内で織田家の地盤を固め直している信長から、直家宛《あて》に文が届いた。

その時も、お福は直家のそばにいた。

ほぼ毎晩のように夫婦で同衾《どうきん》しているにもかかわらず、お福はまだ身籠《みごも》る気配がない。子育てに時間を取られることがなかったし、直家自身もこの頃になると、以前にも増して頻繁にお福を呼び出すようになっていた。

だからお福は、奥向きの仕事がいったん片付いた時などは、努めて直家の許《もと》に顔を出すようにしていた。

最初の頃は、世事にも長《た》けておらず、一回り以上も歳の離れた自分などと話して、この夫にいったい何の得るところがあるのだろうと不思議に思っていた。

けれど、最近になってようやく腑《ふ》に落ちることがあった。

つまり私は、この夫にとっては、自らの心を映し出す手鏡のようなものだと。

夫が何事かを語ると、私が義憤なり、素朴な疑問なり、同情なりといった反応を示す。すると直家はまた何事かを私に話す。その改めて口にするという行為で、自らの考えをさらに深く掘っていくのだ。

この時もそうだった。直家は信長からの書状を一読するなり、軽くうなずいた。

「ふむ――」

そしてもう一度、何事かを領解したかのようにうなずき、お福に書状を手渡してきた。

「お福も、読んでみるとよい」

内容は、要約するとこういうものだった。

一、今はまだ畿内周辺の仕置きに手間取っているが、やがてはまた播州に兵を入れるつもりである。

二、その畿内安定のためにも、帝《みかど》と将軍家への忠誠を改めて津々浦々から募りたい。
願わくは、和泉守殿にも上洛《じょうらく》を賜りたい。


一読後、お福は以前と同じように、再びむっとした。

家臣でもない相手に、こうやって平然と指図する。信長という男は、本当に何様のつもりなのか……。

黙ったまま文を返すと、直家は苦笑した。

「そういうことだ」そう、口を開いた。「まず、信長は播州出征の時期を明言しておらぬ。畿内の地盤が思いのほか弱まったままなのだろう。織田家が播磨に兵を入れるのは、当分先になる」

「当分、とは」

そうさな、と直家は小首をかしげた。「どんなに早くとも、五年は先であろう」

「何故《なにゆえ》、そうお思いになります」

「見通しさえ立っていれば、一、二年後とでも書く。同盟国の景気づけのためにも、実際より早めの目星を書く。それすらも書けぬということは、畿内の制圧にはまったく目星がついておらぬということだ。だからこそ、帝と将軍家というお飾りの置物を使って、その実は自分に服従させようとしている」

織田家の旗下に属したというのに、やはり直家の口調は心持ち嬉《うれ》しそうであった。

けれど、直後に言い出したことには驚いた。

「そこで、じゃ。この信長の呼びかけにある通り、わしは此度《こたび》、上洛しようかと思っている」

「されど、織田殿はこの文にもありまする通り、まだ動けぬではございませぬか」

「なればこそだ」直家は即答した。「もし信長が畿内周辺を完全に掌握した後にでも会えば、あの増上慢《ぞうじょうまん》な男は、さらに高飛車な態度に出てくる」

その言葉に、信長への軽い嫌悪を感じる。

「が、今ここで会っておけば、まだわしをそれなりに丁重には遇するだろう。直に話す機会を持つことも出来るだろう。この目で、信長の器量を確かめてくる」

おやおや、とお福はつい笑い出しそうになった。以前の散々に尻込《しりご》みしていた時とは違って、ずいぶんと態度が前向きになっている。

ふと感じた。直に信長を見て、その器量を測ることだけが目的ではなかろう。

ついそのことを口にすると、果たして相手は苦い顔でうなずいた。

「そうじゃ。今ここで、備前や美作のことはわしの切り取り次第、という了解を取り付けておく。何の借りもなき相手に、気は進まぬがの。さすれば、いくら織田家がこののち版図を広げたとしても、このわしから封土を削ることは出来まい」

なるほど、そういう次第かと納得する。

同時に、その意図もあって上洛することを決断せざるを得なかった直家の心情も、充分に推し量ることができた。

結局この世は、大なる者が小なる者を常に虐げてゆくのだ。乱世が長引けば長引くほど、その強者と弱者の差は圧倒的に広がっていく。

現に三浦家もそうだった。弱小なるゆえに、何度も滅びた。かつての宇喜多家も、そもそもは浦上氏に対して弱者だったから滅びた。

無慈悲に踏み付けられるのが嫌なら、大なる者が襲い掛かってくる前に、自らがその攻撃に耐え得るくらいに大きくなっておくしか仕方ないのだ。その大きくなった分だけ、相手はこちらに気を遣う。

二月の中旬になると、直家はその言葉通り、数名の供を連れて西大寺から海路、京へと向かった。

11

町が、洋上の向こうから次第に見えてきた。

その巨大な町の外郭がはっきりとしてきた時、直家はつい年甲斐《としがい》もなく興奮を覚え、貫木《かんぬき》（船首部分）まで身をせり出していた。

大きい。とてつもない規模の港湾都市だと、心中が驚きに満たされた。目前の光景に比べれば、殷賑《いんしん》を極めていると感じていた福岡や西大寺も、まるで集落に過ぎない。堺だ――。

湾内に入ると、さらに腰元から砕け落ちそうな衝撃を受けた。

途方もない巨船が何隻《せき》も、所狭しと浮かんでいる。およそ化け物じみた大きさだった。

これが、噂に聞く南蛮船かと思う。

仰ぎ見れば、山のように感じられる。その巨大さの前には、直家が西大寺から乗ってきた船など――瀬戸内航路ではそれでも最大級のものだったが――まったく子供の玩具《おもちゃ》のようなものだった。

その玩具が、断崖《だんがい》のようにそそり立った舷側《げんそく》を持つ巨船の間を、よたよたと頼りなく進んでいく。

直家はなおも、南蛮船を仔細《しさい》に観察し続ける。

帆も和船に比べれば圧倒的な大きさで、その帆数も一枚、あるいは二枚ではなく、主要な帆が三枚に、さらには船首にも帆が付いている。それら帆柱に繋《つな》がっている荒縄の数の多さときたら、まるで蜘蛛《くも》の巣《す》のようだった。複雑怪奇に絡み合っている。

それでも直後には、なるほどと、その仕組みを勘で理解する。

ふと、三十年以上も前の記憶が、まざまざと思い出された。

六歳の頃、鞆《とも》の津《つ》に逃れていた頃だ……。

まだ八郎《はちろう》と呼ばれていた自分は、家に居づらく、馴染《なじ》みのない町を当てどもなくうろついていた。

ある日、善定と出会った。

二日目、瀬戸内の海岸線を模した箱庭を出され、どうして鞆の津が海上交易の中心地になったのかを、しばし必死に考えさせられる始末となった。引き潮と満ち潮の相反する流れで、なんとかその海運の仕組みを理解することが出来た。

今にして思えば、あの時に自分が理解力を示すことができたからこそ、善定は自分を一家ごと引き取ってくれたのだ。まだほんの子供だった直家の可能性に、その後六年もの間、衣食住を提供し続けて賭《か》けてくれた。

すべてはあの時に、自分の発想が少し繰り上がったことが契機だった。

が、この南蛮船を造った異人たちは、まったく別の考え方で、さらに発想の局面を繰り上げている。

おそらくこれらの船はすべて、引き潮でも満ち潮でもあまり関係なく、風の力を最大限に利用して進むことが出来る。また、そうでなくては、万里の波濤《はとう》から一年もの月日をかけてこの日ノ本に来ることなど叶《かな》わぬだろう。

鉄砲にしてもそうだ。この新兵器も、そもそもは南蛮人がこの島国にもたらしたものだ。

善定と五、六年前に話した内容が蘇《よみがえ》ってきた。

たしか、菜種油や鉄砲などという新しき道具の出現により、この世は狭くなっていく、という話をしていた。

船も同様だろう。モノと物流が、ことごとく世界を変えていく。狭くしてゆく。

現にこの堺を見ても、そうではないかと確信する。

日ノ本というだけでなく、宇内《うだい》全体が狭くなっている。知識欲、物欲が綯《な》い交《ま》ぜになった好奇心が、人を激しく動かす。

はるか昔に天竺《てんじく》にまで行った玄奘《げんじよう》三蔵のように、世界の果てから果てまでを、こうして行き来することが今や日常になりつつある。

堺に上陸すると、異人――南蛮人も通りで幾人も見かけた。みな、総じて体格が良く、背も高い。

なによりも直家が驚いたのが、その頭部と容貌《ようぼう》であった。黄金《こがね》色に輝く髪もあれば、火が燃えているような赤い髪もある。瞳《ひとみ》は茶色や灰色が多い。殆《ほとん》どの眼窩《がんか》は窪《くぼ》んでおり、鼻も高い。

しかし、世に聞くような怪異な容貌かと言われれば、それは違うような気がした。むしろ自分たち日本人より整っている顔が、圧倒的に多い印象を受ける。

顔つきだ、とややあって感じた。引き締まっている。その面相が、直家にはなんとも賢そうに思える。

考えてみれば、彼らは唐天竺《から》よりはるか彼方《かなた》の国々からやって来ているのだ。その間に様々な異世界を見て来て、感じることも多々あったのだろう。それらの経験が、人の精神を引き締めるのではないか――。

その日は、小西家の迎えの者の案内《あない》により、『小西屋』に投宿した。むろん、この堺で薬種問屋を手広く営む小西隆佐の邸宅である。

異人に関する感想を直家が伝えると、隆佐は笑った。

「南蛮人、などと我らは呼びまするが、彼らから見れば、それがしどもこそがまだまだ未開の蛮人ではないかと考えさせられることも、しばしばございます」

これには直家も笑った。隆佐の言う通りだ。人というものは、つくづく自分本位のモノの見方しか出来ないものだ。

その意味のことを相手に言うと、隆佐はまた笑った。

「左様でございますな。人は皆、生まれ落ちたその時から、その時代や土地柄の檻《おり》からは、常に無縁ではいられますまい。自分では平明に世を見ているつもりでいても、私どもの目には常に薄い膜のようなものがかかっておりまするようで」

つまりは、それが偏見——生い立ちや今の立場から来る自らの枠に、ごく自然に囚《とら》われているということだろう。

そのことをさらに口にすると、隆佐はさらに笑み崩れた。

「私はそれを檻と呼んでおりましたが、自らの枠に囚われている、とは、さらに言い得ておりまするな」

その大いに感じ入った素振りに、ふと思い出す。

この男は以前から熱心な耶蘇教《やそきょう》の信徒であり、ジョウチンという洗礼名まで受けているという話だ。

単に南蛮人との交易の便宜のために、そうしたわけではない。

信長の上洛《じょうらく》以前の時代、門徒宗の熱心な保護者である正親町天皇の、京からの宣教師追放令の折には、在京していた宣教師たちを河内《かわち》にてわざわざ庇護《ひご》していた。

少なくとも源六からはそう聞いている。

この男は耶蘇教に入信することにより、その異人たちの信奉する教義の中に、あたらしい宇内の枠組みを見出《みいだ》しているのだろう。

が、直家自身はその世界を知りたいとは思わない。

耶蘇教の教義は生き方の規矩《きく》に厳しいと聞く。

されど自分は今、この国で武将として生きている。商人として生きているならともかく、そのような倫理規範は乱世での武将には必要ない。

子供の頃、福岡の妙興寺《みょうこうじ》でその逸話を聞いた頃から、漢帝国の祖・劉邦《りゅうほう》の侍大将であった韓信《かんしん》が好きだった。

大楽院に居た頃、暇に飽かせて史書を読んでいたら、たまたまこの韓信の挿話が出てきた。

韓信はなるほど稀代《きたい》の戦上手だったが、その平時の日常は、とてもだらしのないものだったらしい。

ある時、儒官がその生活態度を諫《いさ》めると、韓信はこう答えたという。

「規範などは、戦う者にとって、むしろないほうが良いのだ。戦とは所詮《しょせん》、欲に塗《まみ》れた殺し合いだ。下手に行動の規矩などを持てば、そこを敵に突かれて滅びる」

そうかもしれない、と少年の頃の直家は思ったものだ。

そして武将としての経験を重ねるにつれ、その確信を深めた。

武士の世界では、生き残ることがすべてなのだ。敵にその行動規範の隙を突かれて滅びるようなら、むしろ固定した行動基準などは無いほうが良い。武門の存続という目的以外は要らない……。

されど、そのことを隆佐に対して口にしようとは思わない。

商人と武士では生き方が違う。

一方で、畿内には耶蘇教を信奉する武将も多いと聞くが、彼らはその思考に妥協を許されぬ生き方ゆえ、やがては滅びていくのではないかとも感じる……。

小西隆佐は、この時は直家を出迎えるために堺までやって来ていたが、最近は京に常駐していることが殆どだという。

理由は分かる。むろん織田家の御用商人として在京しているのだ。そして今では信長の命により、会合衆から堺の宿老の一人に抜擢《ばってき》されている。

ちなみに今、信長の上洛要請に応《こた》えて諸国の大名が続々と入京しているが、直家の織田家への外部からの取次ぎ役はこの隆佐であった。

翌日、京へと向かう道すがら、直家は聞いた。

「織田殿は、実際に会いまするると、どのようなお方でござるか」

しばし考えた後、隆佐は口を開いた。

「昨夜、話されておりましたな。人は生まれながらにして自らの枠に囚われている、と」

直家がうなずくと、

「どうやらあの織田上総介様は、その枠自体がそもそもほとんど無きお方のように思われます」

と、言葉を続けた。

さらに続いた隆佐の話によれば、こうだった。

信長は歴《れき》とした武門の嫡子として生まれたにもかかわらず、惣領《そうりょう》としての正規の教育をほぼ受けていないという。

これには直家も驚いた。武門の惣領としての教育を一切受けていないのは自分も同じだが、それは宇喜多家が滅びて、長じるまで商家と尼寺で育ったからだ。そしてそのことが、直家には少なからず他の大名に対する劣等感となっていた。

しかし、信長までそうだとはどういうことであろう。

その疑問を、つい口にした。

「何か、織田家のご事情があってのことでござろうか」

「事情も何も――」と隆佐は苦笑した。「あのお方は、子供の頃から『世間ではこうなってるから、こうあって然《しか》るべし』という物差しや考え方を、頭から受け付けられませなんだそうで。いくら守役《もりやく》がきつく叱責《しっせき》しても、礼儀作法や典礼、漢籍の勉学などからは逃げ散らすばかりで、惣領としての教導を頑として撥《は》ねつけられ続けたと聞き及んでおります。されど、それがしが見立てまするところ、自分で何事かを考え、かつ得心がいった時は、徹底してそれをおやりになるお方でもありまする」

直家は心中で唸《うな》った。

なるほど信長とは、聞きしに勝る難物、かつ変人のようだ。

「京にてお会いなされる時は、おそらくなまな物言いをされるかと存じますが、決して和泉守様を軽んじてそのような態度をされているのではなく、今の事情より穏当な物言いをご存じない故でありまするので、その点、何卒《なにとぞ》お含み頂きまするよう」

ようは、直家に対して非礼な態度を取ったとしても、なるべく気持ちを穏やかに保つようにと言っているのだ。

二日後には京に入り、さらに数日して、いよいよ信長に会う日がやって来た。

直家は数人の小姓、道案内の隆佐と共に、二条衣棚《にじょうころものたな》にある妙覚寺《みょうかくじ》へと進んでいく。

妙覚寺は信長が在京の折、しばしば定宿《じょうやど》としている日蓮宗の大伽藍《がらん》である。

織田家の家臣に案内されるまま、控えの間に通された。宇喜多家の小姓たちと隆佐は、既に別室に離されてしまっている。

しばらくそのまま待っていると、ひどく小柄な武士がひょっこりと部屋に入ってきた。背は、どう見ても五尺（約百五十センチ）に満たぬであろう。骨格も矮小《わいしょう》で手足も短く、子供のようにすら見える。ただし、その衣装の容儀は悪くない。織田家の中級将校か、あるいはそれ以上であろう。

その子供が、やあやあ、突然に相済みませぬ、と陽気な声を響かせながら、満面の笑みでするすると直家の許《もと》に近づいてくる。

「和泉守殿でございまするな。はるばる遠路、備前からお越しとの由、我ら織田家にとってまことにめでたく、かつご苦労なことでございました」

言い終わると直家の前に、ぺたりと座った。

「申し遅れました。それがし、織田家にて禄《ろく》を食《は》む木下藤吉郎《とうきちろう》秀吉と申すものでございまする」

そう、丁寧に挨拶《あいさつ》する。

「ああ――」

と直家もつい声を上げた。

「あなたが、あの高名な木下殿であられまするか」

いくら人見知りな直家でも、四十を過ぎた今は、これくらいの挨拶は咄嗟《とっさ》に返せるようになっている。

それに、まるきりのお世辞でもない。事実、この木下なる男は昨年の八月、瞬く間に但馬と因幡二国を席巻《せっけん》し、守護の山名祐豊を堺にまで追い落としてしまっている。見かけに似合わず、恐ろしいほどの戦上手ということであろう。さらに直家は、この男に関する世評を口にした。

「聞きますところによりますれば、木下殿は傑物揃いの織田家中でも、第一の出頭人《しゅっとうにん》であられますするそうな」

「いやはや、それがしなど、まったくたいしたことはございませぬよ」

と、大げさに手を振って見せるものの、その表情を見るに、褒められてまんざらでもないらしい。そこに、妙な滑稽味《こっけいみ》を感じる。

「和泉守殿こそ徒手空拳《としゅくうけん》の身から武門を復興され、今では備前の過半を傘下に収められている、まさに立志伝中の御仁ではあられませぬか」

「いやいや……」

正直、その話題にはあまり触れられたくなかった。自力で切り取ったその領地に、信長がいつ何時難癖をつけてくるか分からない。

すると相手は察しがいいのか、さらに明るく笑って話題を変えてきた。

「また此度《このたび》の上洛《じょうらく》で、事前に大層な福岡一文字《ふくおかいちもんじ》を上様に献上なされたとのこと。それら刀身の照り映えには、上様もいたくお喜びのご様子でござる」

それはそうだろう、と直家も今度の言葉はごく自然に受け入れた。

備前の名品と言えば、まず刀剣だ。直家はこの上洛に当たり、信長への手土産として相当な業物《わざもの》を三振り持参して、昨日のうちに使いの者に持たせてあった。

今や中部から畿内にかけての七、八ヶ国を押さえている信長だ。たいていの名品珍品は持っているだろう。しかも信長は、茶器以外は馬や武具などの実用品をひどく好むという。滅多なものでは恥をかくと思い、直家自らが長船村に出向き、大枚をはたいて買ってきたのだ。

それはそれとして、直家は相手の使った「上様」という言葉が気になった。

上様とは本来、足利将軍家の棟梁《とうりょう》への敬称である。

他家のことでもあり一応は黙ってはいたが、この一事でもやはり信長は、やがては将軍家を差し置き、この日ノ本を統一する気であることは明白だった。

それに関連して、ふと感じた。

「もしかして木下殿が、中国筋の取次ぎ衆なのでござるか」

すると木下は、これまた大げさに手を振ってみせた。

「それがしなどそこらあたりの泥人形と同じで、とてもそのような大層なものではございませぬよ」

その大げさな言い方に、つい直家は苦笑した。木下の言葉は続く。

「今、この京の市政官には、第一組として佐久間信盛《さくまのぶもり》殿、柴田勝家《しばたかついえ》殿らの五人がございます」相手はここで一呼吸置き、直家の顔を覗《のぞ》き込んだ。「さらに第二組として、丹羽長秀《にわながひで》殿、明智光秀《あけちみつひで》殿、それがしなどの五人がござる。たまたま今日は、第二組がこの寺に詰めております。ですからこのように案内役《あないやく》を務めているわけでございます」

ふむ、と直家はその言葉の裏の意図を、密《ひそ》かに感じ取る。

直家は上洛の前、織田家のことは調べられるだけ調べてきていた。そして、今出た人物名のうち、佐久間は織田家の筆頭家老で、それに続く譜代の二番家老と三番家老が、柴田であり、丹羽である。木下はこの三名に加えて、幕臣を兼任し、今めきめきと頭角を現してきている新参者の明智と、自らの名を付け加えた。しかし、市政官が全部で十人いるならば、あと五人の名が挙がるはずだが、それは口にしなかった。

つまり、この一見、非常に愛想の良い男は、自分も含めたこの五人こそが、さらに織田家で頭角を現していく人物だと見ているようだ。あるいは直家にそう伝えたいのか。

いずれにしてもその見立ては、この上洛までに織田家中の風聞を集められるだけ集めてきた直家にも、妥当なもののように感じられる。

けれど、何故そこまで織田家の内情を——個人的な見解であれ、初見の自分に教えてくれるのか。

ひょっとして。しかし、まさか……。

試しに鎌《かま》をかけてみた。

「木下殿は、親切な御仁であられまするな」

するとは木下は、にっと軽い笑みを浮かべた。

……やはりそうだ。

が、直後にはさらに意外なことを言い出した。

「和泉守殿にご厚意を示されているのは、堺の小西隆佐殿も同様でござる」

「はい？」

「此度の上様への接見は、和泉守殿ただお一人でござる」

意味が分からない。だからもう一度聞いた。

「どのような意味にてございましょう」

すると木下は、

「今から申し上げまするこ と、どうかご不快になりませぬよう――」

そう静かに前置きをしたうえで、こう語った。

「甚だ失礼な物言いながら、上様は遠隔地から上洛してきた十万、二十万石ほどの大名には、あまり単独ではお会いになりませぬ。その地方の大名数名を、まとめて接見なさいます。現に五日ほど前に来られた播州の別所安治殿や、赤松宗家の義祐殿らには、相互の和睦《わぼく》の意味も含めて、同時に接見なされております る」

この事実には思わず言葉を失った。信長はそこまで尊大に振る舞っているのか。そして弱小の大名は、そんな扱いをされても甘んじて受け入れるほど、今の織田家を脅威に感じているのか……。

木下の言葉はさらに続く。

「和泉守殿とも御懇意の堺の小西殿は、上様とも商用を通じて昵懇《じっこん》の間柄にてございます。その小西殿が、いたく和泉守殿を上様に推挙なさったご様子にて、此度の単独会見ということに相成りましたようでござります」

これには再び驚いた。隆佐は、直家を京まで案内する間、自らがそんな骨折りをしたことは一言も洩《も》らさなかった。なんと奥ゆかしい人物か、と改めて感じ入った。

そして以前からの認識を、もう一度噛《か》みしめる。

それなりに世の辻《つじ》に出ている商人というものは、福岡の善定と同様、そこらあたりの武門の棟梁より、よほど人として出来ているものだ。

一方で、素朴な疑問も湧いた。

「されど何故、木下殿まで初見のそれがしに、かような心配りをなされるのか」

木下は、再び笑った。

「それがし、今でこそ織田家の組頭に数えられ、晴れがましくも木下などという姓を名乗ってはおりまするが、元はこれ、尾張は中村《なかむら》郷中の水呑《みずの》み百姓の倅《せがれ》でござった。挙句、家を飛び出し、針売りとして東海道筋をさ迷っていたこともござる」そう、言いにくいであろう出自と前歴を、さらりと口にした。「むろん和泉守殿は、それがしの如き者とは、そもそもの出自、血の尊さに天と地ほどの違いがあれども、甚だ失礼ながら、これまでの来し方には、似たようなものを勝手に感じさせていただいている次第でござります」

「……はて、似たようなもの、とは？」

するとと木下は、あっさりと破顔した。

「いったいどこの世界に、元服するまで商家や尼寺で育った武将がおられましょうや。生粋《きっすい》の町育ちから成り上がった武門のお方がおられましょうや。この一点を見ましても、和泉守殿はやはり尋常なお方ではござらぬ。独自のやり方で世に出られた御仁と、それがしはお見立て申し上げておりまする」

ほう、と感じ入る。

この男、役目柄でただ案内に来たわけではない。自分が信長にしたことと同様に、このわしのことを調べ抜いた上で、こうして役目を務めている。あるいはその前歴を調べ抜いた上で、自らがこの案内係を買って出たのかも知れない。

この男、やる……。

そして、たいした自信家だ。町家育ちのおれと、百姓上がりのこいつ。同じように塵芥《ちりあくた》の中から這《は》い上がってきたのだと言いたいらしい。

けれど、不思議と悪感情は起こらない。それどころかこうして言われてみると、初対面にもかかわらず、不思議と昔からの朋輩《ほうばい》のような気さえしてくるから妙なものだ。

つい笑ってしまった。

この男、相当な人たらしだ。

「さ、そろそろご刻限でござる。上様の許《もと》までご案内仕《つかまつ》りまする」

木下はそう言って、直家の立席を促した。

本堂の間へと続く渡り廊下を歩きながら、なおも木下は話し続ける。

「なにやらこう、つらつらと思案しまするに、それがしと和泉守殿は、これよりも奇妙な御縁にて結ばれていくように感じております」

そして、こう小声で付け加えた。

「先々もし、袂《たもと》を分かつことに相成りましても、織田家にそれがしありという一事はなにとぞお忘れなく」

これにはつい声を低くして反駁《はんばく》した。

「これは異なことを。拙者はこのように、上総介殿に拝謁《はいえつ》するために上洛《じょうらく》してきておりますものを」

が、木下はこちらを見もせずに淡々と言った。

「浮世とは、いつどう転ぶか分からぬものでござります。今は足元を照らしている灯《ともしび》も、その先は再び暗《くろ》うござる。武士の渡世ならばなおさらのこと。なればこそ、こうして誼《よしみ》を通じておくことが肝要かと存じます」

何か言おうと思った。けれど、うまく言葉にできない。

ややあって気づいた。

この横を進む小男は今、肝心な言葉を省いた。

木下自身、相手が織田家中の身内ならば、逆にここまで自ら進んで知り合いになる必要はない。今後、敵に成り代わるかも知れぬ相手だからこそ、逆に実際に会って、互いに誼を通じておくことが大事だとこの男は考えている。

状況が反転して再び直家を味方に取り込もうと思った時、実際に相手を見知っているということは、とても大事な要素になるからだ。

そして少し思案してみるに、その見立ては全く正しい。おれはたしかに一時の方便として、織田家の傘下に入ることを選んでいるに過ぎない。今後は分からない。

そして、自分の奥深くの気持ちに、この時に初めて気づいた。

そもそもおれは、誰かに仕えることが嫌なのだ。

子供の頃から辛苦を重ねた結果、いったん武門の利害が絡んだ相手というものが、いかに信用ならぬものかということを骨身にしみて叩《たた》き込まれてきた。ましてやそんな相手に心底から服従するなど、自分には到底できたものではない。

例えば、お福がそのいい例かも知れない。

あの新妻のことはたしかに好きだ。だが、その夫婦関係に出自から来る武門の利害が絡まぬからこそ、おれは常に安んじていられるし、相手も心底から気を許すのだ。

そんな自分を、少し話しただけで見事に切り取ってみせるこの男――見た目は貧相だが、やはりたいした男だ。人間というものをよく分かっている。そして自らの観察眼を抜け目なく互いの立場に置き換えてみせる。徹頭徹尾、目の前の現実に即した対応を見せる。一見、おそろしく人好きはするが油断のならぬ相手だ。

むろん、悪い意味で思っているのではない。

12

直家は、本堂の広間中央に一人座っている。

上座の上段左右には、すでに織田家の荒小姓たちが黙りこくったまま居並んでいる。しかし、信長の姿はまだ見えない。

直家はやや緊張している自分を、どうも解《と》きほぐすことが出来ない。

考えてみれば、浦上家を除いて他家の、しかも今後の関係がどうなるか分からぬ武門の棟梁《とうりょう》に会うのは、これが初めてのことだった。さらに風聞によれば、あの木下のような部下たちを、まるで奴隷《やっこ》のように自在に追い使っているという。果たしてどのような男なのか。

ややあって、右手の奥のほうからざわついた気配が近づいてきたかと思うと、一人の男がずかずかと上座に現れた。

中背で痩《や》せぎすの男――その歩いてきたわずかな間の所作を見るに、相当に四肢の筋肉が引き締まっている。だから大紋《だいもん》の上からは、一見痩せぎすに見える。

これが、信長か――。

そこまでを咄嗟《とっさ》に観察した直後、直家は深々と頭を下げた。上座から声がかかるまで、下げ続けた。

半面では、何故おれが恩義もなき相手に、このように這い蹲《つくば》らなければならぬのかと、またもや軽い屈辱を感じる……。

直後、第一声が飛んできた。

「宇喜多和泉守よ、はるばるよう参った。身《み》が上総介である。一番の遠路である。自らの骨折り、わしは嬉《うれ》しく思うておる」

一瞬、その意味が上手《うま》く取れなかった。が、すぐに理解した。つまりは上洛した各地の大名のうち、その棟梁自らが足を運んできたのは、このおれが一番の遠路だと言いたいらしい。

それにしても、言葉の省き方のなんと激しい男か。事前に隆佐が言っていた通り、その物言いも直截《ちょくせつ》そのものなら、声音にも情味も典雅さもない。この時点で、早くも直家はやや辟易《へきえき》していた。

それでも直家は小笠原流礼法の常として、依然視線を畳に落としたまま、尋常な挨《あい》拶《さつ》の言葉を返した。

「ふむ――」

信長はまずそう応じ、それから早口でこう続けた。

「和泉守よ、そう顔を伏せておっては、わしにはそちの言葉がはきと聞き取れぬ。構わぬ。面《おもて》を上げよ」

これまたはっきりと命じた。

その言葉通りに、直家は顔を上げた。

やや遠い高座に信長がいる。束の間、視線が絡んだ。途端、

「和泉守よ、土産に良きものを呉《く》れた。わしは喜んでおる」

そう、再びせかせかと言い募った。

「福岡一文字。良きものじゃ。わしは実際に役に立つものが好きである。それが良きものとなれば、なおさらじゃ。逆にいくら美々《びび》しくとも、役に立たぬものは要らぬ」

そして上機嫌そうに、少し首をかしげた。

「言っておる意味が、分かるか」

　これまた咄嗟の問いかけに、直家は戸惑う。しかし、この謎《なぞ》かけもまたすぐに解けた。

「拙者、この上洛を機に、さらに織田家の西方の魁《かい》として、至誠に努めます所存でございまする」

　そう、相手の意に染むだろう受け答えをした。

　案の定、信長はさらに満足そうにうなずいた。

「聞けば和泉守は、福岡の商家育ちとのこと。徒手空拳《としゅくうけん》から身を興し、今や備前の過半を押さえておると聞き及ぶ。わしは、そのような働き者が好きじゃ」

　ふと気づくと、いつの間にか大広間の隅に、木下がちょこんと座っている。おそらくはこの木下が、事前の挿話として信長の耳に吹き込んだ。

「恐れ入りましてございまする」

　さらに信長は言った。

「また、小西からも聞き及んだ。和泉守は武門の長《おさ》ながらも、彼ら商人《あきんど》にもあまねく丁重に接するとのこと、これまた感心なことである」

「は――」

　そう二度、軽く頭を下げた。

「その存念とは、如何《いか》に」

再び信長から矢のような問いかけが来る。

　この返答には、やや迷いを感じた。相手も歴とした武士だ。それも今や、日ノ本随一の棟梁だ。そんな相手に、商人のほうが武士《もののふ》よりも、まともな骨柄《こつがら》の人物が多いとはまさか言えまい。けれど、信長も商業というものの重要性は、その尾張や美濃でやっている施策から考えるに、充分に分かっているはずだ。

しかし、居並ぶ織田家の家臣を目の前にしては、やはり言いにくい……。

その躊躇《ためら》いが表情に出たのか、さらに信長は言った。

「構わぬ。和泉守の思うところを、余すところなく述べよ」

……ええい。ままよ。

咄嗟に直家は腹を括《くく》った。そして口を開いた。

「おそれながら申し上げます。侍の戦場にての武者働きは命懸けなれど、所詮《しょせん》は決死の覚悟さえ決めれば、あとは武運次第にて、いかようにもなるものにてござります――」

果たして信長の左右に居並ぶ荒小姓たちは、互いに顔を見合わせ、ざわつくような気配を見せた。それでも構わずに直家は弁舌をふるった。

「されど、才覚を持つ商人というものは、なかなかに得難きものにてございます。さらに、そこから生み出されまする矢銭は、石高とは違い、豊作不作の影響を受けませぬ。常に、ほぼ一定にてござります」

「で、あるな」信長は我が意を得たりとばかりに大きく膝《ひざ》を打った。「亡父も昔、似たようなことを申しておった。わしもまた同様」

やはりだ——それに勇気づけられ、さらに直家は言った。

「商人は、武士以上にその屋号の信用にて世を渡っております。その一事を弁《わきま》えておる商人は、いったん約定を取り結べば、決して信用を無下にするようなことはありませぬ。裏切りませぬ。であればこそ、それがしは浮世の身分を超えて、丁重に接するのでござります」

すると相手は、大きくうなずいた。

「道理じゃ。然《しか》るべし」

直家はすかさず頭を下げた。

「ありがたく存じ候」

が、ここで信長の話題は一転した。

「が、そのような物事の道理が、なかなかに通じぬ奴もおる」

「は?」

「そちのすぐ東方におる」信長は薄い笑みを浮かべた。「浦上じゃ。物の見えぬあやつを、和泉守よ、そちが説得することは出来ぬか」

「それは……少々難しゅうございまするな」多少迷いながらも、直家は答えた。「遠江守（浦上宗景）殿は、つい先だって西播磨を手中に収めたばかりにて、それを下野《しもつけ》守《のかみ》（赤松政秀）殿に改めてお返しすることは、まずご承知なさりますまい」

「下野守は去る十一月、我が援軍も待たずに降伏した」信長は無表情のまま、切り捨てるように言った。「そのような相手のことなど、もはやどうでもよい。西播磨はそのまま浦上に呉れてやる」

つい直家は黙り込んだ。その言いよう……やはり剣呑《けんのん》な男だ。

信長の言葉は続く。

「が、そちのほうから浦上に武力にて圧をかけてもらえれば、赤松出羽守（義祐）にも命じて、東からも同時に圧迫を加える。その威武の上で、この織田家との講和を持ち掛ける。どうじゃ」

少し思案してみた。

しかし、やはりその程度の圧では、あの頑迷な相手が講和を承諾するはずもないと感じる。

それに自分は昨年末、便宜上とはいえ、宗景に臣従すると誓ったばかりなのだ。かえって宗景が怒り狂い、逆にこちらに攻め込んでくる可能性もある。もしその時に毛利と三村が連携して動けば、こちらとしては万事休すだ。

「やはり、難しゅうございまするな。今や遠江守殿は、それがしと同程度の封土を持たれておりまする。出羽守殿は五万石にも満たぬ程度で、さらにその東隣には依然として遠江守殿と同盟を組む小寺家もございます。その背後を突かれれば、出羽守殿もそうそう自由には動けますまい」

さらには宇喜多家もまた、東西から同時に攻められる可能性をも詳細に伝えた。

「そうなれば、我が武門とてどうなるかは分かりませぬ」

「――ふむ」

信長は、鼻から息を大きく洩《も》らした。先ほどとは一転して、かなり不満そうな表情を浮かべている。

その様子を見ながら、織田家が当面は畿内から動けないことを確信する。でなければ、こんな他人《ひと》任せの話を持ち掛けてくるはずもない。この件、やはり軽々には乗れぬ。

ふとあることを思い出し、提案してみた。

「ともかくも我が宇喜多家としましては、遠江守殿を穏便に説得しつつも、当面は三村家からの脅威を取り除くことに専念しとうござります」

「うむ?」

「もし西の版図をさらに備中《びっちゅう》深部に食い入る場所まで延ばすことが出来うれば、結果として当家の守りは安定し、封土も再び遠江守殿より上回りましょう。その兵力差を背景にして織田家に与《くみ》することを持ち掛ければ、あるいはかのお方も、こちらの具中になびくやもしれませぬ」

信長は、突然げらげらと笑い出した。

「和泉守、和泉守よ。そちは商家に育っただけあって、なかなかに交渉上手じゃの」

これにはつい直家も苦笑し、正直な気持ちを洩らした。

「我らも、生き残りに必死でありますれば」

今度は信長も、即座にうなずいた。

「よかろう。備前と備中、そして美作のことは、和泉守よ、そちの切り取り次第とする。浦上より格段に大きくなってから、あやつにわしへの臣従を持ち掛けるもよし、なかなかに聞き入れぬ場合は、攻め滅ぼしてもよしとしよう」

そう、ずいぶんと景気の良いことを言った。

「まことにありがたき次第でございまする」

そう言って再び平伏しながらも、脳裏では別のことを感じていた。

景気がいいのは当たり前だ。もし直家が上手《うま》くことを進めれば、信長は自分の兵団をなんら傷めることなく、織田家傘下の勢力圏が増すだけなのだ。

しかも今後はどう転ぶか分からぬ話でもある。信長は、その不確実な先々での空手形を切っているに過ぎない。

けれど、この公の場で、切り取り次第の言質《げんち》を取れたことはひとまず良かった。

おれがこの男に付いている限り、いくら領土を増やしても織田家から横槍《よこやり》を入れられることは今後あるまい……。


あとから思い返してみるに、この会見での直家は、自分より五歳も年下の男を相手に、相当に緊張していたようだ。

おれは四十を超えた今も、悲しいほどに人見知りだ、と情けなく思う。

以前にお福にも笑われたことだが、その内気さや臆《おく》する気持ちが、どこかの武門の傘下に入る武将としては、致命的な欠陥だということもよく自覚している。

しかし、此度《こたび》の緊張の原因は、必ずしも相手と初対面だったからだけではないような気もする。

ともかくも疲れた。ひどく気疲れを起こしていた。

妙覚寺からの帰路、常にぼうっとしていて、隆佐から幾度か話しかけられても気づかなかった。一度などは、辻《つじ》を曲がった時に軽い立ち眩《くら》みさえ覚えたくらいだ。

しまいには、隆佐も少し苦笑した。

「別に悪口ではございませぬが、あのお方は――」と、信長のことを指して言った。

「いついかなる時も、人をひどく硬直させてしまう何かをお持ちですな」

「左様――」

そう一言返して、またぼんやりと思案に耽《ふけ》った。正直、それ以上口を開くことができないほど、心身ともにくたくただった。

信長に関してようやく多少の事を領解したのは、夜に寝所で床に就いてからのことだった。

あの男は、どうやら常人の何倍もの気魂《きこん》を持って生まれついているらしい。その気魂から発せられる異常なる無言の圧が、信長に接する者すべてを、なんとはなしに疲れさせる。体全体から滲《にじ》み出す気魄《きはく》が、直家の不安な気分を否応《いやおう》もなく煽《あお》る。あの凄《すさ》まじいほどの気魂は、一体どこから生まれて来るのか……。

ふと感じた。

木下藤吉郎といい、織田信長といい、良くも悪くも尋常な男ではない。信長が常識人の枠組みを超えたある種の異常人だとするなら、木下は大俗物の良きほうに極まった形、とも言える。

が、おそらくはあの二人だけではない。

先ほどいみじくも木下が語っていたように、信長の配下には、他にも明智光秀や柴田勝家らといった、木下にも肩を並べるほどの才華に満ち溢《あふ》れた部将がまだまだいる。

直家はぼんやりと感じる。

今はまだ畿内から動けぬ織田家だが、あの男が生き続けている限り、やがてその勢力は、この日ノ本全体を覆っていくだろう。

13

直家が京から帰って来た時、つい好奇心に負けて、お福は尋ねた。

「京と織田家は、いかがなものでございましたか」

すると、直家は珍しく破顔した。

「わしは、どうやら田舎者のようじゃな」

「え?」

「この備前での物差しが、日ノ本全体でもそこそこは通じると思うていたが、どうやらそうでもないらしい」

お福は、ひどく戸惑った。

「それは、いかなる意味にてございましょうや」

そう聞くと、直家はもう一度苦笑した。

「なにも、京や織田家だけの話ではない。堺という港町にしても、福岡や西大寺より三十倍は大きく見えた。そこで見た何隻もの南蛮船に至っては、もはや船というより、海に浮かぶ城のようなものだ。京の町もそうだ。途方もなく広く大きい。町や船の造りかたそのものが、全然違う」

思わず言葉を失う。西美作の草深い田舎で生い立ったお福などは、今でも福岡や西大寺に行けば、その人の多さや町の大きさに圧倒される。

けれど、それよりも三十倍もの殷賑《いんしん》と言われても、その巨大さにはまったく想像が追いつかない。

「人にしてもそうだ」直家はさらに語った。「織田家では、木下藤吉郎秀吉という信長の配下に会った。この男もまた只人《ただびと》ではなかった。あのような武士《もののふ》は、この備前を見渡してもちょっとおらぬ。そんな男が、織田家には数多《あまた》いるようだ」

その答えに、またしてもお福は言葉を失くす。

ふと気づいた。

この人は、肝心の信長については、まだ寸評を一言も加えていない。

そのことを恐る恐る問いかけると、

「信長、か……」

そう呟《つぶや》いて、直家はしばし無言になった。けれど、ややあって口を開いた。

「あの男もまた、人としては尋常ではない。それどころか、そこに居るだけで周囲の者を圧する何かを持っている。当然だが、その点では木下以上に恐るべき相手だと感じる」

「……」

「が、信長に関しては、まだわしもよく考えがまとまっておらぬ。自分なりに言葉になった時、初めてそなたに申すのではどうか」

むろん、お福に異存はない。

ただ、直家の言い方で、信長という男のことはさらに空恐ろしく感じられた。

この海千山千の夫にさえ、印象を容易に言葉にまとめ切れぬ相手とは一体どういうものなのか……。

四月、元号が変わり、永禄十三年から元亀《げんき》元年となった。

けれど、お福がその事実を知ったのは、五月も半ばになってからだった。

その経緯《いきさつ》を直家が語ってくれた。例によって堺の小西隆佐から文を貰《もら》っていたのだ。

去る二月、畿内周辺の主だった大名に上洛《じょうらく》要請をかけた信長がいて、だからこそ夫の直家は京へと赴いたのだが、それに従わなかった相手に越前《えちぜん》の朝倉《あさくら》氏がいる。

信長はこれを、朝倉氏を討つ絶好の機会と見た。四月二十日、三万という大軍勢を率いて京を離れ、越前討伐に乗り出した。

その鬼の居ぬ間にとばかりに、公方《くぼう》の足利義昭が動いた。朝廷に五千疋《ひき》もの銭を献金して、改元を奏上するという実に際どいことをやってのけた。

結果、驚くべきことに三日後——同月の二十三日には帝《みかど》からの勅命が下りたらしい。そして十三年続いた永禄年間は、元亀となった。おそらく以前から義昭は、信長の気づかぬところで水面下にて交渉を続けていた。

直家はさらに語った。

「この改元は、そもそもは今の公方様が十五代将軍になられた折の二年前にも、切望しておられたことだと聞く。それを信長がにべもなく、『無用にて候』の一言で撥《は》ねつけた」

お福は口を開いた。

「それも、将軍家に出来ることの先例を作らせぬためですか」

直家は苦笑してうなずいた。

「信長は、やるやる。たとえ改元であろうとも将軍家の専政は絶対に認めぬ、ということであろうな。それでも公方様は、改元のことを諦《あきら》めておられなんだご様子じゃ。思えば、その当時から新将軍家の威光をなんとか世間に知らしめようと、躍起になっておられたのだろう」

そしてお福を見て、また少し微笑《ほほえ》んだ。

「このすぐさまの改元を見ても、信長と公方様との関係はいよいよ悪くなっておるはず。肝心の京がこのような有様では、織田家は当分の間、畿内を出られまい」

織田家の傘下に入ったというのに、やはり今度も嬉《うれ》しそうだ。

お福は将軍家には心から同情しながらも、ややおかしくなる。

こと自家の政略に関する限り、こういうふうにあくまでも二心《ふたごころ》を持ち続けるところが、この夫が他家から常に警戒される所以《ゆえん》なのだ。

けれど、あくまでも自立を保とうとする武将はむしろそれで良い、とこの頃は思うようになっていた。以前から直家が言っている通りだ。一門を率いる武将と、それに仕える葉武者《はむしゃ》の論理は違う。流転する情勢に絶えず目を光らせ、状況によっては相手にとって油断も隙もないような武将だからこそ、小宅《しょうたく》の武門は生き残っていくことが出来るのだ。

その後、続報によってもたらされた畿内の状況は、織田家にとってさらに暗転し続けた。

信長率いる織田軍は南越前へと侵攻し、瞬く間に敵地の二城を落としたまではよかったが、ここで青天の霹靂《へきれき》とも言える出来事が起こる。

織田家の同盟者であり、信長の義弟でもある北近江の浅井《あざい》長政《ながまさ》が突然翻意し、朝倉氏に付いたのだ。

南北から危うく挟み撃ちの状態になりかけた織田軍は、急転直下、越前から撤退を開始した。遠路、山城までの散々たる撤退戦になり、信長はわずか十名ほどの配下と、命からがら帰京したという。

二ヶ月後の六月末、浅井氏の裏切りに激怒した信長は、北近江の討伐戦に乗り出す。浅井・朝倉の連合軍を向こうに回し、激戦の末に両軍を敗走させた。しかし、浅井氏を殲滅《せんめつ》するまでには至らなかった。

以降、織田軍の一部が北近江に残され、城に籠《こも》る浅井軍と睨《にら》み合いを続けている。直家の語っていた木下藤吉郎という男が、その部隊の首領を務めているとのことだった。

さらに八月になると、今度は摂津で三好三人衆が再び反信長の旗を掲げて蜂起《ほうき》した。織田軍は摂津へと進軍するが、ここでも信長にとっては想定外の事態が起こった。

同じ摂津にある大坂本願寺が、突如三好氏の友軍として挙兵したのだ。

お福は、素朴な疑問を感じた。

「でも摂津の大坂本願寺は、一向宗徒の総本山でございましょう。どうしてお坊様たちが武士のように戦わねばならぬのです」

「大坂本願寺は寺のようであって、実は寺ではない」

「四十年も前から増築に次ぐ増築を繰りかえし、門前町を含めれば、今では日ノ本でも随一の大伽藍《がらん》となっている。さらには武装化にも余念がない。外敵に備える曲輪《くるわ》が幾重にも周囲を取り巻いている。城郭として見ても関東の小田原《おだわら》城、能登《のと》の七尾《ななお》城と並び、この日ノ本でも三指に入る巨大さだろう。だから、『大坂城』とも呼ばれている。そこに信長が目を付けた。代替地を与えるから、この城塞都市ごと引き渡せと、以前から強談威迫《ごうだんいはく》し続けてきた」

「はい？」

その話にはびっくりすると同時に、またしても不思議に思った。

以前に直家は語っていた。

織田家は、その特殊な郎党化、広大な直轄領もさることながら、商業にも財政の基盤を大きく置いており、そこからの矢銭が膨大だから、ここまで勢力を伸ばすことが出来たのだと。

そうであれば本願寺に強請《ゆす》り同然のような真似をせずとも、その潤沢な資金を使って、新たに城郭を造ればよいだけの話ではないか。

その疑問を口にすると、直家はこう答えた。

「信長はあの伽藍というより、大坂という土地そのものが欲しいのだ。だからこそ、あの城塞《じょうさい》ごと寄越《よこ》せと本願寺に強談している」

「何故、その大坂の地なのでしょう」

「摂津の海沿いは湿地帯がほとんどらしい。が、この伽藍の建つ石山という土地だけは、固い岩盤の上の高台にある。だから本願寺も巨大な城郭を石山に築くことが出来た。そのことを信長は知っている。他の場所には城を造れぬが、ここにはさらに巨大な城塞都市を普請《ふしん》し直すことが出来る。だからだ」

それでもお福には、いまひとつ事情が呑《の》み込めない。それを察したかのように、直家は言葉を続けた。

「摂津は、瀬戸内の奥座敷だ。南蛮船の最大の寄港地でもある。その背後には畿内が広がっている。この国で最も多くの人が住み、物品の売買も盛んな土地だ。信長は、この大坂本城にさらに大掛かりな普請を施し、南蛮交易の本拠地とするつもりだろう。かつ、織田家の本城も兼ねるような巨城を造る。ちょうど『平家物語』に聞く平清《たいらのきよ》盛《もり》が、京から福原《ふくはら》(神戸)へと遷都を決めたようにだ。むろん、わしが信長でもそうする」

それで、日頃から商業の大切さを説かれていたお福にも、ようやく合点がいった。

「もしそれが現実になれば、織田家は南蛮交易から巨利を得て、さらに他家を圧倒する武門へと育つ。日ノ本の統一も、ますます近づいてくる」

そして、小声でこう付け加えた。

「むろん、わしはそうなることを望んでおらぬが……」

お福は夫を見たまま、黙ってうなずいた。

その願いが天に通じたかのように、織田家の状況はなおも悪化の一途を辿《たど》った。戦況は泥沼の様相を呈し始めた。

まず摂津での三好・本願寺との緒戦は、結果として織田軍の敗退に終わった。その本願寺の呼びかけに応《こた》え、織田家の本貫のすぐ隣である伊勢《いせ》長島《ながしま》でも、三万の門徒一揆《いっき》軍が蜂起した。次いで、織田軍上洛の折に木《こ》っ端《ぱ》微塵《みじん》に粉砕され、甲賀《こうか》に隠れていた六角氏の残党も、南近江にて蜂起した。さらに本願寺の動きに連動して、浅井・朝倉軍三万も、京のすぐ東に位置する近江坂本《さかもと》という場所まで南進してきた。

これら攻防戦で、信長は実弟の信治《のぶはる》、信興《のぶおき》や、寵愛《ちょうあい》していた重臣の森可成《もりよしなり》らを失うほどの大敗を次々と喫した。そしてそのいずれの方面でも、戦線は完全に膠着《こうちゃく》状態に陥った。織田軍は、畿内という石牢《いしろう》に入れられたも同然になった。

一方、宇喜多家にもこの夏から秋にかけて、かなりの大きな変化があった。

夫の直家は京から戻って来た後、再び西美作への兵を出そうとしていた寸前で、出兵を取りやめた。

というのも、旭川以西の御野《みの》郡——備中との国境《くにざかい》付近でも、三村軍が不穏な動きを見せてきたために、上道郡西部《じょうとう》の守りを固めざるを得なかったからだ。

そんなある日、一人の小者が沼城に駆け込んできた。

その道中埃《ほこり》に塗《まみ》れた小者には、お福も見覚えがあった。御野郡の石山《いしやま》城城主・金光《かなみつ》宗高《むねたか》の重臣で、後藤忠利《ごとうただとし》という部将の配下だ。

後藤はからりとした気性の男で、以前から他家の直家に懐いていた。しばしば沼城までやってきては、直家と烏鷺《うろ》を戦わす間柄だった。駆け込んできた家来も、後藤によく付いてきていたから、お福も見知っていた。

その小者が涙ながらに訴えるには、主人である後藤が、金光宗高に手討ちにされたらしい。

「なにゆえ、そのようなことになった」

直家は珍しく声を荒らげた。

相手がなおも語るには、殿中の些細《ささい》な不手際で斬られたのだという。

すると直家は、さらに怒りを露《あら》わにした。ここまで激怒した夫を見るのは初めてだった。

けれど、その訳はお福にもそれなりに察せられた。

昨年の年末、三村氏は宇喜多傘下に入った佐井田《さいだ》城と猿掛《さるかけ》城を取り戻そうとして、毛利家の助力数千を得てこの二城を大軍にて包囲した。猿掛城の穂井田《ほいだ》実近《さねちか》はすぐに三村へと降伏したが、佐井田城の植木秀長《うえきひでなが》は籠城《ろうじょう》戦に耐え、直家へ援軍を請うた。直家はただちに旗下にある国内の土豪を糾合《きゅうごう》し、戸川秀安を大将とした軍八千を派兵して三村・毛利軍と交戦した。結果、この激戦で敵の総大将である三村元親を負傷退却させ、穂井田実近を始めとした有力部将の首を多々討ち取るという成果をあげた。その首級は六百八十もの数にのぼり、この規模の合戦としては未曽有《みぞう》の大勝である。

再びの惨敗に懲りた三村家は、どうやらこの時点で単なる軍事行動から、戦い以前の調略を重視する外交方針へと変えたらしい。

以降、備前と備中の国境付近において三村軍の目立った軍事行動はなくなったが、代わりに直家が放っている間諜《かんちょう》によれば、備前西部の国境近くでは明らかに他国人と思われる行商人や傀儡子《くぐつし》、御師《おし》などの姿をよく見かけるようになった。備中の一部に宇喜多家から橋頭堡《きょうとうほ》を維持されたままなら、自分たちも調略によって備前西部の武将に楔《くさび》を打ち込もうという戦略だろう。

特に石山城は備中国境に近く、交通の要衝にあるせいもあって、金光宗高が三村家からの調略をしばしば受けているという噂は、この頃よくお福の耳にも入るようになっていた。その金光家中で手討ちに遭った後藤は、唯一と言っていいほど一貫して宇喜多家支持を表明していた。

「もはや金光の離反は濃厚。このまま手をこまねいてはおられぬ」

直家はすぐに兵三千を召集し、金光の居城・石山城のある旭川畔《ほとり》まで軍を進めた。その上で金光宗高に、すぐ沼城に出仕して、後藤を手討ちにした前後の申し開きをするようにと軍事的圧力をかけた。その強硬な姿勢に恐れをなした金光宗高は、数名の近臣《きんしん》を引き連れてやってきた。

けれど、宗高は愚にもつかぬような釈明を繰り返すばかりで、後藤を手討ちにした理由は曖昧《あいまい》なままだった。

直家はついに激昂《げきこう》した。裏で三村に通じているのは間違いないと見た。むろんその話を後で聞いたお福も、当然そう感じた。

直家は、戸川秀安や馬場職家ら重臣の居並ぶ大広間で、宗高に命じた。

「この場で切腹せよ。切腹せねば、今すぐに石山城を攻め滅ぼす」

宗高は抵抗した。

「この場でわしが切腹しましても、金光家は滅ぼされましょう」

直家は一瞬黙り込んだ後、こう続けた。

「おぬしが潔《いさぎよ》く腹を切れば、滅ぼさぬ。金光家の郎党は、我が宇喜多家の家臣として新たに組み入れる。かつ、二人の息子の命も助けてやろう。それぞれに所領もやろう」

宗高はなおも迷ったようなそぶりを見せ、引き連れてきた左右の家来を振り返った。

「だが、承知せぬ場合は、今ここでぬしを斬る」直家は繰り返し迫り、さらに具体的なことを口にした。「嫡子の文右衛門《ぶんえもん》には六百石、次子の太郎右衛門《たろうえもん》には三百石を知行地として与える。今後わしに仕えて励めば、先々のさらなる加増も約定しよう」

そう言って祐筆《ゆうひつ》を呼び、その旨をしたためさせて花押《かおう》を入れた。

「さ。これにて腹を切れ」

そう言って、宗高に書状を突き付けた。

「そちの家来と、わが家中の者が見届け人である。わしが、家臣に宣言したことを一度も違《たが》えたことがないのは、おぬしも知っていよう。料簡《りようけん》して、連署せよ」

結局、この条件を呑《の》んだ宗高は、その場で腹を切った。

間を置かず、直家は戸川と馬場に与力百二十人を付けて、石山城へと乗り込ませた。宗高の家来たちに連名の書状も披露し、無事に城を明け渡させた。

直家は、宗高との約定を守った。

嫡子の文右衛門には六百石の知行地を与えて本丸御番衆《ごばんしゆう》とし、これより十年後、毛利の猛将・湯浅新蔵《ゆあさしんぞう》を討ち取った時に、九百石に加増した。次子の太郎右衛門にも最初三百石を与え、のちに御船手組《おふなてぐみ》として四百石に加増した経緯を、後年のお福は見届けた。

　ともあれ、石山城と御野郡を直接の傘下に収めた宇喜多家は、結果としてその版図を備中の三村と直《じか》に接することになった。その長大な前線の防衛のために、西美作の高田城攻城の援軍を出す余裕がなくなってしまった。

　直家は、お福に頭を下げてきた。

「高田城奪還には、しばしの猶予をくれ。この御野郡を完全に掌握し、三村に対する防備がある程度固まれば、また美作へと兵を出す。それまでは堪忍《かんにん》してくれ」

　むろん、この事態に立ち至った今、お福には異存はない。実はそれ以前から、先々の事で心中迷うものが徐々に芽生えつつあった。

　桃寿丸はまだ十歳と幼いながらも、直家の正式な養子となっている。忠家の長子・与太郎とも分け隔てなく可愛がってもらっている。

　なによりも自分は既に、宇喜多家の正室になってしまっている。そんな現状で、母子ともども真島郡の高田城に返り咲くことが、果たして可能なのだろうか……。

　けれど秋も深まった頃、そんなお福の迷いを断ち切るかのように、予想外の出来事が起こった。

　十月、高田城を攻めあぐんでいた三浦家の残党と伊賀久隆の前に、意外な援軍が現れたのだ。

　山中鹿介が率いる尼子の残党千名だった。

三浦家と尼子氏の残党は、ともに毛利家に主家を滅ぼされている。

三浦家残党の首領・貞広は、先の夫・貞勝の実兄で、本来は三浦家の惣領《そうりよう》であった。ただし、幼い頃に三浦家を征服した尼子氏の預かりとなっており、成人するまで出雲の月山富田城にて育った。その意味で貞広は、そもそもが高田城にかつて居た三浦家中の残党たちとは、逆縁になっていた。

だからこそ、十数年前には次子である貞勝のもとに遺臣たちが集まり、衰微した尼子氏から高田城を奪還したのだ。

思い返せば、お福が生まれてからでも、この城は最初、三浦家から尼子家に征服され、それを長年の雌伏《しふく》の時を経て貞勝が取り戻したかと思うと、次に三村家にあっけなく奪われた。直家が三村家親を殺したのを契機に、今度は叔父《おじ》の貞盛が奪還し、さらにそれを毛利が奪い返すというように、城の持ち主は賽《さい》の目のように様変わりした。

そして今度が、三浦家残党の三度目の奪還戦だった。

三浦貞広と山中鹿介は当然、昔日の尼子家中で互いをよく見知る間柄だった。かつ、両名にとって毛利は、同じように武門を滅ぼされた憎き相手でもある。

この二人が組むことによって毛利家に対する復讐《ふくしゆう》心は一気に膨れ上がった。それが兵たちにも感染し、両軍の団結も士気も騰《あ》がった。直後から火の出《いず》るような攻城戦に出た。

それ以上に大きかったのが、高田城内外に存在した、かつて尼子に仕えていた被官や城兵たちだ。山中鹿介の呼びかけに応《こた》えて、次々と内応の動きが起こった。結果、宇喜多氏の支援なしに、高田城を一月《ひとつき》に満たぬうちに見事に奪還した。そして、貞広が暫定の城主として高田城に返り咲いた。

その経緯を知ったお福の心情は、三浦家再興の喜びに包まれつつも、一面では複雑だった。

三浦貞広は、宇喜多家の援助なしで高田城を見事に取り戻した。しかも、本来は三浦家の惣領だった男だ。この状況では、桃寿丸が三浦家の当主に返り咲く隙はほぼなくなった……。

このことを、直家もひどく気にした。

「三浦家のこと、当面は貞広殿が城主に就く由、これは前後の事情から考えても致し方あるまい。されど、そもそも長年の間尼子の支配下にあった高田城を取り戻したのは、そちの先夫であった。あれがあったからこそ、此度《こたび》の三度目の奪還に繋《つな》がったとも言える。その恩義は三浦家の旧臣たちも忘れてはおるまい」

直家は考え考えしながらも、言葉を紡いだ。

「その以前からの経緯《いきさつ》をよくよく噛《か》んで含ませた上で、わしが三浦家の後ろ盾として付くことを条件に、桃寿丸が成長した暁には、貞広殿の次の当主に据えるという約定を取り付ける——そう話を持ち掛けることも出来るかとは思うが」

そう提案してきたが、散々悩んだ挙句に、お福は首を横にふった。

「三浦家のことは、これにて、もうよろしゅうございます」

さらにこう、言葉を続けた。

「もし、今ここで上手《うま》く話が進み、桃寿丸を高田城の次期当主に据える確約をとったとしても、たぶん十年かそこらは先の話になりましょう。その頃にまだ三浦家が安泰であれば、家臣たちはすっかり貞広殿のやり方に懐き切っておりましょう。転じて、桃寿丸には何の実績もありませぬ。先の夫のことはともかく、我が子が城を取り戻したわけでもありませぬ。やはり、無理筋の話ではございます」

そう言い述べた上で、自分の結論を語った。

高田城の城主には、現状でもこれからも、本来は惣領であった貞広のほうがふさわしい。

それに高田城に入った三浦家の残党自体も、依然として小所帯のままだ。今後またいつ何時、三村や毛利に城を攻め落とされるかも知れない。その時に桃寿丸が高田城に居れば、命の保証はない。なによりも六年前のような悲惨な落城など、もう二度と我が子には経験させたくない。

だとしたら、このまま沼城で成長し、たとえ武門の棟梁《とうりょう》にはなれなくとも、宇喜多家に連枝衆として仕え、やがては家中で重きをなしたほうが、桃寿丸の先々としては、まだ良き生き方なのではないか。

その結果の色合いはどうであれ、三浦家の再興という亡夫の願いは、その実兄の手で叶《かな》えられたのだ。だから、これでもう充分ではありますまいか。

少なくとも現状では、既に宇喜多家へと嫁いでいる自分や、桃寿丸の出る幕ではない、と……。

そこまでを、途切れ途切れに語り終えた。

三浦家とは実質的に縁を切る、苦渋の決断だった。

直家はそんなお福をしばしじっと見ていたが、ややあってうなずいた。

「分かった……お福がそこまで思い切れるのならば、もうわしは何も言うまい」

次いで小さな吐息を洩《も》らした後、お福を正面から見た。

「お福よ。桃寿丸のために、これまでよう気張《きば》ってきた。されど、そのような考えに思い至ったならば、そなたの三浦家への義理立てはもう充分に済んだと、わしも考える」

そう言われた途端、急に視界が滲《にじ》んだ。

涙が頰を伝い始めているのが分かる。

泣いているのだ、と他人事《ひとごと》のように感じた。

けれどそれは、かつての亡夫への想いや、桃寿丸のために泣いているのではない。自分のこれまでの六年間は、桃寿丸を旗頭にして、三浦家を再興させるためだけにあった。そのためにすべてを捧《ささ》げてきたつもりだ。

直家のことはたしかに好きだ。最初は嫌いだったが、徐々に抜き差しならぬ好意を持ってしまった。だから二年前に同衾《どうきん》した。そのことに今でも後悔はない。

けれど——これは直家には絶対に言えないことだが——もし宇喜多家が助太刀の手を差し伸べてくれる可能性がなかったら、果たして私は、直家の妻になることまで承諾していただろうかとも、一面では感じる。直家と正式に密な関係を結ぶことにより、なんとか三浦家の再興を助けてもらおうと、少しでも考えなかったかと問われたら、否定はできない。

お福も、乱世に生まれた武家の娘だ。その常として随分と苦労も味わいつつ生い立ったが、それでもそれら困難や不幸をなんとか乗り越えた先では、自らの望みで、少なくとも自分の行く道くらいは決めることが出来るだろうと信じていた。

……違う。

それは違うのだ。

自分の人生は、存外に自分では決められない。たとえ私がこうであれかしと願っていても、それまで自分と関わってきた人々との流れ、つまりは世間が決めることなのだ。私の生き方の在りようは、世間の関わりと、自分のこれまでの来し方の因果によって、思わぬところへ定められる。

思い出す。

かつてこの夫も、似たようなことをふと口にしたことがある。

人は生まれながらにして、岩肌を伝う水のようなものだ、と。

ある方向に向かおうと必死になってあがいても、否応《いやおう》もなく流れゆく方向を岩の起伏によって変えられ、遮られてしまう。人が唯一決められることは、その立っている岩肌の舞台から降りていくことだけなのだ。退く自由しかない。

世の事は、もっと自在に成すことが出来るものだと、かつては疑ってもいなかった自分がいる。

つまりは、それが若さだということだろう。陽炎《かげろう》のような幻想に過ぎない。今はその残っていた欠片《かけら》までもが、夏の逃げ水のように彼方《かなた》へと消えていく。

その野放図な若さの、喪失の想いに哭《な》いている。ぽっかりと体に開いた穴を吹き抜ける風音の虚《むな》しさに耐えきれず、心がすすり泣いている。

直家は、まだ涙を零《こぼ》しているお福の膝《ひざ》に右手をそっと置いた。

けれど、だからといって抱き寄せることまではしない。

く——。

さらに涙があふれ出す。

この夫は、やはり分かっている。

人はたとえ互いに好き合っていても、それぞれの過去の重みには、自らが一人で耐えていくしかない。直家が、お福の来し方を背負うわけにはいかない。自分一人で過去に折り合いをつけ、持ち越していくしかない。そこで示せるのは安易な同情ではなく、相手に黙って寄り添うことだけだ。

そのことを、私以上に自覚してこれまで生きて来た。

だからこそ、その距離を置いた優しさに、よけいに泣けてくるのだ。

第六章　逃げ水の行方

1

元亀元（一五七〇）年の十二月、宇喜多家中はむろん、お福も愕然《がくぜん》とした報が沼城にもたらされた。

十一月の十二日に、かつての龍野《たつの》城主・赤松政秀が、浦上宗景により毒殺されたということだった。

「これで遠江守（浦上宗景）殿は、なりふり構わずながらも、完全に西播磨を手中に収められたな。ますます鼻息が荒くなり、信長の和睦《わぼく》案になど、さらに聞く耳を持たなくなるだろう」

直家もため息と共に、そう感想を洩らした。

さらに直後、堺の小西隆佐《りゅうさ》からも、直家宛《あて》に文《ふみ》が届いた。

その内容は、去る十一月の下旬に、織田家は南近江の六角氏残党と和睦し、さらには朝廷を動かして仲介をさせ、浅井・朝倉との和睦にも成功した、というものだった。

「どういう離れ業《わざ》を用いたのかは分からぬが、これで信長も、最悪の状態は脱したようだ」

そう言って直家は、少しため息をついた。

お福は遠慮がちに言った。

「されど、大坂本願寺とは未《いま》だ交戦中で、伊勢の長島も一向宗徒に占領されたままでございますが――」

その通りだ、と直家はうなずいた。「しかし、あの男は再び打てるだけの手を打って、いつかはそれら現状をも打開するだろう」

そして束の間黙った後、こう付け加えた。

「いつか申したな。信長のこと、自分なりに詳しく言葉になった時、初めてそなたには言う、と」

「はい」

「わしはあの男――信長をこの目で見た。実際に話もした。結果、信長がわしより頭が切れるとも思わなんだし、わしよりも家臣から信を勝ち得ているようにも見えなかった。ただ一点、あの男は苛烈《かれつ》なばかりに心が飢えている。常に渇いている。心のどこかが欠損している。その欠損が逆に、異常なる気魂を生み出す……少なくともわしには、そんなふうに見えた」

さらに一瞬黙り、こう続けた。

「そのような男は、満ち足りぬ渇きを癒《い》やそうとして、遮二無二《しゃにむに》我が道を突き進む。たとえその道が非道であろうが残虐であろうが、一切の妥協を自分にも許さぬ。我が心を満たすためになら、岩を砕き、水をも割ろうとする。大きくなる武門の棟梁《とうりょう》とは、元来がそういうものだ」

お福は既に、直家の人物眼には一目置いている。この夫がそこまで言うのなら、信長はたしかにそういう人物なのだろう。

およそどんなことにも満たされるということを知らぬ。心の渇きに、常に自らの生に追い立てられている。ある意味で、とても不幸な人物なのではないかと感じる。

その信長の虚像が、宇喜多家の先々の命運にますます重くのしかかってくるような気がした。

2

元亀二（一五七一）年になっても、直家は御野《みの》郡の石山城を直《じか》の支配下に置いていた。置かざるを得ない。

備中との国境《くにざかい》でなお三村の間者《かんじゃ》が跳梁《ちょうりょう》している今、一度はその三村寄りに傾いた金《かな》光《みつ》家中の者にそのまま石山城を委《ゆだ》ねておくことなどは剣呑《けんのん》極まりなく、到底できなかったからだ。

だから戸川秀安《とがわひでやす》に配下を付け、宇喜多家の直接管理とした。

これで宇喜多家の擁する城は、乙子《おとご》城、砥石城、新庄山《しんじようやま》城、沼城に続いて五城目になる。

ただ、これまでの吉井川周辺に連なった四城に対し、旭川畔《ほとり》にある石山城は、やや距離が離れている。今は家中の五百ほどを城に常駐させて西の防衛戦に備えているが、それでも備中との国境は目と鼻の先だ。しかも石山城は平城《ひらじろ》だから、万が一にも大軍勢で攻められればひとたまりもない。

この可能性を重臣たちは危惧《きぐ》した。

元亀二年の前半は、これについて家中でもかなり議論になった。

「いっそのこと、城兵を倍に増やせばいかがでしょう。さすれば三村本軍も今では六千ほど……攻撃を凌《しの》いでいる間に、この沼城などからも駆け付けられましょう」

そう馬場が言い出せば、

「あの城郭は小ぶりで、千名を常駐させれば半分は夜露も凌げず、長期の城番には耐えられぬ」

と、石山城を預かっている当の戸川が反駁《はんばく》した。

「かと言って、やはりこのままはまずかろう。やはり馬場殿の言う通り、せめて千の兵は要る」

そう、今度は長船や岡らが言い募った。

衆議は紛糾した。が、直家は黙って彼らの議論を聞いていた。今、三村から攻められる可能性は低いだろうと見ていたからだ。

冷静に状況を腑分《ふわ》けしてみれば、彼らが越境して攻めて来ることなど、この現状ではまずありえない。何故ならば、備前に攻撃を仕掛けた途端に、三村の泣き所である備中佐井田城の植木秀長から側面攻撃を受ける恐れがあるからだ。だから、この備前に侵攻してくる前に佐井田城を潰《つぶ》す必要があるが、その三村方の攻略は、二年前に完全に失敗している。

心中、この石山城を今後どうするかについては、ある案を以前から温めてはいた。いたが、これを口にするのはまだ早い。だから黙っていた。

ややあって、ようやく直家は口を開いた。

「この一件、なかなかに良き案は出ぬようじゃな。ひとまずは各城から八十名ずつ、この沼城からも二百五十の兵をもって、石山城へ詰めさせる。これで城兵は千となる。されど、兵の疲労に鑑《かんが》みて、一月《ひとつき》をもって兵を順次入れ替える……これではどうじゃ」

皆も賛同したので、仮にこの案にて兵の増強を試行することにした。

直家は一、二年前から、乙子城や砥石城に赴いた際に、努めて福岡や西大寺、金岡《かなおか》、小串《こぐし》など吉井川周辺の町を訪れるようにした。この元亀二年の年の初めもそうだ。そして感じた。

やはり、七年ほど前に菜種油が世に大量に出回り始めて以降、邑久《おく》郡や上道郡での人の往来は、年を経るごとに減ってきている。

畑の作付けは、それ以上に明白だった。昔はあれだけ広がっていた荏胡麻《えごま》畑が、ほとんどが大根や葱《ねぎ》など、地元民に供する野菜畑に転用されていた。

福岡や金岡の衰退は、今や誰の目にも明らかだった。

一方で、この元亀二年の夏頃までは石山城へもよく赴き、その都度、高櫓《たかやぐら》にのぼって周囲の地形を遠望した。

北方と東方の守りは問題がない。この城より北には広大な山岳地帯を擁する津高郡が広がっており、義弟の伊賀久隆が盤石の守りを固めている。さらにその版図《はんと》は、越境して備中の佐井田城まで広がっている。ましてや石山城より東の備前は、今や宇喜多家が和気《わけ》郡を除いた全土を押さえている。

南には、児島《こじま》郡の一面の沃野《よくや》が広がっている。この半島は、今年に入って一度毛利勢に奪われたが、去る五月、阿波の三好氏と共同戦線を張り、小早川隆景が押さえていた児島郡を水陸両面から同時に攻撃し、奪取することに成功していた。

毛利氏はこの頃、九州では大友氏と戦っていた。属国の備中では、直家に通じた荘《しょう》勝資《かつすけ》という男が三村氏に対して叛旗《はんき》を翻し、一時はその本拠である松山《まつやま》城を占拠するという事態が起こっていた。

これらの情勢に、西の太守・毛利元就は病床にありながらも、危機感を露《あら》わにした。京の将軍、足利義昭に安国寺《あんこくじ》恵瓊《えけい》を遣わし、大友、浦上・宇喜多勢、そして三好勢との和睦《わぼく》周旋を依頼した。

が、義昭は織田信長への遠慮もあってか、三好氏との周旋には難色を示し、結果としてこれらの和睦はならなかった。

直家はそこまでの事情を、堺の小西隆佐からの文で知った。

さらに西方からも、続報がもたらされた。

つい先日の六月十四日、京で周旋を務めていた恵瓊の帰国を待つことなく、毛利元就は死んだという。

享年七十五。直家と同様に零落した武門の分限から身を興し、中国筋西部に覇を唱えた梟雄《きょうゆう》の最期であった。

その事実に多少の感慨を覚えつつも、これで毛利家は、小早川隆景、吉川元春という両輪を動かす主軸を失ったと感じる。噂《うわさ》に聞く三代目・毛利輝元の資質では、とうていその代わりの主軸にはなり得ないだろう。つまり、今後の毛利家は、外敵に対して受け身にならざるを得ない。

ふむ……。

その後、再び備前屋に泊まった際、善定と魚屋九郎右衛門との会食の機会を、改めて持った。

思えば二人とは、知り合ってから三十五年ほどの月日が流れていた。善定はすでに七十を超え、源六《げんろく》もはや五十代である。

しばらく当たり障りのない話をした後、自分が受けた邑久郡周辺の衰退の印象を話した。

「このこと、どう思われるか」

まずは九郎右衛門が躊躇《ためら》いがちに答えた。

「この町を行き来する人々は、確かに減っておりまするな」

善定もまた、淡々と応じた。

「いつぞや申し上げた通りでござる……新しき文物《ぶんぶつ》が、津々浦々の人の流れをこうして変えていくのでしょう」

やはり、そうか。

直家は、しばし躊躇ったが、やがて口を開いた。

「これはまだ正式に決めてはござらぬ。決めてはござらぬが、されば、こういった先々の絵図は如何《いかが》か――」

そして、家臣にもまだ諮《はか》っていない秘中の案を二人に持ち掛けた。

一通り話した後、さすがに両名は驚きに目を瞠《みは》った。

「いやはや……さては和泉守様も御大胆な」

そう半ば言いかけて九郎右衛門が絶句すると、善定も、

「我ら福岡衆に、この地より御野郡へ移れと申されるか」

と、困惑気味に反応した。

「いやいや、そうではござらぬ。あくまでも善定殿を始めとした福岡衆がお望みになれば、ということでござる。むろん新城下の縄張りは、我が宇喜多家で普請《ふしん》をさせていただきまする。さらに善定殿と源六には、その新城下のうちで最も良き場所を差配つかまつる。仮にこうした次第であれば、如何か」

その後も直家は福岡に行くたびにこの二人と会い、会合を持った。時には実際に石山城まで連れ出し、その周辺の地形を案内《あない》した。

善定は、その地形自体には満足した。

「東には丘が、西には平地が広がっておりまするな。その面で、地の利は福岡と同じ

ように思えまする」

そう善定が言い、九郎右衛門もうなずいた。

「吉井川の代わりに、この旭川もございます。瀬戸内まで出る水運も確保できまするな」

なかなかの好感触だ、と直家は感じた。

「新しき城を普請したあかつきには、家臣を二千ほどは城下に住まわせまする。それらの家族を合わせれば、まず七、八千ほどの城下町と相成ります。それらの者を相手とするだけでも、商いは充分に成り立ちまする。また、新城下には北方を走る西国街道《さいごく》を付け替え、今の福岡にも劣らぬ水陸の要衝とする所存。さらに人々が行き交うようにし、ゆくゆくは備前一の商いの中心地とするつもりでござる」

この大掛かりな構想には、二人も感嘆の声を上げた。

が、善定が再び口を開いた。

「されど、この地は備中までは西にわずかばかりの距離でござります。三村様がかつてのように再び攻めて来ることはございますまいか」

「その心配は、まず大丈夫でござろう」

そして直家は、二年前に備中東部の佐井田城を大軍で取り囲んだ毛利・三村の連合軍を宇喜多軍が完膚《かんぷ》なきまでに敗北させたこと、さらに今年には、児島郡を取り戻して、以前より備前西部の守りを固めたことを詳細に語った。

「されば備中の三村は、佐井田城を取り返して備中の備えを盤石にするまでは、まず攻め込んでくることはありますまい」

「失礼ながら、その新しき城が今後、万が一にも落ちる場合はございませぬか」

この問いかけにも、直家は即答した。

「国境を挟んだこの備前西部には、我が義弟である伊賀殿の兵二千五百と、宇喜多傘下の兵五千が控えておりまする。さらに回状を廻《まわ》せば、今では宇喜多家に与力するものが国内と美作《みまさか》を合わせて二千は下りませぬ。それに佐井田城の兵が五百……併せて軽く一万ほどにはなりましょう。総力戦でも三村に負けるとは思えませぬ」

善定は、その答えに満足したようだ。

直家はその後も福岡に赴いた折は、備前屋で会合を重ねた。

魚屋九郎右衛門は商いで呉服を扱っていることもあり、新城下での商売には既に乗り気になっていた。なにせ一万ほどの郎党を含めた家族がいれば、呉服商として暖簾《のれん》は充分に成り立つ。

問題は、善定だった。

この老人もまた半ばは乗り気になりつつも、そこは高齢ゆえに、新天地での商売に賭《か》けるという攻めの商売には、いささかの不安と物憂さも抱いているようだ。繁栄は確かに陰りつつあるが、このまま生まれ育った福岡にて今生を終えたいという感傷も、まだ濃厚に残っているらしい。

が、町長《まちおさ》である善定が動かぬ限り、この福岡から商人たちが大挙して新城下にやってくることはあり得ない。

逆に、この高齢で善定が動いてくれれば、町衆たちも、

（あの善定殿でさえ新城下に移り住むとなれば、これはよほどの商機であるに違いない）

と判断して、我先にと動くだろう。

直家は、改めて自分を振り返る。

何故《なにゆえ》おれはここまでして、商人と武家が一緒に生活するような町を造りたいのか。普通なら、武家だけが住んでいる城下であっても構わないはずだ……。

ふと、子供の頃の記憶が脳裏を過《よぎ》った。

少し考えたあと、直家は口を開いた。

「善定殿、少々、立ち入ったことを申し上げても構いませぬか」

「むろんでございます。和泉守様とそれがしの仲でござる。どうかご遠慮なくおっしゃってくださりませ」

「以前にも話した通り、この福岡も先々では、ほぼすべての店が零落していくものと思われます。甚《はなは》だ失礼ながら、むろんそれは備前屋も同様でござりましょう。善定殿が申されたように、新しき文物が、次第にこの世を変えていくのです。町も変え、武門の在り方も変え、この日ノ本の先行きも変える……この変化についていけぬ者は、赤松宗家のように滅びゆくでしょう」

これには善定も、ため息交じりにうなずいた。

「それは、おっしゃる通りでございましょうな」

「もう、三十年も前のことでござる」

「はい？」

「この福岡の船着き場で、それがしは善定殿としばしの別れと相成りました。拙者がまだ十二歳、備前屋から大楽院《たいらくいん》へと移り住むことになった時のことにてござる」

善定の双眸《そうぼう》が一瞬、すっ、と奥まったような印象を受けた。同時に、表情も心持ち薄くなる。内面に沈み込み始めている。おそらくは遠い記憶の糸を、懸命に手繰り寄せようとしている。

「それがしが、浦上家の単なる使われ者――葉武者のままで終わりそうならば、善定殿は福岡に戻って来ればよろしいと言ってくださった。その時にまだ商人《あきんど》になりたくば、わしが手ずから仕込んで進ぜよう、と……。されど、もし拙者が若くして一城の主《あるじ》となることが出来れば、その時は修羅の道に生きる覚悟を決められよ、と申された。ゆくゆくは備前一国を治めるほどの大なる武将を目指せばよろしい、と」

そこまで話した時、ようやく善定が夢から覚めたような顔つきになった。

「たしかに、それがしは申し上げました。その先々では、直家殿が商人にならずとも、その城下に福岡以上の町を栄えさせればよろしい。我ら商人と共に城下で生きてゆけばよろしい、と」

やはり、思い出してくれた――そう直家が感じ入っている間にも、善定の言葉は続いた。

「八郎殿は、そのこと、お互いの約定でよろしいか、と尋ねられた。むろん、とわしはお答え申し上げた。商人は信用がすべてで、言葉を違《たが》えることはござらぬ、と」

「たしか、そのようなお言葉でありました」

「直家殿は、ずっとその約定を覚えておられましたか」

直家はうなずいた。

「拙者、憚《はばか》りながら今では備前のほぼ八割を押さえ、城も五つほどを持つ身上となり、ようやく以前の約定を叶《かな》えられるところまで参りました。むろん、かつてのお言葉を言質《げんち》に取るようなつもりは毛頭ありませぬ。されど、いかがでございましょうや」

するると善定は、不意に落涙した。大粒の涙が、はらはらと老人の両頬を伝った。

「世間では、商人など卑しきものと申します。そんな私の言葉などを、直家殿は三十年もの長きにわたり、気にかけていてくださったのか」

不意に、わずかだが視界がぼやけて見えた。直家は再び黙ってうなずいた。

ややあって善定は懐紙で目尻《めじり》と頰を拭《ぬぐ》い、顔を上げた。そして毅然《きぜん》として宣言した。

「……承知いたしました。それがし、新城下が出来たあかつきには、この店をたたみ、御野郡へと屋移りさせて頂きまするこ と、只今《ただいま》しかと約定いたしまする」

直家はその急転直下の決断に、自分で申し入れたことながらかえって慌てた。

「今ここで即決されずとも、ご内儀《ないぎ》殿と改めてご相談された後日でも、よろしゅうござりまする」

善定は、少し笑った。

「このこと、我が内儀には既に下相談をしてございます。そして妻からは、それがしの良きように、と一任されております。されば、あとは私めの腹の括《くく》りようひとつでござった」

「左様でございますか」

善定が、瓶子《へいし》を押し戴くようにして持ち上げ、差し出してくる。

「ささ、どうぞ」

直家は杯で酒を受けながら、口を開いた。

「善定殿、まことにありがとうございまする」

その言葉に、これまでの来し方すべてに対する思いを込めたつもりだった。

するとと相手は、なんの、と再び微笑した。

「あの時、直家殿は何度もうなずいておられた。舟に乗った後も私のほうをずっと見ておられた。人は基本、損得で生きるものなれど、常にそれだけではつまりませぬ。また、直家殿がここまで成られましたことは、密《ひそ》かにそれがしの誇りと喜びでござった。それを思えば、今まさに万感の思いでございます。およそ人としてこの世に生まれ、これ以上の冥利《みょうり》がありましょうや」


翌朝の帰路、直家は多少の感慨と共に昨夜のことを振り返った。

これで、新城下普請に向けての素地は整った。善定と九郎右衛門は共に、福岡衆の長《おさ》を務めている。この二人さえ動けば、他の町衆たちも右に倣《なら》うようにして新城下へとやって来るだろう。そうなれば西大寺や金岡の町衆も動く。あとは折を見て家臣たちの意向をまとめるだけだ。

そんな新城下への構想を膨らませていた元亀二年の八月のことだ。

「あの……」

閨《ねや》でお福が、珍しく躊躇《ためら》いがちに口を開いた。

「もしや、嬰児《やや》が出来たのかも知れませぬ」

直家は驚いた。

「まことか」

この三年ほど閨を共にしているにもかかわらず、お福にはまったく子供を身籠《みご》る気配がなかった。正直、自分も四十をいくばくか過ぎ、子種がなくなってきているのかと諦《あきら》めかけていた矢先のことだった。

直家は、身を乗り出すようにしてもう一度尋ねた。

「そのこと、まことか」

お福はうなずいた。

「おそらくは。もう二月ほどお月のものがありませぬし、たまに軽い吐き気も致します。時おり、酢の物が無性に食べとうなります。これらは桃寿丸を身籠った時にも感じたことでございます」

その時に急激に湧き上がってきた気持ちを、なんと表現すればいいのだろう。少なくとも二十年近く前の前妻・奈美の時にはまったく感じられなかった情感だ。そんなに好きでもなかった相手の子と、惚《ほ》れた相手の子では、こんなにも抱く心持ちが違うものなのか。

我ながらまったく身勝手だとは心底呆《あき》れつつも、直家は徐々に浮き立ってくる気分をどうすることも出来ない。

「お福、でかした。でかしたぞ」

そう言って、つい何度も膝《ひざ》を打ってしまう。

直家がなおも浮かれている様子を見て、お福は心配そうな顔つきで言った。

「ですが、必ずしも男子が生まれて来るとは限りませぬよ」

「男でも女でも、良いわさ」直家は即答した。正直な気持ちだった。「男に越したことはないが、既に与太郎も桃寿丸もいる。やはり、どちらでも良いことだ」

その後、一月ほどが経つと明らかにお福の下腹部が膨らんできた。相変わらず月のものはないという。

直家は、いよいよ上機嫌になってくる自分をどうすることも出来ない。

が、その十日ばかり後、その直家の上機嫌に冷水を浴びせるような事変が畿内からもたらされた。

織田信長が、京の東郊にある比叡山延暦寺《ひえいざんえんりゃくじ》を全山焼き討ちにしたという。

むろん、この暴挙には理由がある。

その前年、織田家が摂津にて本願寺と泥沼の攻防戦を繰り広げていた時に、浅井と朝倉の連合軍三万が京を占拠しようとして南下してきた。信長は織田軍の一部を割いて敵に当たらせた。浅井と朝倉は比叡山に立て籠《こも》り、戦況は持久戦となった。畿内での両面作戦に業を煮やした信長は、延暦寺の高僧に向けて、浅井と朝倉の連合軍を一山から追い出すように迫った。

が、比叡山はこれを断固拒否した。

その後、朝廷の仲介により浅井、朝倉とは一時的な和睦《わぼく》となるのだが、信長はその時の復讐《ふくしゅう》を完遂した。あるいは、織田家に歯向かう者に対する世間への見せしめと言ってもいい。

比叡山山頂付近にある堂塔伽藍《がらん》にあまねく火を付け、さらに周辺に広がる塔頭《たっちゅう》や、近江側の麓《ふもと》にある寺院、里坊《さとぼう》はおろか、僧兵たちが立てこもった日吉《ひよし》大社まで、すべてを紅蓮《ぐれん》の炎で焼き尽くした。焼き討ちから逃げ出そうとした僧や稚児《ちご》、女までをも焼き殺すか、あるいは生け捕って撫《な》で斬りにした。風聞ではその死者数、三千とも四千とも言われた。

直家の臣下にも信心深い者は多い。これら信長の所業に、ある者は激怒し、ある者は顔をしかめ、さらにある者はあまりの苛烈《かれつ》さに怖気《おぞけ》をふるった。

「殿、殿、いくら同盟を組んだ織田殿とは言え、このような所業が許されてもいいものでありましょうや」

中にはそう訴えてくる者もあった。

しかし、直家はいちいち黙ってうなずくだけで、その信長のやり口には一切寸評を挟まなかった。

直家も、神仏に対する畏敬《いけい》の念は人並みに持っている。

自分が何故、零落した武門に生を受けたのか。どうして自分は、このような乱世に生まれたのか……幼少の頃から散々に悩み考えたが、やはり分からない。答えは出ない。

そのような意味で、運命という目に見えぬ力は確かにありそうだし、さらに世を広く俯瞰《ふかん》すれば、どうしようもない時世の流れのようなものもある。そのような運命と流れを生み出す原理の象徴が、もし具体的な形をとれば、この人の世の神や仏というものだろう。

けれど、だからと言って本願寺を始めとした大方の仏道の宗徒たちが信じ、かつ言うように、念仏さえ唱えていれば死んだときに極楽浄土に行けるとか、この世は厭離《えんり》穢土《えど》であるとかいう思想は、直家にはどうも馴染《なじ》まない。それはむろん、南蛮から来た耶蘇教《やそきょう》も然《しか》りだ。

確かにこの浮世は、大方の人間にとって苦界《くがい》の場合が多い。多いが、直家が考えるに、それら宗教の教義の根本には、「脅しと見返り」の構造がある。苦界の場合が多いからと言ってこの現世を否定し、代わりに死後の世界で必ず報われると信じ込ませることにより、人々に幻想を与える。その幻想の上に乗っかり、信者たちに布施、喜捨、あるいは年貢や運上金を恣意的《しいてき》に募って、組織としての収益構造を作る。比叡山や大坂本願寺などの巨大な宗教組織は、例外なくそのような信徒からの金品吸い上げ機能を持つ。

そして、その構造の上で、まるで平安朝の貴族さながらに我が世の春を謳歌《おうか》しているのが、今の大坂本願寺の宗主・顕如《けんにょ》であり、南都北嶺《ほくれい》の座主《ざす》や高僧たちであったりする。

本来、僧とは妻帯肉食を犯さず、清貧な日常を旨として仏道に励むものだが、昨今の高僧たちの暮らしぶりなどは直家の見るところその正反対で、貴族同然として門跡《もんぜき》などと名乗り、顔には薄化粧を施し、女色に沈溺《ちんでき》し、経も上げず学問もせず、遊蕩三昧《ゆうとうざんまい》の生活を送っている。

特に本願寺派の僧は、妻帯肉食をしてもいいとその宗旨にある。さらには御仏の名において一揆《いっき》を扇動し、自らの信徒たちを五千、八千、果ては数万という単位で戦場に走らせ、いたずらに命を扱っている。織田家との対立で伊勢長島や摂津で起こっている大規模な一向一揆が、そのいい証拠であった。

これらの信徒には来世での極楽浄土を説く一方で、自らは現世欲に塗《まみ》れているという腐敗ぶりは、比叡山も変わらない。大量に僧兵を擁し、朝廷や武家からなる政治の世界にも頻繁に容喙《ようかい》し、結果として昨年からの織田家との対立を招いた。

おそらく信長は、この政治的対立にも腹を立てたが、それ以上に僧たちの腐敗ぶり、仏道との矛盾ぶりにも以前からかなりの嫌悪感を抱いていた。

だから、この焼き討ちという苛烈さと残虐さには内心で怖気をふるいながらも、信長のやったことは、理屈の上では分かるのだ。現に、居るはずのない女が何故か、比叡山からは大量に湧いて出て来ているではないか。


宇喜多家中の者が交代で石山城へ駐留するようになってから、既に半年ほどが過ぎていた。その間、各城の交代に伴う煩雑さや一時的な駐留部隊の兵站《へいたん》の費用も馬鹿にならず、その問題で家中での話し合いが沼城で続けられていた。

その年の年末、直家が密《ひそ》かに待っていた発言が、ついに三家老の一人、岡家利の口から洩《も》れた。

「いっそ、あの石山城を大改築して、西方に耐え得るだけの兵を常駐させればいかがでござろう」

「それは良き思案」

これには同じ家老である長船貞親も大きくうなずき、他の重臣——弟の忠家や馬場職家、花房助兵衛職之《すけのびょうえもとゆき》らも口々に賛意を示した。

「あとは、その普請の費《つい》え次第でござりまするな」

そう戸川秀安が言うと、皆の顔が一斉に直家を見た。当然だ。この普請の改築費用を家中から捻出《ねんしゅつ》する決定権は、武門の棟梁《とうりょう》である直家にある。

よし。一同の意見が自発的にここまで盛り上がった以上、ここで家中の総意を、自分が以前から考えている方向へと一気に持っていく。善定との約束を果たす。

「豊前守（岡家利）の申すこと、わしも良き案じゃと感じる」

まずは、そう家利の意見を褒めた。一同も一斉にうなずく。

「いっそのこと石山城を我が宇喜多家の本城とすべく、沼城以上の巨城に改築しようとも思うが、みな、どうか」

案の定、その大胆な発案には重臣たちがざわついた。

殿、殿、とまずは侍大将の馬場職家が身を乗り出すようにして言った。

「それは、あまりに大胆過ぎるように思われまする」

「ふむ？」直家はわざと首をかしげてみせた。「何故か」

「あの石山城は国境《くにざかい》に近うございます。さらに西方は平地ばかりの平城にて、三村から攻められれば守るに難しく、さらに城の背後には旭川。いざとなったときに逃げ場がありませぬ」

と、戦術上の見地から反対の意見を口にした。

これに、もう一手の侍大将である花房助兵衛も大声をはり上げた。

「まったくその通りで、いざとなれば背水の陣、袋の鼠《ねずみ》でござるぞ」

直家はつい笑った。なるほど、たしかに戦術から見ればその通りだろう。が、この者たちには、さらにその上の政略という概念がない。

「三村は、当分は攻めて来ぬ」

そう、はっきりと断言した。

途端、再び重臣たちはざわめいた。

「何故そう言い切れるのでござるか」

そう、弟の忠家が言うと、

「馬鹿な。殿は嬰児《やや こ》が出来た嬉《うれ》しさに、頭までふやけられたか」

と、長船貞親などはなかなかに手厳しいことを言ってのけ、

「そうじゃ。あまりにご気楽なお考えでござる」

そう、花房も口を尖《とが》らせた。

直家はまた苦笑した。

おれはふやけてもいないし、昔も今も相変わらずお気楽には生きておらぬ。

「考えてもみよ。もし皆が三村であれば、国内に敵を抱えたまま、こちらに攻めて来られるか。すぐには平攻《ひらぜ》めに攻めて来られぬからこそ、まずは金光を調略してその下

地を作ろうとしたのだ」

「敵とは、植木殿の佐井田城のことでござるか」

　忠家が問い、むろん、と直家はうなずいた。

「かと言って三村が佐井田城を退治しようとすれば、国境をすぐに挟んで我が義弟の伊賀守が控えている。宇喜多家も同様。今や両家の総兵数は、備中一国の兵力に勝る。どちらが勝つかは明白である」

「されど、その三村にかつてのように毛利が援軍につけば、どうなりまするか」

「忘れたか。二年前、我が宇喜多家はその連合軍を完膚なきまでに叩《たた》き潰《つぶ》している。さらに毛利家は元就という重石《おもし》を失って、噂に聞く輝元では小早川、吉川という両川《りょうせん》を上手《うま》くは使いこなせぬだろう。翻って佐井田城の件は、毛利にとっては三村家の国《くに》内《うち》事情に過ぎず、そこに気軽に助太刀するは今の毛利家中の内情が許さぬ」

　なおも直家は言葉を続けた。

「万が一に援軍を出したとしても、過日のように数千か、それを下回る兵数になる。ならばまた我がほうが勝つ。三村は、国内の合戦で二度負けることは出来ぬ。続けて負ければ、備中国境沿いの土豪たちはさらにこちらに靡《なび》き始める。以前に植木殿がそうであったようにだ。そして今年、荘勝資が一時こちらに通じたようにだ。そのことは棟梁の三村元親にも重々分かっているはずだ」

そこまで説明すると、重臣たちもなんとなく納得したような顔つきになった。

「……それは、そうかも知れませぬな」

「その三村が動けぬうちに、城を大きく普請し直す。旭川から水を引き入れて堀を穿《うが》ち、東西に走る連郭《れんかく》の縄張りをする。むろん敵に備え、西から三の丸、二の丸、本丸とする。城郭内は、一万の人々を籠城《ろうじょう》させるに足る広さとする」

すると岡が首をひねった。

「はて、一万とは。宇喜多家の兵は今、家臣と被官をすべて含めても五千人ほどですぞ。各城の家臣を総ざらいし、家族まで籠城させるおつもりか」

「さにあらず。城下も整地をし、そこに福岡や西大寺らの商人たちを移住させる。そのための縄張りも我らが行う。先々で戦となった時には、それら商人を城郭内で庇護《ひご》するためだ。そして庇護の代わりに、商人たちに穏当な矢銭《やせん》を課す。これにて宇喜多家の懐はますます潤うこととなる。戦費も、以前にもまして安定して調達できるという寸法だ」

この商人をひっくるめた城郭都市の発案には、さすがに一座がざわついた。

殿、殿と、長船がにじり寄るようにして言った。

「殿はそう申されるが、福岡や西大寺の商人たちがはたして承知しましょうや。それに、そのように商人も住む城郭がこの日ノ本にあるとは、ついぞ聞いたことがありませぬぞ」

だからこそ、商家で育ったこのおれが造るのだ。先鞭《せんべん》をつけるのだ、と内心で激しく思う。

町の賑《にぎ》わいや華やかさは、商人にはなれなかった自分の、常に彼岸《ひがん》にあった。幼少の頃から憧憬《しょうけい》の中にあったその世界を、ここでようやく我が此岸《しがん》へと引き寄せる。

これからのおれは、そして武家というものは、町に包まれながら商人と共に生きていく。それが、新しい時代の流れでもある。

直家は軽く咳《せき》ばらいをし、話し始めた。

「実は、このような話が出ることもあろうかとも思い、阿部殿と魚屋九郎右衛門には、以前から話は詰めてあった。新城下を造った場合は、備前屋と魚屋は率先してこの新城下に移ってくる手筈《てはず》になっておる。備前屋は福岡でも第一の商家であり、阿部殿の商才には町衆も一目置いておる。おそらくは、この二人に続く商人が福岡でも数多く出る。そうなれば西大寺や金岡、小串でも、新天地での商売に乗り気になる者が続く。」

この発言には一同も驚愕《きょうがく》した。

「なんと――」

「たしかにこの日ノ本には、商家と武家が一体になった城下はまだ存在せぬ。だからこそ我が武門が嚆矢《こうし》となる。今も言った通り、矢銭により戦費を潤沢に賄い続ける者だけが、その時々の勝ち負けにかかわらず戦いを続けることが出来る。最後まで生き残ることが出来るのだ」

そう、言い切った。

しかし、この一連の話を聞いた重臣たちの反応は、また別のものだった。

「いやはや、以前からそのようなお考えを腹に溜《た》めておられたとは、殿も水臭《みずくさ》うござるな」

と、岡家利があからさまに不満を洩《も》らせば、

「そのような話、何故あらかじめわしらに諮ってくれませなんだ」

そう、忠家も恨めしそうな口調で言った。

直家は、少し慌てた。

「すまぬ。じゃが、国境での睨《にら》み合《あ》いが続いている間に、この縄張りだけは一気に完成させたいのだ。防御だけは固めておく必要がある。それを、家中で決めてから福岡の商人に相談するようでは遅い。彼らの返事によっては、途中で縄張りをやり直す羽目になる」

すると、岡家利は初めて得心がいったようだ。

「たしかに、言われてみれば手間暇がかかりますな」

「ぐずぐず時が経つうちに、いたずらに三村の戦意を煽《あお》ることになる、ということで

すかの」

　と、花房助兵衛も納得の面持ちを浮かべた。

「そうじゃ。だからこの話、家中から築城の話が出て本決まりになる前に、あらかじめ商人たちの賛同を取り付けておく必要があった。決して、そこもとたちを軽んじていたわけではない」

　そう直家が言うと、

「なるほど」

　今度は、全員がうなずいた。

　この徹底して武辺《ぶへん》一辺倒の、重臣たちの愛すべき単純さよ、と改めて感じる。だが、棟梁《とうりょう》に仕える部将というものは、それでいい――。

　直家はもう一度、皆々の顔を見回した。

　ちょうどいい機会だ。当人たちを前にしてやや照れ臭かったが、以前から時おり感じていたことを一度は伝えておいたほうがいい。

「わしは今となっては、没落した武門に生まれたことも、そうそう悪いことではなかったと思っておる」

「は？」

「乙子《おとご》の頃より、岡、長船、戸川、忠家よ、おぬしら四人とは、貧窮に耐えながらこの武門を興してきた。十日に一度は飯も食わず、その日ばかりはひもじさに腹の皮が背中に張り付くようであった。おぬしらもそうであったろう」

そしてさらに思い出し、少し苦笑した。

「肥も運び、それが服に付いたこともしばしばあったの。周囲からは、乞胸《ごうむね》城主とその家臣じゃ、と嘲《あざけ》られた頃もあった。されど、その頃に出来たおぬしらとの絆《きずな》は、こうして今も続いておる」

そこまで語ると、直家と歳が近い長船貞親と岡家利は往時の苦労を思い出したのか、早くも、

殿、殿、

と感に堪えきれぬように目を潤ませ始めた。その頃はまだほんの子供だった忠家や戸川秀安も、なにやら感慨深い表情を浮かべていた。

直家はなおも言葉を続けた。

「そして、この宇喜多家が城を二つ、三つと持つようになるにつれて、職家や助兵衛、剛介よ、将器のあるおぬしらを、誰に遠慮することもなくこの家中に招き入れることも出来た。主《あるじ》であるわしがこう申すも憚《はばか》りながら、おぬしらを武功に応じて取り立てていけた。ここにおらぬ遠藤兄弟もまた同様。されど、もしわしが門閥ばかりが幅を利かせる家門に生まれ、その旧家を重臣ごと引き継いでいたならば、おぬしらを今の

ように遇することも叶《かな》わなかっただろう」

　今度は、馬場職家や花房助兵衛、岡剛介も即座に平伏した。

　直家はここで話をまとめた。

「わしが言いたいのは、このような昔年の絆と才ある者で宇喜多家が成り立っている限り、たいていの敵にはまず負けはせぬ、ということだ。現に我らは、三村や遠江守（浦上宗景）殿とも互角以上に渡り合っている。これからもそうであろう」

　さらに詳しく話した。

「浦上家は旧弊で、才ある者も充分に取り立ててやることが出来ぬ。現に飛騨守（明石行雄）殿もあれだけの将器と義侠心《ぎきょうしん》、所領を持ち合わせながら、未《いま》だ浦上家の筆頭家老にはなれておらぬ。三村もまだ勢いはあれど、その内実は備中の土豪たち――石《いし》川《かわ》や荘、上野《うえの》らの旗頭であるに過ぎぬ。三村家は元々、石川、荘らと同じような土豪であった。戦って屈服させ、養子や娘を送り込んで姻戚《いんせき》関係を結び、ようやく今の浮力を得ているに過ぎぬ。再び荘のように裏切る者がいつ出ぬとも限らぬ。我らのように一枚岩ではない。そのような者たちが攻め込んできたところで、また我らが勝つ。そして、ゆくゆくは彼らを攻め滅ぼす。その拠点としての築城であり、さらなる矢銭の調達先として、城下に商人を丸抱えにするのだ」

　そこまで言い終わると、重臣たちは今度こそ納得がいったらしく、一斉に全員が平伏した。

「岡豊前よ、石山城改築の件、おぬしが言い出した。普請奉行を務めよ」

最後に直家は命じた。

街道と大河を交わらせた交通の要衝に、商人と武士が融合した城郭都市を築く。そのような意味での城下町という概念は、日ノ本では直家が初めて具現化した。この新しく普請した石山城が、のちの岡山《おかやま》城である。さらに言えば現在の岡山県の商業発展の基盤となった。

次に城下町をも内包した城が出来たのは、これより五年後、近江国に着工した安土《あづち》城である。むろん、その城主は織田信長であった。

3

明けて、元亀三（一五七二）年になった。

お福の腹はますます膨らんできて、初夏あたりには子が生まれるのは、今や家中の誰の目にも明らかになった。

直家は、石山城の大改築を決めたものの、すぐには動こうとしなかった。年明けから築城に向けてさっそく土工たちを集めようとした岡家利を窘《たしな》めた。

「そう急がずともよい。まずは縄張りの詳細な見当だけを、田植えの季節までに済ませばよい。四、五月は田植えの時期ゆえ、三村も動けぬ。その二月《ふたつき》で一気に堀を穿《うが》ち、まずは城下と城郭内の地均《じなら》しを粗々に仕上げる」

「はて。そうしまするると、上物はいつお造りになるのでござる」

「次の刈り取りの時期じゃ。十月から十二月の間に、本丸の石山城を大改築する。合わせて二の丸、三の丸にも櫓《やぐら》を上げる」

岡家利が首をひねった。

「されど、その六月から九月の間に、万が一にも三村に攻められれば、どういたします？」

直家は笑った。

「考えてもみよ。造った堀は、既に空堀ではない。旭川から水は引き込んである。あわせて外堀の周囲にはまんべんなく高塀を張り巡らせる。さらには城郭内に二千ほどの兵を常駐させ、それらが寝起きする仮小屋を作っておく。そこまでやっておけば、いかに三村といえども、落とすことは出来まい」

これには岡も苦笑した。

「なるほど」

二月になると、思わぬ使者が畿内からやってきた。将軍・足利義昭の幕臣が、御教《みぎょう》書《しょ》を持って直家の住む沼城を訪ねてきたのである。

使者は三淵藤英《みつぶちふじひで》という男で、幕臣の中でも最高位の奉公衆だった。この見るからに実直そうな男の逸話も、直家は風聞にて聞き及んでいた。

この三淵は七年ほど前、三好氏によって奈良の興福寺一乗院《こうふくじいちじょういん》に幽閉されていた覚慶《かくけい》という若い高僧を、弟である細川藤孝ら有力幕臣と共に決死の覚悟をもって救い出している。

四年前、その覚慶という男が信長に担がれて上洛《じょうらく》し、第十五代将軍になった。足利義昭である。

直家は高座に座る三淵に平伏しながらも、そのような忠臣をわざわざこのような備前の片田舎まで使者として送り込んでくるとは、よほどの要件であると感じた。

「和泉守殿よ、儀礼上それがしがこのような場所からの物言いとなるが、公方《くぼう》様からの御教書ゆえ、なにとぞご勘弁たまわれよ」

そう、三淵は多少気の毒そうに言った。

ふむ。やはりこの男、まともだ。

そして、その高座から押《お》し戴《いただ》いた御教書の主旨は、浦上家、宇喜多家、毛利家の三者は和睦《わぼく》せよ、というものであった。

一読して再び深々と平伏した直家は、これは、受けるべき話だと咄嗟《とっさ》に判断した。

宇喜多家は今、別に表立って浦上宗景とは対立していないが、それでも宇喜多家は織田家の傘下に入り、浦上家は播磨で織田方の勢力と小競り合いを続けている。そのような意味で畿内から見れば、浦上家と宇喜多家は利害が反しているように映るのであろう。

また、宇喜多家と毛利家とは、三村という武門を介して確かに対立している。

そして石山城を大改築して宇喜多家の本城にしようとしている今、将軍からの命により毛利との和睦交渉に入れば、仮に三村が動こうとしても、毛利がその動きを押さえ込むだろう。少なくとも三村が動いても、交渉が続く限り、毛利は動かない。何故なら毛利家は、将軍家には以前から忠誠の意を示しているし、その保護者である織田家とも表面上は未《いま》だ友好関係を保っているからだ。

なによりも直家が気に入ったのは、備中の雄と自負している三村家の名が、この御教書の中にはどこにもなかったことだ。将軍、そしてその背後にいる信長は、明らかに三村を毛利の属国として扱っている。対して、宇喜多家は浦上家の傘下にあるとは思われておらず、既に独自の勢力として扱われている。

直家はここぞとばかりに、いつに似ず鮮明な言葉で即答した。

「畏《かしこ》まりましてございまする。拙者、この和睦のために粉骨砕身努めまする所存。少なくとも遠江守（浦上宗景）殿に関しては、我が身を賭《と》してでも説得仕《つかまつ》ります」

三淵は、その返事にいたく満足そうな表情を浮かべた。

「織田殿は現在、遠江守殿とは交戦中であられる。さればこそ遠江守殿とは懇意であられる和泉守殿のみが頼りでござるゆえ、よろしくお願い申し上げる。我らはこれより海路、安芸《あき》へと向かう」

つまり、浦上家の説得は直家に任せて、自分たち一行は安芸の吉田郡山《よしだこおりやま》城へと向かい、毛利輝元とその傘下である両川（小早川・吉川）の説得に当たるということだった。

それはともかくも、この時の直家の応対には、あとで重臣たちがさかんに可笑《おか》しがったものだ。

「殿の、あの気負った申されようよ」

「まるで若武者のようでござったな。されど、まことかの」

が、直家としては嘘を言ったつもりはなかった。

ますます腹の出てきたお福にその発言の真偽を問われた時も、こう答えた。

「公方様が信長のこの申し出に乗られたのは、おそらくは今後の布石もあってのことだ」

「今後？」

直家はうなずいた。

「わしが思うに、遅かれ早かれ公方様は、信長と決裂なさるだろう。その時には和睦した毛利、浦上、そして我らを揃《そろ》って味方に引き込む。そして、信長に対抗させるおつもりだろう」

「まさか」

「いや。たぶんそうなる。信長は今も、越前の朝倉、北近江の浅井と泥沼の戦いを続けている。甲斐の武田信玄は、その浅井と朝倉を支援し、信長を蹴散《けち》らすために上洛の準備を始めつつあるという噂だ。そして上洛の要請をしたのは、どうやら公方様らしい」

お福はこの魑魅魍魎《ちみもうりょう》の世界に、信じられぬという顔をした。

「そのお噂は、どちらから？」

「堺の小西殿から聞いた。さればこの噂、まず間違いはない」

直家はもう一度、お福の顔を覗《のぞ》き込んで言った。

「情勢がどう転んでも、今この話に乗るは、宇喜多家にとって悪いことではない。さればこそわしは、どうあっても遠江守殿を説得するつもりだ」

事実、これ以降の半年間、直家自身は頻繁に天神山城に赴き、宗景の説得を試みた。

宗景は最初の頃は、

「この御教書に従うは、内実は信長の言いなりになるということである。そのような真似、わしは絶対にせぬ」

と、断固拒否していた。

しかし直家が何度も説得を試みるうちに、依然として和睦には消極的だが、次第にその態度が柔らかくなり始めた。

この間に春になり、やがて五月が来て、石山城の基礎造りが始まった。普請奉行の岡家利はおおよそ二千もの兵を動員し、四月のうちに一気に堀を穿ち、五月に入るとその堀の内外の地均しを始めた。六月に入る頃には、新しい城の土台が出来上がり、少なくとも防御に関しては万全の態勢を整えた。

その六月の上旬、ついにお福が子を生《な》した。直家にとっては初めての男子であった。

「お福、ようやった」

そして幼名を、妻の名にあやかって、単に「於《お》福丸《ふくまる》」と名付けた。

直家はともすれば、頬が緩みがちになる自分をどうすることも出来ない。

が、一面では冷静さを保っている自分もいた。これからどう育つかもわからぬ赤子への情に溺《おぼ》れて、先々での武門の道を誤ってはならぬ。現に、亡父の興家《おきいえ》がそのいい例であった。

宇喜多家の跡取りとしては、既に忠家の子である与太郎を養子に据えてある。今では十一歳になり、その子柄《こがら》も悪くはない。幼い頃に実父母から離されてこの沼城に預けられ、直家やお福を養父母として仰ぎ、宇喜多家の多様な人間関係を見て育っている。そのせいか、養子に貰《もら》った当初は無邪気一辺倒だった子柄が、年を経るにつれて何事にも思慮深く当たる態度の芽生えが見て取れる。直家が跡継ぎに求める重要な要素だ。武門の棟梁《とうりょう》は、葉武者ではない。戦場に出て先陣を切る者ではなく、家門を切り盛りする者だ。だからこそ、勇よりも思慮深さを第一に求める。

一方、まだ生まれたての我が子は、どういう男児に育っていくか分からない。

そういう直家の考え方を、お福はよく理解していた。お福自身、桃寿丸に三浦家の名跡を継がせることを、我が子の先々を考えに考えた末に断念したという経緯もあった。

だからこそ、お福もこう言った。

「直家殿の良きようになさりませ」

そういう意味で、この夫婦は嫡子《ちゃくし》の武門世襲ということに関しては、揃って恬淡《てんたん》としていた。

結果、於福丸が生まれてからも、依然として与太郎を嫡男の位置に据え続けた。

が、これに重臣たちがこぞって反対した。せっかく赤子に於福丸という幼名を付けたにもかかわらず、皆が勝手に八郎殿と呼び始め、宇喜多家の跡取りとして扱うべきだと騒ぎ出した。

意外にもその筆頭は、弟の忠家であった。

たまたま二人だけになった時、忠家は直家の袖《そで》を引くようにして諫《いさ》めた。

「兄者、与太郎は我が許《もと》に差し戻し、早《と》う早《と》う八郎をお跡継ぎとして据えなされ。棟梁の嫡子に名跡《みょうせき》を継がせぬは、武門の乱れのもとでござる」

直家は思わず笑った。

その言わんとすることは分かる。先々で重臣たちがどちらを担ぐかとなった場合に、於福丸と与太郎の二派閥に分かれて家中が争い、武門が弱体化する可能性を指摘している。

と同時に、少し感動もしていた。この弟もまた、宇喜多家の先々のためには自分と同様、我が子への情愛を押し殺すことが出来る。だからこそ、こう答えた。

「まだ早い。第一、充分に育つかどうかも分からぬではないか。正式な跡継ぎにすることは出来ぬ」

事実、乳児は三歳くらいまでに死ぬことも多い。この点、あくまでも直家は冷めていた。

しかし忠家は、なおも言い募った。

「不幸にして万が一そうなった時は、そうなった時のこと。その時に再び与太郎を据え直してもよろしゅうござる。さらにはお福殿から、また男児がお生まれになる目もござる」

二人の間で継ぐ継がせぬの押し問答がなおも続いたが、最後に忠家は、とどめの一言を加えた。

「兄者、この与太郎差し戻しの件は、わし一人の料簡《りようけん》にあらず。戸川、長船、岡、馬場、花房ら家老、侍大将たち一同の気持ちでござる」

そう言って、その旨を重臣たちが連署した文を差し出した。

結局、直家は折衷案を採った。特に、於福丸を世継ぎにするとは明言しなかったが、与太郎は弟の砥石城に差し戻した。これで重臣たちの騒ぎは収まった。結果、彼らは以前にもまして於福丸を八郎様と崇《あが》め奉るようになった。

その様子を見て、ここは、しばらく黙って家中の流れに乗ろう、と直家は感じた。於福丸を中心に家中の結束がさらに固まるようなら、それはそれでよい。しばらくは於福丸が無事に育つかどうかを見守って、数年後、改めてその後のことを決めればよい。

じりじりと夏が過ぎてゆく。

備前、および備中、播磨などの周辺国では、少なくとも表面上これという動きもなかったが、畿内ではこのひと夏を通じて、大規模な動乱の気配が濃厚になりつつあった。

現に、堺の小西隆佐からの文によれば、この夏前の五月、大和の松永弾正《だんじょう》がついに信長に対して叛旗《はんき》を翻していた。既に去る二月には、甲斐の武田信玄と松永の間で反信長の盟約が成っていたらしい。

ふむ、と直家は一人顎《あご》を撫《な》でた。

むろん、その風雲の中心にいるのは、第十五代将軍の足利義昭と織田信長である。この二人の対立が、水面下ではさらに先鋭化してきていた。

足利義昭からの和睦《わぼく》を促す御教書は、この半年でも二度、三度と続けざまに沼城に届いている。三淵からの添え状によると、足利義昭はこの中国地方での調停の他に、朝倉や浅井、阿波の三好、大坂本願寺、比叡山、南近江の六角氏残党などにも、盛んに織田家との和睦を説いているという。

そして八月、さらに義昭は動いた。

反信長の最大勢力である大坂本願寺と織田家との和睦仲介を、あろうことか甲斐の武田信玄に頼むという離れ業をやってのけたのだ。

信玄と本願寺第十一代法主・門跡の顕如は、それぞれ正妻を京の三条家から貰っており、その姉妹を通じて外戚《がいせき》関係になっている。だからこの信玄という仲介者は、一見、世間からすると妥当に見えなくはない。

しかし、信玄を常に東方の仮想敵国として脅威に捉《とら》えていた信長からすれば、この仲介者はとうてい受け入れがたいものであった。また、仏門に篤《あつ》く帰依する信玄は、昨年に信長が引き起こした比叡山の焼き討ちには激怒しているという。そのこともあり、信長の足元で叛旗を翻している松永弾正とも組んで、上洛《じょうらく》準備を急いでいた。

直家は、そこに将軍の心底をまざまざと見せつけられる思いだった。

和睦と言えば聞こえはいいが、これは実質的には足利義昭による信長への包囲網だ。その包囲網を作り上げたあかつきには、ゆっくりと信長を圧殺にかかる。一方で、もし不幸にして包囲網が崩れた場合でも、義昭は信長に対して、

「そこもとのためを思い、わしは動いていたのだ」

との申し開きが成り立つ。

そしてその言い訳は、毛利と浦上との調停を進めようとしている直家自身も、いざという時は信長に対して使うことが出来る。宇喜多家は、信長のためを思う将軍家の意向に従っていただけだ、と。

ふむ……。

直家は依然、一月《ひとつき》に一度ほどは和睦交渉のために天神山城へと赴いていた。

この頃になると、宗景もさすがに以前ほどの強硬な態度は見せなくなっていた。ひとつには、もはや宗景の目にも将軍家と織田家の対立が明らかになりつつあったせいもある。

さらには直家が、

「この毛利との和睦は、単に浦上家と毛利家の和睦にあらず。公方《くぼう》様が織田家に仕掛ける広大な投網《とあみ》の、西方の結び目になりまするもの。むろん、その投網の東方には武田がおり、さらに網目の中央部は、大坂本願寺を始めとした三好、浅井、朝倉らによって編まれております。よって浦上家と毛利家の和睦ならずば、公方様のこの投網は完成しませぬ」

と言うに及んで、ようやく足利義昭の構想に納得した表情を浮かべた。

実は当初、この宗景が毛利との和睦に強硬に反対したのには、もう一つの事情があった。

去る春先に、毛利が将軍家の使者を介して言ってきたことには、

浦上、宇喜多の徒は信用がならず、まずはその和睦交渉の証《あか》しとして、浦上宗景の実子を将軍家に差し出すよう――

という注文を付けてきたからでもあった。

この要件に、宗景は激怒した。

「おのれ。成り上がりの毛利が、我が歴《れき》たる武門にそこまで指図するかっ」

和睦交渉が進まなかったのには、そういう理由もある。

案の定、和睦にはようやく賛意を示した宗景も、この実子を差し出すことには依然として拘《こだわ》っていた。

「和泉守よ、しかし我が子を差し出すこと、どうにかならぬか」

つまりはその実子の身柄が、将軍家から信長の手に渡ることを恐れている。

直家はやや考え、こう口を開いた。

「将軍家の信長への投網は、こと武田と本願寺が加わり続けている限り、ほぼ盤石なように思えまする」本心だった。「殿は、武田家と織田家がぶつかった場合、どちらが勝つと思《おぼ》し召されるか」

「むろん、武田である」宗景は即答した。「日ノ本最強とも謳《うた》われる甲斐源氏が、諸勢力を糾合して信長に当たれば、織田家などは朝露のように消え散る。信長もそれを恐れているはずだ」

直家は、その言葉尻《じり》を捉えた。

「拙者もそう愚考いたしまする。されば、その弱り目の折に将軍家から殿の御子を取り上げるなど、まず考えられませぬ。さらに言えば、ここでこの話に乗り、将軍家に恩を売っておかれれば、先々で何かと良き話もあろうかと思われます」

「で、あろうかの……」

結局、宗景は家臣や他の被官とも諮った結果、実子の一人を畿内の将軍家に送ることになった。

のちの風聞で、その衆議の折に、実子差し出しの賛成派の中には、明石行雄も交じっていたことを知った。

直家は思う。おそらく偶然ではない。

明石行雄は、たとえこちらに会わずとも、陰に陽に宇喜多家に良かれと動いている。明石は浦上家の被官であると同時に、備前北部に一万石ほどの所領を持つ半自立の勢力である。直家とは過去の経緯からも悪からぬ仲だ。その上で行雄は、もし浦上家に何事かがあった場合には、その後の備前を仕切るのは我が宇喜多家だと考え、直家とますます誼《よしみ》を通じておこうとしているのではないか……。

八月下旬、宗景が実子の一人を京に送ったのを機に、ようやく毛利がその重い腰を上げて交渉に乗ってきた。

安国寺恵瓊という、京や他国にまでその名を知られている毛利方の高名な外交僧がいる。その恵瓊が改めて和睦の仲介役に直家を名指しし、その名指しした非礼の代わりに、自らが船団を率いて吉井川の河口までやって来るという。

直家は、受けた。

当日、直家は戸川と長船という二人の重臣の他、百名ほどを引き連れて、吉井川河口まで赴いた。海には十艘《そう》ほどの船が停泊し、その岸辺にはすでに陣幕が張られている。

直家が密《ひそ》かに驚いたことには、その陣幕に染め抜かれている定紋《じょうもん》は、「一文字《いちもんじ》に三ツ星」の毛利氏のものではなく、「四つ割り菱《びし》」の武田氏の定紋であった。

考えてみれば恵瓊の実家は、甲斐の武田信玄と祖を同じくする武田源氏の安芸武田氏である。安芸でも有数の名族の一つだったが、今から三十年ほど前に、毛利元就によって一度は攻め滅ぼされた。当時まだ幼かった恵瓊は、直家と似たような紆余曲折《うよきょくせつ》を経て、滅ぼした毛利氏に外交僧として仕えるようになった。

もし、と直家は思う。今日のためだけに恵瓊がこの武田菱を染め抜いた家紋を使っているようなら、この交渉はうまくいくのではないか。少なくとも恵瓊は、おれとの会談に相当に乗り気なのではないか――。

事前の申し合わせでは、幕内にはそれぞれ五名ずつが列席することになっていた。

ここで直家は戸川秀安と家中の剛の者三人を選んで、幕内に入った。

足を踏みいれた途端、相手方の中央にいた小柄な僧形《そうぎょう》の男が立ち上がった。

これは、とまずはその頭巾《ずきん》を被《かぶ》った頭を丁寧に下げ、微笑《ほほえ》みながら直家を見てきた。

「お初にお目にかかりまする。拙者、安国寺恵瓊と申すものでござります。以降、なにとぞお見知りおきのほどを」

と、さらに腰を曲げてきた。物腰もひどく柔らかい。

下調べによれば直家よりちょうど十歳年下だから三十四のはずだが、その見た目はまるで少年のように若い。贔屓《ひいき》目に見ても、とても三十を過ぎているとは思えない。目元も涼やかで、その頬も桜のように赤く、それが不思議とぬめぬめとした精気を帯びているように感じる。

ふと思い出した。武門の生まれから仏門に入った者は、衆道《しゅどう》に傾倒する者が異常に多いという。女に交われない世界だから自然にそうなるのだが、この男もそうだ。衆道の者は、その体質によっては異常に肌艶《つや》の良い者がいるという。町家育ちの直家はついぞこの趣向は持たずじまいだったから想像するしかないのだが、察するに、男同士で交わるということは、お互いの気持ち良い勘所が、異性より我が事としてよく摑《つか》めるからであろう。

さらに、その外見で気づいた点がある。

この男は鉢開きの頭だ。鉢開きの頭蓋《ずがい》を持つ男は、理の筋道を立てることを好み、当然のように弁も立つという。

これは、と直家は思う。もし恵瓊がこの和睦《わぼく》に乗り気だとしても、なかなかに手強《てごわ》い交渉相手となるかも知れない。

そこまでを一瞬で見て取り、直家も尋常に言葉を返した。

「わざわざ備前までお越しいただいたこと、痛み入りまする。それがしが、宇喜多和泉守でござる」

すると恵瓊は柔和な笑みを浮かべた。

「備前一国はおろか、美作や備中までを盛んに切り取っておられる勇ましき御仁と聞き及んでおりましたから、どのような荒武者のお方かと存ずれば、意外にもお優し気な御相好《そうごう》でありまするな」

この言葉にはつい直家もたじろいだ。およそ武門の子に生まれて、優し気な風貌《ふうぼう》と言われるのは決して褒められたことではないし、直家も常々気にしていることだ。

が、この相手は敢《あ》えてその表現を誉め言葉として使っているのだから、返事のしようもない。あるいは、軽い皮肉を含んでいるのか。

曖昧《あいまい》に言葉を濁し、ともかくも交渉の席に着いた。

「我が毛利家も先般の事情から、この度の和睦にはおおむね乗り気でござる」

まず恵瓊は、単刀直入にそう口を開いた。

「その上で和泉守殿が遠江守殿を説得なされたこと、たいへん有難く存じ上げる次第でございます」

いやいや、とその修辞を軽くいなし、直家も率直に聞いてみた。

「ところで、『おおむね』とは、遠江守殿が承諾されてもまだ、毛利殿には多少の不都合があると申されますか」

左様、と恵瓊はうなずいた。が、続けて口は開かない。

直家もまた、黙って相手を見た。

実は、恵瓊の意味するその不都合とやらには、おおよその見当はついていた。しかし、まず相手の口から言わせようと思った。他家との交渉事では、滅多なことを自分からは切り出せぬ。もしそれが見当違いだった場合、その点も含めて相手に余計な条件を付けられる恐れがある。ここは、受け手に回ったほうがいい。

直家がなおも黙っていると、恵瓊は再び微笑した。

「毛利家の版図は、数多くの有力な被官たちによって成り立っております。例えば、吉川家や小早川家も、厳密には被官と相成ります。実は此度《こたび》の和睦の件、その被官のうちの大なる者である三村《みむら》家が、強硬に反対しております」

ふむ。やはりそうか——。

そう直家が思う間にも、恵瓊の話は続く。

「さらに腹蔵なく申し上げましょう。言いにくきことではありますが、和泉守殿が備中との国境近くの石山城を盛んに普請し直しておられるという事実……これが、さらに三村家をいたく刺激しております」

それは、と直家は危うく口を開きかけた。この石山城普請は、備中への橋頭堡《きょうとうほ》という意味づけ以前に、荏胡麻《えごま》油の衰退からきた備前中央部の国力を、新たに立て直すための町づくりという経済的な理由が大きい。この御野郡に国力を集中させ、さらに宇喜多家を富ませるためのものだ。

が、そのことを口には出来ない。もし口にすれば、話の帰結上、石山城を宇喜多家の本城とすることまで話さなくてはならなくなり、三村と毛利の警戒心をかえって煽《あお》る。藪蛇《やぶへび》となる。

少し考えて、用心深く尋ねた。

「されば恵瓊殿は、我が宇喜多家に石山城の普請を止めよ、それが和睦の条件であると申されまするか」

それならば、こちらにも言いようがあると思った。

が、意外にも恵瓊は首を振った。

「さにあらず。備前のことは備前でいかように仕切られても、他国の者が差し出口を挟むことではありませぬ」

……ふむ。

自分から言い出しておきながら、その件は毛利家の埒外《らちがい》であるという。そしてそれは、まさに直家が言おうとしたことでもあった。

「ならば、どのような話であれば、毛利殿は三村殿を説得できると申されるのか」

言ってしまってから、自らの迂闊《うかつ》さに思わず顔をしかめそうになった。受け手に回るつもりが、いつの間にかこちら側から交渉の条件を持ち掛けるような口調になってしまっている。乗せられている。

この男、やはり手強い。

恵瓊は、再び微笑んだ。

「備前のことは和泉守殿が仕切られ、備中のことは三村家が仕切る……互いに国境の先のことには干渉せず、無駄な諍《いさか》いを鎮《しず》める。まずはこれが、和泉守殿と修理進《しゅりのしん》（三村元親）殿双方にとっての和睦への筋道というものではありますまいか。そう、拙僧は愚考いたしまする」

直後、あっ、と直家は顔が青ざめる思いだった。

まさか。まさかとは思うものの、心中に思い浮かんだことをやはり口には出せなかった。

再び押し黙って相手を見遣《みや》る。

恵瓊もまた、しばらく直家を見ていたが、やがて口を開いた。

「簡潔に申し上げまする。備中の佐井田城、この城主である下総守《しもうさのかみ》（植木秀長）殿を、和泉守殿からご説得いただき、再び三村家の被官としてお戻し頂くことは可能でござりましょうや」

やはり……。

「なんと――」

と代わりに口を開いたのは、直家の脇にいた戸川秀安であった。驚きと心外さに半ば腰を浮かしつつも、なおも口を尖《とが》らせて言い募った。

「甚だ失礼ながら、これは慮外なことを申される。当家は、下総守殿に我が宇喜多家の傘下に入れと強いたことは一度もござらぬ。当家に与力されたのは、あくまでも下総守殿のご意向でござる。そのご当人の意向を無下にして、改めて三村家に差し出せ、と申されますか。それでは、あまりにも植木家にとって理不尽かつ不憫《ふびん》でござるっ」

そう、最後には多少声を荒らげた。

その通りだ、と直家も感じる。

この申し出は、植木秀長にとってあまりにも酷《むご》い仕打ちになる。かつ、宇喜多家としても、慕ってくる被官たちへの信義にもとることになる。

と同時に、この場に居た者が重臣の中で最も性格が穏やかな戸川だから、これくらいの抗議ですんでいるとも感じる。これがもし残る三家老のうちの年長の二人、長船や岡といった典型的な武辺者ならば、直後には激怒して、床机《しょうぎ》を蹴倒《けたお》して席を立っていただろう。さらに血の気の多い花房助兵衛あたりなら、思わず刀の柄《つか》に手をかけ、陣内は下手をしたら斬り合いになっていたかも知れない。

だからこそ、この戸川を同席させた。

和睦の要素として三村が介在している限り、容易な条件では毛利も三村を説得することは叶《かな》わないであろうとは踏んでいた。なにせ直家は、三村元親の実父である家親を、かつて美作で鉄砲をもって暗殺している。華々しい合戦で槍刀《そうとう》にて討ち取るのではなく、猟場で鹿でも狩るようにして撃ち殺した。

直家にとっては鉄砲で死ぬも槍刀で死ぬも、同じ戦死に変わりはないが、通常の綺《き》羅《ら》を誇る武将にとっては、これ以上の恥辱的な死に方はない。そうなると、元親の直家への恨みと義憤は骨髄《こつずい》にまで徹していることだろう。しかし、まさかここまで横車を押されるとは予想していなかった。

案の定、恵瓊も軽い吐息を洩《も》らした。

「なかなかの難題を申し上げていることは、こちらとしても重々承知の上でございます。されど……困りましたな。当家としましても、これくらいの譲歩をして頂けなければ、修理進殿もとうてい首を縦には振りますまい」

ふと感じた。たぶんそうだ。

恵瓊殿、と直家は改めて呼びかけた。「この佐井田城引き渡しの件、既に三村家には内々に話を通してござるか」

殿っ、とさらに戸川が声を上げたが、直家は構わず恵瓊を見続けた。

恵瓊は一瞬、躊躇《ちゅうちょ》する素振りを見せたが、結局はうなずいた。

「左様。これほど重要な話し合いを前に、それがしも手ぶらではここまで参ってはおりませぬ。修理進殿も、そこまで和泉守殿がお譲りいただけるのであれば、此度の件は三村家にとってははなはだ不本意ながらも、公方《くぼう》様の和睦《わぼく》案には従う、と申されておりました」

やはりそうか――。

とは言え、直家はさすがにこの場では決断をしかねた。

「恵瓊殿、この備前にて、少し時を頂いてもかまいませぬか」

「はて。いかほど？」

「この件、さすがにそれがしの一存だけでは決められませぬ。今より沼城まで戻りまして、家臣たちにもその可否を諮りまする。不可なら、一両日中には再び参上致す。もし可となった場合には、その後、肝心の下総守殿をよくよく説得することに相成ります。さらには封土《ほうど》を隣接する義弟、伊賀守にも話を通しておく必要がござる」

「では、一両日中に一度お返事をいただくとして、可となったその後は、あと五日ほどお待ちするのではいかがでござろうか」

「まずは最低でも十日」直家は即答した。「その間、この浦に留《とど》まっていただけるのなら、酒、食べ物ともに不自由はさせませぬ。さらには無聊《ぶりよう》を慰めるために、別に人も遣わします」

言い方はぼやかしたが、ようは、毛利の兵のためには遊女を、恵瓊のためには衆道の味を知った美々しい若小姓を派遣すると、暗に仄《ほの》めかした。恵瓊が特に美少年を好むということは、既に噂で知っていた。

恵瓊は束の間迷っていたが、結局はうなずいた。

「承知いたしてござりまする。色良きお返事をいただけること、是非にもお願いいたしとうございまする」


それからが大変だった。

場外で待機していた長船貞親に沼城への帰路、和睦の条件を話したところ、直家と歳が近いこの家老は、果たして烈火の如く怒り始めた。

「そのようなこと、絶対に相成りませぬっ」

「まだ決めてはおらぬ」

「であれば、早《と》う早《と》うこの場で『それは成らぬ』とお決めあれ」貞親はなおも鼻息荒くまくし立てた。「さればそれがし、この場から恵瓊殿の許《もと》へと急ぎ取って返し、その返事を投げつけて来るだけのことでござるっ」

直家はついため息をついた。

「だから忠家、岡や馬場、花房らにも諮って決めると申しておろうが」

すかさず横合いから、戸川も口を挟んできた。

「されど殿、既に拙者と越中（長船貞親）殿は、断固反対でございますぞ」

直家は、再び深いため息をついた。

沼城に帰ってから重臣たちを集め、毛利の申し出を伝えると、さらに騒ぎは大きくなり、大広間は蜂の巣を突《つつ》いたようになった。

「はて。近年、宇喜多家は三村に勝ち続けております。古来、勝っているほうがここまで譲歩するなどとは、それがし聞いたこともございませぬ」

そう馬場職家がぼやけば、
兄者《あにじゃ》っ、と常ならば家臣たちの前では『殿』と呼ぶ忠家も興奮して言った。「この件、受ければ我が宇喜多家の、被官たちへの信義は地に堕《お》ちまするぞ。それでもよろしいのかっ」

「そうじゃ。当家は毛利から舐《な》められておるっ」と、戦狂《いくさぐる》いの花房助兵衛も怒りに任せ、その拳《こぶし》で激しく床を叩《たた》いた。「元々は毛利と三村は仇敵《きゅうてき》。これを機会にいっそ全《まった》き手切れで良いではないか。手切れでっ」

さらに岡家利も、直家の袖《そで》を掴《つか》まんばかりに抗議してきた。

「この話は下総守殿にとって、あまりといえばあまり。されば、石山城の備えは粗々ながらも整っております。我が宇喜多勢八千が籠《こも》れば、いかに敵といえど、そう、おいそれとは落とせますまい」

これには今まで黙っていた直家も、さすがに反論した。

「話を蹴られた毛利と三村が、全軍でかかって来てもか」

敵を総ざらいすれば、四万以上にはなる。対して、宇喜多勢は伊賀久隆が味方に付き、もし浦上宗景が後詰《ごづ》めとして入ったとしても、一万五千には足らない。さらに言えば、その全軍が籠城《ろうじょう》できる規模は、普請中である石山城にはない。だとすれば、数に物を言わせた毛利勢に、個別に撃破されるだけだ。

そのことを、重臣たちに縷々《るる》と説いた。

すると、再び彼らは口々に騒ぎ始めた。

「兄者、はなから負けるなどという戯言《たわごと》を、武門の長《おさ》が口にすべきではござらぬっ」

そう忠家が嘆けば、

「情けなきや、殿はとんだ腰抜けじゃ。武士としての信義で諮るべきことを、ことごとく算術に変えられる。やはり軟弱な町育ちであられるわい」

と、これまたほぼ同年配の岡が遠慮ない言葉をぶつけてくる。助兵衛も、

「戦は数にあらず。武将の采配《さいはい》と、旗下の兵気《へいき》で決まりまするっ」

と再び喚《わめ》き散らした。

さすがにここまでまくし立てられると、直家もやや辟易《へきえき》としてくる。

おれは武門の棟梁《とうりょう》だからこそ、物事を冷静に判断しなければならない。無駄に戦をして、いたずらに目の前の彼らの命を失いたくない。だから、ちゃんと彼我の兵力を勘案して、その先にある勝負の見込みを口にしただけだ。それを今、やれ町育ちであるとか、腰抜け呼ばわりされている。

なによりもげんなりしたのが、重臣である彼らがこの和睦の条件を、宇喜多家への侮辱である、武士の信義の問題であると決め込むあまりに冷静に検討せず、すっかり頭に血をのぼらせていることだ。あまりにも視野が狭い。

が、その責任の一端は直家にもある。裏切り、内通、逆心異心が常のこの乱世において、せめて宇喜多家直属の家臣たちだけは互いを信じ、一枚岩でいてくれるように、敢《あ》えて直情型の部将に育つように部下たちを諭し、方向づけてきた。だから、このような件で家臣からいかに突き上げられようと、直家は一度も怒ったことがない。家臣はそれでいい。直《す》ぐな性格でいい。権謀術数を弄《ろう》し、汚れ役と他家からの悪評

を背負う役目は、武門の棟梁たるこのおれ一人で充分なのだ。

ここにきて、ようやく直家は自分が今何を考えているのか、少しずつ分かり始めてきた。

……宇喜多家の先々を考えれば、やはりこの話は呑《の》まざるを得ぬ。

結論から言えば、そういうことになる。

武力とは、すなわち財力である。

家臣から町育ちだ商人かぶれだと罵《ののし》られようとも、この信念は昔も今も変わらない。武門に富力がある者だけが、この乱世で最後まで戦いを続け、勝ち残ることが出来る。例えばはるか昔、大叔父《おおおじ》の浮田国定を滅ぼせたのも、相手に比べて常に戦費を賄え続けてきたからだ。そして近年、三村に勝ち続けているのも、事あればすぐに兵を動かせるだけの潤沢な軍費が、宇喜多家には蓄えられていたからだ。

その上で、今なによりも大事なことは、普請し直している石山城を新たな本城として完成させることだ。衰退しかけている邑久郡と上道郡から撤退し、今後新たな商圏として見込める御野郡に本拠を据える。本城とその周囲に広がる商都さえ完成させれば、先々で宇喜多家はさらに矢銭にて潤うことになる。その商圏の基盤がしっかりと整うまでは、毛利を完全に怒らせて配下の三村とともに総攻撃されるような危うい橋は渡りたくない。

逆に、ここで和睦《わぼく》を結べば、毛利は──自分たちから申し出てきた和平案でもあり──当分は動かない。

現に恵瓊は言った。石山城の普請も含めて、備前のことは備前でいかように仕切られても、他国の者が差し出口を挟むことではありませぬ、と。

だから、この和睦が成った後であれば、石山城の普請をさらに大規模に進めても、毛利は三村の不満を必ず抑え込む。そしてその後の和睦が続く年月で、町が潤い、矢銭が宇喜多家に絶えず流れ込むような仕組みを完全に確立させる。そこまで出来れば、たとえ今後の情勢がどう変転しようと、宇喜多家はさらに大規模に、そしてすぐさま軍を動かすことが可能となるはずだ。

が、家臣に対しては、単に分かりやすくこう言った。

「石山城を本城として完全に普請すること、こればかりはやり遂げなくてはならぬ。だからその間に、毛利・三村の連合軍とは万が一にも事を構えたくない」

そこで言葉を区切り、家臣たちを改めて見まわした。

「そのためには、佐井田城には三村の傘下に戻ってもらうしかない。ないが、おぬしらの言う通り、下総守殿のこれまでの信義に報いるため、毛利方には一つ二つ条件を付ける」

すると、それまで騒いでいた重臣たちは束の間静かになった。

最初に忠家が口を開いた。

「はて。その条件とは」

「佐井田城が三村の傘下に改めて入り直した後、もし三村に植木家を乗っ取るような面妖《めんよう》な動きがあれば、当家は植木家のために、宇喜多家の全兵力をもって救いに行く。そして佐井田城を見捨てるような真似はせぬ。その時に、毛利が三村に加勢せぬことを約定してもらう。されば、毛利の加勢のない三村など、また我らが打ち破ることが出来る。これなら、どうだ」

忠家が首をひねった。

「されど、下総守殿が、果たしてそれを承知しましょうや」

「和睦が成らねば、三村は毛利と共に、総力を挙げて佐井田城を攻めるであろう。そうなれば、今の宇喜多、浦上、伊賀軍が束になっても敵《かな》わぬ。忠家よ、おぬしが佐井田城に出向き、その一事をよくよく説け。『これは、植木家のより安泰な存続のためでもある』と」

が、今度は戸川が再び似たようなことを口にした。

「しかし、仮にそうなったとしても、下総守殿が三村家中に赴いた時には立場がありませぬぞ。また、下総守殿自身がこれまでの恨みつらみから、謀殺《ぼうさつ》される場合もございまするな」

この答えも、既に想定していた。

「下総守殿には、既に元服した嫡子がいたはずだ。表面上はその嫡子に代替わりさせ、植木家の棟梁に据える。これならば植木家が三村と交渉を持つ際も、そこまでの惨劇は起きぬはずだ。その上で、武門の実権は依然として下総守殿が握っていく」

「ですが、その嫡子まで謀殺されたような場合は」

「その危険も、毛利との約定に追加する。決して植木の者には手を出さぬ、と。むしろん植木殿の実子を、一方的に三村の人質に差し出すことも拒む。出すのであれば、両家の婚姻の場合のみである。これを、さらなる条件とする」

ようは、植木家は三村家の傘下に戻るものの、束縛された隷属関係にはならないということだ。ちょうど直家と伊賀久隆のように、互いに独立したまま緩い軍事同盟を結ぶだけということになる。ここまでの条件を付ければ、三村は植木家に対して手も足も出せない。もし出せば、毛利の加勢のない三村は、宇喜多家と再び戦いになって負けるだけだ。

するとと、重臣たちもようやく愁眉《しゅうび》を開いた。戸川が納得したように言った。

「なるほど。それであれば、下総守殿のお立場も辛うじて守られ申しますな」

直家もうなずいた。

「忠家、肥後（戸川秀安）よ、おぬしらは共に下総守殿とは懇意でもある。明日の早朝より二人で佐井田城に赴き、説得せよ」

忠家は五年前、宇喜多軍の大将として佐井田城を降伏させたとき、降将である植木秀長を穏便に扱って好意を持たれている。これがきっかけで、植木秀長は完全に宇喜多方となった。

さらに三年前、佐井田城を三村と毛利が囲んだ時に、戸川は大軍を率いて敵を完膚なきまでに蹴散《けち》らし、植木家をその窮地から救い出している。植木秀長にはその時のことで深く感謝されている。この二人が実を込めて説得すれば、植木秀長もきっと首を縦に振るだろう。

忠家と戸川もそう感じたのか、これには即座に平伏した。

「畏《かしこ》まりましてございまする」

「下総守殿からも、他に要望があるやも知れぬ。その点も含めてよくよく話を詰め、遅くとも六日後には戻って来るのだ。その話をさらに宇喜多家でも検討した上で、毛利へと再交渉する」

直家はそこまで命じて、今度は他の重臣を見た。

「越中（長船貞親）よ、そちは伊賀守のところへ参れ。この経緯を話して、備中との国境まで三村の勢力が盛り返すことを伝えよ。ただし和睦が続く限りは、三村が攻め込んで来ぬこともしかと説明せよ。その上で、了解を取り付けて来るのだ」

「はっ」

直家は、それから沼城で両家からの返事を待ち続けた。

三日後には長船が戻ってきて、伊賀久隆が快諾した旨を報告してきた。

「仔細《しさい》、承って候。異存はござらぬ」

義弟は、そう簡潔に答えたという。ふむ、こちらのほうは予想通りだ。

さらに三日後の夕刻になって、ようやく忠家と戸川が旅塵《りょじん》に塗《まみ》れて帰ってきた。

「で、どうであった。まず可否を先に言え」

はい、と忠家が答えた。「下総守殿、御承知くださりました」

直家は思わず胸を撫《な》で下ろした。

「して、その仔細は」

忠家の語るところによれば、植木秀長は最初にこの話を聞いた時、激怒したという。

それはそうだろうと、直家も秀長の身になって思う。

が、忠家と戸川が、さらに詳しく和睦の経緯と、直家が毛利方に付けようとしている条件、それらを掻《か》き口説くように説明したところ、秀長は次第に思案顔になり、怒りも収まってきた。さらにはその翌日、なおも二人が言葉を尽くすと、むしろやや乗り気になってきた。

というのも、宇喜多家に味方したはいいが、その後の佐井田城は、絶えず三村の脅威に晒《さら》され続けていた。その気の休まらぬ日々に、秀長の神経もいい加減疲れ始めていたようだ。

「が、こればかりは、わしの一存では決められぬ」

そう言って、翌日から家臣たちに諮った。この衆議は宇喜多家の時と同じように、植木家の重臣たちが揃《そろ》って怒り、嘆き、しばらく収拾のつかない騒ぎとなった。

意外にも、その家臣たちの不満をなだめ始めたのは秀長自身であったという。

その気持ちは、同じ武門の長《おさ》としての直家には、痛いほどに分かる。武門の長とは、絶えず状況に応じて自家と他家の利害を天秤《てんびん》にかけ、その平衡を図る者である。信義や矜持《きょうじ》、武士道といった倫理で自家の運営を司《つかさど》る者ではない。

「わしはむしろ、和泉守殿が申された通り、これは当家にとっても良き話だと思える。この和睦によってむしろ三村家は、我が植木家に対しては手も足も出なくなる。出せば毛利からは突き放され、和泉守殿からは攻撃される。その安寧を買えるのなら、我が子に棟梁《とうりょう》を代替わりするくらい、安いものだ」

そう言うに及んで、一座は完全に静まった。

さらに二日後、秀長は表面上引退し、嫡子の秀資《ひですけ》を次の棟梁として立てることが決まった。

植木側からの和睦《わぼく》の条件は、直家が提示した以外には何もないという。

よし、と直家は二人の重臣の前で膝《ひざ》を叩《たた》いた。これでほぼ、和睦は成った。

さらに一両日、宇喜多家でこの和睦の条件を毛利に呑《の》ませるやり方を煮詰め、吉井川河口で待つ毛利軍――恵瓊の許《もと》に向かった。

引き連れていった重臣は、先日と同じ戸川と、一手の侍大将である馬場職家である。

この冷静な二人なら、万が一交渉がもつれても、苛立《いらだ》って暴言を吐くことも、交渉の場をぶち壊しにすることもない。

武田菱《びし》を染め抜いた陣幕の中に入った直後、中央に居た恵瓊が立ち上がって満面の笑みを見せた。

「和泉守殿、九日ぶりでござりまするな」

その意味は分かる。再びの会合までにこれだけの時がかかったのだから、恵瓊は間違いなく吉報だと確信している。

「左様。やはり多少の時が必要でござった」

そう直家が言うと、恵瓊はますます笑みを深くした。

その後しばらくは、多少の儀礼上のやり取りがあった。

「この間の和泉守殿の心配りには、拙僧以下、毛利の兵もいたく感謝いたしております」

「いやいや、こちらもお待ちいただく以上、当然のことでありまするゆえ」

なるほど……恵瓊も宇喜多家の美小姓たちとの夜には、いたく満足だったらしい。

「ところで、和睦の件でござる」

そう改めて口を開くと、はい、と恵瓊は早速身を乗り出してきた。

直家はまず、植木秀長が三村側の傘下に戻ることを了承した旨を簡潔に伝えた。

「おぉ、それはまことにおめでたきこと」

恵瓊はそう、膝を打った。直家はさらに言葉を続ける。

「そのために下総守殿は嫡子に家督を譲り、家政から引退されることになります」

すると相手は、得たりと膝を打った。

「なるほど、妙案でござる。それならば、三村家とのこれよりの関係もうまくいくでありましょうな」

「ただし、その上で毛利家にもぜひ請け合ってもらいたき儀が、一つ、二つござる」

そう言った上で、もし三村が植木家に対して面妖《めんよう》な動きに出た場合は、宇喜多家は軍を出してでもその動きを封じ込めること、その際、毛利家は決して三村家に与力しないことを約定してもらいたいことを伝えた。さらには両家の婚姻という手段以外には、植木家から三村に一方的に人質を出すことがない旨も伝えた。

「むろん、その面妖な動きには、もし三村家中に嫡子の秀資殿が赴いた時に謀殺されるような場合も含みまする」

そこまで一気に言い終わると、恵瓊は多少戸惑ったような表情を浮かべた。

「はて……それでは植木家が三村家の完全なる被官となるわけではありませぬな」

直家はうなずいた。

「左様。当面はそれがしと津高郡の伊賀守のような、友軍関係となりまする」

「しかも三村家と植木家の間でもし事が起こった場合は、和泉守殿は軍を動かして植木殿に加勢されると言われる。一方で、我が毛利家は三村家に助太刀することが出来ませぬ。これは、いささか和睦の案に偏りがあるように思われます」

むろん、こういう反応をされることも想定していた。

直家は少し笑って口を開いた。

「恵瓊殿、そもそもの話として、三村家は何の労もなく佐井田城を自らの封土に戻すことが出来るのですぞ。その上で、傘下に戻った植木家を与力として穏当に扱う。当たり前のことではござらぬか。三村家が没義道《もぎどう》をせぬ限りは、そのような事態は起こらぬのです。どうぞ、そのことをお忘れなく」

「……なるほど」

「それに、これまでの下総守殿との道義上、当家としても手ぶらで三村家の許に戻れとは、とても申せませぬ。この万が一のことを考えてやらねば、植木家の郎党たちもとうてい首を縦には振りませなんだ。その土台の上で、初めて備前のことは備前で、備中のことは備中で仕切る、ということでありましょう。それが、当方からの和睦の条件でござる」

そこまで一気に言うと、恵瓊はしばらく考え込んでいた。

陣幕が微風に何度か揺れ、無言の時が流れた。

恵瓊が、再び顔を上げた。その時には明るい表情に戻っていた。

「よくよく考えてみれば、和泉守殿の言われること、確かに道理でございます。少なくとも拙僧には異存はござりませぬ」

よし——。

続いて恵瓊が言うことには、この件は毛利輝元と吉川・小早川の両川《りょうせん》の裁定を仰がねばならないが、まずはこの三名とも、和睦の条件は呑むであろうとの見通しを語った。

それはそうだろう、と直家も思う。なにせ三村は、戦をすることなく佐井田城を取り戻すことが出来る。そのことは、とりもなおさず三村の盟主である毛利の版図が広がることを意味するのだから。

そう考えれば、毛利は必ずや、三村の植木家に対する不穏な動きを縛《しば》る。ましてやこの和睦の大本《おおもと》にあるのは浦上・宇喜多・毛利の不戦であるから、備前のことに不用意に干渉させるなど、もってのほかだろう。

これで三村家は、籠《かご》の中に入れられた鳥も同然になる。逆に、封土を隣接する宇喜多家は、西の防衛を心配することなく、備前と美作の勢力拡大に力を入れることが出来る。新城下で軍資金を蓄えつつ、硬軟取り混ぜての政治力で徐々に浦上宗景率いる天神山衆を切り崩していき、やがては実質的に備前と美作の全土、そして西播磨を宇喜多家の影響下に収めてゆくことも、あながち夢ではない。もしそうなれば、宇喜多家の勢力圏は五十万石以上になる。

……。

この頃になると、直家は先々で自分たちが、毛利か織田かに付くことを選ばざるを得ない時流まで来ていることは、うっすらと予感していた。今は表面上、毛利と織田は友好を保っているが、信長の意思がことごとく他家の大名を磨《す》り潰《つぶ》して日ノ本の統一にある限りは、先々での両家の対立は、どう考えても避けられない。

善定が言っていたことを思い出す。

新兵器である鉄砲の出現とその普及により、彼我の戦力に梃子《てこ》の原理が働いている。

つまり、強い者はより急速に強く、弱い者は瞬《また》く間に弱くなっていく。

その原理が完全に働き切って世が定まる前に、弱者である宇喜多家は、小銭稼ぎのように勢力圏を大きくしていくしかない。そしてその勢力を背景に、東西の強き者に、その場に応じて生き残りの駆け引きを行っていくしかない。

現状でも織田三百万石と毛利百二十万石に囲まれた、宇喜多家二十万石程度の弱者の交渉なのだ。だが、逆に言えば、今の宇喜多家が浦上家とほぼ同程度、考えようによっては同盟者である伊賀久隆の所領も入れれば三十万石近くで、浦上家より封土が勝っているからこそ、今回の和睦にも、浦上家と並んで家格では落ちる宇喜多家の名が連ねられた。

この織田・毛利両家との交渉を先々で有利に進めるためにも、さらに宇喜多家は大きくなっておく必要がある。それも、おそらくはあと十年ほどのうちにだ。

夕刻になり、恵瓊の船で前祝いの宴席となった。

とはいえ、なにせ船上の狭い苫内《とまない》である。毛利・宇喜多家の重臣を含めて六名ほどの、小規模の宴《うたげ》だ。

夜が更けるにつれ、恵瓊は今回の和睦がほぼ成ったことによほど気を良くしたのか、次第にほろほろと酔い始めた。目元がうっすらと赤くなり、給仕役を務めている宇喜多家の小姓の膝《ひざ》に、いかにも名残惜しそうに手をじわりと置く時もあった。

直家は内心可笑《おか》しくなる。しかし、この恵瓊の様子は当然かもしれない。美小姓と恵瓊は、この七、八日ほどの間、情を通じあった仮初《かりそめ》の恋仲なのだ。

半面ではこうも思う。

この恵瓊は臨済宗大本山の東福寺《とうふくじ》に属しており、次世代の座主とも目されている。ゆくゆくはこの日ノ本の禅僧の中でも一二を争う高僧となるだろう。

そのような人物が、いかに宴席とはいえ、他家との会合でこうも酔い、こちらが差し出した美小姓に未練がましく秋波を送るような真似をする。しかし少なくとも直家は、重臣や被官たちとの宴席では、酒は飲んでも飲まれることはない。同席した侍女の美貌《びぼう》に関心を奪われることもない。酔いながらも、心は常に平静を保つように心掛けている。ましてや他家――浦上家や毛利家との宴席では、なおさらだ。

ふと感じる。

この恵瓊という人物、確かに頭が切れ、時に応じた知略も溢《あふ》れんばかりにありそうだが、才気誇りの人間がしばしばそうであるように、その実は精神の箍《たが》が少々緩んでいる人物なのかも知れない。

直家は左右に座っている戸川や馬場に、この吉井川すぐ傍《そば》の乙子城に戻って、今日の会談の仔細《しさい》を報告するように命じた。ようは、席を外させる理由を作った。

すると恵瓊もそれと察したのか、

「おや、拙僧ばかりが家臣を侍《はべ》らせておいては、礼を失しまするな」

と、近臣たちに部屋から出ていくように命じた。

互いに無言の了解がある。和睦《わぼく》案も煮詰まった今、相手を闇討ちにするような事はあり得ない。しかもここは毛利家の船上である。恵瓊には何の心配もないはずだ。

「さ、これにて互いに、気楽に話を出来るようになり申しました」

むろん、直家もそれを意図していた。この男、酔ってさらに気持ちの箍が外れれば、口は軽くなるはずだ。

直家は再び酒を勧め、

「ところで恵瓊殿は普段、京におられまするな。畿内のこと、どう思われる」

そう、敢《あ》えてぼやかした尋ね方をした。が、畿内のことと言えば、信長の動向に決まっている。

が、恵瓊は酔いながらも明るく答えたものだ。

「それはまず、和泉守殿からのご見識を賜りたい。特に織田殿のことに関しては、とくとそのご意見を拝聴させていただきたく存じます」

この返事には少し驚いた。この男、多少の酔態は晒《さら》していても、まだ頭はしっかりと回っているようだ。これには観念して直家も正直に答えた。

「左様。織田殿は、どうやら今年が正念場のように存ずる。西には本願寺と三好、南には松永、北には浅井・朝倉がいて、特に東からは恵瓊殿と祖を同じくする武田殿が、おそらく三月以内には西上を始めましょう。この投網《とあみ》の中から抜け出すには、いかに上総介殿といえども、かなり難儀なことと思われますな」

「すると、その投網にて織田殿が陸に上げられ、やがては干乾しになると和泉守殿は申されまするか」

多少迷ったが、うなずいた。

「確かな見込みではござらぬ。ござらぬが、そうなることも充分に考えられます」

言ってから、密《ひそ》かに臍《ほぞ》を噛《か》む思いだった。うっかり見込みなどという言葉を使ってしまった。これではまるで、信長の滅亡を願っているようにも取られかねないではないか。

案の定、恵瓊は弾《はじ》けたように笑った。なおも笑いながら言った。

「これは、織田殿の傘下に入った和泉守殿のお言葉とも思えませぬな」

直家は、ますます苦り切ってしまう自分をどうすることも出来ない。

が、この不用意な一言が、結果としてはさらに恵瓊の警戒心を解いたようだ。

「拙者は、この投網からも織田殿は結局、どうにか抜け出されると考えておりまする」

「されど、甲斐の武田軍と言えば、日ノ本一の精強を謳《うた》われる兵団でありますぞ」

「確かに武田菱の強さは、祖を同じくする拙僧としても誇りでございます」そして、ぬるりと重要なことを舌に乗せた。「そのことも思えば、当方も武田菱の肩を持ちとうもありまするが、おそらくそうはなりますまい」

直家は黙ったまま相手を見た。これで、毛利方の心中がはっきりとした。当然と言えば当然のことだが、毛利もまた腹の底では信長の滅亡を願っている。それでも恵瓊は、信長はこの包囲網を切り裂いて生き残るであろうと述べている。

「京までの陸路、その長さでござる」恵瓊は明晰《めいせき》に答えてきた。「源平の頃ならいざ知らず、当世では途中途中で他国の邪魔が入り、兵站《へいたん》がとうてい届きませぬ。現に遠州以西の東海道は、すべて織田家の傘下にあります。これまで武田、小田原の北条のどちらも全軍で京を目指さなかったのは、ひとえにその遠路への不安が払拭《ふっしょく》できなかったからでありましょう」

「しかし、現に今、信玄公は西上を目論《もくろ》んでおられるが……」

「甲斐武田家の行く末を見据えての、止《や》むに止まれぬ西上でござる。自らが動かねば、織田家の勢力はますます畿内にて膨張し、やがては日ノ本全土を覆う勢いとなる。そうなれば、やがて武田家は織田家の許《もと》に膝を屈さざるを得ず、最悪の時には殲滅《せんめつ》させられる。いかに甲斐武田軍が精強とは言え、その版図は百二十万石程度。我が毛利と大差はありませぬ。その程度の勢力では京に旗を立て、そこから日ノ本に号令をかけることなど、夢のまた夢でありましょう。聡《さと》いかのお方も、そこらあたりのことは充分に認識しておられるはず」

そこまで言われて、ようやく直家にも世に聞こえる武田信玄の今の心情が、ありありと透けて見えたような気がした。

「つまり、信玄公が今になって動こうとするは、天下に志があってのことではない。京に旗を立てたところで長くは留《とど》まれぬ。されど、中央を制しつつある誰かを蹴散《けち》らし、この日ノ本を以前のような群雄割拠の時代に戻すこととまでは、辛うじて出来うるかも知れない。広げた版図を子々孫々まで継承させるためだけの、止むに止まれぬある種の防衛戦である、と」

そう言うと、恵瓊は大きくうなずいた。

「まさしく。一見は攻めていくように見えて、その実は武田家の防衛戦でござる。信玄公に、中央を制して天下に号令をかけるという意図はござらぬ。だからこそ朝倉と浅井も、本願寺も三好と松永も、織田家とは組めなくとも、武田家とは組むことが出来るのでございましょう」

「しかし、その投網すらも織田家は掻《か》い潜ることができる、と恵瓊殿は見立てておられる」

直家は、今度は敢えてそういう聞き方をした。

先ほどは誤った。おそらくこの男の舌を軽くするは、酒ではない。あくまでもこちらが知恵や教えを請う下手の態度に出る限り、相手の口は滑らかになるのではないか。いわば虚栄心でもあるし、自己顕示欲でもある。人は色欲、食欲と同様に、たいていはこの手の欲を抑えることは出来ない。ましてや自らの才気によって世に立っている者は難しい。

こちらの推測は当たった。

果たして恵瓊は、その後も得々と話を続けた。

「古来、大なる敵に小なる者が連合して勝ったためしがありませぬ。唐《から》の春秋戦国時代を見ても然《しか》り。結局は秦《しん》が、趙《ちょう》、韓《かん》を始めとした六国をすべて滅ぼしましてござる。呉越同舟の徒《と》は、所詮《しょせん》は寄り合い所帯。共に戦ううちに各自の事情も変化し、合従連衡策には必ずや綻《ほころ》びが生じます。その綻びを、おそらく織田殿は掻い潜るでありましょう」

聞きながらも、直家は次第に憂鬱《ゆううつ》になってくる。やはり織田家の覇権は、すでに確立されつつあるのか。

さらには自らの心情までもが、今ここではっきりと浮き彫りになってくる。

やはりおれは、誰かに完全に仕えるのが嫌なのだ。そこに浦上家や織田家といった相手の違いはない。自らの命運を他人に託すこと自体に、我慢がならない——さらに念を押すように尋ねた。

「すると恵瓊殿は、織田殿の地盤は既に揺るがぬ、とお考えか」

恵瓊は、少し陰のある笑みを浮かべた。

「そのようでもあり、そのようでなくもある、という半々のところが、拙者の感じるところでござる」

……ん？

直家は相手をじっと見た。相手もまたこちらを見ている。

「和泉守殿は、たしか織田殿に一度はお会いなされましたな」

「左様」

「織田殿を、どう見られましたか」

一瞬迷ったが、既にこちらの腹を半ばは見透かされている以上、ええい、ままよ、と思った。毛利と宇喜多。我らも所詮は呉越同舟だが、それでも真の脅威は織田家だという部分で、双方の心底は共通している。

「織田殿は、異常なる気魂をお持ちになられているお方と推察いたす。心が、常に渇いておられる。飢えておられる。その意味で、心のどこかが欠けておられる」言ううちに、何故か不思議と熱がこもり、さらに熱心に語り続けてしまった。「その満たせぬ渇きを癒《い》やそうとして、我ら凡下《ぼんげ》から見れば天下布武《てんかふぶ》などという夢物語の道を遮二無二目指しておられる。たとえその道が非道であろうが残虐であろうが、一切の妥協を自分にも許されませぬお方と、少なくともそれがしはお見受け申した」

すると、恵瓊も得たりというように大きく膝《ひざ》を打った。

「心が渇いている、飢えている、とはまさしく言い得て妙」さらに興奮して言葉を続けた。「いや……これは拙者も、これまでに幾度となく織田殿にはお会い申し上げておりまするが、今のお言葉以上のご慧眼《けいがん》は、ついぞ誰の口からも耳にしたことがござらなんだ。それはむろん、この私めの愚眼を含めてのことにてありまする」

正直、ここまで褒められるとは思ってもいなかったから、直家はやや戸惑った。が、まんざら世辞でもないらしく、恵瓊は再び熱心に口を開き始めた。

「その上で、心のどこかが欠けておられる、というご見識も、恐ろしいほどにかのお方の根本を突いておりまする。そして、拙僧が織田殿に憂慮いたしまするのも、まさしくその一点でありまする」

「とは？」

「今しがた、和泉守殿は『非道であろうが残虐であろうが、一切の妥協を自分にも許さぬ』と申されました。むろん、心の欠損ゆえでござる。その欠けた部分を満たそうとするあまりにござる。されど、その苛烈《かれつ》な織田殿の方針に付いていけず、同盟者や被官の中にも離れていった者があることは、既にご存じの通りでありまする」

浅井長政や松永弾正のことを言っているのだ、と感じる。

「そしてこれからも、おそらくはそういう者たちが次々と出て参りましょう」

そして、直家をじっと見た。

まさか、と直家はぎくりとする。やがて裏切る者とは、まさかこのおれのことを言っているのか。

しかし、さらに続いた恵瓊の言葉は、ますます直家の予想を覆《くつがえ》すものであった。

「されど、裏切る者が外部から出ているぶんには、おそらく織田家はまだ盤石でありましょう。先ほども申し上げた通り、織田家の圧倒的な兵力をもって個別に潰《つぶ》していくだけのことにてござります。が、その内部――家中から崩壊が始まった場合は、いかに織田殿といえども無事では済みますまい」

この最後の言葉には驚いた。織田家は出自を問わぬ実力主義をもって、他家にその武勇を鳴らしている。だからこそ、有能な武将たちがここぞとばかりに気負って才気を発揮する。結果として、織田家はさらに膨れ上がってきた。

「織田家は一見順調なように見えても、その実、配下の武将たちは休みなく追い使われ、疲弊しきっております」恵瓊はなおも言う。「今後、さらに版図が大きくなるにつれ、その奴隷《やっこ》のような過酷な忙しさは、さらに想像を絶するものとなりましょう。中にはその才気に陰りが出て、出世競争から脱落する者も出て参りましょう。それがしは、その落ちゆく者に織田殿が穏当な情けをかけるお方とは思えませぬ。あのお方は、情愛によって配下を使う者にあらず。才気によってのみ、配下を愛するお方でありまするゆえ。そのことも明敏な臣下の数人は、既にうっすらと察しているものと思われます」

「……」

「私めが見るところ、織田家の天下は、長くともあと十年でござる」恵瓊は、ずけりと結論付けた。「その頃には、織田家の勢いは大きく天下を覆うものとなりましょう。その頂点こそが織田家崩壊の始まりになると、それがしは推測いたしております」

ここまではっきりと織田家の没落を明言されて、直家は呆然《ぼうぜん》とした。しばしの後《のち》、気を取り直して恐る恐る尋ねた。

「では、いったいどの武門が、織田家に取って代わられると申されるか」

「他の武門ではござらぬ。おそらくは織田殿の衣鉢《いはつ》を継ぐ者が、家中から現れましょう。そしてその者を、それがしは一に木下藤吉郎《とうきちろう》殿、二に明智十兵衛《じゅうべえ》光秀殿と見ております。その、いずれかになりましょう。正直、このお二人の才気は、有能な織田家家中でも頭一つ抜け出ておりまするゆえ」

あの木下藤吉郎か、と直家はさらに衝撃を受けた。そして二には、藤吉郎も気にしていた明智とやらか……そう思い出してみれば、この一見は突拍子もない発言も、不思議と現実味を帯びてくる。

ちなみに――これは直家のあずかり知らぬところだが――この一年後、恵瓊はこの予想の範囲をさらに絞り込んで、毛利家や小早川家の家臣宛《あて》に文にしている。

以下、原文のまま。

「信長之代、五年、三年は持たるべく候。明年あたりは公家《くげ》などに成るべく候かと見及び申候。左候《さそうろう》て後、高ころびに、あおのけに転ばれ候ずると見え申候。藤吉郎さりとてはの者にて候」

ともかくも、最後に恵瓊はこう言った。

「さて、ここまで心底を晒《さら》しましたからには、拙僧も手ぶらでは安芸に帰れませぬ」

何を言うのかと思う。和睦《わぼく》は、ほぼ成ったではないか。そう感じた矢先に、恵瓊は再び口を開いた。

「率直に申し上げましょう。今後、天下の帰趨《きすう》がさらに動いた時に、和泉守殿は我が毛利とさらなる紐帯《ちゅうたい》を結ぶ気はおありでしょうや」

うむ……つまり、その名こそ出さないが、天下の帰趨とはすなわち信長の動向のことだ。そして、その動向によっては織田家との友好関係を断ち、互いに軍事同盟を結ぶ気があるかどうかと聞いてきている。これには即答した。

「両家に共通する敵が出来た場合は、むろんでござる」

恵瓊の笑みは、さらに深くなった。

「ありがとうございまする。その一言で、私はますます家中の意見をまとめやすくなり申しました。此度《こたび》の和睦は、さらに確実なものと相成りましょう」

十月に入り、ここにようやく将軍肝煎《きもい》りの浦上・宇喜多・毛利の和睦が成った。

これで、三村が国内に攻め込んでくる心配は完全になくなった。

直後から、縄張りのほぼ済んでいた石山城の増築を、宇喜多家の総力を挙げて再開した。土工も合わせれば、常時数千人にのぼる人々が忙しく立ち働く大規模な普請現場となった。

西方からの脅威が皆無になった今、作事《さくじ》を急ぐ必要はなかった。直家は普請奉行の岡家利に、時間はいくらかけてもいいから、城郭と城下町を入念に造り上げるように改めて命じた。次いで長船貞親も呼び、石山城の竣工《しゅんこう》までに北方の西国街道をこの新城下に付け替えるよう、新たな普請も命じた。

「はて。それにしてもいつ頃までにという目算は、お伺いしとうござる」

そう岡家利が首をかしげたので、直家は答えた。

「そうじゃな。まあ、来年の夏頃までに完成しておればよい」

すると今度は、長船貞親が口を開いた。

「ははあ、それはまたなんとも悠長なことでございまするな」

つい直家は苦笑した。

「馬鹿め。この入念な作事のために、我らは佐井田城を三村に譲ったのだ。安んじて腰を据え、新しき城を造る。さらには誰の目を憚《はばか》ることもなく、新しき街道もおおっぴらに普請する。すべてはこれらのためだ」

そう言うと、剛毅《ごうき》であるが大事な判断では脳味噌《のうみそ》を直家に預けっぱなしのこの二人の家老は、揃って頷《うなず》いた。

「言われれば、ごもっとも。確かに、ごもっとも」

この石山城改築の時期は、畿内でも事が多かった。

将軍足利義昭が作り上げた武田、浅井・朝倉、松永、三好、大坂本願寺、そして浦上・宇喜多・毛利らをも含んだ広大な包囲網に、ついに信長が怒気を発し、堪忍袋の緒を切らした。そして義昭に『異見十七条』を突き付けた。

この意見書は、以前に将軍家に要求した『殿中御掟《でんちゆうおんおきて》』よりさらに過激な内容で、義昭のこれまでの行いを徹底的にこき下ろし、批判したものだ。

当然この非礼には、義昭も大激怒した。以前にも増して、信長への包囲網を熱心に狭《せば》め始めた。

将軍家と織田家の衝突が目前まで迫っていることは、もはや誰の目にも明らかであった。

時をほぼ同じくして、甲斐の武田信玄が西上を始めた。

十月三日に甲府を出陣すると、その十日後には駿河《するが》から遠江へと入り、徳川家の只《ただ》来《らい》城、天方《あまがた》城、一宮《いちのみや》城、飯田《いいだ》城、各和《かくわ》城、向笠《むかさ》城などの諸城をわずか一日ですべて陥落させるという恐るべき強さと手堅さを発揮した。さらに翌日、一言《いちごん》坂で待ち受けていた徳川軍をも軽く一蹴《いっしゅう》している。

続いて遠州の要衝にある二俣《ふたまた》城を包囲し、これを二ヶ月後の十二月十九日に陥落させた。この重要な拠点の喪失により、徳川家の本拠・浜松《はままつ》城は、丸裸にされたも同然になった。

そして三日後、武田軍三万と徳川と織田（総大将・佐久間信盛）の連合軍二万八千は、三方《みかた》ヶ原《はら》で衝突した。双方の兵力はほぼ同数だったが、兵団の精強さには格段の差があった。武田軍は虫でも踏《ふ》み潰すようにこの連合軍を壊滅させ、さらに三河へと向けて西進を続けた。

が、この時点で早くも信長包囲網には大きな亀裂《きれつ》が入っていたことを、年を越した元亀四（一五七三）年になってから、直家は知ることになる。

前年、武田軍が遠江の浜名《はまな》湖北岸まで進んだ時のことだ。信玄は、思いもよらない報を受けることになる。それまで武田軍に協調し、浅井の援軍として北近江まで出陣して来ていた朝倉軍が、突如として撤退したとの急使だった。

実はこの間にも北近江にて、浅井・朝倉の連合軍と織田家の木下藤吉郎軍の熾烈《しれつ》な戦いが繰り広げられていた。が、木下軍の存外な強さに腰が引けた朝倉義景《よしかげ》は、既に十二月三日には越前へと兵団の撤退を開始していたのだ。その数は一万五千。北近江に残ったのは、小谷《おだに》城に立て籠《こも》る浅井軍わずか数千である。

遅れてその事実を知った信玄は激怒し、朝倉義景へ再度の出兵を求めるも、義景は越前に帰ったまま、二度と北近江に戻ろうとはしなかった。

包囲網が破綻《はたん》した武田軍の動きは、次第に鈍くなった。二月十日に三河の野田《のだ》城を落とした後は、完全に全軍の動きが止まった。

無理もない、と直家は思う。三方ヶ原にて織田・徳川の連合軍を破ったはいいが、後方の浜松城にはまだその敗軍の兵二万以上が依然として居座っている。前に進もうにも信長は既に岐阜城へと帰還しており、尾張と岐阜、北伊勢にいる兵団の総力を挙げて、武田軍の西進を阻もうとしてくる。その織田軍を東西から挟み撃ちにするには、西の浅井軍だけでは不足だ。下手をすれば、かえって信玄が東西の織田軍から挟み撃ちに遭う可能性もある。そうなれば兵站《へいたん》も途切れる。

信玄は稀代《きたい》の戦上手とされ、その戦略・戦術の根本を常に己の慎重さと用心深さで秤《はかり》にかけ、綿密に練り上げる。よほどの勝算がなければ滅多に軍を動かさない。だからこそ逆に、動くに動けなくなった。

結局、武田軍はこのまま三河で為《な》すこともなく、ついに三月も下旬になった。

信長は、信玄は動かぬと見て急ぎ京に戻った。そして足利義昭と、三淵藤英、伊勢《いせ》忠興《ただおき》ら以下の幕臣が立て籠る烏丸中《からすまなかみ》御門第《かどてい》（御所・旧二条城）を、一万六千の軍勢で取り囲んだ。そして和議――実質的な降伏を迫った。

この和議を断固として拒否した義昭に対し、信長は激烈な恫喝《どうかつ》行動に出る。烏丸中御門第の周囲に広がる上京《かみぎょう》を、三日三晩連続して焼き討ちにした。神社仏閣や豪商の家屋も含めて、建物という建物には例外なく火をかけた。伽藍《がらん》は燃えに燃えて天を焦がし、邸宅や商家も焼け崩れ、人々はすべて下京か洛外《らくがい》へと逃げ散っていった。これにて洛中の中心地は、完全なる焦土と化した。

さらに信長は焼き討ちの直後から、義昭にさらなる軍事的圧力をかけた。烏丸中御門第の四方に砦《とりで》を築き、そこに織田軍を集結させた。

これでも和議に応じぬなら、今度は将軍の御所自体も焼き払うぞ、という無言の意思表示だった。

この凄《すさ》まじい恫喝には、義昭も腰を抜かさんばかりに驚愕《きょうがく》し、遂《つい》に心が折れた。信長が動かした正親町《おおぎまち》天皇の勅命に応じて、信長と和睦《わぼく》した。実質的な無条件降伏である。

この和議により、三河に居た武田軍は、これ以上の西上の意味を失った。少なくともその時の直家にはそう感じられた。四月上旬、目的を失った武田軍は、甲斐へと順次撤退を開始した。

直家は、ふと恵瓊の言葉を思い出した。

あの男は、確かこう言っていた。古来、大なる敵に小なる者が連合して勝ったためしがない、呉越同舟の徒は各自の事情も変化し、合従連衡策には必ずや綻《ほころ》びが生じる、と。

恐るべき慧眼《けいがん》で、推測は見事に当たっていた。織田家への包囲網はあっけなく瓦解《がかい》した。逆に信長は、上洛して以来足掛け六年の中で、最大の危機を乗り越えた。

……確かに、恵瓊の言ったことは当たっていた。

新しい石山城とその城下、そしてこの新城下に至る西国街道が遂に完成したのは、六月に入ってからだった。

阿部善定と魚屋九郎右衛門は、去年十月の普請再開の頃から、しばしばこの現場を熱心に見学に来ていた。そして、二人が引き連れてくる福岡や西大寺の商人の数は、回数を重ねるにつれ十人、二十人、五十人と増えていった。竣工《しゅんこう》が間近になる頃には、小串や金岡らの吉井川周辺の商人たちも足繁くやって来るようになった。

それらの経緯を見ていて、直家はこの新城下の先々での繁栄を確信した。岡家利に命じて、新城下に移り住むことを希望する商人には、名簿《みょうぶ》に名を書き連ねさせた。その数は、普請が完成するまでに百を数えた。

竣工直前に再びやって来た二人に、直家はつい弾んだ声をかけた。

「善定殿、九郎右衛門。よう参られた」

そして二人を引き連れて堀を渡り、城郭内に入った。三の丸、二の丸を抜けてゆき、本丸に建て終わったばかりの天守まで三人で登った。天守の南面の引き戸を開け放ち、廻縁《まわりえん》まで出る。眼下には城郭の外に、さらに更地が広がっている。

直家は、その更地を指さして言った。

「お二人には、あれに見える平地のうち、お好きな場所を、お好きな分だけ差し上げまする。さらに善定殿には、越してくる商人たちの縄張りの差配役をお願いしとうござる」

つまり、この新しい城下町の長《おさ》に、実質的に善定を指名したことになる。移住する前から備前屋の繁栄は約束されたも同然になった。

そこまでを終始笑顔で聞いていた善定は、不意に表情をくしゃくしゃにした。次いで、その老いた両目から、激しく落涙した。

「それがしは、嬉《うれ》しゅうござる」

そう言われ、なにやら直家にも込み上げてくるものがあった。

「なんの。幼き時より善定殿には、散々と世話になり申してきました。これくらいのことは当然でござる」

いや、と善定はなおも目を赤く泣き腫《は》らしながら、首を振った。「それがしが申し上げたかったのは、直家殿の若き頃よりの夢がついに叶《かな》われた、ということでございます」

「……」

「八郎殿は、武門の嫡子に生まれながらも、いたく町が好きであられた。幼き頃は、もったいなくもわしのような商人《あきんど》になりたいとも申しておられた。少年の日の憧《あこが》れ、市井《しせい》での暮らし——その、ようやく辿《たど》り着《つ》いた先が、この武家と商家が溶け合った町づくりだったのかと思うと、ただただ泣けてまいりまする。我がことのように嬉しく、そして感無量でございます」

これには直家も言葉を失くし、不覚にも涙腺《るいせん》が緩んだ。

この老人は血こそ繋《つな》がっていないが、昔からおれの親も同然だ。これからもそうだ。だからこそ、福岡が沈みゆく今、善定がまだ元気なうちにこの新城下を見せたかった。備前屋の、次なる繁栄の地として欲しかった。

泣くまい、と自制した。

しかしその意思も虚《むな》しく、両頰がじわりと濡《ぬ》れたのが自分でも分かった。

直家は無言のまま善定の両手を取り、強く握った。かつては逞《たくま》しく見えた相手の手も、今は肉が落ち、骨ばって小さくなってしまっている。すっぽりと直家の手の中に収まっている。老いてしまっている……それを思うと、いけないとは思いつつも、さらに泣けてきた。

ふと気づくと、隣の九郎右衛門も小袖《こそで》の袖口で俯《うつむ》いた顔を覆っていた。この浮世で今、ここにいる三人だけが、三十年以上も前の気持ちを分かち合えている。

直家は照れ隠しに、無理やりに笑みを浮かべた。

「善定殿、我らがいい歳をして泣いたこと、お互いに内緒の話としましょうぞ」

ちなみに、この時に直家が善定に与えた土地が、現在の岡山県最大の繁華街・表《おもて》町《ちょう》商店街の始まりである。特に表町一丁目から二丁目には福岡から移住した商人が集まって住んだため、当時は福岡町と呼ばれていた。のちにそれが三つに分かれ、現在の上之町《かみのちょう》、中之町、下之町と呼ばれるようになった。

直家が家臣たちを引き連れ、石山城に本格的に家移りを済ませた七月の下旬、再びの驚愕の報が、この新しい城へともたらされた。

去る七月三日、足利義昭は突如として信長との和議を破棄し、幕臣たちを率いて再度の挙兵を試みた。京洛の烏丸中御門第には三淵藤英、伊勢貞興《さだおき》など主だった幕臣を籠《こも》らせ、自身は京の南郊の巨椋池《おぐらいけ》に浮かぶ要塞《ようさい》・槇島《まきしま》城にて兵をあげた。

岐阜に居た信長は、間を置かず京を急襲した。義昭が挙兵したわずか七日後には烏丸中御門第を大軍で取り巻いて、立て籠っていた幕臣のほとんどを降伏させる。さらに軍を南へと旋回させ、七月十六日には七万の大軍で将軍の籠る槇島城を襲った。

この攻撃を前に、足利義昭率いる幕府軍はあっけなく瓦解し、わずか一日で降伏した。

信長は、義昭を京から追放した。

これにより、初代足利尊氏《あしかがたかうじ》の代から二百四十年近く続いてきた室町幕府は、事実上滅亡した。

直家は思う。信長はその本性をいよいよ露《あら》わしたのだ、と……。

さらに八月に入り、堺の小西隆佐《りゅうさ》が新城下の魚屋九郎右衛門の店《たな》を訪ねてきた時のことだ。石山城の広間で久しぶりに対面した時に、にわかには信じられぬことを隆佐が口にした。

武田信玄が、死んだという。

「なにやら織田家中では、武田様は既に儚《はかな》くなられたという、もっぱらのお噂でございます」

なに、と思わず直家は身を乗り出した。「その話、まことか」

隆佐は、やや躊躇《ためら》いながらもうなずいた。

「去る四月の半ば、三河から甲斐に戻られ始めたその帰路で、既に病死しておられたらしく……」

さらにその死因までも、あの木下藤吉郎が隆佐に話してくれたという。

信玄の死因は労咳《ろうがい》だったらしい。

「そこまでの仔細《しさい》な死因が噂されていること自体、おそらくこのお話は事実でございましょう」

しかし、それを聞いた直家の感想は、また別のところにあった。

第一に、これで織田家の畿内での覇権は、ほぼ確実に成ったと見るべきだった。

そして第二には、一年ほど前に会った恵瓊の会話との、奇妙な符合だ。

労咳は昨日や今日に始まる病ではない。もしその噂が本当なら、信玄は随分と以前から患っていたはずだ。そしてその大病をおしてまで、上洛戦《じょうらくせん》を敢行した。

確か、あの時に恵瓊はこう言っていた。

信玄の西上は、甲斐武田家の行く末を見据えての、止むに止まれぬ行動である。京に旗を立て、そこから織田家に成り代わって日ノ本に号令をかけることなど、夢にも考えていない。それでも自らが動かねば、やがて武田家は強大になった織田家の許《もと》に膝《ひざ》を屈さざるを得ず、最悪の時には殲滅《せんめつ》させられるからだ、と。

そして今、それらの言葉が信玄の死因によって確実に裏付けられた。

恵瓊の推測は、再び当たっていた。

労咳という大病を抱えたままの状態では、仮に上洛できたとしても、長くは京に留《とど》まれない。信玄に天下への志はなかった。やはり信長を蹴散《けち》らす事だけを一念に、京まで上ろうとしていたのだ。

そして恵瓊の三つ目の推測を思い出す。

信長の勢力は、あと十年後には、おそらくこの天下を覆うものとなる。が、それこそが織田家の内部崩壊の始まりになるはずだ。そして他の武門ではなく、家中でも有力な重臣――木下藤吉郎か明智光秀が信長に取って代わり、織田家の衣鉢を継ぐであろう、と。

まさかとは思う。まさかとは今でも信じかねているが、それでもこれまで、恵瓊の予言は続けざまに二度当たっていたことになる。

ふむ……ふと、嫡子の八郎のことが脳裏を過《よぎ》った。

4

直家《おっと》の上機嫌が続いている。

この石山城に越して来た直後は、特にそうだった。

お福は城に到着するや否や、直家に手を引っ張られるようにして天守まで登った。

「見よ、お福。この景色を」

そう言って、眼下に広がる城下を見せられた。城郭の外の平地では、数多くの土工・大工が忙しそうに立ち働いている。木材や萱《かや》が至る所に積まれ、次々と商家や民家が建ち並び始めている。その光景が大地を照らし出す陽の光を受けて、とても眩《まぶ》しく感じられる。

庇《ひさし》の下に立った直家は、珍しく白い歯を見せた。

「我らの新たな城は、町と繋がる」

元々は商人になりたかった男なのだ。そんな古馴染《ふるなじ》みの彼らと隣り合わせで暮らすことが、とても満足なのだろう。

華やかな世界で暮らしたい。市井の営みと共に生きたい。

その気持ちが、今の弾んだ口調にも表れている。事実、この本丸からは、その気になれば町の暮らしがすぐにでも一望できるのだ。

阿部善定と魚屋九郎右衛門の商家が落成した時などは、単身彼らの新店に赴いて祝宴に参加し、夜半になるまで帰ってこなかった。帰って来た時には、足元もおぼつかないほどに酔っていた。

「良い気持ちじゃ」

そう一言洩《も》らし、お福の横の布団に横になったかと思うと、すぐに寝息を立て始めた。普段は寝つきの悪い夫にしては、これまた稀有《けう》なことだった。

引っ越してから一月が経《た》ち、三月が過ぎても、夫の上機嫌は変わらなかった。

直家は、家臣にもお福にも生の感情を剝《む》き出しにすることがほとんどない。だから少なくとも表面上は、以前と同じように見える。見えるが、それでもお福には確かな肌触りとして感じられる。ふとした時に見せる表情が、以前よりひどく明るい。

ある日、お福が二歳になる八郎をあやしていた時のことだ。直家がふらりと部屋に入ってきた。

「おや、日中にわざわざ奥までお越しとは、珍しゅうございまするな」

そうお福が声をかけると、直家は軽く笑った。

「ま、しばしの平穏というところじゃの」

その意味は分かる。前年の毛利・浦上・宇喜多の三者の和睦《わぼく》により、この備前では珍しく戦のない日々が続いている。

ちなみにこの頃には、自分に抱かれているこの赤子が宇喜多家の先々の惣領《そうりょう》になることは、家中では完全に既定路線になっていた。けれど正直に言って、数年前に桃寿丸の三浦家相続を諦《あきら》めた頃から、お福の中では瘧《おこり》のようなものが落ちた感があった。別に嫡流に生まれたからと言って、是が非にも武門を継ぐ必要はないのではないか……。

それは、直家の幼少期からの来し方を見ていても分かる。この乱世ではよほど大きな武門に生まれない限りは、その棟梁《とうりょう》は絶えず周辺からの脅威に心労を重ね、被官たちの謀略や寝返りに怯《おび》え、より大なる武門との関係に常に腐心せざるを得ない。

その意味で、この乱世の荒波に耐えていける器を持つ者だけが、棟梁になって然《しか》るべきではないのか。この胸の八郎のことは桃寿丸と同様に愛してはいるが、さりとて今後、どういう大人に育つのかは、まだ見当もつかない。それを、よく育っていた与太郎を排してまで、早々に宇喜多家の次期棟梁として決めてしまっても良いものだろうか。

夫には以前に、直家殿の良きようになさりませ、と一度は言ってはみたものの、やはり早計ではないかと思い、たまにそのことを蒸し返すことがある。

この時もそうだった。再び心中を語り、

「まだ、早いのではありませぬか」

と問いかけた。

するとと直家は、また苦笑した。

「残念ながら、それは我らが決めることではない」

「はい？」

「この子は――」と、慎重にお福から八郎を取り上げ、その胸に抱きかかえながら言った。「我らの子であっても、我らの子には非《あら》ず。赤子でも、今では既に宇喜多家の公器となってしまっている。その家中が揃いも揃って跡取りと決めてしまっている以上、我らに為《な》す術《すべ》はない」

またた、と感じる。直家お得意の、嫡男公器論だ。

されど、と言いかけたところで、再び直家が口を開いた。

「その上で、この子の大まかな子育ての方向を、そろそろ決めておいてもいいように思う」

これにはやや興味をそそられる。この一回り以上も年上の夫は、そもそも子育てというものをどのように考えているのだろう。今までは与太郎にしろ桃寿丸にしろ、ほぼ放任のような育て方だった。

「それは、どのような？」

うん、と直家はさらに幼子をあやしながら言った。「まずこの子には、わしのような幼少期を歩ませぬほうが良いだろう」

ほう。何を言い出すのかと、ますます興を覚える。

「お福も知っての通り、わしは幼き頃より、まずはこの世と人々を疑うことを覚えて育ってきた。だから不幸だったとは、今さら言わぬ。そのような猜疑心《さいぎしん》と用心深さがあったからこそ、一度は滅んだ当家を、なんとかここまで大きくすることができた」

お福は少しおかしくなる。滅多に己誇りをせぬこの夫が、取りようによっては今、妙な自慢をしていると思えなくもない。

すると直家は、少し顔をしかめた。

「お福よ。わしは自賛をしているのではない」

「分かっておりますとも」

相変わらず人の表情から心の機微に気づくのが早い。この人の欠点でもあり、美点でもある。

「が、わしのような疑《うたぐ》り深き者は、人とは密になれぬ。胸襟を開けぬ。それでは、これからの時代は駄目だろう」

けれどお福は、こればかりは不思議に思う。現に直家の差配で、郎党への接し方で宇喜多家は君臣共に一枚岩の結束を誇っているではないか。

そのことを口にすると、夫はこう答えた。

「縦の関係ならば、このわしでもなんとかなる。御恩と奉公という縦の糸ならば、わしでも紡ぐことが出来る。郎党を手厚く扱い、その信義を裏切らねば、自然に縦糸は紡げるものだ。が、横の糸を編むのは、わしには難しかろう。他家との、特にこちらが下の関係ならば、なおさらだ」

ようやく言っている意味が分かった。つまりは宇喜多家より大きな武門――例えば西の毛利や東の織田などとは、自分にはうまく関係を結んでいけないだろうと言っている。

が、これにもお福にはやや疑問が残った。つい口にした。

「されど現に前年は、毛利家と浦上家を巧みに主導し、和睦を見事に成されたではありませぬか」

「一瞬のことだったからだ」苦い顔で直家は答えた。「束の間ならば、そのような交渉事はわしも出来る。だが、これが他の武門との長き付き合いとなると、どうもこのわしには無理なように思える。遠江守（浦上宗景）殿に対するように、どうしても相手を疑う。一蓮托生《いちれんたくしょう》という一途《いちず》な気持ちになって付き合うことが出来ぬ」

これには、思わず笑った。

「それは能力というより、気性の問題ではござりませぬか？　直家殿が気疲れするから、気が進まぬから、嫌なのではありませぬか」

「痛いところを突いてくれる」直家は再び苦笑いを浮かべ、ややあって口をへの字に曲げた。「……そうだ。嫌なのだ。他家との付き合いは何かと気疲れが多い。挙句、どうしても臆《おく》してしまう。だからと言って束の間なら出来ぬことはない。しかし、長い目で見て物事の得手《えて》不得手は、そのことを好むか、気が乗るかどうかで決まる。好まぬままやっていれば、いつかは心が破れ、自滅する。つまり能力とは、気性のことなのだ」

そう言われて、初めて分かる。

この夫は、十五の初陣《ういじん》にて見事に敵将の兜首《かぶとくび》を挙げ、それで乙子城の主《あるじ》になった。その後の砥石城攻略の時も、今では宇喜多家でも随一の戦上手と謳《うた》われる馬場職家と散々に槍《やり》を交え、一度も引けを取らなかったとも聞いている。さらには七、八年ほど前の明禅寺合戦の折も巧みに五千の自軍の采《さい》を振るい、二万の毛利・三村軍を追い払った。

ようは、戦場での才気はある。けれど、少年期までは商人を志していたような男だから、その本来の気性としては、血腥《ちなまぐさ》い戦場には向いていない。そのことは、なんとなく夫の言動を見ていても分かる。

だからある時点から、戦の侍大将には馬場職家や花房助兵衛たちを据え、自身は戦場には一切出なくなった。

ふと思う。

「されど、それらのことが、この八郎とどういう関わりがあるのでございましょう」

「思うに、天下の趨勢《すうせい》は既に固まりつつあると感じる。わしは今後とも、努めて周辺を切り取っていこうとは思っている。いるが、それでも今生ではせいぜい今の倍――四十万石から六十万石くらいが関の山だろう」

なるほど。今で宇喜多家単体が二十万石ほど、義弟の伊賀久隆の所領を入れても三十万石。だからその倍の四十万石から六十万石だと言っている。そしておそらく、その奪い取る所領は、かつての主君であった浦上宗景のものを想定している。

直家の言葉は続く。

「それでも、西の毛利や東の織田の所帯には、遠く及ばぬ。そして先々、彼らの勢力が大きく減ずるとも考え難い。その時には、我らは改めてどちらかの武門の傘下に入らざるを得ぬ」

お福は再びおかしくなる。数年前に織田家に属したことなどすっかり念頭にないような直家の言いざまであった。まったくたいした二心《にしん》殿だ。この夫の腹黒さには、時おり重臣たちも呆《あき》れるのがよく分かる。

けれど、今度ばかりは直家は自らの考えに夢中のようで、お福の表情には気づかなかった。

「されど、四十万から六十万石の勢力になっておけば、毛利も織田も、今以上に我が宇喜多家の動きを無視できぬ。その地盤を背景により大なる者へと版図の確約を持ち掛け、次代まで宇喜多家を保つことは出来ると思う。そこで、この八郎だ――」

そう言って、胸の中の幼子を見る。

「その規模になるまでの悪名は、すべてわしが背負う。出来るだけ所帯を大きくしておく。その上で、もしこの子が領土を保全していくだけならば、もうわしのような権謀術数を弄《ろう》する必要はない。梟雄《きょうゆう》と恐れられ、他武門に忌み嫌われる必要もない」

ようやく本題に戻って来た、とお福は思う。

「この子には、直家殿のような棟梁《とうりょう》の生き方は踏ませぬ、と?」

すると直家は、やや俯《うつむ》いた。

分かる。この夫がこういう仕草で躊躇《ためら》いを示す時には、自分にとって情けないことを言おうとしている瞬間だ。四十も半ばを過ぎようとしているというのに、こういう部分は相変わらず子供のようにお福には感じられる。

ようやく直家が口を開いた。

「そうだ。世が固まった暁には、わしのような棟梁はもう不要となる。猜疑心が強く、常に人の裏を窺《うかが》うような男では、他武門からは好まれぬ。そのような者は、どうしても心根の暗さが顔に出る。わ、わ、わしのことだ。それでは先々で、大名たちの盟主になるだろう新しき将軍からも、好かれることはない。同じ与力大名にも警戒される。それでは宇喜多家を保全しながら世を渡っていくことは出来まい。だからこの子は、他家の者からも一目見て好ましく思われるような男になるよう育てられればと思う。朗らかで、直ぐな気性に育てるということだ。人を疑わず、男からも女からも、まず一目でその骨柄《こつがら》を好まれるような大丈夫《だいじょうぶ》へと育てる」

なんとなくだが、言いたいことは分かった。

「下手に苦労はさせず、充分に情を注いで育てる、ということでしょうか」

「ただし、厳しくは躾《しつ》ける。その意味で、物事の筋道を通す好漢に育てたい」

今度こそお福は、充分に領解した。

「織田殿も毛利殿も、そのような者が被官であれば、確かに安心しましょうな」

「かも知れぬ」

ん？――その言い方が、妙に引っかかった。

つい直家をじっと見た。直家もまた、お福を見ている。

ややあって、夫が口を開いた。

「お福よ。このことは、まだ家中の誰にも話してはおらぬ。今より申すことは、他言無用ぞ」

「畏《かしこ》まりました」

直家は、前年に会った恵瓊のことを話し始めた。

恵瓊の予言――第一に、去年から今年の前半にかけての織田包囲網は、ほどなく瓦《が》解《かい》するであろうこと、第二には、武田信玄に天下を志すつもりはなく、織田家を粉砕するためだけの止むに止まれぬ西上作戦だったことを語った。

「現に信玄は労咳《ろうがい》で死んだことが、その実は武田家の生き残りを賭《か》けた西上であったことを裏付けている」

お福も、その神のような慧眼《けいがん》ぶりには目も覚めるような驚きを覚えた。

直家は、さらに静かに言った。

「そして、あの毛利の外交僧は、さらにいま一つの予言をした」

その内容を最後まで聞き終わった時、お福はさすがに一瞬耳を疑った。

「あと十年ほどで、織田殿が滅びる、と？」

直家は八郎を抱いたまま、黙ってうなずいた。

が、それでもお福は信じられなかった。

「まさか……」

お福は織田信長のことを恐れ、その傲慢《ごうまん》さと尊大さにはしばしば腹を立ててはいても、実のところ、そんなに嫌いではない。なんと言えばいいのか、一個の大丈夫として見れば、噂に聞く信長の徹底した苛烈《かれつ》さにはある種の潔癖さ、純粋さに似た性分を感じており、その面では男として好ましく思う時もごくまれにある。

少なくとも、生理的に受け付けない性格ということはない。そしてそれは自分に限らず、他の女から見てもそうだろう。

「まさか、そのようなことが、あり得ましょうか」

つい、信長を弁護するように繰り返した。

が、さすがの直家もそんなお福の心の機微には気づかなかったようだ。

「わしも、今もって半信半疑ではある。さらにはそのようなことを家中で軽々しく口にすれば、いつしか宇喜多家から外へと洩《も》れ、もし信長の耳に入れば、わしがやがて叛旗《はんき》を翻すとも取られかねぬ。だから、今まで黙っていた」

それはそうだろう、とお福も感じる。

「されど、あの恵瓊の言うことはこれまで二度、立て続けに当たっていた。さればこそ、この三つ目の予言めいたものも、どうにも無視する気分にはなれぬ」さらに直家は言った。「そして、もし信長の衣鉢を継ぐ者が出てきた場合、それは家中の木下藤吉郎か、明智十兵衛光秀という者になるだろうとも語っていた」

木下某《なにがし》という男は、尾張の水呑《みずのみ》百姓から成り上がった織田家の異色の将校であると聞いている。その目はしの利きよう、人への接し方の巧《うま》さなどは、直《じか》に会った直家も、滅多に類を見ぬほどの才気であったと語っていた。むろん戦も上手《うま》い。過日に織田軍が山陰を一気に席巻《せっけん》した時も、この男が織田家の師団長として采《さい》を振るっていた。そして、もう一人の明智某という男も、京洛《きょうらく》では柔軟な人柄との専《もっぱ》らな評判らしく、織田家中ではその木下をも凌駕《りょうが》するほどのにわか出頭人《しゅっとうにん》であるというから、部将としてもよほど有能なのであろう。事実、それらしきことを木下も口にしていたという。

いずれにせよ、と直家は腕の中の八郎を眺めながら、結論を語った。

「もしこの子が惣領《そうりょう》となれば、信長に仕えるよりも、まだしも木下や、風聞に聞く明智のほうが盟主としては穏やかで、仕えやすいであろう。が、尋常に考えれば、それでも信長が生き残る目が大きい。その場合、神経がどこに付いているか分からぬようなあの男とうまく付き合うためにも、よほどな好漢に育て上げなければならぬ。いずれにしても、その時にはわしは隠居し、この子を若き棟梁として押し出す。そのことも含んで、この子の骨柄を育《はぐく》んでいく。万一にも木下や明智が信長に取って代わるようなら、次代の宇喜多家は、なおさら良いほうにむかうだろう」

なるほど、とお福はようやく納得がいった。だからこの夫は、今から八郎の育て方を定めようとしている。

そして、もう一つの事実に、遅まきながら気づく。

この夫は、先々で天下の覇権を握るのは、毛利よりもやはり織田家の勢力であると考えている……。

5

今年の夏、信長は室町幕府を事実上消滅させた区切りも兼ねて、朝廷や公卿《くぎょう》を通じて改元を働きかけた。そして七月下旬、元号を元亀四年から天正元年へと刷新した。もはや京洛を含んだ畿内では、織田家の覇権は絶対的なものになりつつあった。

そして、この天正元年も押し詰まった頃のことだ。

天神山の宗景から、にわかには耳を疑う報が石山城にもたらされた。

浦上家の使者が直家の前で誇らしげに言うには、宗景が十二月の上旬に上洛した折のことだった。なんと宗景は、織田信長から播磨・備前・美作の三ヶ国の守護たることを認める朱印状を押し戴《いただ》いたという。

「つきましては、年賀を兼ねたその祝賀の宴に、和泉守殿も是非お越しいただきたいとの、我が主君からの招きでございます」

そこまで言われても直家はなおも身を硬くしたままで、まだこの報を容易に信じることが出来なかった。

やがて、腹の底からじわじわと怒りが湧き上がってきた。顔面から血の気が引いていくのが自分でも分かった。

ほぼ同時に、その事情を推察する。

信長は、最後まで織田家に抵抗していた宗景のことを、おそらくは播磨・備前・美作の三ヶ国で最も地力のある武門だと見たのだ。さらには家柄もある。かつてこの三ヶ国の守護であった赤松家が衰微し切った今、それに代わるものは、そもそもが赤松家の守護代だった浦上家を措《お》いて他にないと考えた。さらに宗景は、直家の勧めにより実子を人質として差し出してもいる。そこまでして降参した以上は、信長にとっては操るのに易き相手でもあった。

しかし、と直家はさらに憤然としながら感じる。

これではまるで浦上家に、我が宇喜多家を被官とすることを認めたも同然の下知《げじ》ではないか。しかもこの裁定において、織田家からこちらには何の連絡もない。

このおれは、完全に無視された――。

が、直後には無理やりに笑顔を作って宗景の使者に言った。

「それは、誠におめでたきことでござる。拙者も年賀の宴には、祝いの品を持って馳《は》せ参じましょうぞ」

そう言って、いったんは宗景の使者を天神山へと送り返した。

それからが大変だった。

家中では岡や花房、馬場といった重臣たちがこの報に触れ、ある者は激怒し、ある者は悲嘆に暮れた。

さらには、沼城や乙子城、砥石城といった支城を任せている家老たち——弟の忠家、長船、戸川らが続々とこの石山城に集まって来るにつれ、収拾のつかぬ騒ぎとなった。皆ほとんどが興奮し、この予想外の展開に口角泡を飛ばし始めた。

「信長の、このやり様よ」

忠家がそう相手を呼び捨てにすると、

「我が宇喜多家を、あの男は何だと思っているのかっ」

と、長船も額に幾筋もの青筋を立てていた。

「今さら天神山衆の下風《かふう》に立つことなど、死んでも出来ぬ」

そう、普段は温厚な戸川でさえ大声を上げた。

むろん、その気持ちは直家も同様だ。

我が武門があったからこそ、この備前は過日、三村・毛利勢からの侵攻に耐えることが出来た。その間、浦上家は何をしてくれたというのか。西方からの巨大な圧力は宇喜多家に任せたきりで、本来は赤松氏の所領だった美作と播磨の土豪たちをわずかに切り崩しただけではないか。宇喜多家の多大なる骨折りと苦労の上に、ぬくぬくと胡坐《あぐら》をかいてきただけではないか。そんな甲斐性《かいしょう》なしの武門を今さら備前の盟主として担ぐことなど、直家にはとうてい耐えられない。

もし再び被官として下風に甘んじれば、浦上家と同等の所領を持つ宇喜多家を、宗景がそのまま放っておくはずがない。最悪の場合は、宗景に難癖を付けられて取り潰《つぶ》される可能性がある……いや、おそらくはそうなる。今すぐではなくとも、先々ではきっとそうなる。

ちょうど、かつての宇喜多家がそうであったようにだ。そして大叔父《おおおじ》の浮田大和守や、島村盛実《しまむらもりざね》、舅《しゅうと》であった中山信正《のぶまさ》がそうであったようにだ。

この危惧《きぐ》は、直家も今では自らの武門を切りまわしている分限だから、もはや実感として分かる。

今にして思えば、あの過去の忌まわしく不可解な一連の武門の取り潰しは、浦上家の安泰を脅かすかも知れない被官たちを根絶やしにすることに、その根本要因があったのだ。

が、当然のことながら、ここでいくら騒いでみたところで、今さら宗景の備前の支配権は覆るものではない。

直家はしばらくその家臣たちの騒ぎようを大広間の上座から見ていたが、やがて口を開いた。

「皆、静まれ。今は徒《いたずら》に騒ぎ立てたところで、どうにもならぬ」

「さ、されどですな――」

さらに重臣たちが言い募ろうとしたところを、片手で制した。

「だから、静まってくれと申しておる」そう、声音を抑えて繰り返した。「古来、怒りに任せて軽挙妄動した者で、ろくな命運を辿《たど》った者はおらぬ。わしは天神山の使者に答えた通り、遠江守殿の年賀には参るつもりだ。そして、浦上家のわしへの取りなしようを、しかと見届けてくる」

さらに広間の重臣たちを見回し、思いつくままに指示を飛ばした。

「戸川よ、おぬしは恵瓊殿に会ったことがある。今より安芸の毛利家に赴く準備をせよ。そして、此度《こたび》の件を報ぜよ」

「はっ」

「この事実自体は、おそらくはもう毛利も知っている。さらには京の恵瓊殿も、この報告のために急ぎ安芸に戻っているだろう」

すると、当の戸川も他の重臣たちも不思議そうな顔をした。

「されば何故、わざわざ拙者が出向く必要があるのです」

「この信長の処置への、相手の出方を見るためだ」

言いながらも、次第に自らの考えがまとまってくる。播磨・備前・美作を合わせた総石高は、八十万石近くになる。その支配権を得た宗景が織田家の尖兵《せんぺい》としてこれから働くとなれば、毛利家の危機は備中のすぐ目前まで迫る。いくら織田家との対立には慎重な毛利でも、今後の生き残りを賭《か》けて旗幟《きし》を鮮明にせざるを得ない。

そして、今ここで宇喜多家が毛利寄りであることを暗に行動で示せば、おそらく毛利はこの宇喜多家を味方に引き込もうと動く。直家を織田への守りの最前線で使おうとする公算が大だ。そこまでを縷々《るる》と戸川に説明し、

「もしそうなった場合、毛利は思案がまとまるまで、おぬしを安芸に引き留めようとするだろう。時はいくらかかっても構わぬ。言われるままに滞在せよ。さらには当家の全権を預けておく。もし毛利が同盟を持ち掛けてきた場合は、うまくその骨子をまとめよ」

そう命じながらも、生き残りを賭けているのは、この宇喜多家も同様だと思う。そして、今後の織田家との対立をはっきりと意識した。

さらにもう一つ。もし毛利との同盟が成ったあかつきには、別の仕掛けを仕込んでおかなければならない。

その交渉相手は、今生ではもう二度と会うこともなかろうと思っていた、あの好人物になる——。

明くる天正二（一五七四）年の正月、直家は天神山城へと赴いた。約束していた三ヶ国守護就任の祝いの席に出かけたのだ。上座には浦上一門の者が居並び、ちょうど直家の座る中座、その向かいには旧知である明石行雄や、その明石と少し離れて、義

弟である伊賀久隆の顔も見える。

明石と目が合った時、相手は目元だけで微笑んできた。ふむ……相変わらずおれのことを憎からず思ってくれているようだ。

伊賀久隆とは毛利との同盟の件で、既に使者を何度かやり取りしていた。浦上家とその上にある織田家から離叛《りはん》するということは、互いに了解済みであった。さらには義弟ということもあり、この浦上家中の宴席では変に勘繰られぬように、単に目礼するに留《とど》めた。

さらに彼らの下座には、今では東美作で随一の所領を持つに至った後藤勝基《ごとうかつもと》の姿も見える。この勝基からは、先ほど別室で丁重に挨拶《あいさつ》をされた。当然だ。この勝基は十数年前、直家の長女・千代を嫁に貰《もら》っている。彼にとって直家は岳父となる。もっとも娘の千代にとっては、随分と薄情な父ではあろうが……。

浦上家の重臣たちや郎党らは、このたびの織田家の裁定を受けて浮かれ切っていた。案の定だ。むろん、その気分は当主である宗景も例外ではない。

「和泉守よ、さ、遠慮せずに近《ちこ》う寄れ。今宵《こよい》は祝いの席であるぞ」

そう、上機嫌で直家に盃《さかずき》を渡した。

「これよりも我が浦上家の繁栄のために、西の守りをよろしく頼む」

同時に、直家の顔をひたと覗《のぞ》き込んできた。

やはりそのつもりか。宇喜多家および備前衆を、これからは同盟者ではなく、名実共に被官として扱うつもりか——そう思いながらも、直家はその視線を正面から受けた。直後には尋常に頭を下げ、盃を両手で押し戴《いただ》いた。

「それがし、これよりも粉骨砕身に努める所存でございます」

嘘は言っていない。ただし、浦上家のためではなく、我が宇喜多家自身のために、という言葉は呑《の》み込んだ。

が、この返答で宗景は満足したようだ。

「もし不自由があるようなら、わしの麾下《きか》の者をいつでも遣わす。遠慮せず申し出よ」

「はっ」

そう言って直家が引き下がった後も、宗景は次々と美作や備前の被官を自分の前に呼んでは、同様に盃を授けた。当然、その中には明石行雄や伊賀久隆、後藤勝基などの姿も含まれている。つまり、最初に声掛けされたとはいえ、直家も所詮《しょせん》はその被官の中の一人である、ということを宗景は満座の前で示したことになる。ようは、この祝宴はその目的を達するためのものだった。

翌日、直家は数名の家来と共に天神山城を下った。

旭川に出てその川沿いをしばらく下ったところで、伊賀久隆が家臣を率いて追いついてきた。

「和泉守殿、このような仕儀《しぎ》で、よろしきや」

そう、馬を並べながら伊賀久隆は嘆息した。むろん、その意味は直家にも分かる。現在、宇喜多家と伊賀家の所領を合わせれば、三十万石近くになる。それを、二十万石程度の浦上家の傘下にいつまでも甘んじるようでは片腹痛い、ということだ。

「文でも申したように、しばらく待ってもらえぬか」

「それは、いつ頃まででござるか」

「三月」直家は明確に時期を区切った。「もう一つの仕込みをする。動くのはそれからになる」

「仕込み？」

束の間迷ったが、両家の家臣たちから少し離れた所まで二人で行き、直家はそのことを詳しく口にした。

一通り聞き終わった久隆は、大きくうなずいた。

「そこまで下準備をしますれば、まさか我らが負けるということはありますまい」

直家はうなずいた。

「勝負が決するまで、多少の時はかかるかも知れぬがの」

が、それにも久隆は力強い反応を示した。

「なんの。我らの頭上から浦上家を追い払うことが出来るものなら、一年でも二年でも戦い抜きましょうぞ」

それはその通りだ、と直家も感じる。考えようによっては我が半生も、浦上家からの呪縛《じゅばく》を断ち切るために、絶えず悪戦苦闘してきたようなものだ。

いつも、自らの運命《さだめ》から自由になりたいと感じていた。せめてこの備前という地元だけでも、誰かの顔色を窺《うかが》わずに気楽に息を出来るようになりたかった。それも出来るだけ若いうちに、といつも心の奥底で願っていた。

けれど気づけば直家も、既に四十も半ばを過ぎていた。もう若くはない。これが浦上家からの頸木《くびき》を逃れる最後の機会であろうと感じた。

一月の中旬になり、待ちに待っていた毛利からの報が届いた。それどころか乙子城からの使者が言うには、安国寺恵瓊率いる毛利家の船団が、再び吉井川の河口までやって来ていた。さらには、戸川もその船に同乗しているという。

その事実を知った時、直家は宇喜多・毛利の軍事同盟が半ば成ったことを確信した。でなければ、外交僧の恵瓊がわざわざこの備前まで来るはずもない。やって来たのは、その同盟の詳細を煮詰め、直家との最終確認をするためだろう。

直家は早速、岡、長船、忠家といった重臣を率い、吉井川の河口まで馬を走らせた。

今回、恵瓊は毛利家の陣幕を岸辺に張っていた。

その陣所に入り、しばしの挨拶を交わすと、恵瓊は一緒に安芸から来た戸川をちらりと見て、いきなり本音を洩《も》らしてきた。

「実を言えば此度《こたび》の件、肝心の私めは乗り気ではござらなんだ」

そう、二年前に直家と結んだ黙契が嘘のような発言をした。正直、これには直家も驚いた。もともと恵瓊こそが、先々での同盟には大乗り気だったはずだ。

「何故、そう思い直されたか」

直家が率直に尋ねると、

「緩急でござる」と簡潔に答え、恵瓊は苦笑した。「こうなる時期が、あまりにも早すぎ申した。まずはその経緯を包み隠さず、卒爾《そつじ》ながらありていに申し上げましょう」

その後、恵瓊はゆるゆると事情を話し始めた。

問題は、一にも二にも備中の三村にあった。三村元親は二年前、備中の佐井田城を取り戻すことを条件に、宇喜多家と三村家の盟主である毛利家の和睦《わぼく》を了承した。とはいえ、そもそも元親にとって直家は、実父を殺された憎き仇敵《きゅうてき》である。その上で今度は、三村家の頭越しに両家で強固な軍事同盟を結ぶとなれば、元親から相当な反対があることは初めから想定されていたことだったという。

現に、毛利家中では山陰道を担当する吉川元春からも、

「和睦だけならともかくも、この同盟の件は修理進（元親）殿の立場にとっては、あ

まりといえばあまり。長年にわたって当家に忠孝を尽くしてくれた三村家の気持ちを裏切るものであり、かつ、武門の信義にももとり申す」

と大いに苦言を呈されたらしい。むろん、その道理は恵瓊にも分かった。それ以上に現実問題として、ここで三村家の意向を無視して早急に同盟を結べば、今後の三村が毛利家に対して面妖《めんよう》な動きに出ぬとも限らない。その懸念もあり、恵瓊も消極的ながら今回の同盟には反対の立場をとったと言う。

が、最終的には小早川隆景が、それら反対意見を押し切った。

「なるほど、駿河守（吉川元春）殿の言われること、道理でござります。されど、武門の切り盛りは道理や信義のみでは成り立ち申しませぬ。織田家が浦上家と組んで備前東部まで勢力を伸ばして来ている今、宇喜多家にまで織田方に与《くみ》されれば、我が毛利家は喉元《のどもと》に匕首《あいくち》を突き付けられたも同然……備前の過半を押さえる宇喜多家とは、なんとしてもより強固な誼《よしみ》を結ばねばなりませぬ」

「それは、その通りであるが――」

と元春が苦し気に反論しようとするのを、さらに隆景は遮った。

「そもそも二年前の和睦により、和泉守殿は修理進殿に佐井田城を返されておる。それにより、両家の過去においては遺恨なしの関係となっておりまするはず。それを此度の同盟に反対するは――やや言葉はきつうござるが――修理進殿の単なる私怨《しえん》に過ぎませぬ。その私怨に忖度《そんたく》し、ぐずぐずしている間に織田家のさらなる調略の手が宇喜多家にまで伸びれば、万事休すでありまする」

そう言い切ると、満座には声もなかったという。

また、毛利家の従来からの外交方針として、山陰道の政略は吉川元春が、備前を含む山陽道のそれは小早川隆景が決定するということもあり、最終的な同盟に踏み切ることを毛利家中の総意として決定した。

さすがに、と直家は密《ひそ》かに感心した。

隆景は、よく時勢というものが見えている。さらには思考の寸法が、常人よりはるかに長い。

おそらく隆景は最悪の場合、宇喜多家の同盟と引き換えに、三村家と敵対関係になることまで覚悟している。何故ならば、三村がもしそう出たとしても、宇喜多と毛利の両軍が東西から協力して攻め滅ぼすのは、比較的に容易だからだ。その上で備中を毛利家の直轄地とし、さらには自家の勢力を宇喜多家の備前中央部まで伸ばすことが出来る。

毛利家は、織田家との本格的な戦局を前に、一歩でも前にその防衛線を進めておきたい。彼我の勢力差を少しでも埋めておきたい。そして知略では毛利家随一と言われる隆景には、戦とは一旦《いったん》やり始める覚悟を決めたならば、武門の信義や矜持《きょうじ》でやるものではなく、徹底した計算ずくでやるものだということが、骨の髄まで分かっている。

かと言って、この隆景が非情の人だという噂は聞いたことがない。むしろ人柄も温和で、他家に対する配慮も行き届いているとの評判が専らで、彼自身もおそらくは考えに考えた挙句、このような苦渋の決断をした。

つまり、そこまで毛利家は、織田家との今後に危機感を持っているということだ。

恵瓊は言った。

「そのようなわけで、私が此度の同盟の仔細《しさい》を煮詰めるために、再び備前まで参った次第にございます」

「どのような仔細にてござるか」

「まずはこの同盟への、和泉守殿のお覚悟のほどをお伺いしたい」

なるほど。その本気度によって、恵瓊は最終的に締結を交わすかどうかを判断したいらしい。

直家は、明確に答えた。

「それがし、この同盟が成れば、遅くとも三月までには遠江守（浦上宗景）殿とは縁を切り申す。さらには浦上家討伐の旨を起請文《きしょうもん》にて掲げ、国内外の土豪に広く与力を求めて、一年、ないし二年のうちには浦上家をこの備前と美作から駆逐する所存でござる」

事実、そのつもりだった。勝算もある。明禅寺合戦以来の備中との攻防で、浦上家よりむしろ宇喜多家こそが頼みになるということは、今では備前と美作の土豪の間では周知の事実となっている。そのことも、なるべく自慢にならぬように付け加えた。

ほう、という表情を恵瓊は浮かべた。ついで、ひどく明るい顔つきになった。

まさか直家がここまで早期に、しかもはっきりと叛旗《はんき》を翻すつもりだとは思ってもいなかったのだろう。毛利家の心中を察するに、もし直家が言葉通りに浦上家を駆逐してくれれば、備前はおろか美作まで毛利家の勢力圏に入ることになる。となれば、織田家との勢力差は、さらに縮まる。毛利としては願ったり叶《かな》ったりの条件だろう。

「確かにそのお力は、今の和泉守殿には充分におありでしょう」恵瓊は外交上の儀礼のつもりもあるのだろう、まずまずの反応を示した。「されど、さらに立ち入ったことをお伺いするようですが、かつての盟主を攻め滅ぼすための名分は、しかとおありでしょうや」

この質問には多少躊躇《ためら》ったが、直家はうなずいた。

「むろん、ござる。挙兵する三月までには、浦上家に対するしかとした御旗を手に入れるつもりでござる」さらに言葉を継いだ。「が、その件は慎重に慎重を期して運びたき事柄ゆえ、今ここで明言するは憚《はばか》られまするな」

この秘策は、宇喜多家の忠家と、三家老しかまだ知らない。それを毛利家の郎党たちが居並ぶ中で口にしたくはなかった。

それと察したのか、恵瓊は口を開いた。

「いずれにしろ三月までに和泉守殿は、浦上家に対して討伐の旗を掲げる。このこと、毛利家との約定と考えてよろしいでしょうか」

直家は大きくうなずいた。

「よろしゅうござる。むろん、挙兵直前には事前に連絡を差し上げる所存」

すると恵瓊は、得たりというように軽く片膝《かたひざ》を打った。

「ありがとうございまする。そこまでお伺いできれば、もう当方としては充分にてござりまする」

それから、安芸から共にやって来た戸川秀安をもう一度ちらりと見て、苦笑した。

「和泉守殿は、良き家臣をお持ちでござりまするな」

「はい？」

「実を申せば此度《こたび》の同盟に当たり、和泉守殿から実子――つまりは八郎殿を差し出してもらうことを求める者も、家中ではちらほらござった」

これは予想もしていなかった言葉だけに、直家は思わず無言になった。つまりは実質的な人質だが、八郎はまだ三歳だ。

「されど、この戸川殿が、その案には強硬に反対なされました」

つづく恵瓊の言葉によれば、戸川は毛利家の重臣たちにこう懇願したという。

曰《いわ》く、乳離れが出来たばかりの幼子を、いくら嫡男とは言え実母から遠国まで強引に引き離せば、環境の激変にいつ儚《はかな》くなるとも限らず、万が一にもそうなれば、我が宇喜多家は次代の、かつ唯一の棟梁《とうりょう》を失うことになりかねませぬ。さらには、我が主君はこの条件に難色を示し、この同盟自体が水泡に帰すことも考えられまする。されぱこそ、我が子を人質として差し出しますゆえ、何卒《なにとぞ》それでご勘弁願えないか。

そう、深々と頭を下げた。

しかし、これに吉川元春が反駁《はんばく》した。

「大変に言いにくく、また申し訳ないことであるが、我が毛利家も、この度の同盟には自家の存続を賭《か》けることに相成ります。されば、戸川殿のお気持ちはお気持ちとしても、やはり八郎殿本人を請い受けたいのでありまするが……」

その意味は、話を聞いている直家にも分かった。この同盟の重さに対して、その質が戸川の子供では目方が軽いと暗に言われたのだ。おそらくは戸川もそう感じ、さらにこう弁じた。

「駿河守（吉川元春）殿、まずは何卒お聞きくだされ。それがし、岡、長船の宇喜多家の三家老は、我が殿の和泉守とは、常なる主従の間柄に非《あら》ず。我ら四人は中大人《ちゅうおとな》、あるいは子供の頃より常に貧苦を共にしてまいりました。初めて出会いましたのは、主君、岡、長船が十五、六歳の頃で、それがしに至ってはまだ十二歳でござった」

さらに戸川は、毛利家の面々に切々と掻《か》き口説くように訴えた。

「廃屋同然の乙子城にて、同じ破れ屋《や》根の下に共に寝起きし、『あれよ、乞胸《ごうむね》城主とその家来どもよ』と周囲からは嘲《あざけ》られながらも、城を修復し、食うために日々畑を耕し、肥を運び、それでも食う物にはしばしば事欠き、ついに十日に一度は欠食の日を設けておりました。むろんその欠食は、殿も我らと同様でござりました。つまり、我ら三家老と主君は、そのような同体の間柄でございまする」

言いつつも、戸川の両目からは、はらはらと涙が溢《あふ》れ出たという。

「そんな貧窮のある日、我が殿は我ら家臣団の前で、お誓い申されました。『おぬしらの赤心を疑うことは断じてない。讒言《ざんげん》にも耳を貸さぬ。わしからは、絶対におぬしらを裏切らぬ。このこと、しかと約定致す』と。以来三十年、和泉守は我ら郎党に対しては、この言葉を一度も違《たが》えたことはありませぬ。そして、それがしの一子を差し出すとなれば、我が主君はその気持ちを汲《く》み取り、御家との同盟を必ずや守り抜きましょう」

そう、言い切った。

これには、さすがに吉川元春を始めとした毛利の重臣も返す言葉がなかったらしい。

結果、この恵瓊が実際に直家に会い、その本気度——具体的な方法をも詳細に確かめ、それで納得出来れば、当面はこの戸川の息子の一人を質にすれば充分ではないかという結論に落ち着いたという。

そこまでを話した上で、恵瓊は笑った。

「――というわけでございます。三月と言えば、もう再来月《さらいげつ》。そこまでに和泉守殿が決起してくだされば、当方としてはこれ以上の要件はございませぬ」

6

翌日、恵瓊は戸川の次男である孫六《まごろく》を吉井川河口で引き取ると、安芸へと帰っていった。

直家は、戸川に深々と頭を下げた。

「平助よ、すまぬ」そう、幼き頃の名で呼んだ。「このこと、わしからの借りとする。これからも今後も、決してそこもとの気持ちは無下にはいたさぬ」

言いながらも、もう一つの仕掛けを確実に成すためには、いよいよ自らが西播磨に赴くしかないと決意した。戸川も宇喜多家のために、ここまで尽力してくれた。だから自分も出来ることは全てする。

が、例によって、ほぼ同年の岡と長船などは、揃って言葉を選ばず反対した。

「それだけは、おやめなされ。万が一にも野盗に襲われて、他国で命を落とさぬとも限りませぬぞ。だいたい殿はこの十年ほど、ろくに刀を抜いたこともござらぬではありませぬか」

しかし、直家は笑って首を振った。

「武士とは心ならずとも、いつ死んでもいい稼業の者を言うのだ。それに、黒田の宗円殿を口説くこと、これは、わしのみにしかできぬ」

五日後には旭川の河口から宇喜多家の船を出し、海路を西播磨へと向かった。供は、馬場職家と花房助兵衛という二人の侍大将と、他に四名の郎党を連れての微《び》行《こう》であった。

瀬戸内の波間に揺られながらも、直家は十年ほど前の出来事を改めて思い出す。

永禄七（一五六四）年、浦上宗景の勢力に押され、実兄の政宗《まさむね》は西播磨の室山《むろやま》城に逼塞《ひっそく》していた。それでも自家の勢力を盛り返そうと、息子・清宗と小寺政職の一族の娘との婚姻を結んだ。

その娘が、当時は小寺家の筆頭家老だった小寺職隆《もとたか》——つまりは黒田満隆の長女だ。

婚儀の当日、浦上政宗・清宗の親子は、近隣の龍野城主である赤松政秀の奇襲により、惨殺された。

満隆の娘は、辛うじて無事であった。

が、この逸話には大事な続きがある。

実は、満隆の娘はその後、死んだ清宗の弟である誠宗《なりむね》と再婚をしている。誠宗もまた、小寺家の力を借りて浦上宗家をなんとか再興しようとしていた。

そしてこの両家の間には、久松丸《ひさまつまる》という男子が生まれている。

今より七年前の、永禄十（一五六七）年のことだ。

ところが、この久松丸が生まれた同年に、実父である誠宗も暗殺されている。浦上宗家の再興を警戒した浦上宗景が、刺客を送り込んで殺したのだ。

これで室津の浦上宗家は、事実上壊滅した。唯一の嫡孫である久松丸は、まだ生まれたばかりということもあり、母子ともども黒田満隆の姫路城に引き取られた。

ここまでの経緯を、五年ほど前にひょっこりと姿を見せた黒田満隆から詳細に聞いていた。

「……」

直家は思う。

浦上宗家の正式な嫡孫である久松丸は、今もその母と共に姫路城でひっそりと生きている。

宇喜多家の船は引き潮と西風に順調に乗り、その日の夕刻には西播磨に着いていた。

馬場職家と花房助兵衛を引き連れ、二里ばかり内陸にある姫路城に向かって陸路を歩いた。

草深い村落の先に城が見え始めた頃には、周囲は薄闇に包まれようとしていた。

近づけば近づいていくほど、拍子抜けするくらいに小ぶりな城だった。櫓《やぐら》が上げられ、堀も穿《うが》ってはあるものの、規模はそこらあたりの豪族の屋敷と変わらない。

満隆の息子、小寺官兵衛孝高《よしたか》は、小寺氏の御着《ごちゃく》城に一番家老として常時詰めている。だから、姫路城の留守を預かっているのは隠居の満隆自身だ。

篝火《かがりび》が焚《た》かれている門にて案内を乞《こ》うと、門番に伴われ、その満隆当人がひょっこりと姿を現した。

暗闇から突如として現れた直家を見て、満隆はさすがにぎょっとしたような表情を見せた。

が、それも一瞬だった。

「ささ、早《はよ》う中へ」

そう落ち着いた口調で、直家以下七人を即座に屋敷内へと引き入れた。

直家たちにとってここは他国だ。いくら人目につきにくい夜とはいえ、どこに人の目があって、さらにはその者たちが異心をもって直家たちを他家に売らぬとも限らない。むろん、それは小寺宗家も例外ではない。

ともかくも直家は屋敷内に入ってすぐ、満隆と二人だけの話し合いを願い出た。

「折り入って直々に相談したき儀があって、このように参上仕《つかまつ》りました」

満隆はそれを聞き、ますます緊張した面持ちを浮かべた。が、すぐ直家の求めに応じ、奥の広間へと通された。

「いったいどうなされたのです」ようやく二人きりになった時、満隆は口を開いた。

「いくら我が主家が宇喜多家とは直《じか》に敵対しておらぬとはいえ、このような危険な微行をされて」

その意味は分かる。

浦上宗景が信長の朱印状により播磨の実質的な守護を兼ねた今、そもそも同国内で十万石ほどの勢力を持つ小寺、二十万石ほどの別所の二大勢力は、直家がそうであったのと同様に、激しく動揺しているはずだ。播磨の西の隅でたかだか五万石程度しか押さえていない浦上家などの下風に、何故に封土で勝る我らが立たなければならないのかという、大いなる不満と疑念だ。

そして直家はまだ浦上家に対して明確な叛旗《はんき》を翻していないから、小寺、別所の両家からすれば、宇喜多家も当面、浦上家に与《くみ》する者と見られているだろう。つまり相手の腹積もりいかんでは、この国で見つけられ次第、打ち殺される可能性もあるということだ。

「むろん、危険は重々承知でここまで参りましてござる」

そしてまずは、最も重要なことを口にした。

「拙者、この寒気が緩む頃までには、浦上家とははっきりと縁を切り申します。我が武門の全力を挙げて、遠江守殿率いる浦上家を備前と美作から駆逐する所存。そのことをお伝えに参った次第でござります」

そう言い切ると、さすがに相手は息を呑《の》んだような様子で、束の間茫然《ぼうぜん》としていた。

ややあって、満隆は口を開いた。

「されど、失礼ながら勝算はおありか」そして、慌てたように言葉を継いだ。「いや、むろん直家殿のことでありまするから、しかとした目算があってのことでしょうが……」

直家は、満隆の目をしばしじっと見た。

「宗円殿、それがしは宗円殿のことを――たとえ血は繋《つな》がらぬ間柄でも――幼き頃からの友垣《ともがき》とも兄とも思い、今でもかように訪ねて来ております」

そう、やや気持ちの押し売りとも取られかねないことを、敢《あ》えて口にした。そして相手の反応によっては、この後の話の運び方を変えるつもりだった。

が、直家の予想通り、満隆はやや目元を綻《ほころ》ばせ、深々と頭を下げてきた。

「それがしの如き、もはや世に隠れた者に、誠にありがたく、もったいなきお言葉でござります。我が生の冥利《みょうり》に尽きまする」

ふむ――やはり満隆は、変わらずに良き人だ。五年前に備前を訪ねて来た時のまま、直家に対する厚意を持ち続けてくれている。信頼するに足る。

そう感じ、直家は思い切ってさらなる秘事を洩《も》らした。

「その上で、申し上げます。既に我が宇喜多家は、浦上家を駆逐するために、内々ながら毛利と軍事同盟を結びましたる次第」

これには満隆も、さらに飛び上がらんばかりに驚いた。

「ま、まことでござるか」

「事実でござる」

「されど、備中の三村は、それを承知致したのですか」

「まだでございます。しかしこの同盟に従わない場合、ゆくゆくは我が宇喜多家と毛利家に東西から攻め潰《つぶ》される命運になりましょう」

絶句する満隆を前に、さらに直家は言った。

「つまり、毛利は長年の友誼《ゆうぎ》を捨てても、織田家の尖兵《せんぺい》となった浦上家を、我が宇喜多家と共に滅ぼすことを決めたのでござる」

「織田家に対する毛利家の危機感は、そこまでに募っている、と」

「その上で、宗円殿にも是非にお願いしたきことがござって、このように参った次第でござります」

一瞬、満隆は不思議そうな顔をしたが、すぐにはっとした表情になり、まじまじと直家の顔を見つめた。

「……まさか、当家の孫を」

左様、と直家はうなずいた。「そもそも久松丸殿は、まがうことなき浦上宗家の嫡孫でござる。久松丸殿から見れば、遠江守（浦上宗景）殿など、本来は庶流に過ぎませぬ」

「さ、されど久松丸は、まだ八歳に過ぎませぬ」

「しかし、まだ宇喜多家に与力しておらぬ備前や美作の土豪たちを靡《なび》かせるためには、浦上家嫡流の旗印が是非にも必要でござります」さらに、その上での条件を早口で続けた。「当然、実際の戦はそれがしの宇喜多家が指揮を執りまする。久松丸殿には我が本城の石山城に居て頂くだけでよろしいのでござる。むろん遠江守殿を駆逐した暁には、浦上宗家の再興をしかとお約束申し上げます。西播磨の遠江守殿の封土を久松丸殿に、ようは、宗円殿の小寺家にお渡しする所存。あるいは、小寺宗家の所領として引き渡しても構いませぬ」

本心だった。浦上宗景を滅ぼせるのなら、西播磨の五万石程度は小寺家に譲渡してもよい。おれは、備前と美作の全土を手中に出来れば充分だ。

「この話、宗円殿の家にとっても、また、小寺の本家にとっても悪き話ではないかと存じまするが、いかがでございましょう」

　すると満隆は、無言のまま天を仰いだ。

　だが、断ることはまずあるまい、と直家は踏んでいた。

　何故なら直家が宗景を滅ぼせば、小寺宗家の当主・政職にとっては播磨における名目上の支配者が消え、願ったり叶《かな》ったりの状況になる。さらには家老である官兵衛やこの満隆を通じて、新たなる浦上家を実質的に支配することも可能だ。結果、小寺政職はこの元黒田家と共に、ますます播州での地盤を固めることが出来る。しかもそこまでの成果を、小寺家は労せずして手に入れることが出来るのだ。

　やがて、長考を終えた満隆が言った。

「このお話、たしかに当家にとっても小寺の宗家にとっても良き話かと思いまする。また、久松丸の先々にとってはありがたき仕儀でもありまする」

　やはりだ。しかし、直家が口を開こうとした矢先、満隆はさらに言葉を続けた。

「されど、この件は隠居したそれがしの一存では決められませぬ。小寺本家のこと、そして当家のこと、これはすべて加賀守（小寺政職）様の許《もと》で筆頭家老を務めておりまする息子・官兵衛が判断することにてございまする。そのようなかたちで、よろしゅうございますか」

　これには直家も、やや慌てた。

「されどご子息殿は、かねてより『織田家に与すべし』と言われていたのでは」

それでは織田家の息のかかった宗景を滅ぼすことに、反対する可能性がある。

が、満隆は笑った。

「その心配は、御無用かと存じまする。いかに官兵衛が織田家贔屓《びいき》とはいえ、御着の家中は相変わらずそのような総意にはなっておりませぬ。遠江守殿が織田家から朱印状を貰《もら》われた今では、なおさら家中での風当たりが強うございましょう。また、息子の思案は思案としましても、仮にも主家の一番家老を預かる男が、そもそも小寺家の利害に反する決断を下すとは思えませぬ」

直家は、やや安堵《あんど》した。

「これより御着城の官兵衛に早馬を出し、明朝にはこちらに来るように命じまする。むろん、直家殿がここにいらっしゃることは申しませぬ。単に、急ぎ姫路へ戻られたし、と伝えさせまする」

その後、満隆が気を利かせて孫の久松丸を引き合わせてくれた。

母親に伴われて現れた久松丸は、その年齢にしては骨細《ほねぼそ》で、どちらかというと内気そうな少年だった。かつての政宗より、この満隆に似ている印象を受けた。

翌朝、その小寺官兵衛孝高が姫路城にやってきた。

昨夜と同じ奥の間にて、この満隆自慢の息子と対面した。

「お初にお目にかかりまする。拙者が宗円の長子、官兵衛でござりまする」

直家は、相手の存外な若さに驚いた。天文十五（一五四六）年の生まれと聞くから三十前後にはなるはずだが、まだ二十歳そこそこの若者にしか見えない。ひとつには、満隆に似て色白で小柄だからだ。むろん、血塗《ちまみ》れの武者働きなどには適さないだろう。それでも七、八年ほど前には小寺本家の一番家老になっているのだから、やはりよほど有能な若者だと見たほうがよい。

……誰かに似ている。

ややあって、あの恵瓊に似ているのだと感じた。姿形ではない。その生き方がだ。才気だ。徹頭徹尾その才気のみで、この乱世を渡ってきている。

だが、似ているのはそれだけではないような気がする。

官兵衛は、ここに戻ってすぐに満隆から直家が来ていることと、その用向きを既に伝えられたのだろう、その面持ちは直家を初めて見ても落ち着いている。

それでも相手は、不躾《ぶしつけ》と思えるほどに好奇心丸出しで、しばし直家を見つめていた。むろんその訳にも見当が付く。案の定、ややあって官兵衛が口を開いた。

「いや、これは失礼 仕《つかまつ》りました。和泉守殿のお噂は、かねがね父より聞き及んでおりましたゆえ、こうして初見にても、どうにも他人のお方とは思えませせぬ」さらに言う。「徒手空拳《としゅくうけん》から城持ちへ、さらに今では備前の過半を切り靡かせた御仁であられることもあり、どのようなお方かと以前から思っておりましたゆえ、つい掛け軸や壺《つぼ》でも鑑賞するように……ご無礼致しました」

直家はつい苦笑した。そのあけすけな言い方に、かえって好感を持った。

「ご想像とは、だいぶ違っておりましたか」

相手は多少迷ったようなそぶりを見せた後、軽くうなずいた。

「いかほどに塩味の利いたお方かと想像しておりましたところ、意外にもお優しそうな面持ちにて……」

これまた以前にも恵瓊から同様のことを言われた。さらに笑うしかない。

とにもかくにも、すぐに話は本題へと入った。直家は念のため、昨夜満隆に語ったことと同じ内容を口にし、久松丸を一時《いっとき》譲り受けたい旨を、小寺家への見返りと共に話した。

官兵衛は、ふむ、ふむ、と直家の話の勘所でいちいち相槌《あいづち》を打っていた。その間合いの取り方が絶妙で、完全にこちらの話を理解しているのが分かる。かつ、その相槌は、話しているこちらを（貴殿の話を咀嚼《そしゃく》しつつ聞いております）と、安心させるためにもやっているようだ。人との折衝にも長《た》けていることが、この一事でも分かる。

話し終えた後、官兵衛は横に終始無言で座っていた父の宗円を見た。宗円もまた、黙ってうなずき返す。……どうもこの親子の間では、既に大まかな結論は出ているようだった。

「結論から申し上げまする」官兵衛は言った。「久松丸を和泉守殿のお手元に預けること、承知いたしました。その上で、これから急ぎ御着城に戻り、加賀守（小寺政職）に諮りまする。が、このこと、宇喜多家と小寺家にとってもよき思案にて、我が主君が難色を示すことはまずありますまい」

直家は、この若年の相手が明晰《めいせき》に即決してくれたことに、素直に感謝した。

「そのお言葉、なんとも心強く、ありがたき次第でございます」

けれど、官兵衛は意外なことを口にした。

「その上で、でござります。今から申しまするこ と、我が主君には報《しら》せず、我が親子の腹だけに収めるつもりですが、もし今後、和泉守殿が浦上殿を駆逐なされた場合、西播磨の土地は、当方にお譲り頂かずともよろしゅうございます」

これには一瞬、我が耳を疑った。およそ、土地の年貢で食っている武門の者とも思えぬ無欲さだった。

「よろしいのでござるか」

そう念を押すと、官兵衛は、はっきりとうなずいた。

「封土の割譲をわざわざ条件とせずとも、和泉守殿が遠江守殿を駆逐してくださるだけで、我が殿は喜んで快諾しましょう。ですから、その件は伏せたままでよろしゅうございます。その代わり、事が成った暁には、久松丸を当方になるべく早くお戻し頂ければと存じます」

直後に直家は、はたと思い当たった。当然と言えば当然だが、この満隆の息子は、自分の甥《おい》っ子が直家にとって浦上家掃討戦のための神輿《みこし》に過ぎぬことを、はっきりと意識している。

と、それまで黙っていた満隆が、不意に口を開いた。

「久松丸のこと、それがしにとっては可愛《かわい》き孫であり、また、娘にとっては大事な一人息子であります。浦上家を再興するしないは、いわば小寺家の利害も絡んだ大人の都合……そのような都合に巻き込んで、我が孫の今後を万が一にも危険に晒《さら》したくはございませぬ。それよりも先々の生を安んずるほうを、我が親子としては選びとうございます」

これには、いよいよ鮮やかな驚きを覚えた。

武門とは、絶えず自家の危うさを懸ける綱渡りにより、大きくしていくものだ。むろん、それは直家個人も例外ではない。いつ何時自分が犠牲になるかも知れぬ、他家から寝首を掻《か》かれるかも知れぬことも覚悟して、この浮世の世渡りをやっている。そしてそれは自分の息子、八郎の先々でも例外ではないだろう。

が、この親子はそのような危ない橋は渡らぬという。久松丸までが、その父、伯父《おじ》、祖父のように他家の利害によって殺されるくらいなら、封土など要らぬという。

ここに来て、ようやくこの元黒田親子の思考法が分かった。

直家の見るところ、非常に有能なこの親子二人が、さほどな武将とも聞かぬ小寺政職に、何故に甘んじて仕え続けているのか……彼らは、自らが自立するのと同時に武門の棟梁《とうりょう》としての危うさを背負うくらいなら、むしろ家臣のままでもいいと思っている。

逆に言えば、その意味で自立する気質や度量がない。大なる者に従い続け、その下で自家の存続を図ろうと考えている。その部分で、あの安国寺恵瓊と似ているのだ。才気に溢《あふ》れているにもかかわらず、恵瓊自身も決して毛利家の外交僧という範疇《はんちゅう》を出ようとしない。

そしてその毛利に対し、先々で小寺家の上にも覆いかぶさって来るかもしれぬ、さらに大なる者とは……。

そこまで考えて来た時に、この親子のさらなる展望がはたと見通せたような気がした。

なるほど。損して得取るということか――だが、もしそうだとすれば、なんとも思考の深い親子だと、つくづく感心する。

つい、直家はそれを口にした。

「どうやら官兵衛殿は、このような時勢になっても、やはり先々では織田家に与《くみ》することをお考えのようですな」

これには、さすがに官兵衛もぎょっとしたような表情を浮かべた。

「何故、そうお思いです」

直家は笑った。もう一度笑った。そしてこう言った。

「もし、それがしが遠江守殿を駆逐し、仮に小寺宗家が西播磨を領したとしまする。すると今後、小寺家が織田家に与しようと思った時、上総介（信長）殿は必ずやその条件として、自らが実質的な守護と認めた遠江守殿に、西播磨を差し戻せと命じるはず。当然、加賀守（小寺政職）殿としては、そのような要求を呑《の》むわけには参りませぬ。よって、小寺家が織田家に与する話は立ち消えとなりまする」

そしてそうなれば、必然として小寺宗家は反織田家の旗幟《きし》を掲げた宇喜多・毛利の連合軍に付かざるを得ない――。

実は直家もそこまで読んで、敢《あ》えて小寺家に西播磨の割譲を決めた部分もあった。

この提案を小寺家が受け入れれば、結果として織田家への防衛戦を、地続きのまま、播磨の中央部まで押し戻すことが可能になる。直家率いる宇喜多家が、数多《あまた》の危険を背負って最前線に躍り出る必要はなくなる。

しかし、それを知ってか知らずか、この親子は直家の提案を退けた。

案の定、二人の親子は黙り込んだ。図星だ。

「参りました」

そう言って先に頭を下げたのは、傍らにいる満隆だった。

「瞬時にそこまでの御推察をなされては、我らにはもう何も申すべきことがありませぬ。確かにお察しの通り、我ら親子は、織田家との提携の道を今後も残しておきとうございます。そのためには、仮に直家殿が西播磨を手に入れられ、そこを割譲すると申されても、受けるわけには参りませぬ。だからこそ、この件は我ら親子の腹の内にのみ収めるつもりでございました」

そう、あっさりと腹を割ってきた。

しばし呆然《ぼうぜん》としていた官兵衛も、ようやく口を開いた。

「すみませぬ。先にその事情も申し上げるべきでした。されど、毛利側に立った和泉守殿には、なんとも申し上げにくく……」

しかし、直家はすぐに軽く手を振った。

「いやいや、よろしいのです。訳さえ分かれば、それでよろしいのです」

事実そう思っていた。

もしこの親子があくどければ、この場で直家を手籠《てごめ》にし、その首を主君の政職に差し出すこともできたのだ。また、その功績を手土産にすぐに織田家に与することも可能だ。おそらく信長は、この親子を重用するだろう。けれど今、それをやらずして二人はこうして直家の前で畏《かしこ》まっている。

ふと何の脈絡もなく、四年前の出来事を思い出した。上洛《じょうらく》して信長に会った時のことだ。木下藤吉郎と共に廊下を歩いている時、確かこう言われた。

「先々もし、袂《たもと》を分かつことに相成りましても、織田家にそれがしありという一事は、なにとぞお忘れなく」

あの時、直家が声を低くして反駁《はんばく》すると、さらにこう淡々と言った。

「浮世とは、いつどう転ぶか分からぬものでござります。今は足元を照らしている灯《ともしび》も、その先は再び暗《くろ》うござる。武士の渡世ならばなおさらのこと。なればこそ、こうして誼《よしみ》を通じておくことが肝要かと存じます」

……いや、脈絡はある。

直家は少し考え、さらに口を開いた。

「我ら宇喜多家は、この先の読めぬ乱世でも、どうにか生き残っていこうと必死でござる。失礼ながら、それは宗円殿も官兵衛殿もご同様のことかと愚考いたします。さればこそ、もし先々で敵味方に分かれましても、互いに密《ひそ》かにではありまするが、連絡を取り合えるような間柄になれればと思っておりますが、このこと、如何《いかが》か」

　すると官兵衛と満隆は、さらに驚いたような顔をした。

「それがしどももこれを機に、まったく同じことを考えておりました」まず官兵衛が口を開いた。そして低く首を垂《こうべ》れた。「久松丸のことも含めて、これより密に誼を通じ合えればと願っております。また、遠江守殿の件が過ぎた後にも、お互いに行き来できるような間柄になれればと存じておりました。故に、なんとも有難く、かつ心強きお話でございます。これよりも、父の宗円ともども、よろしく申し上げる次第にてございまする」

　直家も、これにははっきりとうなずいた。

　宇喜多家が備前で二十万石、小寺の宗家が播磨で十万石とは言え、この日ノ本全土から見れば、所詮《しょせん》はいくらでも散在する小宅《しょうたく》である。やがては大なる者に呑み込まれることは覚悟している。だからこそ弱者には弱者なりに生き残るための戦略が必要だ。弱者同士の連携を密に持つことが重要だ。

　その上で直家は、浦上宗景を駆逐した暁には、その浦上領である備前と美作、そして西播磨を我が物とする決意を改めて固めた。さすれば、宇喜多家の版図としては、五十万石以上にはなるだろう。

　その原資さえ手許《てもと》にすれば、毛利家にはむろん、これから敵になる織田家に対しても、今まで以上に腰を据えた交渉を進められるようになるはずだ。結果として、この乱世で宇喜多家が生き残る確率は、ますます大きくなる――。

7

この一年ほどの夫の精力的な動きには、それまでの直家とはなにやら別人を見ているようだと、お福はつくづく感心する。

三月に小寺家から浦上政宗の嫡孫・久松丸を迎えるや否や、直家は浦上宗景打倒の起請文《きしょうもん》を国内の神社に捧《ささ》げ、和気《わけ》郡と磐梨《いわなし》郡を除いた備前全土の土豪・国衆たちに、広く賛同を求めた。

そして彼らの殆《ほとん》どが宇喜多家に与力すると見るや、今度は美作南部の国人《こくじん》にも盛んに調略の手を伸ばし始めた。まず直家は、宗景率いる天神山衆に属していた久米《くめ》郡の有力国人たち――原田貞佐《はらださだすけ》、菅納家晴《かんのいえはる》、沼本久家《ぬまもとひさいえ》らを続々と味方に引き込み、周辺地域の天神山衆の勢力を牽制《けんせい》させた。時には城を急襲し、宇喜多家の傘下に強引に収めることもした。

例えば久米郡の北西には、岩屋《いわや》城という山城がある。芦田正家《あしだまさいえ》という美作の土豪が城主を務めている。

お福と桃寿丸のかつての居城であった真島郡の高田城からは、東方に六里ほどの距離にある。

そしてこれら二つの城は、宇喜多家と浦上家の対立が完全に表面化した後、宗景率いる天神山衆に付いた。

これは、お福にも心外であった。高田城の現城主・三浦貞広は、お福にとっては亡夫の実兄であり、かつ桃寿丸にとっては血の繋《つな》がった伯父《おじ》にあたる。

その貞広が、直家ではなく浦上家に付くことを公言したのだ。

確かに貞広は、滅びた尼子《あまご》氏の残党を率いた山中鹿介の助勢により、四年前に高田城を奪還した。そして山中鹿介は、今は織田家を通じて浦上家と連携を取り合っている。それらへの配慮もあり、天神山衆に付くことを決意したのだろう。

けれど、とやはりお福は甚だ不満に思う。そもそもは直家率いる宇喜多軍が数年にもわたって高田城に波状攻撃を仕掛け、籠城《ろうじょう》兵が疲弊していたからこそ、最後には貞広と山中鹿介の一撃により落城した部分もあるのだ。

お福は、高田城時代からの郎党——江川小四郎、牧藤左衛門《まきとうざえもん》の二人を交互に高田城に派遣し、その決意を翻すように何度も説得した。

が、貞広の返事は丁重ではあったが、浦上家に付くという決意はついに覆ることはなかった。

そのお福から最終報告を受けた直後に、直家は動いた。

久米郡で最も実力を持つ原田貞佐、行佐《ゆきすけ》の親子の許に、花房助兵衛を大将とした軍を派遣し、その原田親子の兵と共に、件《くだん》の芦田正家が守る岩屋城を急襲させたのだ。城はわずか一日で落ちた。直家は芦田一族を美作から追放したあと、岩屋城に城代を派遣し、宇喜多家の直轄支配とした。

お福は、夫のその着眼点につくづく感心する。

というのも、久米郡全域を自家の手中に収めれば、さらにその北西の苫西《とまにし》郡は浦上家とは敵対する立石《たていし》家の所領であるため、美作と備前の中央部は北から南まですべて、結果として宇喜多家の勢力圏となったからだ。

これにて高田城のある真島郡は、備前の東方にある天神山城との連絡網を完全に遮断された。さらに備中からは、毛利家が常に臨戦態勢を取って高田城を脅かしている。これでは貞広が宗景に与力しようと思っても、手も足も出ない。

四月、この直家の軍事行動に怒った宗景が兵を動かした。果然、直家はこれを迎え撃った。

同月の十八日、備前鯉山《りざん》という場所で、宇喜多軍と浦上軍が初めての激突を迎えた。その緒戦では、宇喜多軍が浦上軍を退けた。

さらに六月、両軍は赤坂《あかさか》郡の山岳部で再び激突するも、これまた宇喜多家の勝利に終わった。

とはいえ、直家は相変わらず前線には出ていない。合戦自体の采配《さいはい》は岡や長船、あるいは忠家といった重臣たちに任せっきりで、自分は相変わらず石山城に居て、四方の戦線に適時指示を飛ばしているだけだ。

時には小寺家から預かった久松丸や桃寿丸と遊んでいることもある。また、三歳になった八郎をあやしたりもしている。

要らざる一言かと思いつつも、ついお福は笑った。

「今や各地で戦線が拡大していると申しますのに、直家殿はいつもと変わらず、お気楽なご様子であられまするな」

すると、夫も苦笑した。

「武門の棟梁《とうりょう》にも、向き不向きというものがある。わしは昔から合戦は苦手じゃ。だから戦上手の重臣たちに槍《やり》働きはしてもらう」

おやおや、と思う。戦が苦手だと平気で公言する武門の棟梁など、少なくもお福は聞いたことがない。

「されば、直家殿は何をなさるのです」

「こうして子供らと遊びながらも、次策を練っておる」

「ははぁ……」

家臣には槍働きの汗をかかせる代わりに、おれは頭の汗をかく、ということらしい。

事実、直家はその後も、次の戦局を有利に運ぶために、各地の土豪、地侍に調略を施し続けた。そのおかげもあって戦況は、夏が過ぎ、秋が深まる頃には、ますます宇喜多家に有利なほうへと傾きつつあった。

直家が宗景と備前、美作の覇権をかけて各地で争っている間に、西の備中でも騒乱が起きた。

ついに三村家が毛利の許を離叛《りはん》し、織田家に付くことを決めたのだ。それはすなわち三村家が浦上宗景や高田城の三浦貞広に与《くみ》して、宇喜多家の背後を脅かすことも意味していた。

この事態に、毛利家が動いた。

吉川元春自身が備中松山城に乗り込み、直《じか》に三村元親の説得を試みた。その元春の赤心には元親も感激したが、それでも、

「あの奸悪《かんあく》の宇喜多と組まれるなど、そもそもが義の道を外しておられる。そのような毛利家とは、やはり再びは握れませぬ」

と、峻拒《しゅんきょ》した。

この逸話が備前にも流れてきた時、お福は閨《ねや》でやんわりとその話を蒸し返し、夫の反応を窺《うかが》った。自分のことを奸悪などと公然と罵《ののし》られて、この人は怒らぬのだろうか。

すると、夫は薄闇の中で苦笑した。

「元親は、なにやら武門の棟梁というものの心得を、一騎駆けの武者の心意気と同様に捉《とら》えているようじゃな」

さらに、平然とこう言った。

「勝てば、奸悪でも良いではないか。棟梁とは、汚名をその一身に背負っても、自家の繁栄を第一義にする者のことを言う。毛利家は言うに及ばず、信長もそうではないか。話に聞く武田信玄もまた、そうだ」

それっきり、この話を打ち切った。

そう言われれば、確かにそうだとお福は感じる。この頃には、直家の思考法に完全に馴染《なじ》んでいたせいもある。

毛利家は、先々代の元就の時に権謀術数を散々に弄《ろう》して、小早川家や吉川家を始めとした周辺の土豪を併呑《へいどん》しながら大きくなった。信長も弟や叔父《おじ》を殺し、織田の宗家や尾張の守護である斯波氏を滅ぼした。世評に聞く信玄も、実父を他国に追放し、挙句、嫡男まで殺している。すべては、自家を繁栄させるというその一点のためだ。

夫は、そのことを言っている。

ともかくも、三村元親への度重なる説得が失敗に終わった毛利家は、ついに十一月、軍事行動を起こした。成羽城、猿掛城といった備中国内の支城は次々と陥落していった。

むろん、直家も浦上家との戦が小休止に入っている間は、戸川や岡といった家老に軍を率いさせ、毛利家の友軍を絶えず務めさせていた。

「三村が弱まれば弱まるほど、当家を挟んでその力を当てにしている浦上家は、困る」

直家は言った。この頃にはもう、浦上宗景のことを遠江守殿とは呼ばず、単に「浦上家」と言うようになっていた。つまり、そういうことなのだとお福は感じる。

「遅かれ早かれ三村は滅ばざるを得まい。すると浦上家の勢力は、周辺からほぼ孤立無援になる。美作と備前で日和見《ひよりみ》をしている土豪たちはむろんのこと、天神山衆からも、こちらに靡《なび》く者が数多く出るだろう」

ふと疑問に思う。

……ひょっとしたらこの人は、こうなる先々まで読んでいて、二年前の毛利、浦上、宇喜多の和睦《わぼく》を周旋していたのか。お福がそのことを問うと、

「まさか」

と直家はあっさり笑った。

「わしにはそこまでの思考の寸法はない。此度《こたび》こうなりつつある仕儀は、そもそも信長が浦上家に三ヶ国守護の朱印状を与えたのが始まりだ。それが元で、わしも毛利も自家の存続をこれ以上脅かされぬために、同盟に踏み切らざるを得なかった。結果、三村が叛旗を翻したから、逆に利用できぬかと思案しておったまでだ。それだけのこ

とだ」

お福はその返事を聞き、思わずほっとした。

むろんこの夫のことは好きだ。好きだが、それでもこれ以上、権謀術数の淵《ふち》に沈み込んで欲しくはなかった。それは意識しないうちに、さらに直家自身のどこかを痛めつけることになるのではないか、と以前から危惧《きぐ》していた。

だからこそ、つい嬉《うれ》しくなって弾んだ声で言った。

「直家殿は、存外に純にてあられますな」

夫は、再び苦笑いを浮かべた。

「当たり前だ。わしはこの浮世のお役目として、仕方なく武門の棟梁をやっておるだけだ。そうでない時のわしが奸悪でないのは、策謀を弄さぬのは、当然ではないか」

確かにそれはそうだ。現に私に対しても、この人は腹に何一つ含むものはない。

お福はますます嬉しくなり、大きくうなずいた。

果たして翌年の天正三（一五七五）年、五月のことだ。

毛利軍の攻撃に籠城《ろうじょう》戦で耐えてきた三村家の本拠・備中松山城も、ついに熟した柿が地に落ちるようにして陥落した。

三村元親は、家族や郎党と夜陰に紛れてなんとか落ち延びようとしたが、毛利側の重厚なる包囲網にそれも叶《かな》わず、結局は小早川隆景に、毛利方の検視の許《もと》での切腹を申し出た。

隆景は、その末期が潔しとして、これを受けた。ただし、元親の嫡男の助命は受け入れなかった。

元親は腹を切って果てた。嫡男の勝法師丸《かつほうしまる》も毛利の手により殺害された。これをもって、三村家の血脈は完全に途絶えた。

後日、この宇喜多家の長年の宿敵であった男の辞世の歌が、石山城にも伝わってきた。

人と言う　名を借るほどや末の露　消えてぞ帰る　本《もと》の雫《しずく》に

お福は、それを懐紙にて改めて書き起こし、夫に見せた。そして、反応を密《ひそ》かに窺った。

だが、直家は一瞬瞳《ひとみ》を下まで動かしたのみで、すぐに紙をお福に返してきた。

「どう、思われます」

つい好奇心に負け、そう聞いた。

すると夫は、顔をしかめた。

「だからどうした、という手ぬるい内容ではないか。しかも露と雫の意味が重なっている。これをもってしても生前の元親の、自身やこの宇内《うだい》への見切りなど、たかが知れている」

この返事には、さすがにお福も興醒《きょうざ》めした。むっともした。

「いかに敵だったとは申せ、そのような死者をさらに鞭打《むちう》つようなお言葉は、如何《いかが》かと思われます」

するど、直家はさらにこう嘆息した。

「死ぬ間際にこのような歌を悠長に詠んでいる暇があるなら、何故に最後まで、残された郎党や嫡子のために必死に助命を粘らぬのか。歌と同様、その性根が甘すぎる」

そして最後に、そっけなく付け足した。

「棟梁《とうりょう》など、負ければそれで終わりだ。辞世の歌に込めた自分の死後の聞こえなど、どうでもいい話ではないか」

なるほど、と半ばまだ腹を立てながらも、夫の言い分にもたしかに一理はあると感じた。

そういえば夫は、お福の知る限りでは、歌など一度も詠んだことはない。

おそらくはこれからもそうだろう。

毛利家は三村を滅ぼし、備中の大半をその傘下に収めた。ただし、その南部――高《たか》梁《はし》川の河口以東にある肥沃《ひよく》な平地五万石ほどは、宇喜多家へと割譲された。

ここ三年ほど、夫は結果として毛利家のためにあれこれと動いてきた。さらにこの備中での兵乱が始まってからは、出来うる限りの兵を送り、毛利家への助力を惜しまなかった。

その骨折りに対する、毛利家からの気持ちであった。

8

三村が滅亡した前後は、遠国でも何かと事が多かった。

まず直家が驚いたのが、五月に三河で行われた設楽原《したらがはら》の戦いだ。

織田・徳川連合軍三万八千に対して、武田軍は一万五千。しかし、さすがに直家も、戦は単に彼我の兵力差だけで決まるものではないことは知っている。

故・信玄の後を継いだ武田勝頼《かつより》が率いる騎馬軍団は、日ノ本最強とも謳《うた》われている。かつ、勝頼自身も軍事面に関してだけは、父に負けず劣らずの猛将であると聞く。

対する織田・徳川連合軍は、三河兵はともかくとして、その中核を占める尾張兵は本州でも最弱の兵であるという。

だから、この戦いは、蓋《ふた》を開けてみるまでどうなるか分からぬと直家は思った。同時に、織田家の敗北を密かに願ってもいた。

その直家の淡い希望と武田軍を、信長は『鉄砲の三段撃ち』という斬新《ざんしん》な手法で、完膚なきまでに打ち破った。しかも、わずか一日で合戦を終わらせた。

その斬新な手法にも驚いたが、この頃には既に一万三千挺もの鉄砲を用意していた織田家の富裕、そして信長自身の周到さ、先見性にも怖気《おぞけ》を震った。

これにて織田家は、畿内から北は越中、南は遠江にかけてまでの中部地方の覇権を、ほぼ確実に手中にした。

直家は、その版図を以前からたまに開いていた日ノ本の地図で確認してみた。すべての領国の石高を合わせれば、既におおよそ五百万石になる。

さらに、信長の行う楽市楽座などの商業政策、その版図内の草津、大津、堺、津、敦賀《つるが》、津島などからもたらされる莫大《ばくだい》な矢銭収入などを石高換算で加えれば、実質的には七百万石級の版図に匹敵するだろう。

通常、ここまで巨大になった勢力は、潰《つぶ》そうと思っても意図的に潰すのはもはや不可能に近い。

「……」

ふと、播州の黒田親子のことが脳裏を過《よぎ》った。彼らはそもそもが最盛期の福岡にも居を構えていた。その後、廣峯《ひろみね》神社と組んで目薬を商うことにより、莫大な金銭を貯めた。その資金が、今の黒田家改め小寺家の勃興《ぼっこう》の元となった。

彼らも、あるいはおれと同じように、貫高も加えて織田家の実勢規模を見ているのではないか。

七月になり、その播州姫路城から文が来た。親の満隆ではなく、子の官兵衛からであった。

織田家は先だっての設楽原にて、武田騎馬軍を屠《ほふ》られた由。さらには上総介殿の経綸《けいりん》、先見性をも鑑《かんが》みれば、この日ノ本での覇権は明白なるものと存じられ候也。よって我ら親子と小寺宗家は、これより織田家に与《くみ》することになり申し候。

なお、その織田家への挨拶《あいさつ》のために、別所氏、赤松氏ともども上洛《じょうらく》する旨も付け加えてあった。

直家は、一読して深い吐息を洩《も》らした。

官兵衛は、設楽原での圧勝を受けて、ついに小寺宗家を説き伏せたのだ。

これで播州一円も、織田家の傘下に収まった。となると、直家率いる宇喜多家は、織田家とは播州まで地続きになった浦上宗景と、今後は矛《ほこ》を交えることになる。

が、逆にその播州一円の連携がうまく機能するようになるには、今しばらくの時がかかるはずだ。だからこそ、その前に浦上家および天神山衆を殲滅《せんめつ》することが必須《ひっす》となる。

時に戦況は、この一年以上にわたる断続的な戦いで、宇喜多家は備前でも美作の各地でも浦上家を圧倒しつつあった。

むろん一つには、三村家の滅亡がある。備前の東に位置する浦上家は、東西両面から宇喜多家を攻めるという目論見《もくろみ》を潰された。それを見た備前や美作の国人・地侍たちは、ますます宇喜多家の旗のもとに集まるようになっていた。

七月、宗景率いる天神山衆はこの劣勢を挽回《ばんかい》しようと、浦上家の重臣である岡本氏《おかもとうじ》秀《ひで》らを大将とした軍を、美作の弓削荘《ゆげのしょう》に派兵した。が、逆に宇喜多勢である弓削衆の有力国人・沼本久家や菅納家晴らの徹底した返り討ちに遭い、手痛い敗北を喫してしまう。

これで、美作でも宇喜多家の優位が決定的になった。

今や備前での敵は、もはや和気郡と磐梨郡の一部を残すのみで、大半は宇喜多家が率いる備前衆に靡《なび》いている。残っている天神山衆のほとんどは、文字通り天神山城の一ヶ所に籠《こも》って絶望的な抵抗を続けている。

美作も同様だ。東部の英田郡《あいだ》と勝田郡《かつた》に、後藤勝基を始めとする有力土豪を二、三残しただけで、他はほとんど宇喜多家への従属を誓っている。

西部の真庭郡《まにわ》を支配するお福の義兄・三浦貞広は、依然として浦上家に与力しているが、これもすぐ西で毛利家の版図と国境を接しており、実質的には無力化している。

この三浦家に関しては、今いくら敵対しているとはいえ、かつて高田城に嫁いでいたお福の心情を考えれば、そう無下に攻め滅ぼすのも気が引けた。

直家は、つい吐息を洩らした。

それにしても、後藤勝基といい三浦貞広といい、このおれに縁のある二人は、どうして宇喜多家には靡こうとしないのか――。

が、まあいい。

ともかくも備前だ。和気郡と磐梨郡を完全に掌握し、備前全土を完全に支配下に置く。さすれば美作も、熟《う》れ柿がその重さに耐えかねて地に落ちるように、ごく自然に手に入るだろう。

七月の末、重臣の一人である岡剛介を呼んだ。

「来たか」

「はっ、御前に」

剛介は、かつて清三郎《せいざぶろう》と呼ばれていた十四歳の元服前に、凄《すさ》まじい武功をあげた。

穝所《さいしょ》元常の龍ノ口城に入り込み、その元常の寝首を掻《か》いて、見事に直家の許《もと》まで逃げ帰って来たという剛勇の持ち主である。

他家では、このようなことを汚れ仕事として、その人物まで卑しむ傾向があるが、直家は、家中の者に断固としてそういう見方を許さなかった。

合戦での手柄など、それなりの勇気と武運があれば、誰にでも拾えるものだ。かつての直家自身の初陣がそうであった。しかもその武功は、柿谷という、自分がまだ八郎と呼ばれていた頃の唯一の友であった男の犠牲の上に成り立っていた。

一方で、龍ノ口城のような敵の只中《ただなか》に単身で巧みに入り込み、さらに城主に気に入られるまで接近するには、相当の気組みと覚悟が要るものだ。かつ、それらの心持ちを、目的を達成するまで長期間にわたって維持するには、尋常でない精神力も必要とする。

そのような意味を、分かりやすい言葉で家臣たちに説いたものだ。

その後、清三郎を元服させ、剛介と名も改めさせて、それまでの扶持《ふち》取りの小姓から、一躍七百石の知行地を与えて重臣並み待遇とした。二十八歳になった今は、いよいよその家中での地位も重みを増し、岡や長船、戸川といった三家老に次ぐ立場にいる。

ともかくも、その剛介に言った。

「そちは明禅寺合戦の折、飛騨守（明石行雄）殿とは、わしの旗下で共に右翼、左翼を組んだ仲である。その生死を共にした時の気持ちは、今でも持っておるか」

「むろんでございます」

直家はうなずいた。時に、明石行雄は浦上家の侍大将の一人として、今は天神山城に籠って宗景に近侍している。とはいえ、その内面は複雑であろう。

「おそらくは飛驒守殿も心持ちは同じであろう。かの方の以前からの感触で、わしもそのように感じ続けておる。されば、これより磐梨郡の保木《ほぎ》城へと向かうのだ」

剛介には、未《いま》だ美少年であった頃の面影が残っている。その表情を微塵《みじん》も崩さずに剛介は言った。

「保木城の面々を通して、かのお方を口説けと、こう仰《おお》せですか」

「そうだ。飛驒守殿の家臣たちも、かつては我らと共に戦った仲である。今は、以前からの縁故により仕方なく遠江守殿に与しているとはいえ、こうも天神山衆に劣勢が続いておれば、家中も相当に動揺しているはずだ。されば、おぬしを言下に拒否したり殺すということは、まず考えられぬ」

さらに直家は言った。

「その留守居役たちの気持ちを動かして、わしの密書を届けるように言い含めるのだ。かつ、その文を披露した上で、どうするかの判断は彼ら家臣に預けよ」言いつつ、懐から密書を差し出した。「が、おそらく文面を読めば、彼らは飛驒守殿に使者を遣わすだろう」

剛介は、懸紙《かけがみ》に包まれた文を押《お》し戴《いただ》くようにして手元に引き寄せた。それから小首をかしげて、もの問いたげに直家の顔を見てきた。

直家は言った。

「むろん、まずはそちがその書面を検《あらた》めよ」

「では——」

剛介は深々と一礼して、懸紙を開いて読み始めた。

直家は自らが書いたものだから、その内容はほぼ諳《そら》んじている。簡潔に言えば、

十年前の明禅寺合戦の折、飛騨守及び明石家から多大なる馳走《ちそう》・御恩を賜ったことを、宇喜多家は今も忘れておりませぬ。その上で広く備前・美作の昨今を見るに、先々での浦上家の滅亡は、もはや火を見るより明らか。されば、遠江守への恩義は恩義としましても、いたずらにその忠義を尽くして明石家の凋落《ちょうらく》を見るのは、当家としても辛《つろ》うござる。

今後、当家は天神山城への攻勢をさらに強めるつもりである。その上で天神山城が落城の憂き目に遭われた折は、当家へ降《くだ》って頂ければ、この和泉守、決して悪いようには致しませぬ。そのことは、かつて敵であった当家の侍大将、馬場職家などの処遇を見れば、充分にお分かりの事と存ずる。

という大意であった。

裏切れ、寝返れとは、決して書いていない。勝敗の帰趨《きすう》が明らかになった時に降参さえしてくれれば、これまでの情誼《じょうぎ》によって明石家を確実に存続させる、と言っているだけだ。これならば明石家の今後の面目も立つ。宇喜多家は、以前に受けた恩をここで返そうとしているだけだからだ。

直家はこの書面を起こす時に、一字一句に相当に神経を遣った。

果たして書面を一読した剛介は、こうすんなりと口を開いた。

「なるほど。これならば飛驒守殿のお心にも、すんなりと殿のお気持ちは染み込むでありましょうな」

直家はうなずいた。

「その上で、保木城の面々へ言い含める、そちからの口上はこうだ」

かつて宇喜多家と敵対した武門の傘下にあった被官たちも、今ではそれ以前の所領以上に、宇喜多家で大禄《たいろく》を食《は》んでいること。例えば先の職家などは、浮田大和守の許では若小姓として扶持《ふち》取りにしか過ぎなかったが、直家の招聘《しょうへい》に応じて宇喜多家に仕えた直後から、一躍三百石、与力六十人を付けられたこと。そして今では千石以上を知行する侍大将になっていることなどを縷々《るる》と述べた。

おそらく保木城の留守居役の面々は、いざとなった時は宇喜多家に降れば、明石家の存続は保証されることはおろか、直後からの大幅な加封も確実に約束されると踏むであろう。何故ならば、もしそうなった時には浦上家は滅んでおり、加増を保証する土地も、和気郡には充分に存在する。

直家は、明石行雄の身に成り代わって、さらに今後の事の成り行きを推し量る。

おそらく保木城の家臣たちは主君である明石行雄に、いよいよとなった場合は陰に陽に宇喜多家への降伏を勧めるだろう。家臣の総意がそうであれば、いかに明石行雄が宗景への忠義を尽くそうとしても、武門の存続の危機が迫っている今、結局は家中の意見に従わざるを得ない。

しかし行雄としては、どのみち当家に降るのなら、まさか勝敗が決した後に手ぶらで宇喜多家に降参するわけにもいくまい。それなりの立場を確保して、宇喜多へと白旗を揚げなければ、今後の備前での繁栄は見込めない。

……つまり、そういうことだと感じる。

絶対ではない、絶対ではないが、おそらく明石行雄は、早晩に苦渋の決断を迫られることになるはずだ。

十日ほどしてから磐梨郡から帰ってきた岡剛介の報告も、その読みを裏付けるものだった。

剛介は、保木城の重役たちの前で直家の書面を披露し、さらに言い含めた通りの口上を伝えた。果たしてその翌日に、家臣たちは天神山城に使者を遣わした。

剛介が保木城で待つこと七日後、明石行雄からの直家宛《あて》の書面がようやく届いた。

さらにその翌日、直家はその文を見た。内容は簡潔だった。


和泉守殿のお心遣い、まことにありがたく、深々と感謝申し上げ候。それがしは、矢弾の尽きるまでは遠江守殿への忠義を尽くし申し候也。その後の次第は、その後のことと心得申し候。


ふむ。確約の言葉は何もない。一見、浦上家に最後まで赤心を尽くそうとしている者の意思表示に見えなくもないが、直家はその文面の裏の意図を、肌感覚にて感じ取った。

この返事で、充分だった。

ようは、矢弾が尽きるまで忠義を尽くそうということなら、なるべく早めに天神山城の矢弾を尽きさせればよい。その時点で、明石は充分に主君への忠義を果たしたことになる。

そもそもが、死んでも浦上家への節義を貫き通そうとするのなら、このような返事も来ないはずだ――。

八月の中旬、直家はついに動いた。宇喜多家、および被官たちの兵を総ざらいして、一大軍団を編制した。その数は、およそ八千。鉄砲隊四百人を含むこの大軍を、備前東部へ向けてゆるゆると行軍させ始めた。

今、直家自身もこの兵団の総大将として、天神山城へと赴いている。戦場で直《じか》に采《さい》配《はい》を振るうのはおよそ十年ぶりであったが、対する天神山籠城《ろうじょう》軍は、せいぜい千五百ほどである。大軍に兵略なしとは、昔からよく言われる。平押《ひらお》しに押してゆけば、まず常識的に考えても勝つことが出来る。

この時点で直家は当面の敵――宗景が率いる天神山衆の単独勢力などは、既にほとんど歯牙《しが》にもかけていなかった。

唯一の戦略上の課題は、播磨以東の織田軍および別所・小寺ら織田家傘下の諸大名たちが互いに連携して宗景への兵站《へいたん》を本格的に整える前に、天神山城を落とせるかどうかだった。その前に落とせなければ、戦況は時を経るにつれて泥沼のような持久戦となるだろう。

それを防ぐためにも、敵の五倍以上の兵力で総攻撃をかけ、乾坤一擲《けんこんいってき》の大勝負に出る。一気にけりを付ける。短ければ十日、長くとも二十日ほどの短期決戦だと見込んでいた。

天神山城の麓《ふもと》、吉井川の畔《ほとり》に集結した全軍の編制を、行軍用から戦闘用に変えた。

直家はこの時も珍しく、全軍に叱咤《しった》激励する長広舌を述べた。

「この一戦にて、我ら備前衆の今後の命運はすべて決まる。今までのような馴《な》れ合いの戦は、終わりだ」さらに気持ちのままに続けた。「初秋の風を感じ取る前には、必ずや落城させる。まずは十日。武功の大きかった者から順に、切り取った和気郡及び東播磨は、すべて恩賞として分け与える」

この気前の良い恩賞の前約束に、八千の兵の至る所から呼応する喊声《かんせい》が沸き起こった。

直後から八千の兵は一気に天神山城を登坂し始めた。尾根伝いに広がる天神山城の外郭近くまで全軍が迫るには、一日もかからなかった。

ふむ、と直家は思う。

明らかに味方は、こちらの数を恃《たの》んで恐れ知らずの攻城を開始している。さらには予想される恩賞の大きさに他者に遅れまいと功を焦り、勇み狂っている。

が、問題は天神山城郭外部の大きさ、長さだった。この城は宗景が長年をかけて改築増築を作事してきた備前随一の山城で、尾根沿いに南北に伸びる城郭の長さは、連郭式の支城である太鼓丸《たいこまる》城を含めると、およそ十一町（約一・二キロ）もあるという途方もない規模だった。

とはいえ、直家は何度もこの城を訪れたことがあるからその城郭の曲輪《くるわ》・縄張りの構造上の弱点は知悉《ちしつ》している。そこで味方を二千ずつの三隊に分け、太鼓丸城南端の根小屋《ねごや》、天神山城北端の下の段・西櫓台《やぐらだい》、そして吉井川から天神山の西斜面を本丸・広の段まで至る山道と、この三方から同時攻撃を仕掛けさせていた。

この手法であれば、宗景は籠城兵を総ざらいして戦わせても、それぞれの場所に五百の兵も割けない。しかもこの三ヶ所は、上り下りの激しい尾根伝いの道を五町（約五百五十メートル）ずつほど離れているので、互いに連携して助け合うことも出来ない。

やはり落城は時間の問題だ。

浦上軍はそれぞれの場所で、土塁や石組みの城郭の上から鉄砲隊や弓隊が矢弾を撃ちかけて、必死に防戦してくる。しかしその数は、やはりか細いものだ。そんな時は敵の四倍以上の矢弾を撃ちかけて、浦上方の戦意を削《そ》ぎに削いでいった。

時には、手許《てもと》に温存している二千の宇喜多家直轄軍に夜襲をかけさせることもあった。敵方の兵気が完全に緩んだと思《おぼ》しき夜半に、不定期に波状攻撃を繰り出す。これで浦上方は昼夜を問わぬ臨戦態勢への緊張が否応《いやおう》なく高まり、疲労が蓄積していった。

落城への不安も増し、逆に戦意は時間の経過と共に衰えて、ずるずるとその曲輪の防衛戦を後退させていった。

総攻撃開始から七日目には、南の要衝である太鼓丸城を落とし、本城・天神山城の堀切を越えて南櫓台の下まで、南方からの軍を進めていた。北からの攻城軍も天神山城の下の段と西櫓台を奪い、次いで三の丸まで占拠し、大手門前まで迫っていた。残る西斜面からの攻城軍も、もう少しで本丸直下の出丸に届く。

直家は、ここが決めどころだと感じた。日中も自らの直轄軍二千を攻城軍に逐次投入し、攻撃にさらに厚みを加えた。

そろそろ潮か、と思っていた九日目の夜だった。

城郭北側の桜ノ馬場内にある建物から、突如として火の手が上がった。

明石行雄《あきら》がついに抗戦を諦め、こちらに寝返ったか――。

そう直家も感じ、家臣たちも、

「すわ、ここが勝機ぞっ」

と色めき立ったが、後日になって分かった真相は違った。

火の手は、城郭内の他の二ヶ所からもほぼ同時に上がった。桜ノ馬場の上段にある二の丸、そして本丸の南側にある飛驒の段からである。

最初に寝返って桜ノ馬場で叛旗《はんき》を翻したのは、浦上家の重臣六人衆の筆頭で、備前守護代も務めた延原景能《のぶはらかげよし》という部将であった。後に記された『天神山記』にも、景能が逆臣の長《おさ》であったと記されている。浦上傘下では明石行雄と共に、名うての戦上手である。

この筆頭家老の叛心に、他の二人の重臣、明石行雄と大田原長時《おおたわらながとき》も慌てて続いたというのが、どうやら事の顚末《てんまつ》らしい。

これまた後日、直家は感慨深く感じたものだ。

浦上家筆頭家老の延原景能だけは裏切るまいと思って、こちらへの寝返り工作は一切やらなかった。それでも土壇場で、延原は宇喜多側へと寝返った。

明石はどうやら、この筆頭家老が叛心するまでは文字通り、本当に矢弾の尽きるまで抗戦するつもりだったようだ。

人の心の機微とは、つくづく分からぬものだ、と……。

ともかくもその時の直家は、予期していたよりもはるかに重大な勝機だと確信した。ここぞとばかりに全軍を叱咤《しった》し、滅多に出したことがない大声を張り上げた。

「今ぞっ。この好機を逃すな。命惜しみをするな。一気に攻め落とすのだっ」

そう下知を与えるとともに、采《さい》を大きく振るった。守りの破綻《はたん》をきたした敵方の両面から、全軍を総ざらいして城郭に殺到させた。

六人いた重臣のうち、三人に裏切られた浦上勢には、これ以上抗戦する術《すべ》はなかった。しかも、この全面攻撃の途中で、残る重臣の一人である岡本氏秀もあっさりと降伏した。これで、浦上軍の抗戦勢力は六分の二、つまりは三分の一に減った。

結果、宇喜多軍は、天神山城の本丸のすぐ下まで易々と辿《たど》り着いた。

城に籠《こも》る主だった人物は、既に主君の宗景と、日笠頼房《ひかさよりふさ》、服部久家《はっとりひさいえ》という二人の重臣だけだ。兵の総数ももう五百は切っている。対してこちらは、八千の兵がほぼ温存できている。およそ十六倍の兵力差である。さらに言えば、敵方は本丸とその上に立つちっぽけな城だけを残して丸裸になっている。そこを、八千という圧倒的な軍勢で幾重にも取り巻いている。

「……」

この時、直家の心に去来した思いを、何と表現すればいいのだろう。

再び総攻撃を仕掛けて城内に突入し、敵を一人残らず殲滅《せんめつ》しても良かった。そうすれば鎌倉創業期以来、四百年もの間続いていた浦上家の血筋をほぼ根絶やしにすることが出来る。先々での禍根も完全に断てる。

しかし、そのことをどうしても躊躇《ためら》ってしまう自分がいた。

確かに浦上政宗と宗景の兄弟など、昔から好きではなかった。仕えた当時からその家臣や被官に対する猜疑心《さいぎしん》の強さには辟易《へきえき》させられたし、その面で、武門の棟梁《とうりょう》としての資質・器量を軽蔑《けいべつ》し切ってもいた。

一方で、十五の時に浦上家に仕えてすぐの翌年には、郎党としての扱いから独立して、小さいながらも乙子の城持ちにして貰《もら》った記憶もある。

十六歳からの二十年以上は、大叔父《おおおじ》を追放し、舅《しゅうと》を滅ぼす命にも従いつつ、被官の立場を取り続けてきた。

さらに十年前、直家が三十七歳の時の明禅寺合戦の後では、武門として完全に独立したものの、それでも浦上家とは親疎を繰り返しながらも、少なくとも形の上では被官の立場を取り続けてきた。

浦上家の兄弟さえいなければ、自分はあのような屈辱に塗《まみ》れた幼少期を過ごさなくても良かったのだと感じる半面、では、その後の浦上家の下知そのものがなければ、結果として宇喜多家が備前の過半を領するところまで来ることが出来たのかと言われれば、それは怪しいものだ。

「……」

結局は散々に迷った挙句、このような命を下した。

「本丸への突入は無用である。ありったけの火矢を放て。城全体を炎上させよ。敵方が打って出るようなら、まずは鉄砲にて撃ちかけよ」

直後から、無数の火矢が次々と城に向かって放たれた。その光景は、さながら凍てつく冬空を遠ざかってゆく流星群のように、直家には感じられた。

廂《ひさし》や戸板、柱に、ゆっくりと火炎が回り始める。ややあって城が燃え始めた。

打って出てくるか、と直家も半ばは感じる。しかし残りの半ばでは、出ては来るまいと予想していた。

天神山城本丸の東側は、硬い岩肌に覆われたほぼ垂直の崖《がけ》になっている。だから、その僅《わず》かな箇所だけは、宇喜多軍が取り巻いていないし、取り巻くこともできない。そして、その十丈（約三十メートル）ほどの崖の下からは、急峻《きゅうしゅん》極まりない傾斜が闇の先の平地まで続いている。

もしおれが宗景なら、城の裏手から抜け出て、その崖を命懸けで下りてみる。十に七つは滑落し、命を落とすだろう。しかし逆に、十に三つは命を拾えるかもしれない。おれならば、その三つの可能性に賭《か》ける。

四半刻《しはんとき》ほどして城全体に火の手が回り始めた。直後、五十名ほどの敵兵が城から打って出てきた。

「鉄砲方、一斉に撃て」

直家は命じた。周囲から発せられた轟音《ごうおん》の後、しばしの煙幕が視界を覆った。煙が流れ去った後には、無数の死体が転がっていた。

ややあって、先ほどと同数ほどの敵兵が再び城内から出てきた。

「撃ち方、始め」

直家は再び命じた。同じように煙幕が去った後には、さらなる数の死体が折り重なるようにして地面に転がっていた。

同様のことが、さらに数回繰り返された。敵兵が順次打って出るたびに、直家は淡々と撃ち方を命じた。さらに無数の死体が本丸の地面に転がった。その総数はざっと見まわしたところ、三百ほどである。

気づいていた。果敢に突撃してきた者は、その装備から見るにすべて雑兵《ぞうひょう》ばかりである。おそらく彼らは囮《おとり》だ。宇喜多軍がこの雑兵どもの囮に気を取られている間に、浦上家中の主だった者は、裏手の崖から密《ひそ》かに城を抜け出し始めている。

それでも直家は、その崖の下に軍を配置しようとはしなかった。

夜が明け、完全に燃え落ちた城跡を検分すると、切腹して果てたと思《おぼ》しき焼死体を数十体、発見した。しかし、明らかにその数が少ない。

その後、北側の崖の下を改めて調べると、案の定だった。急峻な雑木林の中に、三十を超す死体が転がっていた。崖を下りる途中で足を滑らせたのだろう、どの体も頸《けい》部《ぶ》や腰部が不自然に折れ曲がって、絶命していた。

その死体の中に、宗景の姿はなかった。おそらくは暁闇《ぎょうあん》までに山を下り切り、東方の播磨方面へと落ち延び始めている。そう直家は確信した。

何故なら、この勝利で直家は備前のほぼ全域を手に入れたに等しい。備前領である天神山西部と南部には、潜伏する場所がない。

北部の美作でも、この段階で浦上家に与《くみ》し続けている者は、三星城《みつほし》の後藤勝基や鷲《わし》山《やま》城の星賀光重《ほしがみつしげ》ら二、三の豪族しか残っていない。彼らを頼りに落ちていくには、その勢力は微弱に過ぎる。宗景は、そのうちに侵攻してくる宇喜多軍に、圧殺されるように攻め潰《つぶ》されると考えたはずだ。

だから、東方の播磨にしか逃げる場所はない。


気づけば、岡家利と長船貞親の宇喜多家の二大家老が、直家の傍《そば》までやって来ていた。

まずは長船が口を開いた。

「殿、遠江守殿と思しきご遺体は、やはり城跡にはございませなんだ」

うん、と直家は言葉少なに応じた。

「どうされます」岡も躊躇いがちに尋ねてきた。「追っ手を差し向けまするか」

いや、と直家は首を振った。「そこまでやる必要もあるまい。遠江守殿はもはや、武門の棟梁としては終わっている」

すると、気性の荒い普段の彼らなら、

「敵に、そのような生ぬるい情けをかけて、どうするのでござるかっ」

などと言っていきり立つところだが、この場合は違った。

「殿はやはり、長年のお相手には、お優しゅうござるな」

そう長船がぽつりとつぶやけば、岡も神妙な面持ちでうなずいた。

昨夜のことを思い出す。

天神山城の北側の崖の包囲だけを開けっぱなしにしていた直家に、

「それで、本当によろしいのですか」

と、この二人だけは遠慮がちに聞いてきた。彼らの老練な戦術眼が、ついそう言わせたのだ。

これに対して、直家は簡潔に口を開いた。

「運に、任せれば良い」

その答えで、二人は直家の考えをすぐに悟った。

「なるほど」

思えば、彼ら二人との縁《えにし》もずいぶんと長くなった。直家が十六歳で乙子の城に入って以来だから、もう三十年以上も苦楽を共にしてきたことになる。さらには歳もほぼ同輩だから、今では互いに何を感じているのかを、一言でも口にすれば分かるようになっている。兄弟のような肌感覚で、この乱世の荒波を共に過ごしてきた。

なお、しばらくして分かったことだが、やはり直家の推測通り、浦上宗景は残った二人の重臣――日笠頼房、服部久家と共に、播磨へと落ち延びていた。

宗景はその後、何度も上洛《じょうらく》して織田信長に浦上家再興の協力を願い出たが、所領を失った宗景には既に武将としての価値は薄く、信長は冷たかった。

信長に限らず、世間もそのように見た。

浦上家が滅亡した時点で、宗景は既に廃人と変わらなかった。その晩年も各地を流浪した末、九州に赴いて没したと伝承にはあるが、定かなものではない。


この天神山の戦勝後に、直家が石山城へと帰陣した直後だった。

妻のお福から、当初は意外にも感じ、しかしその用向きを聞いてみれば当然かも知れない報告を受けた。

お福に高田城時代から付き従っていた三浦家の元郎党で、今では宇喜多家の家臣になっている牧藤左衛門と江川小四郎という人物がいる。落城後のお福と桃寿丸を必死に守りながら、以前の居城であった沼城まで連れてきた忠臣だ。

牧藤左衛門は、美作の真島郡に一族が多い。その藤左衛門と小四郎を頼って、牧清《きよ》冬《ふゆ》なる人物が、この石山城まで早馬にて来ているという。

高田城の城主、三浦貞広の家臣である。お福が語るには、どうやら降伏の使者であるらしい。

「ほう」

そう直家が声を上げると、すかさずお福が不安げに聞いてきた。

「どうなさいますか」

「まずは、会ってみる。話はそれからだ」

直家は大広間に入り、早速この三浦家の家臣の言い分を聞いた。

「我が殿は、浦上家が滅んだ以上、もはや遠江守殿に義理立てする必要もなきとの由、仰せでございまする」

続いてこの牧清冬が語るには、三浦貞広は降伏を申し入れたいという。

ただし、その降伏の相手が宇喜多家では、浦上家との長年の情誼《じょうぎ》によって何かと世間への体面が悪く、今も西からの圧迫を絶えず受け続けている毛利家に降伏を申し出たいのだと言う。

ついてはその毛利家への周旋を、是非にも直家にお願い出来ないかとの訴えだった。

その一連の願いを聞いた直後、直家は思わず顔をしかめそうになった。

今さら、何を虫のいいことを――しかも、以前から地縁血縁のあるこのおれを頼ってきているのに宇喜多家に降伏するのではなく、毛利方に白旗を揚げたいのだという
……すると当然、貞広の領する美作の真島郡は、宇喜多家ではなく毛利家のものとなる。

そのことにも大いに不満だった。

が、一瞬の後には即決していた。そういう感情とは別に、多少の思案するところもあったからだ。

「よかろう」直家は、いかにも重々しく聞こえるように告げた。「それがしが毛利へ骨を折って進ぜる。そのこと、しかと三浦殿にお伝えせよ」

「はっ、まことに、誠にありがとうございまするっ」

牧清冬はそう叫び、何度も平伏を繰り返した。

「ふむ」

と、直家はなおもうなずいてみせた。

その後、すぐに小早川隆景宛《あて》に三浦家が降伏する旨の書状をしたため、花房助兵衛を呼んで、牧清冬と共に備中国境沿いに陣を張る毛利軍に届けるように命じた。

ちなみにこの直家の決断には、お福も非常に喜んだ。いかに当面の敵とはいえ、桃寿丸の実家が滅びるのは、お福としても忍びなかったのだろう。

「私の方からも、重ねて御礼申し上げます。ありがとうございまする」

そう、寝所で三つ指を突き、丁寧に頭を下げてきた。

直家は、なんとなく居心地が悪くなった。なにも純粋に三浦家の今後を思って、あいう決断を下したわけではないからだ。

つい本音を洩《も》らした。

「……いや、実は、こちらにはこちらの料簡《りょうけん》があってのことだ」

そう初めに前置きして、思っているところを正直に話した。

曰《いわ》く、三浦貞広が毛利家へ降伏したいと言っている以上、毛利ではなく、何故こちらに降伏せぬのかとは、直家には言いにくい。横車を押しにくい。それでは結果として、是が非にでも真島郡を我が物にせんと強欲に欲しているようで、毛利家への心証も悪い。

さらに言えば、先日の備中兵乱《ひょうらん》の時、宇喜多軍は毛利軍の後詰めとして備中に入っていた。その礼の意味もあり、毛利家は高梁川以東の備中南部を宇喜多家に割譲してくれた。

しかし、一年後の世間の動向も定かならぬ乱世である。この先も毛利家との蜜月《みつげつ》が続くかどうかには、絶対の確信は持てない。だからこそ、なるべく早く返礼はしておいて、毛利家との今後の貸し借りは無しとしておきたい。

今回、浦上家との一連の戦いでは、毛利が西からの後詰めを務めるような形となっていた。だから三浦家が毛利に降伏することを周旋さえすれば、結果として美作の真島郡は、宇喜多家から毛利家への過日の返礼品となる。

「――そういうことだ」

と、直家は話を締めくくった。

まあ、とお福は呆《あき》れたように声を上げた。「直家殿は世評通り、まことに二心殿であられまするなあ。また、桃寿丸の実家を返礼の品扱いとは、いとう薄情でもあられます」

直家は、やや持て余した。

「仕方がないではないか。貞広殿は当家と縁続きにもかかわらず、敵に回った。それに毛利方に降伏したいと言われる以上、わしにはこれしか打つ手がないわい」

が、お福はなおも不満そうであった。

「それは、そうでありますけど……」

が、結果として三浦家が毛利家に降伏したことは、裏目に出た。

直家からの書状を見た小早川隆景は、すぐに三浦貞広にその本拠・高田城の明け渡しを命じた。九月十一日、その命に従って三浦一族は毛利家に投降した。

しかし、毛利家は三浦氏の存続を許さなかった。高田城及び真島郡の所領は安堵《あんど》されず、毛利家の楢崎元兼《ならさきもとかね》という人物が高田城に城代として入り、ここに三浦家は滅亡した。

直家はお福からの願い出もあって、牧一族など三浦家の旧臣を宇喜多家へと引き取った。

天神山城を陥落させた後、直家は備前をほぼ完全に掌握し、さらには美作の過半も宇喜多家の勢力下に収めた。

次いで、播磨東部の浦上家の旧領——上月城《こうづき》のある佐用郡《さよう》、赤穂郡《あこう》まで順次に軍を展開した。上月城主の赤松政範《まさのり》は、そもそもが浦上家の被官同様になっていた。その旗下にも数百ほどの兵しか持っていなかった。直家の軍勢に恐れをなし、すんなりと直家の軍門に降《くだ》った。

この支配圏に、備中南東部の所領まで含めると、宇喜多家の勢力圏は実に四十七万石という版図にまで一挙に広がった。

直家は浦上宗景から奪った備前の封土を、参戦した被官のそれぞれに分け与えた。

むろんそれは、浦上家から寝返った明石行雄らに対しても例外ではない。

これはさらに後年のことになるが、明石行雄には宇喜多家の勢力圏が盤石になるにつれて所領を順次加増し、六年後の天正九（一五八一）年には三万三千石を領するようになっていた。明石の身上は、短期間でおよそ三倍以上になった。

この明石への格別の扱いは、明禅寺合戦の折に助太刀してもらった感謝と、その後も宇喜多家との友好関係を続けてくれた貢献への礼の意味も込めていた。そして明石行雄の骨柄ならば、今後も備前の被官代表格として、宇喜多家の屋台骨を支え続けてくれるだろうと踏んだ上での判断だった。

ちなみに、この明石行雄の子に、守重《もりしげ》がいる。後の関ヶ原の戦いで、西軍の一手の将として八千の軍を率いて奮戦した。明石全登《ぜんと》である。全登はさらに後年の大坂城の戦いでも、徳川方と死力を尽くして戦った。

延原景能、大田原長時にも同様にまずは本領を安堵し、その後、宇喜多家の部将として武功をあげるごとに加増した。

ともかくも、直家は天正三(一五七五)年から天正四年にかけて版図を一気に広げ終わると、ようやく一息ついた。柄にもなくこれまでの来し方を振り返り、多少の感慨に耽《ふけ》った。

四十七万石……。つまりは、約五十万石だ。

長かった。この規模に宇喜多家を大きくするまでの道のりは、本当に長かった。

事ここに至るまで、他家に対して商人のように用心深く立ち回り、利殖を続けるようにして徐々に封土を広げてきた。そして最後の大勝負——浦上家との決戦でも、決して一か八《ばち》かの賭《か》けに出ることなく、ほぼ勝てるための条件を地道に積み上げて、勝つべくして勝った。

直家はある日、奥の間で久しぶりに一人になり、ゆったりと胡坐《あぐら》をかいた。それから改めて視線を落とし、じっと両手のひらを見つめた。

ふう、と一呼吸、ため息を洩らした。直家は既に、四十八歳となる。しかし、この手にはまだまだ働いてもらわなければならぬ。

「……」

以前から、他の大なる武門――織田家や毛利家に対して多少とも伍《ご》してモノを言うには、最低でも四十万石の身上は必要だと考えていた。

事実、四年前に浦上・宇喜多・毛利の三者同盟が成りかけた時、もし宇喜多家に四十万石程度の実力があれば、毛利家もいかに三村氏からの訴えがあったからといって、備中の佐井田城を返せとは言い出さなかっただろう。ああいう強談が捻《ね》じ込まれた遠因も、ひとえに当時の宇喜多家が二十万石という毛利から見れば微弱な勢力に過ぎず、いざとなれば力ずくでも屈服させることが出来ると値踏みされていたからだ。

だが、今では宇喜多家も四十万石はおろか、五十万石に近い規模にまで成り上がった。これほどの版図を持つ大名は、畿内以西では九州までを含めても、毛利家と島津以外には、この宇喜多家しか存在しない。

その意味で、ようやくどうにか元手が揃った。

今後は、味方の毛利はおろか、敵方の織田家にも覚悟さえ決まれば、それなりの手札を使って交渉することが可能となるだろう。

直家も今は毛利家と同盟を組み、世間から見ればその毛利に従属するような形に映っているのかもしれないが、相変わらず本心では、今後とも、誰にも隷属する気はなかった。

自分が宇喜多家の棟梁《とうりょう》である限りは、あくまでも独立独歩で行きたかった。

しかし世の趨勢《すうせい》は、既に織田家に傾きつつある。あと五年もすれば、勝者と敗者はより決定的に分かれ、群雄割拠の時代は終わりゆくだろう。あの武田信玄でさえ、道半ばで敗れたのだ。

その時には、織田家が武門の頂点に君臨しているか、あるいは万が一にも恵瓊が予言したように、他の者が信長に取って代わるかは分からぬが、中小の武門はことごとく淘汰《とうた》されているだろう。

しかし、宇喜多家もこの程度までに身上が積み上がってくれれば、おそらく滅多なことでは潰《つぶ》されまいと感じる。むろん、その安泰の代償として、日ノ本の頂点に立ったいずれかの武門には、最後には心身ともに膝《ひざ》を屈するしかないだろう。

そしてその時が来れば、直家は以前にお福に伝えた通り、武門同士の付き合いという表舞台からは身を引くつもりだった。

おれにはやはり、そのような真似など性に合わない。

誰かに心底から従うのは、やがて嫡男の八郎が元服し、宇喜多家の跡目を継いでからでもよい。

今では五歳になる八郎だが、直家はその時を見据えて、他の武門の者からも好まれるような朗らかな子柄に努めて育てているつもりだ。

お福にも、暇がある時には絶えず八郎を傍らに引き寄せ、その膝に乗せ、愛情をたっぷりと注ぎ込んで育てるように言ってあった。

自分のように親の情が足りずに不幸な幼少期を過ごした子供は、その性根が暗くなる。その幼少期の心の痛みを、大人になってからも引きずるようになる。嫡子の八郎は、そんな自分などとは正反対の、気性のからりとした直ぐな男に育て上げたかった。

事実、お福にもこう繰り返した。

「わしのような猜疑心《さいぎしん》の強き男には、育ててはならぬ。常に人の裏を探るような大人には、してはならぬ。このこと、しかと心得て欲しい」

半面で、卑怯《ひきよう》な仕草《しぐさ》が見えた時、何事かを誤魔化すような素振りがあった場合には、容赦なく叱るようにも厳命していた。八郎の養育係にも言葉での叱責《しつせき》はおろか、体罰さえ許した。

実際に、直家自身もそうした。八郎が泣いてもお構いなしに、

「八郎よ、よく料簡《りようけん》せよ」

と、その臀部《でんぶ》を何度も打った。

単に愛情をかけて甘やかすだけでは、駄目だ。人としての性根が柔《やわ》になり、長じて世間を舐《な》めるようになる。そうなれば武門の長《おさ》としては人に見放され、やがては終わる。

根太《ねだ》に杭《くい》を打ち込むようにして、今からその幼い体の中に一本の筋を通してやらなければ、ゆくゆくは立ち振る舞いが颯爽《さっそう》とした好漢に育て上げることは難しい。

……。

ふと気づけば、そんな我が子の先々のことをつらつらと考えている自分に、つい苦笑してしまった。

おれは、自分の生を生き抜くことだけでも、今も懸命でいる。自らの来し方も事あるごとに持て余し、その意味では、未《いま》だに自分の尻《しり》も拭《ぬぐ》えていない。そんな男が我が子の育て方に関しては、あたかも神仏にでもなったかのように俯瞰《ふかん》してしまっている。まったくもっていい笑い種《ぐさ》だ。

が、まあいい――。

おれの気持ちは、おれだけのものだ。そして子の育て方とは、また自《おの》ずと別のところにある。

「ふう」

つい、再び吐息が洩《も》れる。

ともかくもこれで、どんな武門を相手に回しても、ある程度は立ち向かっていける手札は揃った。さればこの手札を駆使し、必要とあれば権謀術数をさらに弄《ろう》し、この乱世の趨勢がいよいよ決定的になるその時までに、絶対にこの宇喜多家を潰させぬような基盤を固める。

そう、もう一度自分に言い聞かせ、奥の間を去った。

第七章　涅槃

1

天正四（一五七六）年の、二月下旬のことだ。

宇喜多家の切り盛りそのものには影響を及ぼさないが、直家個人にとってはとてつもなく大きな事件が、石山城下で起こった。

いや、冷静に考えれば事件とも呼べぬほどの出来事だが、その一報を受けた時の直家自身の衝撃は大きかった。

備前屋から使いの者が急ぎ来て、阿部善定が明日をも知れぬ危篤状態に陥っていると言う。直家はすぐに全ての政務を放り出し、郎党も引き連れずに大手門を通って城外へと出た。

数日前に商用のために登城してきた魚屋九郎右衛門——源六から、善定が風邪を拗《こじ》らせて十日ばかり臥《ふ》せっている、と聞いてはいた。

直家にとっては父に等しいこの男も、既に七十代の半ばを越えている。足腰もここ数年は目に見えて衰えて来ていた。大事に至らなければよいが、と危惧《きぐ》していた矢先のことだった。

備前屋に入ると、これまたすっかり白髪頭になった善定の妻が、目元を赤く腫《は》らしたままで玄関にて平伏して出迎えた。挨拶《あいさつ》もそこそこに善定の病状を尋ねると、

「昨夜から、おおよそ夢の中を漂っております。熱も数日来ひどく、まれに現《うつつ》に戻っても家人のことはおろか、もはや私のこともよく分からぬ様子にて……」

そう、湿った声で答えた。その返事で、さらに病態の尋常ならざることを悟った。

奥の部屋へと続く廊下を渡っていく途中で、さらに彼女は遠慮がちに付け加えた。

「畏《おそ》れ多きこととは重々に承知いたしておりましたが、手代を遣わせてお知らせしましたこと、私の一存にてございます。また、わざわざこうしてお越しいただきましたこと、大変ありがたく存じております」

いや、と直家はすぐに首を振った。「お知らせをいただいたこと、まことにありがたかった」

正直な気持ちだった。

すると、相手はさらに一瞬躊躇《ちゅうちょ》したあと、こう続けた。

「昨夜から『八郎殿』と幾度か呟《つぶや》くことがありましたゆえ、これはかつての和泉守様

のことであられると思い、つい出過ぎた真似を……何卒《なにとぞ》ご容赦くださいませ」

それを聞き、直家の中にも込み上げてくる切なさがあった。

寝所に入ると、善定が横たわっている布団の脇に九郎右衛門の姿もあった。その対面に腰を下ろし、善定の顔を覗《のぞ》き込んだ。

直後、もうこれはいかぬ、と感じた。頰の肉が削《そ》げ、目の周囲もはっきりと窪《くぼ》んでいる。鼻梁《びりょう》の肉も痩《や》せている。既に限界近くまで体力が削られている。この高齢では、おそらくは病魔に持ち堪《こた》えられない。

今、善定はいかにも安らかな顔つきで眠っている。聞けば、先ほどからやや小康状態に戻っているという。

しかし直家は、ますます不吉な確信を深めた。蠟燭《ろうそく》の火が燃え尽きる前に束の間明るくなる、あの現象と同じだ。もはや長くはない――。

しばらく無言で座っているうちに、ふと枕元にある巻紙に気づいた。やや大判だが、ずいぶんと使い古されているようで、紙片の端々が擦《す》り切れている。

「それは、何であろうか」

そう、脇に座る九郎右衛門に問いかけた。九郎右衛門は束の間迷ったそぶりを見せたが、「されば――」

そう直家に一礼して、巻紙を広げた。

一見して驚いた。

備前と、その周辺国の絵図だった。美作、備中、播磨の三国が、備前国を中心に取り巻いている。そして備前のすべての郡《こおり》は、ほぼ朱色に塗り込まれている。その色がずいぶんと褪《あ》せている郡もあれば、まだ鮮やかな箇所もあった。それは他の三国も同様で、美作は比較的鮮やかな朱色でその三分の二ほどの郡が塗りつぶされていた。備中の高梁川以東も同様だ。最も鮮やかな色は、播磨の東部——佐用郡、赤穂郡、揖東《いっとう》郡の上にあった。直家が乙子城主になって以来、三十年をかけて宇喜多領にしてきたすべての版図だった。

思わず九郎右衛門を見た。

果たして、相手はこう口を開いた。

「これは、今より十年ほど前——直家殿が備前の過半を領された頃に、善定殿が朱を入れられ始めた絵図にてございます」

ついうなずいた。ちょうど、明禅寺合戦の直後あたりからだ。

「それがしが善定殿の許を訪れて、たまに酒を酌《く》み交わしていた時など、善定殿はよくこの絵図を広げられ、直家殿のことを楽しげにお話しになっておられました。また、この絵図のことは内緒ぞ、とも言っておられました」

「……他に、どのようなことを、申しておられたのか」

「はい。よくお伺いしましたお言葉には、このようなものがございます」

そう言って、善定の言葉を語った。

曰《いわ》く、直家殿は商家にて育ち、徒手空拳《としゅくうけん》からここまでの武門を築かれた。その出自たるや、世にもまれなるお方であられる。世に聞く織田殿や武田殿、上杉殿と比べても、その生い立ちの始まった場所はまるで違う。それを考えれば、まさに不世出の英傑であられる。

「――そのように、しばしば申しておられました」

しかし、直家は激しく思った。

違う。おれは、決してそんな傑物などではない。常にこの浮世の獣道《けものみち》を迷い、躊躇《ためら》いながら、それでも必死に生きてきただけだ。ただの気の弱い凡夫《ぼんぷ》に過ぎぬ――。

思わずそう口走りそうになった時だ。九郎右衛門の繰り返した「直家」という言葉に刺激を受けたのか、善定の瞼《まぶた》がかすかに動いた。

ゆっくりとその目が開き、しばし焦点が定まらぬままに宙をさまよった後、直家のほうを向いた。

と、善定の顔が、不意ににっこりと微笑《ほほえ》んだ。

「これは八郎殿、ずいぶんとお久しゅうござるな」

慌てて何事かを言おうとした九郎右衛門を、直家は片手で制した。

分かっている。善定は随分と前から自分のことを、直家殿か和泉守殿としか呼んだことがない。なのに今は、その幼名で呼びかけている。おそらくだが、今の善定の眼には、自分が幼少期の八郎に見えている。数日間続いた高熱に、既に頭の中がやられている。あるいは、近年の記憶も溶け落ちているのかも知れない。

「いとう悲しそうなお顔をされて、どうなされた」善定はさらに、か細い声で優しく話しかけてくる。「大丈夫でござる。これが今生の別れではありませぬ。安んじて下《しも》笠加《がさか》村の伯母《おば》殿の許《もと》に赴かれよ」

その言葉で、すぐに察した。

自分が十二歳の時だ。継母との折り合いが悪く、挙句に父も自死し、少年の頃の自分は備前屋での居場所を完全に失っていた。我が生で最も辛《つら》かった頃の記憶だ。善定もまたそのことに心を痛め、浦上家に仕えていた母とも相談して、伯母の大楽院に赴くこととなった。

その時の話を今、善定はしている。

善定はしばしののち、また直家をじっと見て口を開いた。

「これよりわしが言うことは、他言無用でござる。むろん、八郎殿の母御前《ははごぜ》にも然《しか》り」

さらに分かる。善定がこの言葉を発した時、おれと二人きりで吉井川の船着き場にいた。

そう神妙にうなずくと、善定は続けた。

「もし仕官が叶《かな》わず、侍としての前途に見切りを付けられるようなことがあれば、再びわしの許に来られよ。立派な商人《あきんど》として身が立つよう、わしが手ずから仕込んで進ぜよう」

「……はい」

「ですが、もし宇喜多家の再興が多少なりとも見込める筋道が立てば、その時は修羅の道に生きること、お覚悟を決められよ。八郎殿が商人にならずとも、ゆくゆくはその城下に、この福岡以上の町を栄えさせればよろしい。わしの言うことが、お分かりか」

「はい」

不意に、近くから嗚咽《おえつ》の声が微《かす》かに洩《も》れ聞こえた。横目で窺《うかが》うと、善定の妻が両手で顔を覆っていた。おそらく彼女は、このやり取りを初めて聞いた。善定は義理堅く、妻にさえずっと黙して語っていなかったのだ。

そこまでを一気に喋《しゃべ》っただけで、善定はかなりの体力を奪われたらしい。再びその視線は力なく宙を束の間さ迷っていた。

が、ややあって、その眼に微弱な光が戻って来た。

「その上でひとつ、お伝えしておくことがござる。大事なことでござる」

「は……」

「八郎殿は、この浮世で、いったい誰が真《まこと》の物持ちなのかが、お分かりか」

この問いかけは、あの時の記憶をどう懸命に思い出しても、やはり聞かれた覚えはなかった。

少し考える。善定は、商人としての自分の生き方に今も昔も誇りを持っていた。

やがて、こう答えた。

「物持ちと言えば、やはり大なる商家でございましょう」

事実、直家はそう思っていた。堺や京の豪商たちの暮らしぶりを見てもそうだ。その家人の数に相当する富裕振りは、織田家をも凌《しの》ぐ。備前屋ですら内実はそうだ。

しかし、善定は首を振った。

「違いまするな」

「では、それがしのような武門の者でござるか」

「失礼ながら、それも違いまする」

「では、いったい誰でありましょう」

「真の物持ちとは、百姓でござる」善定はゆるゆると答えた。「百姓のみは、年貢を取る武門が幾度滅び、支配する者が代わっても、その土地でずっと生き残る。現にこの備前の百姓たちも、鎌倉以前から続いている家ばかりにて、その実は、か弱き者ではござらぬ。我ら商人や武門には頭を下げながらも、内心では危うき極道者の生き方と、冷ややかに見ている」

ここで一呼吸を置き、さらに繰り返した。

「土地を持っている者は武門にあらず。百姓にてござる」

思いもよらない返事に、直家は愕然《がくぜん》とした。

つまりは武門の封土、版図など仮初《かりそめ》のものだと言っているに等しい。

言われてみれば、確かにそうだ。

武門はその封土の徴税権を持っているだけで、実際に土地を持っている者ではない――その根本の、だが武門のおおよそが錯覚している根本を、この老人は突いている。

むろん、そう言われるまで直家も、どこかで勘違いしていた。頭を棍棒《こんぼう》で殴られたような気分だった。

さらにしばらく経ち、再び善定は口を開いた。

「一代限りにては、職人もまた然り。彼らは腕前が身上でござる。腕が錆《さ》びぬ限りは、死ぬまで食うに困らぬ」

「なるほど」

ようやくその一言だけ返した。善定はかすかにうなずいた。

「我ら商人は、百姓や職人から仕入れた品で利鞘《りざや》を生み、その掠《かす》りで生きておる。武士もまた同様。年貢と矢銭という掠りで、武門の切り盛りをしておられる」

「……はい」

「世の上澄みを奪い合う者には、代わりはいくらでも現れ申す。故に、われらは一刻たりとも油断をしてはなりませぬ。常に目端を利かせ、かつ、信条を持って生きる。さもなくば、瞬く間に路頭に迷う命運にてございましょう」

善定は残り少ない命を削るようにして、なおも途切れ途切れに語った。

「春秋の中に、ゆったりと生きる日々など、我らには叶いませぬ。冥土《めいど》に行くその直前まで、せわしく走り続けなければなりませぬ」

思い出す。

幼少の頃、善定のような町での暮らしに絶えず憧《あこが》れていた。打ち水と、真新しい商品の香り。昼は人々が大通りを行き交い、夜は万華鏡のように灯《あかり》が町を照らす。絶えず人々は談笑し合っていた。血塗《ちぬ》れとは無縁の、華やかで、いかにも楽しそうな世界――。

しかし、その想い焦がれていた浄土のような世界も、一皮剝《む》いた下天《げてん》では、武士と同様の修羅の道であったのだ。

つい、思わぬ言葉が口を突いて出た。

「沙羅双樹《しゃらそうじゅ》の花の色、盛者必衰《じょうしゃひっすい》の理《ことわり》をあらわす」

あの十五の冬の、初陣《ういじん》の時以来だった。善定もまた、ふわりと受けた。

「偏《ひとえ》に、風の前の塵《ちり》に同じ」

直家は少し考え、聞いた。

「上澄みで世を渡っていく我らには、今生での涅槃《ねはん》など夢のまた夢、ということでありましょうや」

善定は、ゆったりとうなずいた。

「何かを得ようとするなら、何かは手放す……生きるとは、その痛みを伴う分かれ道の、連続でござる」

それっきり、目を閉じて黙り込んだ。

もはや、体力も限界に来ていた。


善定が息を引き取ったのは、その夜半であった。直家はその間ずっと、枕元にいた。

「もう、充分に生きた」

それが、辞世の一言だった。

悲しいとは感じなかった。確かに善定は、その生の限り、懸命に生き抜いて畳の上で死んだのだ。大往生だ。

それでも、直家も気づけば涙を零《こぼ》していた。

善定は、直家がこの世でもっとも尊敬する男だった。その親にも等しい人物が今、この世から消えた。あとには、彼の命を長年運んできた年老いた骸《むくろ》が残っているだけだ。

そう思うだに、涙が止めどもなく流れ出てしまうことを、どうすることも出来なかった。

2

寒さが完全に緩み、城下東の旭川《あさひがわ》では、雲雀《ひばり》が舞い飛び囀《さえず》る四月になった。

室町幕府の最後の将軍だった足利義昭が、備後《びんご》の『鞆《とも》の津』に流れ着いたという。

かつて直家が幼少期の一時《いっとき》を過ごした浦《うら》だ。

信長から京を追放され、河内や紀伊を数年間流浪した挙句に、半ば押し掛け女房のようにして毛利家を頼って行った。

事ここに至り、毛利はようやく織田家との全面対決の姿勢を鮮明に打ち出した。義昭に備後の一部を御料所として与え、その『鞆幕府』としての活動を支えた。義昭を通して、未《いま》だ織田家に対抗している大坂本願寺や紀州の雑賀《さいか》衆を支援し続けることとなった。

さらには関東の北条、武田、上杉家に、三国同盟を結んで織田家に対抗するように働きかけたが、この同盟は、関東北部を巡る上杉家と北条家の上野国《こうずけのくに》を巡る領土争いにより、結局は果たせなかった。

しかし、設楽原で完敗を喫して弱気になっていた武田勝頼と、上杉謙信との間での二国間同盟は成った。東方の二大勢力を結びつけることには成功した。

一方、西方の中国筋である。

既に播州は、姫路の小寺家までは地続きで織田家の版図に含まれている。そしてその版図は、今では直家が管轄する西播州の佐用郡、赤穂郡と接している。今はまだ境界を巡る本格的な諍《いさか》いは生じていないが、早晩には本格的に織田方からの圧力が高まるだろう。それまでに、宇喜多家の勢力圏をさらに固めていく必要がある。

死んだ善定の言葉を思い出す。

働き続けねばならぬ。走り続けなければならぬ。

そう、改めて感じる。

我らはその実、何も持っておらぬ。何も生み出さず、仮初の立場にて生き続ける者には、今生での涅槃など永遠にない。信長も輝元も、むろん自分も、常に移ろいゆく世上に成り立つ者たちだ。だからこそ、死ぬまで走り続けなければならぬ――。

ともかくも、まだ備前と美作《みまさか》には、微力ながらも宇喜多家に抵抗を試みている勢力がある。

美作国境にある茶臼山城《ちゃうすやま》の笹部勘次郎《ささべかんじろう》と、鷲山城主である星賀光重、そして三星城の後藤勝基である。

まずはこれらの勢力の調略を、浦上家で彼らの上席であった延原景能に一任した。

「数年をかけて、気長にやればよい」直家は言った。「彼らの被官たちを、徐々に離《り》叛《はん》させるのだ。そしてこの三城が丸裸になった時、攻撃を開始する」

「はっ。畏《かしこ》まりましてございます」

延原は、そう応じて平伏した。

昨年まで敵だったこの延原景能も、今では直家の忠実な臣下として務めている。そして延原が切り崩す最大の相手は、十五年ほど前、直家の長女である千代が嫁いだ後藤家である。

夏になり、魚屋九郎右衛門がひょっこりと直家の前に姿を現した。

呉服商である九郎右衛門は、奥向きの雑務を取り仕切っているお福の許《もと》には、商用でしばしば出入りしている。その奥からの帰りに、お福から直家が忙しくなさそうだと聞いた時には、直家が常時詰めているこの表の政務の場にも挨拶《あいさつ》に来る。

「源六よ。商いのほうはうまく行っておるか」

直家は、常にこの商人を昔の名で呼ぶ。そして会えば、絶えず笑顔は絶やさない。

善定が儚《はかな》くなった今、現在でも自分と行き来のある者の中では、この九郎右衛門との縁《えにし》が最も長くなった。直家がまだ八郎と呼ばれていた六歳の頃、鞆の津で出会って以来だから、かれこれ四十年以上にはなる。福岡の備前屋に居た頃にも、その苦境を陰に陽に助けてもらってもいた。その恩を、未だにどこかで感じ続けている。

九郎右衛門も、既に六十になる。平伏したままその白髪頭を丁寧に下げ、にこやかに笑いかけてきた。

「おかげさまで、上々にてございます」

「それは良かった」

そう直家が応じると、再び九郎右衛門が口を開いた。

「ところで本日は、和泉守様に折り入ってご相談がございまするが、よろしいでしょうか」

「なんじゃ」

聞けば、店の跡取りのことであるという。九郎右衛門には実子がない。もはや自分もいい歳であるし、そろそろ養子を貰《もら》うことを考えているらしい。

「実は、既に内々にて話は進んでおりまする」

ふむ、と直家は首をかしげた。「して、その迎える先は」

「堺の小西屋、隆佐《りゅうさ》殿からその次男を貰い受《う》けさせていただこうかと、こう思案しておる次第でございます」

おぉ、と直家は思わず膝《ひざ》を打った。久しぶりにあの商人の名を聞いた。「隆佐殿の御子なら、まず間違いはあるまい」

再び九郎右衛門は微笑んだ。

「和泉守様も、そう思われまするか」

「むろんである」

すぐに賛成したのには、別の理由もある。

いくらこの石山城下が備前でも屈指の商都に育ちつつあるとはいえ、京や堺から見れば所詮《しょせん》は田舎町に過ぎない。そして瀬戸内での海上輸送がますます盛んになっている昨今、備前の商人が店を大きくするには、畿内との交易をいよいよ盛んにしていくしかない。その意味でも、小西屋の息子というのは適任であると感じた。

それでも念のため、九郎右衛門に尋ねた。

「その隆佐殿の次子とは、どういう骨柄であるか」

「名は弥九郎《やくろう》。堺での商用にて、以前から懇意ではございました」

続けて九郎右衛門が言うには、まだ十九歳の若者だという。

「ふむ？」

直家はその若さに、若干の危惧《きぐ》を覚えた。商人としての先々の器量を見極めるのには、まだ少し早いのではないか。

その気持ちが顔に出たのか、九郎右衛門はさらに言った。

「それがしは弥九郎を初めて見た時から、これは尋常ならざる骨柄かと密《ひそ》かに感じ入っておりました。そして会うたびごとに、確信を深めた次第にてございます」

「なるほど……」

商人は、その取引する相手と物品ともに、目利きの能力がすべてだ。直家は、かつての善定と同様、この九郎右衛門にも一定の人物眼はあると感じている。ここまで言うからには、きっとそれなりの人品であろう。

「そこで和泉守様への、先ほどのご相談にてございます」

続けて九郎右衛門が語るには、これより十日後に、その小西弥九郎なる若者がこの備前にやって来るのだという。石山城下の賑《にぎ》わいや九郎右衛門の店の様子を、実際に見て回るのが目的らしい。

「その時には、ぜひ和泉守様にもお目通りの儀を、お願いしたき次第にてございます」

つまり、直家にもその小西弥九郎なる若者の人品を見極めて欲しいようだ。その上で骨柄が気に入ったなら、これまでの自分と同様に商用で懇意にしてもらうことを望んでいる。むろん直家にも異存はない。

みであった。

「なるほど、相分かった」

と、即答した。それどころか、あの小西隆佐の息子とあれば、会うのがむしろ楽し

七月の末になり、その小西弥九郎なる者が九郎右衛門に伴われて石山城へとやって来た。

直家は、その弥九郎が大広間に入ってきて自分の前に平伏するまでの一連の動作を見た。室町儀礼にのっとった煩雑な所作を、さらさらと流れるような律動でこなす。その時点で、直家には早くも感心するものがあった。

物腰が非常に柔らかく、それでいて同時に「威」のようなものもほのかに漂っている。だが、それは家臣たちのように武辺一本槍《ぶへんいっぽんやり》のような荒々しく武張ったものではない。おそらくは自らに期するものが大きい。つまりは自信だ。だからこそ威を感じる。かつての善定に似ている。

面構えもいい。秀麗な顔つきの中にも、確固たる精神の張りが滲《にじ》んでいる。口元の締まり具合にも、つとに知的な雰囲気を感じる。これでその中身も外見に見合っているのなら、相当な器量の若者だろう。

「それがしが、小西弥九郎でござりまする。備前に来て早々、こうしてお目通りを頂

けたこと、身に余る光栄にてございます。以降、出来ますればお見知りおきのほどを、是非にもよろしくお願い奉《たてまつ》りまする」

ふむ——。

声もいい。ほど良く低く、落ち着いている。口調にも独特の抑揚があり、直家の内耳に心地好《よ》く響く。九郎右衛門が惚《ほ》れ込むのも分かる。

かつ、その言いようで分かった。この若者はもう城下と商家の検分を終え、九郎右衛門の養子になることを決めている。

「この石山城下は、栄えると思うたか」

そう直家が問いかけると、弥九郎はうなずいた。

「どう栄える？　ありていに申してみよ」

一瞬、相手の顔に、戸惑いが走ったように思えた。

「わしに、遠慮は要らぬ」直家はさらに優しく言った。一つには、九郎右衛門のために、この男の器量を試してみたい面もあった。「この場は双方の立場はなしとして、そのほうの目利きを聞きたいのだ」

すると、弥九郎は隣の九郎右衛門を見た。九郎右衛門が軽くうなずく。

「されば——」

そう前置きをして、弥九郎は話し始めた。

曰《いわ》く、備前に限らず、古来より吉備《きび》ノ国と呼ばれていた備前、美作と、備中東南部までを含むこの一帯は、以前から気候が温暖で物成りが良く、人々の暮らしも豊かであったこと。故に、かえって武門が乱立し、室町幕府が出来て以来というもの、常に政情が不安定であったこと。しかし今、ようやくこの吉備ノ国一帯を統《す》べる武門――つまりは宇喜多家が現れたこと。よって、その支配が盤石になるにつれ、石山城下も時の経過と共にますます栄えていくだろうこと。

「うむ……」

直家が感心したのは、まずはこの一帯の捉《とら》え方であった。国別ではなく、あくまでもそれら三国を含む吉備の経済圏として、地域を大きく捉えている。

「さらに申し上げれば、その国府を福岡周辺の上道《じょうとう》郡からこの石山城下に移行されたことも、先見の明があられると愚考致しております」

弥九郎は言葉を続けた。

曰く、荏胡麻《えごま》油が衰退した今、福岡のある上道郡と邑久《おく》郡のさらなる発展は難しい。一方、この石山城下の南郊には、広大な平原と湿地帯が織り交ざる児島郡がある。今はまだ取れ高の乏しい児島郡だが、宇喜多家の覇権が安定するにつれ、やがては本格的な干拓が始まるだろう。児島郡はその大きさでいえば、備前国の三分の一を占める。これにて宇喜多家の収入は飛躍的に増大する。その穀物を扱う石山城下は、さらに栄える。

そこまでの説明で、直家にはもう充分だった。若いながらも、商人としての今後の見通しには確固たるものがある。

ふと別のことを思う。一つには、この男の政治眼と戦略眼を試してみたい気持ちもあった。

「先ほどそちは、我が宇喜多家のことを、この吉備ノ国一帯を統べる武門だと申した。しかし宇喜多家は、未《いま》だ美作の全土を支配する者にあらず。せいぜいがその七割程度である。この点を、如何《いか》に考える」

すると弥九郎は、その特徴のある口元をやや綻《ほころ》ばせた。

「堺には『七分《ななぶ》持《も》ちは全持《ぜんも》ちにて』という言葉がございまする。その地域、市場の七分まで掌握できたものは、よほどのことがない限り、ゆくゆくは残りの三分まで併呑《へいどん》していく、という意味でございます。万が一にそうならずとも、市場全体の売価と仕入れ値を動かすことが出来まする。武門の世界におかれましても、この力の仕組みは変わらぬと愚考いたしまする。されば、未だ服従しておられぬ美作のお歴々も、やがては御当家の傘下に入らざるを得ず、さもなくば滅びましょう」

直家は、その明晰《めいせき》な答えにさらに満足を覚える。

しかし、敢《あ》えて外部要因を続けた。

「弥九郎よ、さらに一つ。そちは今、当家の存続を当然のこととして話を進めている。しかし世を広く見れば、東からは織田家、西からは毛利家という大勢力に、当家は挟まれておる。ここを、どう見るか」

弥九郎は、少し首をかしげた。

「恐れながら、それは、どちらかの御武門にやがては宇喜多様も併呑されるのではないか、ということでありましょうや」

そうだ、と直家はうなずいた。「先ほどの美作の土豪の話なら、この宇喜多家も、まさにそうではないか」

「その点は、多少違うかと思われます。美作のお歴々には、和泉守様に対抗するために頼るべき、他の大なる地続きの勢力がありませぬ。その点、御当家は東の織田様に対して、西に毛利様というお味方がございます。このことが、まず一つ」

「ふむ」

「さらに和泉守様は、既に五十万石という身上をお持ちでございます。織田様がいかに大いなる勢力といえども、丹波国三十万石弱ですら昨年より攻めあぐね、しかもその戦の主務者は明智殿と言われる才幹豊かなお方であられるにもかかわらず、今年に入ってさらに戦線は泥沼の様相を呈しておりまする」

そのことは、直家も世の風聞にて知っていた。昨年末まで順調にいっているかと思われた織田家の丹波攻略は、今年の年初に地元勢力から不意に大反撃を受けた。挙句、織田家中でも有数の器量と謳《うた》われる明智光秀とその一軍はなす術《すべ》もなく、京まで命からがら敗走したという。その後、再攻略を試みているが、その戦況は一向に思わしくない。

「おそらくは丹波一国を平定されるにしても、あと三、四年はかかりましょう。織田様の版図と地続きである丹波でさえ、このような有様にてございます。美作の国人数名を制することと一国を制することとは、おのずと理《ことわり》が違うことかと、一商人の眼から見ましても思われます。ましてや御当家は、既に備前一国と美作の七分、さらには備中、播磨の一部までお持ちでござりまする。加えて申し上げれば、龍野城以東の播磨は確かに織田家の勢力圏とはいえ、宇喜多家と直《じか》に対峙《たいじ》する武門は、小寺様の十万石に過ぎませぬ。さらに東方の別所様二十万石まで含んでも、計三十万石……五十万石の御当家とは、自《おの》ずと苦しい戦いになりましょう」

これもまた、直家がなんとなく想像していたことだった。だから、今までも宇喜多家の四十万石以上という版図にこだわり続けてきた。

それでも直家は、さらに問いかけた。

「されど、ゆくゆく播磨に織田家が大軍を派兵してきた時には、如何にする」

これに対する弥九郎の返事は、束の間遅れた。

「仮にそう決意されたと致しましても、御当家と毛利様を合わせれば百七十万石の御勢力となりまする。東方の武田様や上杉様よりはるかにその身上は大きく、彼らの本領にさえ容易に手を出しかねている上総介（信長）様が、おいそれと決戦を急ぐとは思えませぬ。また、織田様の足場は、未《いま》だ畿内でも固まってはおりませぬ」

「本願寺の門徒のことか」

御意《ぎょい》、と弥九郎はうなずいた。「大坂本願寺は、依然として各地での一揆《いっき》を扇動しておりまする。さらにはつい先日、毛利家の水軍は木津川《きづがわ》河口にて織田水軍を完膚なきまでに破られております」

その風聞はほんの数日前、備前にも流れて来てはいたが、なにせつい十日ほど前の出来事でもあり、その噂の確度や詳細までは知らなかった。田舎者の悲しさだ。

だが、弥九郎が語ったところによれば、その噂は事実だった。

大坂本願寺への兵糧を運んできた毛利水軍七百艘が、木津川の河口で待ち受けていた織田水軍三百艘《そう》を完膚《かんぷ》なきまでに破ったという。海戦に不慣れな織田軍の陣形も悪かったらしい。倍以上の敵に対して薄く横陣を布《し》いて待ち受けるという、およそ考えられぬような戦略の稚拙さだった。

そこに、長蛇の縦陣を組んだ毛利水軍七百艘が突っ込んできた。当然、その薄い横陣はあっけなく突き破られた。さらに毛利軍は焙烙火矢《ほうろくひや》を散々に撃ち込み、潜水兵に命じて織田軍の舟底に次々と穴を穿《うが》った。結果、織田水軍は壊滅に近い打撃を受け、毛利家は悠々と大坂本願寺に大量の兵糧を運び込んだという。

「これにて、御両者の消耗戦はさらに長期化しましょうが、上総介様が本願寺自体と和解せぬ限り、畿内での地盤が完全に盤石になることなど、まずあり得ますまい。故に織田様が中国筋の攻略に本格的に力を注ぐのは、今すぐではございませぬ」

そう、弥九郎は話を締めくくった。

この若者、いい。使える——。

直家は、目の前の若者のことを改めてそう感じた。その頭脳の怜悧《れいり》さもさることながら、宇喜多家の重臣たちにはない時勢の大局観を持っている。

また、個人の背景もいい。元々が堺と京に拠点を持つ大商人の息子として育っているから、世の情勢に対して明敏に反応する視座も養われている。さらに言えば、今後も父の隆佐を通じて、畿内の情報はこの若者の許《もと》にすぐに入って来ることだろう。

さすれば直家および宇喜多家は、この小西弥九郎を九郎右衛門と同様にお抱え商人として優先的に城内に出入りを許すだけで、嘱託の参謀を抱えたに等しくなる。

「弥九郎よ、こうして備前まで来てくれたこと、わしからも礼を言う」直家は言った。「これからも九郎右衛門ともども、よろしく宇喜多家を頼む」

はっ、と弥九郎は感じ入ったように深々と平伏した。「それがしのような商人、しかも駆け出しの者に、誠にもったいなきお言葉でございまする」

「そのようなことはない」直家は言った。「わしはそもそもが商家で育ち、そちの養父になる源六とは、一つ屋根の下で寝起きをしていた」

「……そう、お伺いしております」

直家はうなずいた。

「然《しか》るに、わしの中には商人《あきんど》と武士などという区分けはない」本心だった。子供の頃から心底そう思い続けてきた。「この浮世での身分など、どうでも良い。その中身にて相手を見る。付き合うに足る人物かを、判断する」

そう言い切ると、しばらく身じろぎもしなかった弥九郎は、ややあって落涙した。

「それがし、御武門のお方よりこれほどまでに温《ぬく》もりのあるお言葉を賜ったことは、未だかつてございませぬ。誠にありがとうございまする」

そう湿った声で言い、今度はその額が床に着くまで平伏した。

直《す》ぐな心の持ち主でもある、と直家は思い、さらにこの若者に好感を持った。

その後、弥九郎は奥向きの商用で城に来る度に、直家の許を訪ねてきた。

というより、直家が予《あらかじ》めお福に言い含めておいたからだ。

「そちの所に弥九郎が来れば、わしの許にも必ず寄越《よこ》すように」

そう伝えると、お福はいかにも可笑《おか》しそうに笑った。

「何故、そのように笑う」

「人に恬淡《てんたん》とした直家殿のお言葉とは、とても思えませぬゆえ」

これは意外だった。自分としては、家臣も含めた周囲の人々は、常に大事に扱っているつもりだった。そのことを言うと、

「それは、そうでございます。このお福のことも含めて、扱いは昔も今もお優しゅうございます」

「ではないか」

するともう一度、お福は破顔した。小鼻まで膨らませている。

「何がおかしい」

「人を贔屓《ひいき》する、ということが直家殿にはござりませぬ。有能な者はごく自然に厚遇し、武官や文官として使えぬ者は、ごく自然に遠ざける……常にその扱いは公平であられ、好悪の情による家臣の親疎がありませぬ」

「当然ではないか」直家はなおも戸惑いながら答えた。「というか、武門の棟梁《とうりょう》とはそうあるべきものだ。また、好悪の情を出すべきでもない」

そう言うと、お福はまた笑った。

「されど、弥九郎殿にはその好意が剝《む》き出しになっておりまするな。城主と、その城

に出入りする御用商人という関係に過ぎませぬのに」

これには思わず言葉に詰まった。

言われてみれば、確かにその通りだったからだ。

数日考えて、自分なりの結論を得た。そのことを、弁解がましくお福に伝えた。

「弥九郎は商人である。武門の者ではない。さすれば、日頃から親しくしても我が家中に波風は立たぬ。だからこそだ」

すると、お福は再び笑った。

はい、はい、と、まるで子供でもあやすようにまずは相槌《あいづち》を打って、

「このお福には、表向きの難しい話など分かりませぬ。分かっているのは、直家殿がたいそうに弥九郎殿を気にいられているという、その一事のみでございます」

と、勝手にこの話題を締めくくった。

直家はつい憮然《ぶぜん》とした。おれはこの十三、四ほども年下の妻に、いいようにあしらわれている——。

が、弥九郎を折に触れ近づけておくことには、やはり結果としていいこともあった。

それどころか、大ありだった。

弥九郎もまた、先の直家の厚意に報いようと思ったのだろう、小西家の伝手《つて》を使っ

て織田家の動向を盛んに集め、それを事あるごとに直家に報告してくれた。その報告には良いものもあれば、芳《かんば》しくないものもあったが、それでも宇喜多家にとって、ことごとく役立つものばかりだった。

例えば、信長自身の言動である。

直家は一昨年以来、毛利家と同盟して織田家との関係を完全に反故《ほご》にしたばかりか、三ヶ国の朱印状を織田家から拝領していた浦上家を完全に滅亡させた。

信長はそのことに、今でも怒り狂っているのだという。

「あやつ――和泉守はやがて煮殺してやる。宇喜多家の郎党も同様。一人残らず根絶やしにしてやる」

それを聞いた時、直家は思わず苦笑した。

ある程度の怒りは予想していたが、想像以上の激昂《げきこう》ぶりだった。

「ではないか、弥九郎」

そう問いかけ、再び笑った。宇喜多家への敵愾心《てきがいしん》は措《お》いても、あのいかにも癇癖《かんぺき》そうな信長がそこまで激怒している姿を想像すると、なんとなく滑稽《こっけい》だった。

しかし、初めに直家の顔を潰《つぶ》したのは信長だったから、どこかでは胸のすく思いも感じていた。

が、これに対する弥九郎の見方は違った。

「織田様のお怒りは、半ばは本気でござりましょう。されど失礼ながら、残りの半ばは演技かと思われまする」

「ほう？」

「織田様は、家臣や被官たちの手前、そうでも広言されなければ、武門としての面目が立ちませぬ。ましてや、あの利に聡《さと》い上総介様のことでございます。宇喜多様の版図は、織田様にとってのこれからの西国侵攻を考えた場合、大きな藩屏《はんぺい》となりまする。ですから、確かにお怒りになりつつも、どこかでは和泉守様のことを折に触れてご思案しておられまするのでは、と……」

「そうか」

「なによりも、未《いま》だ家中で口にしておられるのが、お気になされている何よりのご証拠でございましょう」

改めてそう述べられてみれば、この弥九郎の言うことにも一理はある。またそれは、直家のこれまでの対外的な武門の生き残り戦略とも、ある面で符合していた。

3

翌天正五（一五七七）年の早々、思いもよらぬ客が、東方より石山城下を訪ねてきた。

「小寺孝高殿と申される御仁が、殿へのお目通りを願って大手門まで来られておりますが、いかがいたしましょうか」

そう小姓に報告された時、さすがに直家も信じられなかった。

当然だ。今や宇喜多家と小寺家は、織田家との絡みで敵味方に分かれている。さらには直家がその版図に収めた播磨東部の佐用郡と赤穂郡は、小寺家の目と鼻の先である。いわば両家は、緩慢な臨戦状態にある。

だからその小姓も、小寺家から浦上久松丸を一時預かりしていた事実は知っていても、まさかあの小寺官兵衛だとは思わなかったのだろう。しかも直家は浦上宗景を滅ぼした後に、久松丸は約束通り小寺家に戻している。以降、両家の関係は完全に途絶えていた。

「供はいかほどか」

「は――わずかに三人ばかりにて」

うむ、と直家はうなずいた。「播磨は姫路よりの遠来の客である。丁重に、お通しせよ」

それでようやく小姓も、愕然《がくぜん》とした表情を浮かべた。

久しぶりに会った官兵衛は、相変わらず血色が良く、また特段に緊張した様子もなかった。

ふと、以前の姫路城でのやり取りを思い出した。

たしか、自分はこんなことを言った。

今後たとえ敵味方に分かれたとしても、密《ひそ》かにではあるが、お互いに誼《よしみ》を通じ合えるような間柄になれればと願っている、と。

それに対して官兵衛ら親子も、激しく同意してくれたものだ。

つまり、その時の口約束を官兵衛は律義に守って来たのだろう。いや、よく考えれば、織田と宇喜多・毛利連合軍の激突が今後いよいよ始まると、現実問題として会いに来ることは不可能になる。

だから、その気運が差し迫る前に、こうして一度は実際に会いに来たのだ。

その心配りと行動力に、直家は改めてこの黒田親子の実直さを感じる。

「官兵衛殿は、変わらず息災のようであられる」

そう、直家が好意を込めて言えば、

「和泉守殿もまた、お健やかなご様子にて」

と官兵衛も和してきた。

しばらく互いの近臣を侍《はべ》らせたまま、当たり障りのない雑談をしていたが、時に官兵衛が直家を強く見てきた。

思っている。

直家は、すぐにその機微を察した。この若者、早く二人だけで何事かを話したいと

既に夕方近くであった。二人だけで大広間の脇にある小部屋へと移り、酒肴《しゅこう》を挟みながらの話となった。

果たして官兵衛は、さっそく話し始めた。

「実はそれがし、小寺家が織田殿の旗下に入ってからというもの、しばしば京へと参っておりまする」

「ほう?」直家はうなずいた。「となると、上総介殿にもよく会われるのか」

が、官兵衛は首を振った。

「いえ。既に昨年、中国筋の申次役《もうしつぎやく》は羽柴《はしば》秀吉殿と相なられました。されば、この羽柴殿にお会いして、しばしば今後の山陽道のことを話し合っておりまする」

これには直家も驚いた。

申次役とは、他武門への外交官のようなものである。そしていざ戦時となれば、その方面の軍事司令官となることが暗黙裡《り》に約束されている。平時のうちに培った人脈、該当方面の情報を駆使して、戦いを優位に展開できる場合が圧倒的に多いからだ。

今や宇喜多と毛利の連合軍は、織田家を除けば日ノ本では最大の勢力となっている。その最大勢力への先々での軍事司令官に、あの羽柴秀吉は抜擢《ばってき》されているのだ。

六、七年前、秀吉に京で会った時は、織田家中ではまだまだ中堅どころの将校であった。その往時を考えれば、驚くべき出世の早さだった。
つい直家は言った。

「羽柴殿は、既に織田家では第一の出頭人《しゅつとうにん》になられているのか」

「表向きは、筆頭家老が佐久間殿、次席家老が柴田殿、三番家老に丹羽殿という序列は変わっておりませぬ」官兵衛は答えた。「以下の家老格に、織田家の譜代ではない滝川《たきがわ》殿、明智殿、そして羽柴殿のお三方がほぼ同列で固まっておられるわけですが、その実、先々の見通しを考えれば、今後は羽柴殿が大きくなられるのではありますまいか」

ふと、秀吉の言葉を思い出す。これで二度目だ。

「先々もし、袂《たもと》を分かつことに相成りましても、織田家にそれがしありという一事は、なにとぞお忘れなく」

もし、あの時点でこの先々のことも予見していたとなれば、まったく大した自負心だと半ばは呆《あき》れ、半ばはその先見の明に感心する。

ともかくも直家はさらに聞いた。

「答えにくければ、敢《あ》えて返答をもらわずともよろしいが、織田殿の山陽道への出兵は、いつ頃になるかと思われる」

が、予想に反して官兵衛は、あっさりと口にした。

「早ければ今年中、遅くとも来年には出兵となりましょう」

そして、淡く微笑んだ。

「されど一方で、それは和泉守殿の今後の出方によるかとも思われます。物事は、双方の動きによって絶えず揺れ動くものでありますれば、必ずしも上総介殿の御一存で決められることではございますまい」

それもそうだ、と感じ、直家も笑った。

「ところで、それがしからもお伺いしたき儀があるのでござりまするが、よろしいでしょうか」

直家は、うなずいた。

「わしに、答えられることであれば」

つまりは武門の事情により、言えぬこともあると暗に伝えたつもりだった。

官兵衛は、再び微笑んだ。が、直後にはその表情を引き締めた。

「卒爾《そつじ》ながら、和泉守殿は今後、さらに東方へと御勢力を伸ばされるおつもりでありましょうや」

と、直截《ちよくせつ》極まりない問いを投げかけてきた。これには直家も、つい言葉に詰まった。

今、直家が西播磨まで広げた版図と、小寺家の領土の間には、揖西《いつさい》郡と揖東郡という僅《わず》かな緩衝地帯を挟んでいる。その揖東部の東端を流れる揖保川《いぼがわ》以東が、小寺家の領地となる。そしてこの緩衝地帯を支配しているのが、現在は織田方に与《くみ》している龍野城主の赤松広秀《ひろひで》である。

まだ毛利家の恵瓊とは話を詰めていないが、織田家の今後の動向を考えた場合、その前線は出来るだけ東まで飛ばしておいた方がいい。

かといって、この官兵衛のいる小寺家とまでは、事を構えるつもりもない。小寺家は今こそ織田家に与しているが、その実は、この官兵衛が半ば強引に家中を説得して与しているだけで、主君の小寺政職も主だった重臣たちも、未《いま》だに信長個人への不信感が拭《ぬぐ》えていない。少なくとも、そういう評判だった。

彼ら小寺家は、宇喜多と毛利の版図が彼らの至近まで迫ってくれば、その勢いに恐れをなし、むしろこれをいい口実として、再び反織田に転じる可能性が高い。もちろんこの官兵衛の方針を無視して、ということだ……。

その官兵衛の立場を考えても、前線を延ばすのは揖西郡か揖東郡まででいい。最悪でも、揖西郡の龍野城までを手に入れられればいい。

直家は、慎重に言葉を選びながら答えた。

「我らに、小寺家の領土までを侵食する意図はござらぬ」ここだけは、明確に断言した。「必要とあれば、そう加賀守（小寺政職）殿にお伝えいただいても構いませぬぞ」

逆に言えば、状況によってはそれ以西までは侵攻する気があると、暗に伝えたつもりだった。

それでも官兵衛は、明らかにほっとしたような表情を浮かべた。

「そのこと、両家の約定として理解しても構いませぬか」

いわば、現状は敵味方に分かれていながらも、暗黙の不可侵協定のようなものであった。

これにも直家は、はっきりとうなずいた。

むしろ今後を考えれば、この極秘協定のことは、官兵衛を通じて小寺政職の耳に入れておいた方が良い。政職はそのぶんだけ宇喜多家と毛利家に好意と安心感を持ち、さらに何事かが起こった場合には、ゆくゆく織田家を離叛《りはん》する目が高くなる。

が、その秘した思惑を、官兵衛に伝えるつもりはない。この小寺家の一番家老のことは好きだが、直家には直家なりの、宇喜多家の棟梁《とうりょう》として秘匿すべき利害がある。

だから、そこまでお人好《よ》しにはなれない。

一方で、直家の言葉を額面通りに捉《とら》えて安堵《あんど》している官兵衛を眺めるにつけ、この若者の先々に、多少の危惧《きぐ》を覚える。

この男、たしかに頭は切れる。行動力もあるし、骨柄も良い。

しかしそれだけでは、この権謀術数の渦巻く乱世を渡ってゆくことは、中々に難しいのではないか。良い悪いではなく、血で血を洗う当世の本質は、人々の疑念と欲望、そして他武門への野心と猜疑《さいぎ》といったものが、その推進力になっている。

そのことを直家は、物心が付いた頃から肌身に沁《し》みて実感してきた。自家を滅ぼされ、長じた後も浦上、島村、中山ら諸氏との間で何度も痛い思いをしながら、性根に叩《たた》き込まれてきた。官兵衛とは、その生い立ちにおいて踏んできた修羅場の数が違う。

それら人々の、時として見せる恐ろしさや残酷さを知らぬまま育ってきたであろう官兵衛は、いつかその生を大きく踏み誤ることがあるのではないか——。

が、それもまた口には出さなかった。

直家が言うべきことではないからだ。それに、あくまでも憶測にしか過ぎない。

ともかくもその後、自然に話は織田家のことになった。

極秘の協定に気を良くしたままの官兵衛は、この一年ほどの信長の言動を次々と語ってくれた。

それらの事柄の中で、何故この官兵衛が織田家へと肩入れしているかが、はっきりと分かる話柄《わへい》があった。

直家も既に知っている通り、昨年の木津川口の戦いでは、織田家は毛利水軍に大負けに負けた。

しかし、その合戦に至った経緯にこそ、むしろ織田家の端倪《たんげい》すべからざる部分がある、と官兵衛は語った。

織田家と大坂本願寺との戦いは既に七年前の元亀元（一五七〇）年から断続的に始まっていたが、この木津川口合戦の二月前、つまりは昨年五月に、摂津天王寺《てんのうじ》において最も大規模な合戦があったという。そして、織田方の対本願寺戦の主務者であった塙直政《ばんなおまさ》が、あろうことか討ち死にしてしまうという不幸が起こった。直後、織田軍の部隊はその大多数が崩壊した。

これに気を良くした本願寺側は、織田家が付城《つけじろ》として設けていた天王寺砦《とりで》を一万五千という大軍で襲った。

一方で、天王寺砦に残っていた織田軍――明智光秀と佐久間信栄《のぶひで》の部隊は、わずかに二千五百でしかなかった。いかに明智らが奮戦しようとも、敵地の真《ま》っ只中《ただなか》の陣地ということもあり、砦が陥落するのは時間の問題だった。

この報を京で受けた信長は、その場に居た郎党百人とすぐに救援に向かった。各地に展開していた諸将に対しても、現地への即時動員命令をかけた。

しかし、信長が摂津に到着した時には、まだ三千の兵しか集まっていなかった。

それでも信長は、天王寺砦の配下を救うために突撃を敢行しようとした。砦の様子を遠望するに、既にいつ陥落してもおかしくない状態だった。が、砦を取り巻く敵は自軍の五倍もおり、周囲はその蛮勇を必死に諫《いさ》めた。

「敵はいざとなれば、本願寺から後詰めを繰り出すことも出来ます。されば負けるは必定。今しばらく、兵の集まるのを待ちましょうぞ」

これに対して信長は激しく癇《かん》を募らせ、こう言い放ったという。

「もはや待てぬわっ。今こうしている間にも、惟任《これとう》（明智光秀）や甚九郎《じんくろう》（佐久間信栄）は必死に抗戦をしておる。すぐに討ち死にをしてしまうかも知れぬ。わしがそれを座して眺めていたとあれば、あやつらに面目が立たぬわっ」

さらに喚《わめ》いた。

「わしが、直《じか》に指揮を執る。よいから死ぬ気でかかれっ」

そう下知を与え、文字通り捨て身の一斉攻撃を仕掛けた。信長は大腿部《だいたいぶ》に敵の銃弾を受けてもなおも怯《ひる》まず、

「惟任を、十兵衛を救えっ」

そう喚き散らしながら、さらに敵陣奥深くへと突き進んでいった。この突撃に呼応し、砦内の明智光秀らも果敢に打って出た。本願寺側は、内外から一斉に挟み撃ちに遭ったようなものだった。

終わってみれば、織田軍の完勝だった。

打ち取った敵の数は二千七百を超え、味方の二人に一人は首級を挙げたことになる。この規模の戦いとしては、史上空前の大勝利だった。

この天王寺の戦いは、ともすれば数は多くとも弱兵揃いと揶揄《やゆ》されてきた織田軍の武名を、天下に一躍轟《とどろ》かせる契機にもなった。

むろん大敗を喫した本願寺側も、

「織田軍、恐るべし」

と大いに戦慄《せんりつ》し、これ以降は滅多に城外戦に応じることもなく、蓋《ふた》を閉じた栄螺《さざえ》のように籠城《ろうじょう》戦に徹した戦法に切り替えた。当然のように、摂津における交通の要衝は、すべて織田軍に押さえられることになった。本願寺は、食糧、武器などの兵站《へいたん》が滞り始めた。

「——そのようなわけで昨年の七月、毛利水軍が弱り目の本願寺側へと加勢すべく、大量の兵糧を運び込むことになった次第でございます」官兵衛は話を締めくくった。

「故に木津川で毛利家が圧勝しようとも、それは一時の戦果に過ぎず、劣勢に回った本願寺側の内情は依然として変わりませぬ」

言っている意味は、分かる。

本願寺側は既に、自力のみで織田家と戦い続ける力を失《な》くし始めているのだ。そして畿内には、織田家に未だに抵抗を続けている相手は、本願寺に与力している紀伊の雑賀衆と、丹波の小豪族しかいない。いずれも小勢力で織田家の優位を覆す要因にはなり得ない。

さらに東方を見れば、甲斐の武田家は、二年前の長篠《ながしの》の戦いで織田家に完膚なきまでに敗れている。駿河と信濃の版図こそ辛うじて維持しているものの、もはや本願寺と再び組んで、上洛《じょうらく》を試みるような力はない。

越後の上杉謙信のみは未《いま》だに活力を保っており、近年、ようやく越中の一部を我が物としたが、既にその行く手である越前と加賀は織田家の手に落ち、容易に西には進めないだろう。

それはむろん、この宇喜多家と毛利家も同様だ。播磨の過半が織田家の傘下に降《くだ》った今、本願寺支援のために陸路で畿内に向かうなど夢のまた夢だ。だから、毛利は水軍を使って物資を供給するしかなかった。

つまり、大局でも織田家の優位は揺るがない。それを官兵衛は言いたい。

さらにもう一つ、今の話では感じ入ったことがある……。

直家はつい口を開いた。

「織田殿も、家臣には存外な」

そこで敢《あ》えて短く言葉を切り、官兵衛を見た。それで充分に伝わると思った。案の定、相手もうなずいた。

「左様。他家には非情かつ差略を多用し、信義を裏切ることも多き御仁ながら、信を置く近臣には命を懸け物にしても救おうとする情味のあるお方だったかと、それがしも感心仕《つかまつ》りました次第でござりまする」

直家もまた、これには同感だった。官兵衛はさらに何か言いかけようとした素振りだったが、結局は再び、直家をじっと見てきた。

ややあって、直家は気づいた。

ひょっとしてこの若者は、直家が織田家へ再び付くことを暗に勧めに来たのではないか……でなければ、木津川合戦に至った本願寺側の内情はともかくとして、こんな信長の言動まで仔細《しさい》に語る必要はない。

果たして最後に、官兵衛は言った。

「実は羽柴殿には、和泉守殿とは親の代からの知己《ちき》であると、つい打ち明けてしまったことがございます」

「ほう?」

「すると羽柴殿はいたくお喜びになられ、『和泉守殿ならば、わしも知っておる。今は不幸にも敵味方に分かれてはいるが、わし一個人としては、変わらず和泉守殿に好意を抱いておる』。もし会う機会があれば、そう伝えてもらいたいとの由でございました」

なるほど、と直家はようやく納得した。

秀吉は明確な指示こそ出してはいないものの、官兵衛が宇喜多家への調略に動くことを、やんわりと認めているのだ。

その暗黙の了解を得たうえで、官兵衛はここに来た。

あの中国筋の司令官になった小男は、もし宇喜多家の約五十万石を味方に付けることが出来れば、相手は丸裸になった毛利だけとなり、山陽道の攻略が容易になると考えている。

ふむ——。

だが、直家としては今のところ、毛利家を裏切るつもりはなかった。織田家はさらに巨大になったとはいえ、未だ畿内さえ完全に掌握できていないではないか。それに織田家と手切れになったのは、そもそもは信長が宇喜多家を蔑《ないがし》ろにするようなことを行ったからだ。

だから、

「わしもまた同様。羽柴殿には、なにとぞよしなにお伝えいただきたい。また、織田家中でのご立身のほど、頼もしく感じ入っている次第でござる、と」

と、秀吉個人への厚意を伝えるに留《とど》めた。

ある種の、事前確認のようなものだ。

秀吉はまだ、本格的に自分への調略を開始するつもりはないが、先々でそうなった時のために、直家の感触だけは摑《つか》んでおきたい。直家も同様だ。確かに今のところは織田家に寝返るつもりはないが、それでも秀吉がその気なら、こちらからも道筋だけはつけておいてもいい。

案の定、官兵衛としてもその答えで充分だったらしく、深々とうなずいた。

翌日、旭川の船着き場まで官兵衛を見送った。

「また、折を見てお会いしとうござりますな」

そう官兵衛は言った。

ふと昨夜、この若者に抱いた危惧《きぐ》のようなものを思い出した。

「左様。お互いにいつでも会えるような境遇で、今後もおりたいものだ」

官兵衛は笑った。

「なにやら、意味深長なことをおっしゃる」

直家もつい苦笑しかけたが、今度もまた、それ以上は何も言わなかった。

最後に、思い出したように官兵衛が言った。

「ところで、御嫡男の八郎殿は、今年おいくつになられましたか」

「六歳になる」

すると官兵衛は、控えめに微笑みを浮かべた。

「父上から小耳に挟んだことがございます。ちょうど和泉守殿が、鞆から福岡へと移り住まれた頃のお年頃にあられますな」

直家は、これには黙ってうなずいた。

そうだ。あの宇喜多家滅亡の年、おれもまた六歳だった。そこから無明長夜《むみょうちょうや》にも等しい第二の少年期が始まった。十二歳まで続いて、伯母《おば》の住む大楽院へと引っ越した。そこで大人になった。

いくら死んだ善定や柿谷、当時の源六——九郎右衛門がしばしば心配りをしてくれたとはいえ、あの頃の苦い思いは、今も心に染み付いている。おれは容易に人を信用せぬ人間になった。この世に対して、常に用心深く立ち回るようになった。今もそうだ。だからある意味では、その塗炭の記憶と引き換えに、ここまで宇喜多家を再興することが出来たのだ。

それでも直家は、今の八郎に自分と同じような幼少期を送らせようと考えたことは一度もない。なにも愛情からだけではない。もはや、時代が違うのだ。

今、嫡男の八郎は明朗な少年に育っている。よく笑い、人にもすぐに懐く。当然、周囲の人間からも大いに好感を持たれる骨柄に育ってきている。それでいい。これからの武門の長《おさ》は、他家からも好かれるような棟梁《とうりょう》であったほうがいい。それでなくては、自家をうまく存続させていくことが出来ぬ。

そこまでを一瞬で振り返り、ふと官兵衛の旧黒田家のことを思い出した。

「松寿丸殿《しょうじゅまる》は、如何《いかが》であるか」

そう、官兵衛の嫡男のことを聞いた。

「今年、十歳になりました」

きっとこの穏やかな官兵衛親子のことだから、さぞや円満な境遇で育てていることだろう。

「明るいお子に、お育ちであろうな」

「はい」そして何故か苦笑いを浮かべた。「骨細のそれがしや父とは違い、妻の血を受け、大柄な子に育っておりまする。そのような子の常として、武芸は好みまするが、あまり勉学には励みませぬ」

この何気ない会話が、のちに宇喜多家にとっても旧黒田家にとっても重要な意味を持つことになるとは、この時の直家は知る由もなかった。

官兵衛は、河口へと向かう川舟が水面《みなも》を滑り出した後も、二度、三度と頭を下げてきた。

4

二月、突如として畿内の織田軍が紀伊国《きいのくに》へと動いた。

織田家と本願寺が対立して以降、紀伊国の雑賀衆は一貫して本願寺側に味方し続けてきた。本来は長袖者《ながそでもの》に過ぎぬ本願寺がしぶとく戦えたのは、この国でも有数の傭兵《ようへい》集団である雑賀衆の与力が大きかった。

だから信長は、これら紀伊国の北西部に群居する地侍集団の一斉討伐に乗り出した。その討伐軍の数は、十万とも言われていた。

直家は、思う。

おそらく信長は、これを機に雑賀衆を殲滅《せんめつ》する気でいるのだろう。

その敵の動きを受け、安芸から恵瓊がやって来た。

「雑賀衆の首領でありまする鈴木孫一《すずきまごいち》は、名うての戦上手であるうえに、今や万全の構えで織田軍を待ち受けているとのこと」

そう直家に言った。

「さればこそ、雑賀衆があっさり敗れるとは考えられず、必ずや戦況は長引きましょう。これぞ、好機でありまする」

ようは、これを機に織田家との最前線をさらに播磨の東――小寺家の版図までを我が物とし、押し返したいのだという。

直家は内心、やや困った。

つい先日、官兵衛と暗黙の不可侵協定を結んだばかりだったからだ。が、まさかそのことを毛利に伝えるわけにもいかない。代わりにこう口を開いた。

「では、それがしどもはまず、揖西郡の龍野城を攻撃しまする。さらには上手《うま》く行けば、揖東郡までを掌握する所存。それまでうまく行って初めて、毛利家の軍を動かされては如何《いかが》」

そう、毛利家の援護に回ることを暗に提案してみた。

が、それで恵瓊は満足だったらしく、大きくうなずいた。

「されば我らは、宇喜多殿が龍野城を落とされたら、海路にて小寺領へと侵攻しまする」

三月、直家は動いた。軍一万を揖西郡の龍野城へと侵攻させた。龍野城の城主は赤松広秀である。その勢力は数百に過ぎず、たちまちのうちに白旗を揚げた。しかし、揖東郡にはすぐに手を出さなかった。

それでも小寺家は、西方が不安であろう。ふむ……。

心中では既に、ある案を思い付いていた。けれどこれは家臣には頼めない用だ。それでは毛利をあからさまに裏切ることとなる。

たまたまこの日も、小西弥九郎が商用で城を訪れていた。その弥九郎を呼び、こう尋ねた。

「そちは、商用にて姫路に行くことはあるか」

この出し抜けな問いかけには、弥九郎も多少面食らったようだ。

「この備前に来てから、一、二度は参ったことがございます」

直家は無言のまま、弥九郎の顔を束の間じっと見た。

「なんで、ございましょうか」

沈黙に耐えかねて、弥九郎が尋ねてきた。

「今度また、姫路に行くこともあろう」直家は、なおも弥九郎を見据えたまま言った。

「これは独り言ではあるが、『わしは先日、官兵衛殿に会えて楽しかった』……いつか姫路に行った時、その言葉を思い出してくれればありがたい」

弥九郎は口を開いた。

「その官兵衛殿と申されるお方は、小寺家筆頭家老の小寺孝高様のことでございまするか」

「そうだ」直家は言った。「さらに、官兵衛殿の父君であられる満隆殿とは、四十年近く前からの知己である。わしが他の武門で唯一、敬愛しておるお方でもある」

弥九郎はうなずいた。

「そのこと、我が養父である九郎右衛門殿からもよくよく伺っております」

直家は、なおも強調した。

「この一事もまた、わしにとっては大切なことである」

するど弥九郎は、やんわりと探るようにこう聞いてきた。

「ところで此度《こたび》の戦勝のこと、まことにおめでとうございます」

「まあ、小銭稼ぎというところだが、姫路の小寺家は、我ら西方の事はどうなることかと思っておるかも知れぬな」

が、それ以上の戦略は口にしなかった。言わずとも、話の流れから弥九郎は察すると思ったからだ。

果たして弥九郎は言った。

「実はそれがし、播磨にての多少の所用を思い出しましてございます。されば、明日にも姫路に向かいまする所存」

「人に問われた時は、わしの名を出せばよい」直家は付け足した。「宇喜多家の御用商人である、そう口にすれば、彼《か》の地でも粗略にはされまい」

言いながらも、これで良いと感じる。弥九郎は、具体的には何も知らない。それでも官兵衛親子は毛利が動いた時には、これら弥九郎に伝えた言葉から、直家の意図をそれとなく察するはずだ。

五日後に姫路から戻って来た弥九郎は、官兵衛親子の次のような言葉を伝えてきた。

「和泉守殿の変わらぬご厚意、まことにありがたく存ずる。それだけを、お伝えいただければよい」

察したのだ、と直家は感じた。

四月、毛利が動いた。

直家が征服したばかりの龍野城を中継地として、その水軍五千を、姫路の海沿いにある英賀《あが》という場所に上陸させた。

この前後から直家は、揖西郡の仕置きが粗々《あらあら》に成ったと毛利には伝え、じりじりと揖東郡に侵食し始めた。しかし官兵衛との黙契どおり、揖保川以東の小寺領までを侵すつもりはなかった。

小寺家の所帯は、二千ほどの兵を動かすことが出来る。官兵衛は政職に願い出て、そのうちの五百の兵を率いて英賀へと赴いた。

官兵衛は直家の意図を察していたが、その意図を、主君である小寺政職にも口にすることはなかったようだ。だから、小寺政職は宇喜多勢への守りとして千五百の兵を西方へと配備し、その残りを官兵衛に付与したのだ。

実のある男だ、と官兵衛には改めて好意を持った。

しかし、わずか五百の兵で、どうやって十倍する毛利水軍に立ち向かうのだろうか、と、その軍容を聞いた直後には疑問にも感じたものだ。

が、官兵衛はその寡兵で見事に毛利水軍を撃退した。

官兵衛は、小寺家の西方が宇喜多家から攻撃を受けないことを密《ひそ》かに知っている。西方の戦に備えて兵の疲弊を考慮する必要がない。だからこそ、毛利水軍が上陸し始めた機を逃さず、旗下の兵に総攻撃を命じた。かつ、その背後には数千の地元百姓たちに無数の旗指物を掲げさせ、後詰めの兵として偽装させた。

この後詰めの兵までが攻撃してくると見た毛利水軍は慌て、小寺軍と多少の矛を交えた後は再び軍船に引き返し、総退却を開始した。

毛利側にしてみれば無理もない。水軍は、長期戦になればその兵站《へいたん》を海上に持たない。対して陸地の軍は、予《あらかじ》め備えてさえおけば、食糧や刀装の供給は無尽蔵に続けることが出来る。

それでもこの偽兵の正体に気づかぬまま撤退を開始したことは、毛利水軍の大失態だった。

逆に、奇策を弄《ろう》して十倍もの敵を追い払った小寺家――特に筆頭家老である官兵衛の名は、一気に山陽道筋に鳴り響いた。

「殿がかねて口にされていた通り、たしかにあの黒田家の親子は、只者《ただもの》ではありませぬな」

そう戸川秀安が言えば、長船や岡らも大きくうなずいた。

直家もやんわりと応じた。

「おそらく官兵衛殿の名は、織田家にも一躍通るようになったであろう」

ともかくも、この頃には織田家の紀州討伐も一段落していた。

とは言っても、織田方が勝ったのではない。

わずか数千の雑賀衆とはいえ、そもそも彼らは傭兵《ようへい》を生業《なりわい》とする。いわば、徹底した戦の玄人《くろうと》である。織田軍が近年いかに合戦に明け暮れ、その数も十万を擁するとはいえ、局地戦の駆け引きでは雑賀衆に一日の長がある。さらに雑賀衆には地元という地の利もあった。

案の定、数を恃《たの》んで平押しに押していった織田軍は、雑賀衆の詭計《きけい》に何度も手痛い目に遭った。挙句にはこれ以上進むことを躊躇《ためら》い、戦線は膠着《こうちゃく》した。

とはいえ、雑賀衆もこのまま戦が長引いて消耗戦になれば、自分たちが先に殲滅《せんめつ》されるのは分かり切っている話だった。織田軍もまた、紀伊の雑賀荘や十ヶ郷《じっかごう》周辺だけに、いつまでも十万もの大軍を張り付けておくわけにはいかない。

そのような双方の思惑が合致し、一時講和の運びとなった。

しかし七月、織田家は再び紀州討伐を試みる。この時も信長は、佐久間信盛を大将とした八万の大軍を動かしながら、雑賀衆を制圧することは叶《かな》わなかった。

これ以降、信長は紀州への動きを見せなくなった。早急な討伐は諦《あきら》めたのかもしれない。

それにしても、と直家は思う。

織田家の畿内統一は昨今、信長の躍起な軍事行動にもかかわらず、相変わらずさほどの進捗《しんちょく》はない。紀伊国の過半、そして摂津、河内の一部は未だ本願寺勢の影響下にある。丹波、丹後と伊賀国も、土豪集団の独立国のままだ。それらのどこも粘り強く織田家に抵抗を続けている。

さらにこの七月、越後の上杉謙信が動いた。軍二万を率いて越中の織田方の武門を蹴《け》散《ち》らし、瞬く間に能登へと侵攻した。それに呼応して、大和の松永久秀《ひさひで》（弾正）が二度目の叛乱《はんらん》を起こした。

能登へと向かっていた織田軍三万七千は、手取川《てどりがわ》で上杉軍に奇襲をかけられて大敗した。しかし謙信は、そこから南下しなかった。謙信には上洛《じょうらく》の野望などなかったのだ。

松永久秀は、当てが外れた。織田軍四万に信貴山《しぎさん》城を囲まれながらも、度重なる信長の降伏勧告にも耳を貸さず、自滅の道を選んだ。自ら城に火を付けて自害した。十月十日の事である。

これら畿内と北陸の情勢が織田家にとって一段落した十一月上旬、姫路から石山城に密書が来た。官兵衛からだ。小西弥九郎を経由して直家の許《もと》に届いた。

信長が播磨出陣の下知を羽柴秀吉に与え、その旗下四千が京を出立したという。

そうきたか、と直家は感じた。

織田家にとって畿内が未《いま》だ統一できぬ元凶は、摂津の本願寺だ。そしてその本願寺を今も物資補給で支援している大名は、この日ノ本でもはや毛利家しかない。その毛利と同盟を組んでいるこの宇喜多家を、信長はまず叩《たた》こうとしている。

官兵衛は、英賀合戦の際の直家へのお礼として、織田軍の動きを報《しら》せてきたのだろう。

いよいよ実のある男だと感心しつつも、その文の最後の部分にしばし目が吸い寄せられた。

ちなみに末尾には、こう書いてあった。

「なお、それがしは松寿丸を、織田家の羽柴殿にお預け申し候。他の播磨の武門も、過半は同様にて候也」

その一文からは、いくつかの意味を読み取ることが出来た。

つまり、播州の豪族たちの多くは、此度の織田家の出兵に際して、信長に人質を差し出している。おそらくは秀吉の事前の根回しによるものだろうが、そこまで播州一円において、織田家の影響力が強まっている。

小寺家の家老に過ぎぬ官兵衛もまた、織田家に嫡子を差し出している。

が、主家である小寺政職が人質を出したとは一言も書いていない。

おそらく松寿丸は、主家の身代わりだ。

小寺政職には、依然として嫡子を差し出すほどには織田家と一蓮托生《いちれんたくしょう》になる気はないのかも知れない。だからこそ、官兵衛が仕方なく嫡子を出したのではないか。

武門の内の誰を人質に出すかは些細《ささい》なことかも知れない。知れないが、それでも直家はこの件がいささか気になった。

播州に間諜《かんちょう》を放って調べてみると、案の定、直家の推測した通りであった。

播州の豪族で嫡子を織田家に差し出していない武門は、別所氏もそうであった。棟梁《とうりょう》である別所長治《ながはる》の嫡男・千代丸《ちよまる》はまだ五、六歳ということもあり、代わりに織田派である叔父《おじ》が、その嫡子を織田家へと人質に出していた。

小寺政職も、やはり嫡子を人質には出していなかった。小寺宗家の嫡子である氏職《うじもと》は病弱なところがある。そんな子供を遠国に送り出すことに政職が難色を示し、官兵衛が仕方なく身代わりを立てることになったらしい。

それでも播州を代表する二大豪族が、揃って嫡子を織田家に差し出していないという事実に変わりはない。

ふむ……。

ともかくも十一月の下旬には、羽柴軍四千が播州の西部にある姫路城に到着した。姫路でしばらく滞陣を続けた。

そこに、織田家に対する官兵衛の意気込みと期待を、直家は手に取るように感じることが出来る。

通常なら、姫路城より大きな小寺城に駐留するのが筋である。それをせずして羽柴軍が姫路に一時駐留したということは、やはり小寺宗家は、官兵衛ほどには織田家に肩入れしていない。

それは別所氏も同様だ。羽柴軍が別所氏の地元である播磨中部を通り過ぎた時も、別所軍は羽柴軍に合流していない。当主の別所長治もまた、今回の織田軍の遠征では傍観者に過ぎない。

それでも官兵衛だけは、自分の城を羽柴軍の駐留用に明け渡している。

同時に、姫路城に本拠を構えた秀吉の意図も、直家には透けて見える。

姫路城は小寺家の支城の中で、直家の勢力下にある佐用郡、赤穂郡、揖西郡、揖東郡に最も近い。特に揖東郡は目と鼻の先である。おそらく秀吉は、それ以東の播州勢力はすべて織田圏に入ったものとして捉《とら》え、一気にこれら直家の封土《ほうど》を突くつもりだ。

直家は早速備前と美作の二国に陣触れを出し、兵七千を佐用郡に向けて進軍させた。今回は直家自身も総大将として出陣した。あの羽柴秀吉の戦の手並みを、一度は実地にて知っておく必要があった。

毛利氏に援軍を頼むつもりはなかった。羽柴軍は、官兵衛の旗下の兵が加わったとしても、四千五百。対してこちらは佐用郡にある福原《ふくはら》城、上月城、揖西郡にある龍野城の駐留兵も含めれば九千にはなる。羽柴軍の倍だ。さらにこちらには地の利もある。充分に蹴散らすことが出来ると考えていた。

それに、この兵力差でいちいち毛利の支援を仰いでいたら、やがては宇喜多家という武門の独立性が失われてしまう。

が、羽柴軍の動きは驚くほど迅速だった。かつ、まずは上月城を襲ってくるであろうという直家の予想の裏をかいてきた。

西播磨の交通の要衝にある上月城の北方一里に、福原城という小ぶりな城がある。宇喜多軍が備前の国境を越した二十七日、羽柴軍はこの福原城を急襲し、なんと、その日のうちに攻め落としてしまった。

翌二十八日、宇喜多軍が上月城の後詰めに入った時には、羽柴軍は既に、上月城の北側にある太平山《おおひらやま》に陣取っていた。その山頂から、直家たちを目掛けて散々に鉄砲を撃ち込んできた。下方に固まって布陣しているこちらは、的を絞らなくても絶好の標的である。しかも、並大抵の鉄砲の数ではなかった。間断無く鳴り響く爆発音、そして硝煙で、束の間敵方の山頂が見えなくなったほどだ。

いかぬ、と直家はつい慌てた。
誤算だった。まさか京からの遠征軍が、これほどの数の鉄砲を持参して来ていると
は夢にも思っていなかったからだ。
むろん直家も、千ほどの鉄砲隊を引き連れて来ていたが、上方の敵、それも木々の
隙間や岩陰から撃ってくる敵に対しては、必ずしも有効な道具ではない。無駄撃ちが
圧倒的に多くなる。
しかし、そう気づいた時には自軍は大いに陣を乱し、即時の立て直しが不可能なほ
どに混乱していた。
直家も鉄砲の運用法にはそれなりに自信を持っていたが、この飛び道具では、絶え
間なく戦で鍛えられた織田家に、明らかに一日の長があった。さらに言えば、敵はこ
の上月城周辺の地形を知悉《ちしつ》した上で、自分たちが有利になるような陣形を取っている。
地元の地形に明るい官兵衛からの献策だろう。
くそ――。
まったくそのの
っけから、してやられている。
硝煙が晴れた直後、羽柴軍の尖兵《せんぺい》がこちらに向かって突入してきた。藤巴《ふじどもえ》の家紋を
掲げている。小寺家の紋である。官兵衛の部隊だった。それに対応しているうちに、
自軍右手の陣形に綻《ほころ》びが出始めた。この弱点を、九枚笹《くまいざさ》の家紋を掲げた部隊が痛烈に

突いてきた。後に知ったのだが、この九枚笹の兵は、秀吉の知恵袋で稀代《きたい》の軍師とも呼ばれている竹中半兵衛《たけなかはんべえ》の一軍だった。

結果、宇喜多軍はますます浮足立った。それを機に羽柴軍本体が山を駆け下りつつ、総攻撃を仕掛けてきた。

それでも直家は、自軍をなんとか立て直そうとした。

が、羽柴軍の巧緻《こうち》極まりない戦術は、それ以上だった。こちらが攻撃に転じようと前に出ると、まだ山肌に散らばっている敵の鉄砲隊が随時に火を噴き、ばたばたと周囲の兵が倒れていく。その度に、正面と左右から羽柴軍の部隊が小気味よく波状攻撃を仕掛けてくる。直家の軍は、いいように嬲《なぶ》られているようなものであった。

ふと、ひどく愛想の良かった秀吉の顔が脳裏に浮かぶ。

あの小男がここまでの戦上手だったとは、まったくの想定外だった。

一刻《とき》(約二時間)後、ついに宇喜多軍は総崩れとなった。もはや立て直せない。

「退《ひ》けっ」

ついに直家は采《さい》を振るい、総退却を命じた。しかし羽柴軍はなおも追撃の手を緩めず、さらに上月城から三里もの西方まで追い落とされた。

備前の国境を越えた時、ようやく羽柴軍の追撃が止んだ。直家がざっと軍を見渡した様子では、兵の約半数が大なり小なりの手傷を負い、一割程度の兵も失くしているようだった。

なんたる体《てい》たらくだ、と直家は憤然とした。

当然だ。十五歳で初陣を飾ってからはや三十五年近くが経つが、このように無様な負け戦など、初めての経験だった。しかも、約半数の敵に追い落とされたのだ。自らの不甲斐《ふがい》なさに、激しい苛立《いらだ》ちも感じた。

その直後、不意にじわりと下腹部が痛んだ。

半年ほど前から臍《へそ》の下あたりには微妙な違和感があったが、この時ばかりは腹を下したような激しい痛みを覚えた。あまりにも怒ったせいだ、とその時は感じていた。

その痛みを引き摺《ず》りつつも、三石城でなんとか踏み止《とど》まった。

城で総点呼を行った結果、やはり六百名以上の味方が討ち取られていた。この規模の戦いとしては、空前の大敗北と言ってもいい。このような有様では即座に軍を立て直して、再び西播磨に進軍することは叶《かな》わない。

それでも直家は、可能な限り軍の立て直しを急いだ。

上月城は、今も羽柴軍に包囲されている。城の周囲を幾重にも取り巻かれ、さらには水の手も遮断されている。早く助けに行かなければ、籠城《ろうじょう》している赤松政範は降伏してしまうだろう。宇喜多家は、傘下の武門を見捨てたとの評判が立ってしまう。

しかし、間に合わなかった。

宇喜多軍が再び国境を越えた直後の十二月三日、上月城は陥落した。秀吉は、籠城兵たちをその家族も含めて皆殺しにした。

この知らせを聞いた時、直家は愕然《がくぜん》とした。あの秀吉までが、信長のような残虐性を見せるとは、これまた予想外だった。

おそらくは見せしめだ。これから織田家に敵対する者はこうなるぞ、という脅しだ。そしてその威武をもとに、これからの西播磨戦線を効率的に展開していくつもりだ。

その秀吉の読みは当たった。

上月城の近くに、利神《りかん》城という別所氏の支族が持つ小ぶりな城がある。その城主、別所定道《さだみち》は織田家の苛烈《かれつ》さに恐怖し、戦わずして羽柴軍に白旗を揚げた。

龍野城城主、赤松広秀も同様だった。秀吉に城を明け渡し、自ら城主の座を降りて郊外に蟄居《ちっきょ》した。秀吉は、その空き城に石川《いしかわ》という家臣を城代として入れ、織田方のものとした。

上月城の敗戦から十日ばかりで、西播磨は完全に織田家のものとなった。さらに秀吉は攻略したばかりの上月城に、山中鹿介が率いる尼子《あまご》氏の残党を籠《こも》らせた。

この尼子再興軍の入城策には、直家も思わず顔をしかめた。

隣国の美作は、尼子氏の旧領であった時期も長い。おそらく秀吉は、その縁故を山中鹿介に使わせて、今は宇喜多家の版図となっている美作へとさらなる揺さぶりをかけるつもりだ。

実際、鹿介は上月城への入城直後から、東美作の豪族――江見《えみ》氏や草刈《くさかり》氏への調略を盛んに行い始めた。

これには直家も堪《たま》らず、再びの軍事行動を起こした。

時に、天正五（一五七七）年も押し詰まった頃である。

鹿介はこの前後、旧主である尼子勝久《かつひさ》を迎え入れるために京に出向いていた。秀吉もまた、播磨の処置を信長に報告するために上洛《じょうらく》していた。その手薄な隙を突き、上月城を千ほどの精鋭部隊に急襲させた。

結果、城を取り戻すことが出来たが、それも束の間だった。翌天正六（一五七八）年早々、京から尼子勝久を奉じて戻って来た山中鹿介の軍二千に、再び上月城を奪われた。そして、その後詰めとして、年初に増員された羽柴軍一万が、姫路に駐留し始めた。

しかし、直家は今後のことも考え、どうしてもこの尼子氏の軍事拠点だけは奪い直しておきたかった。

今度は掻《か》き集められるだけの兵を率いて、上月城の周辺に押し寄せようとしていた矢先、再び下腹部に痛みが走るようになった。やはり、臍の下あたりからだ。しかも昨年の十一月とは比較にならぬほどの激痛だった。時に眩暈《めまい》を覚え、全身に脂汗が滲《にじ》んだ。

厠《かわや》に入った時、臀部《でんぶ》を拭《ぬぐ》った懐紙を燈明《とうみょう》にて照らしてみた。

ぞっとした。

便に混じって赤黒い血がべったりと付いていた。便が綺麗《きれい》になくなるまで、何度も臀部を丁寧に拭った。それでも血は常に、懐紙に滲み続けていた。

そんな症状が十日ばかり続いた後、再び痛みは遠のいた。しかし下腹部の違和感は、以前より大きくなっている。

…………。

その後も、厠に行くたびに懐紙を確認した。表面にはなおも血が付き続けていた。

痔《じ》ではない。その自覚症状はない。おそらくは臓腑《ぞうふ》のどこかが破れ、血が滲み続けている。たぶん、最初に痛みを覚えた頃からだ。三月ほどが経ってもまだ治っていない。

直家はなおも数日考えた末、この病状を現実として受け入れざるを得ないと感じた。たぶん、再発する。仮に自らが先頭に立って戦場に行くとしても、いつ何時この痛みに襲われるかもしれない。そうなれば、総大将自らが軍の足手まといになるだけだ。

日中にお福を改めて呼び出し、奥の部屋で二人だけになった。

「直家殿、どうされたのです。私に向かって改めて正座など」

そう言って、お福は笑った。

が、直家はなおも畏《かしこ》まったまま、お福へ微笑んだ。思えばこの妻も、今や三十代の半ばを過ぎている。

「お福よ、そなたはいつまでも若々しいままであるな」

「また、そのような追従《ついしょう》を」

そう言って、お福は再び笑みを洩《も》らした。

直家は、単刀直入に言った。

「わしはもう、そう長くは生きられぬかも知れぬ」

すると、お福は一度下を向いた。そして再び顔を上げた時には、恐ろしく神妙な面持ちに様変わりしていた。

「やはりどこぞ、お悪いのですか」

「気づいていたか」

お福はうなずいた。

「毎夜、閨《ねや》を共にしておりまするゆえ。このところ顔色も心なしか、悪《わる》うございました」

直家もまた、うなずき返した。次いで、自らの病状を詳しく語り始めた。自分でも驚くほどの恬淡《てんたん》とした口調だった。

考えてみれば、物心がついた頃から個としては、この世にさほどの未練はなかった。

生まれた星の下、ひたすらに必死に生きて来ただけだ。

お福は、無言のまま最後まで聞いていた。

「――そのようなわけだ。今すぐではないが、やがてわしは、足腰も立たぬようになるだろう」

するとお福は、その両目からぽろぽろと涙を零《こぼ》した。

直家は、慌てた。

「案ずるな。わしが生きているうちに宇喜多家――そなたや八郎、郎党たちが、この先も路頭に迷わぬようにする」そう、励ますように言った。「宇喜多家は誰にも潰《つぶ》させぬ。三浦家のような心配は無用である」

するとお福は、こう憤然と口を開いた。

「私は、そのようなことを気にしているのではござりませぬ」

「では、何故に泣く」

「直家殿の来し方を思えばこそ、泣けてくるのでございます。幼き頃から常に心の休まる時はなく、挙句には心労にて臓腑まで傷《いた》めてしまう。その来し方を思うだに、哀《かな》しくなりまする」

こんな場合ながら、直家はつい苦笑した。

「あれか。病は気から、というやつか」

「笑い事ではありませぬっ」

「そうだ……たしかに、笑い事ではない」

言いつつ、直家はお福の手を握り、何度かその甲を軽くさすった。

この女だけは、おれのことを怖がらぬ。畏《おそ》れぬ。性根が暗く、何の取り柄もない自分のことを、変わらず好いてくれている。まるで我が子のように、案じてくれている。

「お福よ、わしは幸せ者である」

「はい？」

「そちのような室《しつ》を持てたことだ。人生の勝者とは、つまるところそのようなものではあるまいか。路頭に迷わぬ限りは、武門の大小ではない」

最後は何故か、自分に問いかけるような口調になった。

するとお福も少し照れ笑いを浮かべ、しかし再び落涙した。


二月下旬のことだ。驚天動地《きょうてんどうち》の報が石山城に舞い込んできた。

なんと播磨第一の大名、別所長治が織田家に叛旗《はんき》を翻したという。主城である三木城の縄張りを大幅に拡張した上で、旗下の被官、東播磨一帯の豪族、本願寺に帰依する門徒宗七千五百を率いて籠城《ろうじょう》を開始した。

城主・別所長治の妻は、西丹波随一の豪族、波多野《はたの》秀治《ひではる》の娘である。そして秀治は、今も丹波中の豪族を指揮し、織田家旗下の明智軍と泥沼の戦いを続けている。それに呼応して長治も立ち上がったのだ。また、家中の一部には、どこの馬の骨とも分からぬ羽柴秀吉への反感もあったという。

対して羽柴軍一万はさっそく姫路から動き、この三木城を取り囲んだ。むろん、この攻城軍には、官兵衛の姫路小寺家も参加していた。

そんな矢先、安芸から恵瓊がやって来た。

「これは絶好の勝機でござる」恵瓊は力んで言った。「さればこそ、当家と和泉守殿で海路、東播磨へと出陣し、三木城と力を合わせて一気に羽柴軍を駆逐するに如かず」

しかし、直家には直家の考えがあった。海路から陸地の敵陣を突くという戦略の脆《もろ》さは、先年の英賀合戦で毛利水軍自らが証明済みであった。二年前の木津川合戦のように、水軍同士の合戦ならともかくもだ。

なによりも宇喜多家は、国境《くにざかい》の至近に尼子の残党が籠《こも》る上月城という楔《くさび》を打ち込まれたままだ。そんな情勢を一足飛びにして、はるか先にある播磨東部へ兵団を送ることなど、剣呑《けんのん》過ぎてできたものではない。

だから直家は、こう言った。

「まずは、上月城を始めとした西播磨の三城を攻め落とし、次に、揖保川以東の小寺宗家と御着城をこちらの威武にて隷属させる。城主の小寺政職は腰の定まらぬ男でござる。姫路小寺家と羽柴軍さえ居らずば、簡単にこちらに靡《なび》きましょう。そこまでしっかりと足場を固めた上で、改めて東播磨まで陸路で進み、別所殿と呼応して羽柴軍を叩《たた》くというのが、最も手堅い戦法でござる」

「それは、あまりにも悠長というもの」恵瓊は反論した。「別所殿をすぐに助けてこそ、武門の名も立つというものでござる」

「これは、明敏な恵瓊殿のお言葉とも思えませぬ」直家は、すこし微笑んで言った。「武門同士の戦いとは、名を上げるためのものに非《あら》ず。商人が少しずつ利を重ねるが如く、時と手間をかけても、確実に自家の勢力を広げるために行うものでありまする」

これは、直家の終始変わらぬ考え方でもあった。この道理には、さすがに恵瓊も言葉に詰まった。

「……しかし、このまましばらく孤立無援の状態では、別所殿も不安に思われましょう」

直家は少し考え、さらに言った。

「別所殿には地元の利もあり、籠城に徹しても当分は兵糧の心配もなく、持ち堪《こた》えましょう。その間に西播磨を我らがものにすれば、彼ら別所の面々も『西方からの後詰めあり』と見て士気も上がりましょう」

「……」

「さらに申し上げる。万が一別所殿の兵糧が不足するような事態が起きれば、その時にこそ三木城に海路、食糧を送ればよろしいのでござる」

案の定、恵瓊は言った。

「あの木津川のようにでありまするか」

直家はうなずいた。

「左様。卒爾《そつじ》ながら毛利殿の水軍でござれば、兵站《へいたん》に間違いはありますまい」

それならば陸戦にはならず、負けることもない。が、それは言葉にはしなかった。言わずとも恵瓊には通じるだろうと感じた。

結局、直家の方針通りになった。

四月、宇喜多と毛利の連合軍三万五千が備前を越境し、上月城を重厚に取り巻いた。しかし積極的な攻勢には出ず、上月城を取り巻いて付城《つけじろ》を造り、空堀を穿《うが》ち、さらには逆茂木《さかもぎ》までびっしりと植え込んだ。城内に籠る尼子の残党に蟻《あり》の這《は》い出る隙も与えず、徹底して干乾しにする作戦だった。

同時に、これらの包囲網は攻めて来た羽柴軍に対しても威力を発揮する。容易に上月城に近づくことが出来ない。

案の定、羽柴軍のうち六千がすぐに東播磨からやって来たが、この陣城《じんしろ》の様子と彼我の兵力差にはなす術《すべ》もなく、宇喜多と毛利の連合軍を遠巻きにすることしか出来なかった。

さらには、この西播磨に羽柴軍の過半を吸い寄せることにより、東方の三木城を取り巻く羽柴の包囲網は手薄になっていた。毛利水軍は、さっそくこの間隙《かんげき》を縫って兵糧輸送を開始した。

ちなみに直家は、この間も石山城にいた。此度《こたび》の攻城戦には参加せず、宇喜多軍一万を指揮する総大将として、弟の忠家を派遣していた。

自らの病状のことは忠家にはむろん、戸川や岡といった重臣たちにも既に打ち明けてあった。

この不出馬のことでは、再びやって来た恵瓊にも渋い顔をされた。

「この上月城の仕置きで、中国筋は先々の半ばが決まりましょう。されば今からでも、棟梁《とうりょう》たる和泉守殿の御出陣を賜りたい。それが、両川《りょうせん》からのたっての希望でもあります」

両川とは、毛利家を実質的に動かしている小早川隆景と吉川元春の、二大武将のことである。

直家は、ついため息をついた。

今は誤魔化せたとしても、病状は進む。時が経てばやがて露見する。であれば、いよいよ足腰が立たぬようになってから外部に洩《も》れるよりも、まだ自分が気丈なうちに敢《あ》えて他家に知らしめておいたほうが、その後の彼らの反応を見て、対策も何かと立てやすいのではないか――。

それでも最初のひと言目を発するには、相当な勇気が要った。

「それがし、実は病《やまい》にてござる」

「はい？」

「昨年から臓腑《ぞうふ》の具合がおかしくなり、下血が止まりませぬ。激しい痛みに、時には立てぬこともござる」

事実、今も血が出続けている。時に襲う下腹部の痛みも、次第に頻繁になってきている。

すると恵瓊は、まじまじと直家の顔を見た。

直家もまた、黙って恵瓊の顔を見返した。

恵瓊は、その直家の様子をしばし観察し、信じたようだ。ややあって口を開いた。

「戦場には、もう行けぬほどですか」

直家は、言った。

「今はこうして小康を保っておりまする。が、もし戦場で痛みが出た場合は、どうにもならぬでしょうな。おそらくは我が軍にかなりの混乱が起きまする。最悪の場合、その陣の乱れを織田軍に突かれる場合もありまする」

「……」

「忠家には、何事も両川殿の采配《さいはい》に従うように、としかと命じてありまする。されば、毛利家の被官同様にお使いいただきたい」

人の口に戸は立てられぬ。これで自分が深刻な病であることは、毛利家全体のみならず、やがては敵将の羽柴秀吉の耳にも風聞として届くだろう。

が、むしろそれでいい。

半年後か一年後か、あるいは数年後まで持つかは分からぬが、やがておれは、この病で死ぬだろう……。

実は、直家には少し前からある考えが浮かんでいた。

今後の自家存続のためには、自らの病でさえ利用してやろうという覚悟だ。

信長は、その面子《めんつ》にかけても織田家を裏切った自分のことを滅多なことでは許すまい。それは、あの苛烈《かれつ》な気性を考えても分かる。

が、中国筋の攻略を受け持つ秀吉の考えは、また別だろう。あの異常な立身欲と自負心を持つ小男は、信長のような武門の面子などどうでもいい。織田家の家臣に過ぎない者に、矜持《きょうじ》など不要だからだ。秀吉は自らを、信長という棟梁《しょうにん》に仕事が出来る者であることを見せることを、第一義としているはずだ。

そして、この自分が病だという噂が伝われば、秀吉は家中での出世競争でさらに頭一つ抜け出るため、つまりは中国筋の早期統一のために、おそらくはいっそうの硬軟取り混ぜた調略を、宇喜多家に仕掛けてくるはずだ。

五月、織田信忠《のぶただ》という信長の嫡男が、二万四千の兵団を引き連れて羽柴軍に合流した。羽柴軍と尼子残党軍の計七千を合わせれば、これで上月城を巡る攻防は、敵味方互角に近い兵力になった。

が、それまでに長大な防御陣を築き終えていたこちらへは、一切の攻撃を仕掛けて来なかった。安易に手出しをすれば大火傷《やけど》を負うことが分かっているからだ。

直家は、さらに思う。

おそらく、しばらくすれば引き下がる。織田軍は威武行為だけだろう。

何故ならば、二千余ほどの尼子の残党が籠《こも》る城を助けるより、まずは三木城を叩《たた》き潰《つぶ》すほうが、信長にとってははるかに有益だからだ。また、敵地の攻略は自分の封土に近い場所から順に進めていくというのが、軍略の鉄則でもある。

上月城までやって来たのは、あくまで山中鹿介たちへの義理立てに過ぎない。おそらくは秀吉の要請に、信長が一時的に応《こた》えたものだ。

そのようなことを考えれば、織田軍本体が東播磨を素通りしたままで、雌雄《しゆう》を決してこちらと戦うつもりだとは、到底思えない。

もし織田軍がこの攻防戦に敗れた場合、ほぼ同数のこちらは、当然のように追い打ちをかける。また、その織田軍の逃げる先の東播磨には、別所軍の七千五百が存在する。おそらくは毛利・宇喜多連合軍に呼応して城外戦に打って出る。織田軍は、こちらと合わせて四万を超える軍に挟み撃ちになる。下手をすれば壊滅する。あの計算高い信長が、そこまでの危険を冒してまで上月城を取りに来るとは思えない。

六月下旬になると、案の定だった。

織田軍は一向に進捗《しんちょく》を見せない攻城戦に業を煮やし、上月城から続々と退去し始めた。

後に知ったことだが、秀吉はこの上月城での滞陣中に、城内の尼子残党の許《もと》に何度か間諜《かんちょう》を送り込んでいた。そしてその密使に、秀吉の考えを伝えていた。

曰《いわ》く、織田家の援軍がここまで揃っても、毛利と宇喜多の重厚な陣地を突破してそこもとらを救い出すのは無理である。さらには信長からも撤去命令が出ており、尼子勝久や山中鹿介には、城を放棄して脱出するように、との趣旨だった。ちなみにこれは、信長からの要請でもあった。

しかし、尼子の主従はこれを黙殺した。最後まで抗戦することを選んだ。

っていた。

まさか織田軍が、自分たちの苦境を見捨てて退去することはないだろうと高をくくっていた。

が、やはり信長は、再度の撤退命令を下した。退去して、東播磨の三木城を攻めよと命じた。信長にすればわざわざ西播磨まで出張って尼子の残党に誠意を見せた以上、そしてその戦況が一向に捗々《はかばか》しくない以上、三万近くの軍をこれ以上滞陣させておくのは無駄だと判断したのだ。

この撤退の時、織田軍の殿《しんがり》を羽柴軍が務めていた。

そこに、毛利と宇喜多の連合軍は追い打ちをかけた。やはり織田軍には腰を据えて戦う気はなかったようだ。結果、逃げる羽柴軍を散々に切り崩して、佐用郡と赤穂郡から完全に撤退させることが出来た。

七月一日、上月城に籠り続けていた尼子の残党は、この撤退を受けて、降伏を申し出てきた。籠城《ろうじょう》兵の助命と引き換えに、尼子勝久、氏久《うじひさ》、道久《みちひさ》という三兄弟が、揃って自害するという。

毛利家はこれを受け入れた。結果、尼子三兄弟はその子らと共に腹を切り、ここに尼子の血筋は完全に途絶えた。

この三人を支え続けてきた家臣・山中鹿介もまた、投降した籠城兵の中に含まれていた。が、この男のみは、毛利家に全面降伏するつもりは毛頭なかったようだ。備中松山城に送られる途中で逃亡を図り、毛利家の家臣に殺された。

これにて、毛利家を長年煩わせ続けてきた尼子氏の勢力も完全に滅亡した。

直家もまた、西播磨の版図をほぼ取り戻すことが出来た。

結果としてこの上月城での攻防は、両家にとって大いに得るものがあった。

ちなみにこの戦勝直後、直家は病中の体を押して、上月城まで小早川隆景と吉川元春に会いに出向いた。

この両川とは初めての対面だったが、結果は芳しくなかった。隆景と元春は、恵瓊のさかんな周旋にもかかわらず、直家にどことなく素っ気なかった。

大将として出陣しなかったことで大いに不満に思われ、しかも戦勝後に来る体力があるならば、何故に緒戦のうちに顔を出さなかったのかと、その心底を微妙に疑われていたようだ。

直家は内心で苦笑した。

別に今、毛利を裏切る気などさらさらない。

が、先々の情勢次第では、それもどうなるかは分からない。それは、かつての宇喜多、三村、毛利という三家の関係の激変を見ても分かる。敵の織田家をも含んで、相手の出方次第だ。武門同士の関係など、敵味方などは定かならぬ常に流転の中にある。

小早川隆景は、その帰路には石山城に寄ると約束していたのに、急用が出来たと言って備前を海路、素通りした。吉川元春も同様だった。作州路《さくしゅうじ》からそそくさと安芸へと戻っていった。

後日、中村三郎左衛門《なかむらさぶろうざえもん》という家中の者が、この両川に讒言《ざんげん》をしていることが分かった。

「過日、小寺家の家老が石山城に来たという噂もあり、万が一にも謀殺されることも考えられまする。万全を期するならば、石山城にはお立ち寄りになられないほうがよろしいでしょう」

そう、この中村は語ったらしい。

中村は、上月の元城主であった赤松政範の旧臣であった。そして一年前に上月城が羽柴軍により滅ぼされてから、宇喜多家に従った新参者だ。先々のことを考えて、宇喜多家よりも大なる武門の毛利家に、個人的に忠心を表しておきたかったようだ。

直家は思わず、ため息をついた。

自分は今まで、家中の者を手討ちにしたことはない。古くからの者はむろん、新参者も宇喜多家の忠実な郎党になるよう、なるべく大事に扱ってきたつもりだ。が、家臣から裏切ったとなれば、話は別だ。

直家は、弟の忠家に命じて中村三郎左衛門を斬首《ざんしゅ》にした。

5

上月城が落城して、ほどない頃だった。

小西弥九郎と共に、珍しく義父の魚屋九郎右衛門が石山城にやって来た。

「おや、楽隠居の者が、珍しい」

そう言って直家が笑うと、九郎右衛門もまた下座で微笑んだ。

「和泉守様には、たまにはお会いしませぬとな」

そう、やや嗄《か》れた声で言った。この男も既に、六十をいくばくか超えている。

しばしたわいもない会話をした後、不意に声を潜めて九郎右衛門が言った。

「時に、お体の調子はいかがでございますか」

「今は小康を保っている」直家は答えた。そしてふと思い、聞いた。「わしの病のこと、城下でも噂になっておるか」

一瞬小首をかしげ、九郎右衛門は答えた。

「今はまだ、さほどでもありませぬ。されど、やがては城下中の知るところとなりましょう」

ふむ、と直家はうなずいた。毛利にも言ってしまったのだから、国内《くにうち》にも滲《にじ》むようにして広がるのは当然だろう。

「ところで弥九郎は、よくやっておる」

そう、今は奥向きの用でお福に会っているあの若者のことを褒めた。

すると九郎右衛門も、また朗らかに笑った。

「親馬鹿なことを申すようですが、弥九郎は、私如き者の暖簾《のれん》にはもったいなき跡取りでございます。さすがに隆佐殿の息子であると感じ入っておる次第で」

「もったいないかどうかは分からぬが、あの若者は、余人とはまったく違うモノの見方をする。言動にも、つとに非凡な閃《ひらめ》きを感じる」

そう実際に口に出して、初めて分かる。

確かにそうだ。商人ながらも、あれほどこの世の構造を俯瞰《ふかん》して見られる男は滅多におらぬだろう。残念ながら、家中にもだ。

だから直家は、この若者と世の様々なことを話している時が、最も愉快だった。世俗の関心事を、常に別の角度から刺激される。

かと言って忠家や、岡、長船、戸川、花房といった重臣たちに失望しているわけではない。余計なことを考えず、ただひたすらに武辺一辺倒に育つよう指南してきた。むしろ、自分が理想とした通りだ。世の大局を見て武門の方向性を決めるのは、自分一人だけの役目でいい。

が、毛利と織田という巨大な勢力を向こうに回して様々な手立てを打たねばならぬような時勢になって来ると、話はまた別だ。

誰か、対外的な交渉役として、直家の身に成り代わって適時に物事を判断する者が必要になる。我が身がこのように機敏に動けなくなってしまった以上、毛利家の恵瓊のような者を、この宇喜多家にも早急に置く必要がある。

ふむ――。

直家は、ややあって九郎右衛門の顔を改めて見た。相手もまた、直家の顔をじっと見ている。

欲しい、と初めて自覚した。

むろん小西弥九郎のことだ。

あの若者ならば、直家が大まかな武門の方針さえ示せば、それを時々の政略眼に落とし込んで、他武門との交渉も楽々とこなすことが出来るだろう。

が、さすがにそれを口には出せなかった。まさかこの九郎右衛門の大事な跡取りを、宇喜多家に呉《く》れとは言いにくい。

この時の直家は、そんな迷いの気持ちを面《おもて》に出していたのかも知れない。

九郎右衛門は直家の顔をなおも無言で見ていたが、ややあって口を開いた。

「和泉守様、なにか？」

束の間迷った末、簡潔に答えた。

「いや……あのような若者が家中に居れば、と思ったまでだ。されど、詮無《せんな》きことである。この話柄はここまでじゃ」

つい、そう不得要領に応《こた》えると、九郎右衛門は少し笑った。

「私は、善定殿のことを、今でも大変に尊敬しておりまする」

直家も、これには黙ってうなずいた。今も昔も直家が見知った者で、およそ善定ほどに人品、器量ともに優れていた人間はいない。

九郎右衛門は、再び言葉を続けた。

「むろん、商いにおいてもその手腕はたいそうに優れておられましたが、それ以上に、福岡という町の発展のため、商人《あきんど》としての自分に何が出来るのかを、常に考えておいでのお方でございました」

その通りだ、と直家も感じる。

だからこそ、備前屋にとっては一文の得にもならないのに、備後に逼塞《ひっそく》中であった宇喜多一家を引き取った。直家の衣食住を賄ってくれた。

今にして思えば、それは善定が、ひとえに幼き頃の直家の子柄《こがら》を見込んでくれたからに他ならない。

このおれならば、万が一にも福岡を含めた周辺の混乱を鎮めてくれるような武将に育ってくれるかも知れない、と期待をかけてくれたからだ。

しかしこの日ノ本に、善定のように奇特な商人が、いったい何人いると言うのか。少なくとも直家は大人になっても、商人が零落した武家の面倒を多年にわたって見たなどという話は、ついぞ聞いたことがない。そう考えてくれば善定という男が、確かにおれの人生の半ばを作ったのだ。

そんな感慨に直家が浸っていると、さらに九郎右衛門は口を開いた。

「私も商人として永らく生きてきたとはいえ、この歳になって、ようやく分かってきたことがございます」

「ふむ」

「この石山へと移って来てから六年、和泉守様のお引き立てにより、我が店《たな》も随分と大きくして頂きました。身代も積みあがりましたが、それだけではつまりませぬ。善定殿のように、この私めも少しは世のため人のために役立ってこそ、生きた冥利《みようり》もあるのではないかと、この頃つくづく感じまする」

もしや、と直家は思う。

案の定、九郎右衛門はこう言った。

「そこで、弥九郎のことでございまする。もしいたくお気に召されたようでありますならば、和泉守様の許《もと》で、存分にお使いいただいてもよろしゅうございます」

この急な申し出に、かえって直家は慌てた。

「しかし、そちの店はどうするのだ」

「構いませぬ。宇喜多様あってこその石山城下の繁栄でございまする。それがし一個のことより、これよりは和泉守様と共に栄え行く城下全体の様を見守りとうございます。この町に住む者すべての在り様を、我が今後の楽しみとしとうござります」

しかし直家は、なおも半信半疑で尋ねた。

「本気か。おぬしはそれで良いかもしれぬが、この件、家人も承知しておるのか」

九郎右衛門は、はっきりとうなずいた。

「私どもの店をここまで厚く遇して頂いております以上、弥九郎でなくとも稼業は楽に回りましょう。宇喜多様という武門が続く限り、暖簾は存続いたしましょう。それは、我が妻も納得してございます」

「されど肝心の弥九郎は、どう思うであろうか」

これにもまた、九郎右衛門は即答した。

「既に弥九郎には、仮に、ということにて話してございます。確かに、最初は信じられぬような顔つきをしておりました。が、数日後には、それがしなどでよろしければ、是非にも和泉守様の許で存分に働いてみたい、と申しておった次第でござりまする」

直家は、我知らず感動していた。

ここまでの下準備を拵《こしら》えた上で、この老人はおれの前に姿を見せたのか。

直ちに近習《きんじゅう》に命じ、奥にいる弥九郎を呼びに行かせた。

早速やって来た弥九郎の返事もまた、九郎右衛門の話を裏付けるものだった。

「和泉守様にこのように招聘《しょうへい》されましたこと、我が身に余る光栄でござります。されば今後は、宇喜多家のために粉骨砕身尽くさせていただく所存。この一事、生涯をかけてお誓い申し上げまする」

そう、目の前に平伏した弱冠二十一歳の若者は、緊張と感激に声を震わせながら言った。

6

上月城の戦いから一月半ほどが過ぎた、八月中旬のことだ。

磐梨郡の明石行雄から使者がやって来た。にわかには我が耳を疑う話だった。

なんとあの小寺官兵衛が、明石家にもやって来たのだという。

ちなみに明石行雄は、浦上家を離叛《りはん》した後も、宇喜多家の純粋な郎党とはならず、ある程度の武門の独立性を有していた。明石家の希望でもあったし、直家もそれを受け、宇喜多家の客分として遇していた。

だからこそ官兵衛は、宇喜多家に直《じか》にではなく、その有力被官である明石家を挟んで、直家に接触してきたのだろう。

明石行雄からの文を開き、まずは行雄自身からの添え状に目を通した。

小寺官兵衛殿は、我ら備前衆と矛を交えた後も、まだ和泉守殿にはいたくご執心の様子であられる。詳しくは、小寺殿自身の文をご披見下さりませ。

続いて、官兵衛からの密書を手に取る。厳重に封をしてある。さらに念入りなことに、その閉じ口に花押《かおう》までしたためてある。つまりこの密書の中身は、直家の前に誰も見ていない。

内容は、ざっとこのようなものであった。

過日は、不幸にもあのような仕儀《しぎ》に相成りましたものの、父の代より続くそれがしと和泉守様の御縁は、これよりも変わらぬものと信じております。また、この手紙を送るに際しては、羽柴殿の同意も得てございます。

風聞によりますれば、なにやら和泉守様は御体調が優れぬご様子とのこと。羽柴殿も、過日の件は過日のこととして、気にしておられます。

それがしは明石殿のところへ、再び九月の半ば頃には訪ねて参ります。もし、その折に何用かあるようであれば、明石殿へ御言伝《おことづて》を頂いても構いませぬ。

直家はしばらく考えて、弥九郎を呼んだ。今は国内の年貢や矢銭の徴収、児島郡の干拓業務などを行わせている。まずは武門の基礎を成す出納をしっかりと学ばせてから、宇喜多家の対外交渉役として外部に出すつもりであった。

官兵衛からの手紙を一読した弥九郎を見て、直家は尋ねた。

「弥九郎よ、思うところを述べよ」

束の間思案した後、弥九郎は口を開いた。

「今、羽柴殿は別所殿の三木城を包囲されてございます。されど、別所殿には元々の地の利もあり、また毛利からの補給も望め、いくら大軍で包囲してみても、そうおいそれとは落城なされぬでしょう」

やはり、そこに気づいている。

「されば、まず近策としましては、海路よりの毛利の補給を途中で断ち、より早く三木城を降《くだ》すためにも、殿《との》に織田家へと寝返って欲しいのでございます」

「羽柴と官兵衛はそう思っておるにせよ、このわしへの調略のこと、信長は承知していると思うか」

これにはすぐに首を振った。

「羽柴殿のことは、この短い文中に二度も念を入れてございます。ですが、織田上総介殿の名は、一度も出て来ておりませぬ。おそらくは、この両名のみのご料簡《りょうけん》にてございます」

直家がうなずくと、さらに弥九郎は言葉を続けた。

「次に、おそらくは羽柴殿の考えておられるであろう、先々の事にてござります。今も織田家では、熾烈《しれつ》な出世争いが続いております。主だったところでは羽柴殿、明智光秀殿、荒木村重殿、柴田勝家殿、この四者でござりましょうか。しかし、もしここで羽柴殿が殿の引き込みに成功すれば、織田家の中国筋への勢力圏は、一気に備中の一部まで延びまする。毛利殿はいよいよ追い詰められ、この時点で羽柴殿の織田家での地位は、ほぼ完全に確立されましょう」

まさにその通りだ、と直家も思う。

もとが百姓であるあの男は、織田家を放り出されると、武士として世間に立つ道がない。だから、躍起になってさらに出世街道を驀進《ばくしん》しようとしている。

そしておれは、その欲心を利用する。

既に秀吉も官兵衛も、直家が不治の病だと感づいている。確かにその通りだ。自分でも分かる。今も腹部の痛みは頻繁に続いているし、下血も始終ある。そして痛みは、次第に腰部全体にも広がってきている。徐々に気力体力も衰え始めている。

おそらく長くはない。早ければ一年、もってもあと二年だろう。

が、ただで死んでやるつもりはない。

　秀吉は直家が死ねば、宇喜多家は船頭を失って、毛利家の完全な傀儡《かいらい》になると踏んでいる。それは、かつて小早川家や吉川家が毛利家から乗っ取られたことを考えれば、容易に想像できる話だ。

　だからこそ、おれが死ぬ前に、なんとしても我が武門を織田家に引き込みたいと考えている。そのためには直家の要求も、ある程度までは呑《の》むだろう。

　それ故に、わざと恵瓊には自分の病状のことを打ち明けた。乱世の常として、毛利家にも織田家の間者は潜んでいる。秀吉の耳にも入るように、敢《あ》えて仕向けた。

　直家は、改めて覚悟のほどを決める。

　宇喜多家の存続のためには、どんなことでもする。我が死でさえも、交渉の切り札に使う。世間でいう武士道など、直家にとってはどうでもいい。そんなものは、犬にでも呉《く》れてやる。まだこうして頭がしっかりと働いているうちに、先々での宇喜多家の行く末だけはしっかりと固めておく必要がある。

　少年時代の辛《つら》い記憶が蘇《よみがえ》る。お福や八郎、郎党たちを、かつての宇喜多家のように路頭に迷わせてはならぬ。岡や戸川、長船たちの親のように、山野に隠れたまま死なせてはならぬ。

　少し考え、直家は言った。

「むしろ、こちらの方が強いと思うか」

「考え方にも、よりまする」弥九郎は、その意味をすぐに察した。「少なくとも羽柴殿には強く出られても構わぬかと思われます。それを織田殿がどう裁量なさるかは、また別の話とはなりますが」

「ふむ」

そろそろもう一度動くべき時だ、と感じる。その条件によっては、毛利家に傾いている宇喜多家の天秤《てんびん》を、もう一度織田方へと戻してもよい。

そう思いながら、改めて弥九郎を見た。

この若者を外に出すのはまだ少し早いかもしれない。が、この機会を逃すべきではないとも感じる。

それに官兵衛との接触は、既に毛利が直家を警戒し始めている今、万が一にも他の武門に洩《も》れてはならない。官兵衛もそれを望んでいるから、客分の明石家へと出向いたのだ。これなら、毛利に知られたとしても、秀吉は明石だけを籠絡《ろうらく》しようとしているように考えるだろう。

ならばこちらも、その動向が目立ってしまう長船や戸川ら三家老を行かせるべきではない。事が成ろうと成るまいと、この件だけは最後の最後まで毛利に露見してはならない。

弥九郎であれば、毛利もまだその存在を知らない。目立たない。どこに行こうと勘繰られることはない。

「弥九郎、この織田家との話し合い、おぬしが裁量してみるか」

これには弥九郎も一瞬、ひどく驚いた顔をした。まさか新参者の自分に、このような大役が回って来るとは夢にも思っていなかったのだろう。

が、直後にはがばりと平伏した。

「畏《かしこ》まりましてございます。このお役目、しかと覚悟を持って拝領させていただきます」

その様子を見て、直家は少し苦笑した。

「初手からそう気張らずとも良い。まずは相手の出方を見よ。一度目では、秀吉と官兵衛がどれほどこの宇喜多家を欲しがっているのか、それを見極めるだけでよい」

「……はっ」

「官兵衛が何事かを言い出す前に、こちらから鞍替《くらが》えの要件を示してやる必要はない。おそらくこの話し合いは、何度か続く。そのうちに羽柴と官兵衛はしびれを切らす。織田方から良き話を切り出してくるまでは、じっと待つのだ」

やや首を捻《ひね》り、弥九郎は口を開いた。

「されど、殿は織田家とは、どのあたりで折り合いをお付けになるおつもりでありましょうや」

既に、直家には心積もりがあった。

「相手の出方にもよる。よるが、美作と備前の正式な守護としての認可、ここはまず譲れぬ。さらには、取り戻した西播磨の版図の安堵《あんど》。ここまでをも言い出してくるようならば、織田家に再び靡《なび》くことを早々に決めても良い」

実は、まだ美作の一部は宇喜多家の版図になっていない。三星城の後藤勝基や鷲山城の星賀光重らは、依然として滅んだ浦上家を慕い、直家の傘下に入ることを良しとしていない。備前国境にある茶臼山城の笹部勘次郎なども、またそうだ。

しかし、宗景が頼った信長が、美作と備前の領有権を直家に認めたならば、彼ら土豪たちもまた、宇喜多家に抗する名目を失う。結果、直家の傘下へ入らざるを得ない。

が、この直家の言葉を聞いた直後、弥九郎はごくわずかに表情を曇らせた。それはそうだろうと直家も内心で再び苦笑する。

この条件を織田家がすべて呑めば、宇喜多家の版図は今よりもさらに大きく、五十五万石程度にまで広がる。我ながら強欲な言い分であると思わないこともない。

しかし、だからこそ最低条件を美作と備前の正式な守護とした。これでも備中の一部を合わせた全体では、五十万石に迫る。織田家の傘下に入りつつも、ある程度の武門の独立性を維持しようとすれば、これくらいの規模は死守する必要がある。

「今言った要件の二つとも、あるいは二ヶ国の守護認可を織田家から言い出さぬ限り、わしは再び信長に付くことはない」

これもまた、直家の本心であった。

「その時は今まで通り毛利と組み続け、徹底して織田家に抗戦し続ける。西播磨と備前以西から赤間《あかま》ヶ関《せき》（下関）までの土地は、すべてこの両家の版図である。いわば、その巨大な半島に籠《こも》って、宇喜多と毛利がありったけの兵力を総ざらいした五万近くで戦う。織田家に与《くみ》する陸からの援軍はどこからもない。おそらく十年は戦える。その事態は羽柴はむろん、あの計算高い信長も相当に嫌がるはずだ」

「はい」

「良いか。くれぐれも初回は挨拶《あいさつ》程度に済ませよ。こちらから無心をするような態度は気《け》振《ぶ》りも見せるな。相手が折れてくるのを待て。手札は、先に見せたほうが負ける」

「畏まりました」

九月の半ば、弥九郎は供も連れずに磐梨郡へと発《た》った。

そして五日後、保木《ほぎ》城から石山城に戻って来た。

「どうであった」

直家は早速弥九郎に聞いた。

「晩には飛騨守（明石行雄）殿とも三人で、酒を飲みましてございます」そんな言い方を弥九郎はした。「殿に命じられました通り、その病状が刻々と進んでおられること、それとなく洩らしたまでにて、あとはひたすら官兵衛殿の話を聞いておりました」

「官兵衛は、どのような話をした」

すると弥九郎は、やや苦笑した。

「織田家の先々がどれほどに明るいかという話をされてございます。なにやら、聞いているこちらが恥ずかしくなるほどの熱弁ぶりにて」

これには、直家も破顔した。官兵衛の織田好きは、相変わらず徹底したもののようであった。

と、ここで弥九郎が素朴な疑問を口にした。

「されど、そもそも官兵衛殿は小寺家の筆頭家老にて、織田家の家臣ではございませぬ。それが、小寺家のお役目を半ば放り出したような体《てい》で、ああもあからさまに羽柴殿に仕えておられるのは、如何《いかが》なものでしょう。主君であられる加賀守（小寺政職）殿は、何とも思われぬのでしょうか」

「まあ、そこは官兵衛のことだ。主家の了承も抜かりなく取り付けた上で、羽柴秀吉にも仕えているのではあるまいか」

「ですが、羽柴軍に参じているのは、依然として官兵衛殿の兵五百ばかりにて、肝心の小寺宗家の兵は一人もなきようにてございます」

「……ふむ」

この事実には、直家も多少引っかかるものを感じた。しかし、少なくともこの弥九郎が抱いた疑念を、過大には捉《とら》えていなかった。


十月の半ば、再び弥九郎は磐梨郡に赴いた。官兵衛が、また一月後に保木城に来ると言っていたからだ。

時に下腹部の痛みに苛《さいな》まれながらも、直家は思う。

官兵衛は、いよいよこのおれを鞍替えさせようと本腰を入れてきている。でなければ、いくら微行《びこう》とはいえ、こうも短期間で敵地である備前に乗り込んでくることはない。

それに対して直家も、弥九郎を再び遣わすことにより、宇喜多家もそれなりに乗り気であることはにおわせている。

弥九郎には改めて言い含めた。

「おぬしが官兵衛に会うこと自体が、既に我が武門の無言の意思を示しておる。だからこそ、今度も相手の言い分を聞いているだけで良い」

「はっ」

五日後、弥九郎が戻って来た。さっそく直家は問うた。

「今度は如何であった」

むろん、官兵衛の出かたのことであった。

すると、まだ二十一歳のこの若者は、やや首を捻《ひね》った。

「……あれでございまするな。一回りも年上のお方にこういう言い方はなんでございまするが、官兵衛殿は、存外に無邪気な御仁のようにお見受けいたしまする」

つい直家も笑った。

確かに官兵衛には、そういうところがある。こと軍略になれば鬼神もさながらの辣《らつ》腕《わん》を発揮するくせに、いざ面と向かって話してみると、自らを韜晦《とうかい》する素振りがまったくないというか、若干の人格の軽さを感じる時があった。

半生で苦労したことがないからだと、この時の直家はむしろその軽みを好意的に捉えた。

が、若年とはいえ商売上の交渉で粘り強く場数を踏んできた弥九郎は、そこにやや官兵衛に対する青さを覚えるようであった。

「官兵衛殿は、早くも割符《さいふ》の片方を切られてまいりました」

「どのようなものか」

「備前と美作の所領安堵ならば、羽柴殿もなんとか信長殿に承知させることが出来るかも知れぬ、ということでございました」

「両国の正式な守護ということか」

「そこまでは明言されませんでしたが、おそらくはその意味に近い口調でございました」

「ふむ」

最上ではないが、かと言って最悪でもない。

「で、おぬしは何と答えた」

「殿に、そのお言葉はしかとお伝えいたします、そう言い留《とど》めておきました」

直家は、その対応に満足した。

「今度はいつ会う」

「また、来月の半ば頃に」

「分かった」

もし来月、備前と美作の守護職を正式に認めるようであれば、さらに今一つ、織田家の出方を探ってみる気であった。

しかし、官兵衛と弥九郎との三度目の会合は、永久に来ることはなかった。

織田家ならびに羽柴軍が、それどころではなくなったからだ。そして官兵衛もまた、別の理由で会いに来ることは出来なくなった。

荒木村重という、近頃よく聞く織田家の重臣がいる。

五年ほど前に信長に仕えるや否や、瞬く間に頭角を現した男だ。仕えて一年ほどで、早くも摂津一国三十七万石の守護を任された。位階も、信長の差配により従五位下を朝廷より拝領している。

それら信長の厚遇通り、恐ろしく有能な中年男であるとの評判であった。

その荒木が、突如として織田家に叛旗《はんき》を翻したのだ。毛利家にも本願寺にも事前の根回しはほとんどなく、この謀叛《むほん》の直前に、村重の使者から寝返りを知らされたという。

事実、この謀叛を報《しら》せに来た恵瓊も、興奮し切った口ぶりだった。

「これこそ千載一遇の勝機。荒木摂津守が我らに味方した以上、同じ摂津にある石山（本願寺）も、再び勢いを取り戻しましょう」

ついては、さらにこの両者の後方支援のために、再び兵糧を満載した水軍を木津川に差し向けるという。

「もしこれが成れば、ますます摂津守も本願寺も意気盛んになりましょう。結果、播磨の羽柴軍は、完全に孤立無援となる次第」

それはそうなると、直家も思う。

この摂津の二大勢力が織田家への確固たる堰堤《えんてい》となってくれれば、織田家は西方へと進む道を完全に遮断されてしまう。中国筋の北方でも、摂津と地続きになっている丹波と丹後の豪族たちが、依然として織田家に粘り強い抵抗を試みているからだ。日本海から瀬戸内までが陸続きで敵陣となる。信長に、中国地方に出て行く術《すべ》はない。つまり、羽柴軍は敵陣の中で孤立する。かと言って京の織田家は、その秀吉に人員や物資を送ることも出来ない。何故なら、瀬戸内の制海権は毛利水軍が握っているからだ。

「その時こそ毛利家と宇喜多家が共に東進して、逃げ場を失くした羽柴軍を殲滅《せんめつ》しましょうぞ」

この時期、織田信忠が率いていた援軍は既に播磨を去り、その一部の兵を羽柴軍へと残していった。現在の秀吉は、一万五千ほどの兵で三木城を囲んでいる。

宇喜多と毛利が上月城の時と同様、三万五千の兵をもって播磨に乗り込めば、三木城に籠《こも》っている別所の軍七千五百も呼応して打って出る。味方は計四万二、三千にはなる。いかに羽柴が戦上手だとしても、三倍近い敵にはどうすることも出来まい。

これには直家も、すぐにうなずいた。

「左様。そう致しましょう」

むろん、本心からそう答えた。織田家とは下交渉中ではあったが、むしろ好都合だと思っていた。

信長が今後、中国筋でも圧倒的な優勢になると踏んだからこそ、秀吉と官兵衛の誘いに乗って、その落としどころを探っていたのだ。だが、摂津から赤間ヶ関までの西国全土を確固たる反織田圏として確立できれば、宇喜多家はこの勢力圏のちょうど中間にいる。もはや織田軍の矢面に立つことはなく、その意味でも、信長と敢《あ》えて手を握る必要はまったくない。

何よりも直家が気に入ったことは、それならば宇喜多家の独立性は今のまま維持できるということだ。

そして恵瓊が安芸に帰った後、直家はしみじみと思うことがあった。

これで信長は、四度目だ。

四回も、友軍や家臣から裏切られたことになる。

一度目は八年前、義弟である浅井長政の、朝倉氏への寝返りだ。六年前には松永弾正が武田信玄に与《くみ》して裏切り、これを信長は許すも、さらに一年前、松永はまたしても謀叛を起こした。そして滅んだ。

そして、今回の荒木の件だ。

さらに直家自身の離叛も含めれば、これで五度目になる。

なんとなくではあるが、我が身に照らし合わせて直感的に悟ったことがある。

おそらくは皆、それぞれに事情はあったろうが、その本質はひとつであると感じる。

信長の人を人とも思わぬ苛烈《かれつ》な気性と非情な差略には、彼らもまた、とても付いていけぬと思ったからではないだろうか。

少なくとも直家は当時、そうだった。

あの男は、この宇内《うだい》が自分を中心に回っていると思っている。その傲岸《ごうがん》さ、精神の不遜《ふそん》さがこうした事態を次々と招いているのではないか。

ともかくも播磨の羽柴軍は、これで東を摂津の荒木、西を直家の宇喜多軍の勢力に挟まれることとなった。これでは秀吉も枕を高くして眠れるはずもない。

そこで十月の末、官兵衛は秀吉とも話し合った末に、主君の小寺政職にも了解を取り、荒木村重の説得に慌ただしく摂津に赴くことになった。

少なくとも、直家が西播磨からの風聞にて耳にした話はそうだった。

が、官兵衛の消息は、村重の籠る有岡《ありおか》城に入った直後から途絶えた。

十一月六日、毛利水軍の六百艘《そう》が瀬戸内を悠々と東航し、木津川河口まで辿《たど》り着いた。

その河口で織田家の水軍が、本願寺への食糧補給を阻止しようと待ち構えていた。

直家は二年前と同じく、今度も毛利水軍の圧勝に終わるだろうと気楽に考えていた。

が、その予想は見事なまでに覆された。

織田家旗下に、九鬼嘉隆《くきよしたか》という海賊上がりの部将がいる。織田水軍の采配《さいはい》を任されていた。

その九鬼が、全長十八間（約三十三メートル）、幅六間（約十一メートル）という途方もない大きさの鉄甲船を六隻ほど造り上げていた。さらには、喫水線より上の舷側《げんそく》にも甲板上の屋形にも、びっしりと鉄板が打ち付けられていた。つまり、焙烙《ほうろく》火矢がまったく通じない仕様となっていた。

数で言えば百倍を誇った毛利水軍だが、旗艦の五隻でさえ、所詮《しょせん》は通常の安宅船《あたけぶね》であった。織田家の鉄甲船とは、その容積に四倍ほどの違いがある。しかも、その上部構造に防火装備は一切ない。

ましてやそれ以下の関船《せきぶね》や小早船《こばやぶね》となると、織田水軍から見れば、豆粒ほどの大きさにしか見えなかっただろう。

織田水軍の一方的な火力攻撃の前に、毛利水軍はなす術もなかった。あたかも六頭の巨象に、六百匹の蟻が次々と踏み潰《つぶ》されていくようなものであった。

結局、毛利水軍の殆《ほとん》どが本願寺にはたどり着けず、ほぼ全滅した。毛利家は、恵瓊が言っていた千載一遇の好機を、ふいにした。

ちなみにこれ以降、瀬戸内の制海権は、徐々に織田方に侵食されていくことになる。


十一月九日、この木津川合戦での完勝に自信を深めた信長は、五万という大軍を率いて山城から摂津へと南下した。そして翌十日以降、主城の有岡城はむろん、荒木方の六つの支城をも取り囲んだ。

ちなみに、この直後には秀吉も、三木城を取り囲んでいた兵から約五千を引き抜き、信長の許《もと》へと駆け付けていた。丹波を攻めていた明智光秀も同様であった。織田軍の総勢は、これで六万を超えた。

当時、荒木軍の総兵力は一万五千であったが、この織田方の大軍に恐れをなし、信長の半ば脅しを含めた降伏勧告に従う荒木方の支城が続出した。主だった荒木方の重臣では、高槻《たかつき》城の高山右近《たかやまうこん》、茨木《いばらき》城の中川清秀《なかがわきよひで》らである。また、主城である有岡城からも、かなりの兵が夜陰に乗じて逃亡した。結果、荒木軍の兵力は一万五千から五千へと、瞬く間に激減した。

十一月の半ばには、織田軍の攻撃目標は、村重自身が籠る有岡城と、その嫡男である村次《むらつぐ》が守る尼崎城を残すのみとなった。そしてこの二城を兵団の数にモノを言わせて幾重にも取り囲み、徐々に分厚い攻撃を仕掛け始めた。

どうやら信長は、これはもう我が軍が間違いなく勝つと見たらしい。あとは、落城がいつになるかの問題のみである、と。

そして、弥九郎の父・小西隆佐が文にて直家に報告してきたことには、信長は荒木村重の叛乱《はんらん》以降、大坂本願寺と急遽《きゅうきょ》進めていた和平交渉を、一方的に打ち切ったという。

これだ、とその話を聞いた時、直家は思わず顔をしかめた。これだから、あの男は到底信用できぬのだ、と感じる。

摂津にて荒木勢と本願寺を同時に敵に回すのは不利だといったん判断すれば、それまで八年以上も戦いを続けてきた敵とも、なりふり構わず強引に講和を結ぼうとする。

しかし、一転してこちらに戦局が有利と見れば、進めてきた和平交渉をいともあっさりと反故《ほご》にする。

その徹底した節操のなさ、信義の潰しようときたら、どうだ。

やはり、とうてい信用に足る相手ではない。だから信長は、その言動をつぶさに見てきた身近な者から常に裏切られるのだとも、改めて感じた。おそらくそれは村重も例外ではない……。

が、信長のある意味で苛烈な言動は、その後も厭《あ》くことなく続いた。

実は村重の不穏な動きは、どうも以前からあったようだ。その頃から信長は、次々と村重説得の使者を有岡城に送り込んでいた。最初に祐筆《ゆうひつ》である松井友閑《まついゆうかん》と万見重元《まんみしげもと》らを派遣し、次には互いの子供を通じて親戚《しんせき》になっている明智光秀をも使者として送り込んでいた。

彼らはすべて信長の許に帰って来て、村重の反応を報告した。

が、小寺家の筆頭家老である官兵衛は、有岡城に入ったきり、出て来ていない。さらに実際に攻城戦を仕掛け始めても、官兵衛が下城してくることはなかった。

家臣や被官に裏切られ続けている信長は、官兵衛の二心を疑い始めた。秀吉から寝返って、村重の軍師に収まっているのではないかと勘繰るようになった。

そしてその疑念は、十一月の下旬に西播磨の小寺政職が織田家から離叛して、毛利家と荒木村重に与することを鮮明にした時点で、決定的なものになった。

この時の信長の行動もまた、隆佐からの文によって知った。

「藤吉郎っ」信長は額に青筋を立てて、秀吉をかつての名で目の前に呼びつけたという。「ぬしは、あの骨細《ほねぼそ》の息子を預かっておったな」

「はっ」しかし秀吉はまさかと思い、こう予防線を張った。「松寿丸は十一歳になります」

そう、まだほんの子供であることを強調した。が、信長にとってはそんなことはどうでもよかった。裏切り者の嫡男というだけで充分であったらしい。

「歳など聞いておらぬっ。もはや小寺家は主従ともわしを裏切りおった。その小僧を、

即刻打ち首にせいっ」

「さ、されど官兵衛までが、織田家を離叛したとは限りませぬ」

直家もまた、そう感じた。あの篤実な官兵衛が、一度与した相手を裏切るとは到底思えない。

しかし、この世は分からぬものだ。時に予想もつかぬ目が出ることもある。だから、半面では僅《わず》かながらも、主君がそう出たのであれば官兵衛も従わざるを得なかったのではないかと感じないこともなかった。

案の定、信長はさらにいきり立った。

「加賀守（小寺政職）がわしを裏切っておるのだ。現に、その筆頭家老である官兵衛も同じ料簡《りょうけん》にて、有岡城にて籠《こも》ったままではないかっ。よいからすぐに殺せっ」

「ですが、それはあまりにも——」

再びそう口を開きかけた直後、信長はついに癇癪《かんしゃく》を起こした。秀吉を睨《ね》めつけたまま、一瞬、脇差《わきざし》に手をかけた。

「おのれ……この禿げ鼠、わしの言うことが聞けぬと申すか。二人目、三人目の官兵

衛を、この織田家から出してもいいと申すかっ。それを、座してわしに見ていろとでも言うつもりかっ」

この凄《すさ》まじい剣幕には、結局秀吉も従うしかなかった。

ここまでの顚末《てんまつ》を知り、直家はついため息をついた。

すまじきものは宮仕え、と昔から言う。意に染まぬ事でも、主従の契りを結んだ以上は従わねばならぬ。信長という魔王が君臨する織田家では、なおさらだろう。

秀吉は、官兵衛の息子を殺さざるを得ない。官兵衛と満隆には気の毒ではあるが、どうしようもないことだ。

直家もまた、かつてはそうだった。宗景の命に従い、やむなく義父である中山信正を殺した。その時の苦い記憶がまざまざと蘇《よみがえ》ってきた。逆に、そのようなことをせずに済む出処進退の自由さこそ、直家がこの乱世を生き抜くにあたって、最も目指してきたものであった。

だからこそ、それからはどこの武門にも完全には従属することなく、自力で宇喜多家の勢力を押し広げてきたのだ。

この一件以来、信長のことがより生理的に嫌いになった。

そして官兵衛が忽然《こつぜん》とこの世から消えた以上、織田家との関係を模索する件は、立ち消えになった。というより、直家はそう一人で勝手に決めた。

そして何故か、ひどく気が楽になるのを感じた。

織田家は圧倒的軍容で荒木村重の城を攻め立てたが、結果はあまり芳しいものではなかった。ひとつには、主城である有岡城が東西七町（約〇・八キロ）あまり、南北十五町（約一・六キロ）あまりという途方もない巨城で、その城郭を取り巻く総構えも完全に出来上がっていたからだ。

さらには荒木以下の籠城兵《ろうじょうへい》たちには、羽柴軍に囲まれた別所氏同様、どこにも逃げ場がなかった。織田家の大軍を前に絶望的な抗戦を試みるしか、その道は残されていなかった。

十二月の半ば、これは長期戦になるとみた信長は京へと戻り、さらに岐阜《ぎふ》へと帰っていった。摂津には二万の織田兵が残り、兵糧攻めを主眼とした攻城戦を再開した。同時に羽柴軍もまた東播磨へと戻り、三木城への包囲網を一万五千の兵にて再構築した。

このようにして摂津と東播磨は敵の籠る城を除き、その大半の土地が再び織田家の手中へと落ちた。信長の居城である岐阜以西の畿内と中国筋は、元のように織田家の地続きの支配圏に、ほぼ戻ったということだ。

つい二月前に恵瓊が熱弁していた播磨への共同侵攻は、摂津が荒木村重軍の支配下になり、そこで織田軍本体の動きを堰《せ》き止めることを前提としていた。羽柴軍を攻めても、織田家からは援軍が来ないことをその要件としていた。

が、その前提が崩れた以上、この東播磨への侵攻作戦は完全に画餅《がべい》に帰した。

7

年を越し、天正七（一五七九）年になった。

直家は、弥九郎や魚屋九郎右衛門らの商人筋の伝手《つて》で、年末から密《ひそ》かに羽柴軍の動向を探り続けていた。

その結果、にわかには信じがたいことが判明した。

なんと、御着城の小寺政職が織田家に叛旗《はんき》を翻したにもかかわらず、その小寺家の支城である姫路城は、相変わらず羽柴軍の西方の兵站《へいたん》基地として機能しているとのことだった。

さらに詳しく探りをいれてみると、姫路城の新城主には宗円が還俗《げんぞく》して返り咲き、さらにはその名乗りを黒田満隆に改めているという。

つまり、主君であった小寺政職から貰《もら》った小寺姓を捨て、生来の名乗りに戻したということだ。

一瞬、懐かしい思い出が蘇った。

まだ十一歳だった自分が福岡で出会った当時、宗円はそう名乗っていた。心細く名残を惜しむ直家を、当時元服したばかりの十六歳の満隆は、何度も振り返っていた。

ともかくもこの一事は、他家にとっては些細《ささい》なことに映るかもしれないが、少なくとも直家には重大な意味を持つことであった。

宗円、いや満隆は、大事な嫡孫を信長に殺されたというのに、さらには主家も織田家を離叛したというのに、それでも黒田家単独で織田家に付くことを決めたということになる。

しかし、何故だ。

どうしてそこまで、織田家に肩入れすることが出来るというのか——。

しかし、この満隆の心情だけは、いくら調べても外部からそうおいそれと分かるものではなかった。

この新事態に困惑したのが、御着城の小寺政職であった。その所領は十万石、二千五百ほどの兵を動員できるとはいえ、その内実では姫路城の黒田家に靡《なび》いた者が五百名ほど出ていってしまった。

わずか二千名の兵、しかも小寺家本体がこのように割れた状態では、羽柴軍一万五千には、到底太刀打ちできない。一旦《いったん》は織田家に叛旗を翻したものの、これで政職は完全に身動きが取れなくなった。

かと言って不思議なことに、宇喜多家には助力を請う使者も来なかった。

直家もまた、よく知りもしない小寺政職を進んで助けるほど、お人好《よ》しではない。

何故なら、直家が小寺領に進軍した途端、秀吉は信長に援軍を頼むだろう。結果として直家は、羽柴軍に加えてその援軍とも戦わねばならぬ羽目になる。旗下の宇喜多兵一万五千では甚だ心許《こころもと》ない。それに今は、毛利の後詰めも当てには出来ない。

毛利家は木津川での大敗を受けて、対織田戦の考え方を根本から練り直している最中だった。そして当面は、信長との全面戦争は避ける気のようだ。

そのようなわけで直家も、黒田家と羽柴軍の動きをしばらくは静観することにした。代わりにこの間、未《いま》だ宇喜多家に抵抗している国内の豪族を平らげることを最終的に決めた。

浦上家が実質的に滅びてから、四年が経った。

その間、星賀光重、笹部勘次郎らの三氏を、宇喜多家の総力を挙げて攻め滅ぼそうかと思ったことは、何度もあった。

が、そのたびに躊躇《ためら》う自分がいた。

何故なら、彼ら三氏の旗頭である三星城の後藤勝基は、十八年前に直家の長女・千代を嫁に貰っている。当時、千代はまだ初潮も迎えていない年齢だった。

以来一度も会ったことはないが、千代は後藤家跡継ぎの与四郎元政《よしろうもとまさ》を産み、今も正室として生きている。

過去が、自分を責め立てる。

義理の父を殺し、最初の正室である奈美を宇喜多家から追い出すに等しい結果となった。その娘たちとも関係を修復出来ないうちに、二人を政略結婚で他家に嫁に出すことになった。挙句、十一年前には二女・お澪の嫁いでいた金川城主の松田元賢を滅ぼした。お澪は、落城直前に自害した。

それら債鬼たちが次々と脳裏に蘇り、常に直家の決断を蝕《むしば》んできた。

だからこそ彼ら土豪への対応は、かつては浦上家の家臣であり、三氏とも面識のある延原景能だけにまかせてきた。無理に力攻めはさせなかった。時に調略を行い、時に小規模な戦闘を繰り返すうちに、やがては根負けした相手から降参して来ることを期待していた。

が、四年が経過しても、後藤らは抗戦を弱める気配すら見せなかった。おそらくは直家が弱腰でいる限り、今後もそうだろう。

が、世の趨勢《すうせい》を広く眺めるに、このような生煮えの戦は、もうそろそろ終わりにしたほうがいい。

そして彼らを滅ぼすなら、織田家が摂津と東播磨でまだ手間取っている今を措《お》いてない。

荒木村重と別所長治の籠《こも》る城が落城すれば、信長はいよいよ中国筋への侵攻を本格的に始めるだろう。

その前に、なんとしても備前と美作全土の足場をしっかりと固めておかなければ、西播磨を挟んでの織田家との攻防は相当に難しいものとなる。おそらく、津波のように押し寄せてくる織田軍の威勢に恐れをなす者もいる。その時に後藤勝基らが国人《こくじん》たちを扇動すれば、信長方へと寝返る者が続出してしまう。

やはり今、彼らを滅ぼすしかない……。


二月になり、直家は討伐隊を結成した。

以前からの延原景能に加え、家中で最も剛勇な花房助兵衛職之を、もう一手の大将に任命し、彼ら二人に四千の兵を貸与した。

石山城から出立した宇喜多軍は、まずは美作との国境に近い笹部勘次郎の茶臼山城を襲い、この城をわずか数日で陥落させた。さらに吉井川を越えて美作へと入り、星賀光重の守る鷲山城も、五日ほどで落とした。

そして三月の初めには、美作の勝田郡中部にある後藤氏の居城、三星城を早くも取り囲んだ。

が、この三星城は、南北朝以来二百年も累代の後藤家当主が居城してきた堅城で、かつ、この本城を取り巻く支城も周辺に散らばっていた。

延原と花房はまず、三星城の対岸にあった林野《はやしの》城、後藤氏に与《くみ》していた江見元盛《もともり》の鷹巣《たかのす》城、片倉山砦《かたくらやまとりで》などを次々と陥落させていった。

四月には、三星城は丸裸になった。が、なおも後藤勝基の家臣たちは三星城に籠ったまま、頑強な抵抗を続けた。時には城から全軍が打って出て、数倍する宇喜多軍を敗走させる時もあった。

直家は、さらに援軍を派遣した。

かつては直家の養子として育てていた忠家の長男、与太郎が既に十七歳になり、忠家の許で沼城の跡取りとして、宇喜多詮家《あきいえ》と名乗るようになっていた。

直家は、この甥《おい》っ子に二千の兵を預け、延原・花房両軍の後詰めとして美作へと派遣した。

そして五月二日、ついに三星城は陥落する。

が、その直前に後藤勝基以下三十余名は、城から脱出していた。彼らは入田中山《いりたなかやま》村という場所で追い縋《すが》ってくる宇喜多兵と激しく切り結び、その主従は十名ほどになった。

勝基はさらに西方の長内村《ながうち》にある大庵寺《たいあんじ》まで落ち延び、その境内で自害して果てた。五月三日のことである。享年四十二。

千代は、父の宇喜多家に投降することを頑として拒んだらしい。どうやら勝基は、その千代と嫡男の元政を北方の因幡へと無事逃がすために、敢《あ》えて自らが囮《おとり》となって西方へと向かっていたようだ。

千代と元政は、因幡へと向かう途中の医王山《いおうざん》という山岳地帯で、勝基の死を知った。そして、母子ともに命を絶った。

直家は、その事実を自らの推測も含めて、ぼそぼそとお福に語った。

この妻もまた、かつては落城の憂き目に遭い、前夫を同じ理由で失くしていた。

お福は無言のまま、ただただ涙を零《こぼ》した。

8

天正七年の夏が、じりじりと過ぎていく。

下血は相変わらず続いているが、ここのところ、下腹部はそこまで痛くない。

よく思い出してみれば、昨年もそうだった。汗ばむ頃になると、痛みはさほどでもなくなる。そして寒さが骨身にまで染みる頃になると、腹の痛みが徐々に頻繁になる。痛みから下半身が異常に強張《こわば》り、しばらくは立つこともままならなくなる。

有岡城に籠っている荒木軍は、四月頃までは時おり城から打って出て、進捗《しんちょく》せぬ攻城戦に気が緩んでいる織田軍に、散々に夜討ちをかけることもあった。が、六月になる頃には、すっかりそのような奇襲作戦も影を潜めた。飢えつつあるのだ、と直家は思う。城内の食糧が底をつき始めている。だから、自ら戦を仕掛けるほどの体力がなくなりつつある。

それは、別所の三木城も同様だった。間諜《かんちょう》によれば、櫓《やぐら》の上から羽柴軍の動きを見張っている城兵の動きが、明らかに鈍り始めているという。そして城内からの軍馬のいななきも、すこしずつ聞こえなくなってきている。

やはり、こちらも食糧不足に苦しみ始めている。軍馬に呉《く》れる飼葉《かいば》も底を突きかけているか、最悪の場合、籠城《ろうじょう》兵たちがその馬を食べ始めているのかも知れない。

また、別所長治の妻の実家である南丹波の波多野氏も、既に去る五月、織田家中の明智光秀により滅ぼされていた。これで織田家に抵抗を続けている丹波の有力豪族は、赤井《あかい》氏のみとなっていた。

やはり、時の経過と共に情勢は徐々に織田家に有利になりつつある。

そんな七月中旬のことだった。

にわかには耳を疑う話を、登城してきた弥九郎から聞いた。

なんと、城下の魚屋九郎右衛門の屋敷に、黒田満隆が単身でやって来ているという。

「まことか」

思わず直家は問い返した。弥九郎もまた困惑気味にうなずいた。

「父の九郎右衛門が、しかとそのご尊顔を確認しております。四十年も前の、備前屋での曖昧《あいまい》な記憶ではございまするが、あれは確かに黒田殿であられると申しておりました」

「分かった」そして急いで念を押した。「このこと、まだ余人には洩《も》らしておらぬな」

「はい」

「では、当分はその胸ひとつに留《とど》めおくのだ。当然、家中でもだ」

むろん今はいかに敵将の一人とは言え、この旧知の男を毛利家に引き渡すなどという考えは、夢にも思い浮かばなかった。

ともかくも九郎右衛門の屋敷へと急ぎ直行した。

奥座敷に入ると、確かにそこには満隆がいた。

「これは――」

そう言いかけたが、直家はなおも驚きのあまり、言葉が続かない。

そんな直家の様子を見て、相手が少し微笑んだ。が、以前とは違ってその両頰が削《そ》げ落ちている。官兵衛のことでよほど心労を覚えていると見える。

満隆が、ゆるゆると口を開いた。

「最後にお会いしましたのは五年前、それがしどもの姫路城にてにございましたな」

「確かに、そうでござった」

しばらく無難な挨拶《あいさつ》を交わしているうちに、ようやく気持ちも落ち着いてきた。直家は本題を切り出した。

「御子息は、一体どうされているのでありましょうな」

「分かりませぬ」まずは一言で、満隆は答えた。「分かりませぬが、官兵衛が我が黒田家の不為《ふため》になるようなことをするとは、到底思えませぬ。また、筋金入りの織田家贔屓《びいき》だった息子が、容易に変節するとも思いませぬ」

それは直家もまったくの同意見だった。だからうなずいた。

直後、満隆の顔が異様に引き締まった。

「他方で、つい先日ですが、分かったこともございまする。だからこそ、こうして敵味方に分かれてしまったとはいえ、直家殿をお訪ねさせていただいた次第でござりまする」

この言葉には、やや戸惑った。

「……どういうことか」

「小寺殿のことでござる」そう、以前の主君である小寺政職のことを、他家の者として呼んだ。「小寺家を離叛《りはん》してから日が経つにつれ、かつて家中で朋輩《ほうばい》だった者が、少しずつではありますが、それがしの許《もと》へとやって参ります。小寺家に見切りをつけ、ありがたくも当家にお味方すると申してくれます。つい十日ほど前にも、そのような若者が一人、それがしの許を訪ねてまいりました。加賀守殿の近習でございました。そして、ある話を聞き申した」

直家は、ますます困惑する。この男は一体何を言い出そうとしているのか。その話の先行きが、皆目分からない。

「先年の十月、我が息子が荒木殿を説得するために摂津に向かった直後、小寺殿は残る家老たちと極秘裏に相談して、荒木殿に急ぎ密使を遣わしたる由」

「は？」

「なんでも小寺殿は、荒木殿にこう申されたそうです。『我が小寺家は織田家に与する者に非《あら》ず、これよりは毛利家と荒木家に誼《よしみ》を通じたき者である。よって、官兵衛の処置は摂津守殿に一任する』と……」

一瞬、聞き間違いかと思った。愕然《がくぜん》として、つい言わずもがなのことを口走った。

「それは、どういう意味でござるか」

一瞬黙り込み、満隆は静かに言ってのけた。

「つまり、荒木殿が煮て食おうが焼いて食おうが構わぬ、ということでござる」

——やはり、そうか。

あろうことか官兵衛は、主家から見捨てられていた。

もともと小寺家中は主君の政職を含めて、織田家に与《くみ》することに乗り気ではなかったと聞いている。それを官兵衛が説得し、世の行く末の道理を説いて、織田家に加担させることを半ば強引に決めたという経緯がある。

しかし別所長治に続いて荒木村重も織田家に叛旗を翻し、毛利水軍が再び木津川に向かうという話を聞いた時点で、小寺政職は、これは毛利が有利になる、と考えたのではないか。何故なら、一度目の海戦では織田家を完膚なきまでに叩《たた》き潰《つぶ》していたからだ。

そして荒木の説得に向かった官兵衛を、村重に売った。この織田家贔屓の筆頭家老を、自らの手を汚すことなく排除することによって、小寺家は毛利家に与することを心置きなく決めたというわけだ。

そこまでを一瞬で考え、こう言った。

「つまり、官兵衛殿はもうこの世にはおらぬ、と」

そう直家が問いかけると、満隆はわずかに口の端を歪《ゆが》めた。

「左様。普通に考えれば、そう見たほうが自然でございましょう。ですがそれがしには、荒木殿が加賀守殿の言葉通りに官兵衛を討ったとは、ちと想像できませぬ」

続いた満隆の言葉によれば、こうだった。

官兵衛は以前から、秀吉の使いで荒木村重には何度も会っていた。そして、村重の温厚な人柄や、陶芸絵画など芸術一般への多岐にわたる審美眼、教養には、少なからず尊敬の念を抱いていたという。事実、父の満隆にも、

「織田にありがちな、ただの荒々しい部将ではありませぬ」

と、常々語っていたらしい。

「そのような好意というものは、ごく自然に相手にも伝わりますもの。また、だからこそ愚息も自ら説得役を買って出たのでしょう。翻って荒木殿から見れば、そこまで自分に心を寄せている者を斬って捨てるなど、並大抵なことでは出来ませぬ」

だが、その並大抵な神経では為《な》しがたいことを、小寺政職という男は平然とやっているではないか。

しかも、自分の家臣に対してだ。およそ信じられぬほどの陋劣《ろうれつ》さと非情さだった。

武門の長《おさ》は、他家に対しての権謀術数はともかく、家臣を先に裏切ったら終わりだ。その時点で家中の人心は一気に引いていく。やがて武門としては終わる。

が、その言葉は呑《の》み込んだ。――小寺家のことは、今の主題ではない。

代わりに、こう簡潔に言った。

「つまり、依然その生死は不明である、と」

満隆はうなずいた。

そんな相手の様子を眺めながらも、直家は内心で別なことを思案している。

そもそも何故、目の前の男は、こうして自分に会いに来ているのか。

いくら考えても、答えは決まっていた。

以前とは違って、今は敵味方にはっきりと分かれているのだ。懐かしさや旧交を温めるためでは絶対にない。今の天下はそんな悠長な状況ではない。

だから満隆もまた官兵衛と同じく、自分を織田家に引き込むために来ている。

しかし、どうしてだ。

信長は、官兵衛を裏切り者だと断じたことに加え、次代の跡取りである嫡孫まで殺している。

満隆は、そこまでの非情な仕打ちを信長から受けているというのに、何故にここまで織田家に肩入れすることが出来るのか……。

多少躊躇《ためら》った後、その疑問を口にした。

すると満隆は、簡潔に答えた。

「それがしは、少なくとも織田家に仕えているつもりはありませぬ。それは、官兵衛も同様でありましたでしょう」

直家は思わず戸惑う。

当然だ。この親子は現に織田家の傘下に入っているではないか。

この時の直家は、おそらくひどく怪訝《けげん》そうな顔をしていたのだろう。満隆は、さらにこう繰り返した。

「我ら親子は織田上総介殿ではなく、その組下《くみした》の羽柴秀吉殿に与力しておりまする。故に上総介殿がどうお考えかは、我らの与《あずか》り知らぬこと」

不意に、六、七年前の恵瓊の言葉が脳裏を過《よぎ》った。

確か、恵瓊はこう言っていた。

織田家の天下は、長くてもあと十年である。その頃には、織田家の勢いは大きく天下を覆うものとなっているだろうが、その頂点こそが織田家崩壊の始まりになる。そしてその衣鉢《いはつ》を継ぐ者は、一に木下藤吉郎、二に明智十兵衛光秀である、と。

さらに後日の一年後、毛利輝元や小早川隆景には、こうも伝えたと聞いている。

「信長之代、五年、三年は持たるべく候。明年あたりは公家《くげ》などに成らるべく候かと見及び申候。左候《さ》て後、高ころびに、あおのけに転ばれ候ずると見え申候。藤吉郎さりとてはの者にて候」

直家は以前から恵瓊と同様、黒田親子のことも、その慧眼《けいがん》には一目置いている。

そして、この三人が揃いも揃って、秀吉の資質と将来を、その主君である信長以上に買っている。

つい直家は言った。

「つまり満隆殿は、そこまであの羽柴殿を見込んでおられる、と」

するとの相手は、少し笑った。だが、否定も肯定もしなかった。

しかし、直家はさらに言った。

「わしは羽柴殿とは一度しか会ったことがありませぬ。ありませぬゆえ、しかとは分かりませぬが、いったい羽柴殿とは、そこまでの人物でありましょうや」

「どういう意味でござりましょう」

さらに躊躇いを覚えたが、直家は問うた。

「甚だ非礼ながら、その羽柴殿は上総介殿の命に従って、松寿丸殿を手にかけたとのお話。いわば他の織田家重臣と同様、羽柴殿も上総介殿の操り人形も同然ではござりますまいか。そのような相手を、何故にそこまで見込めるのでござるか」

直後、満隆の顔がひどく強張《こわば》った。

直家は、思わず内心で臍《ほぞ》を噛《か》む思いだった。しまった。思いが先走るあまり、つい言い過ぎた――。

だから正直に頭を下げた。

「出過ぎたことを申しました」

が、意外にも満隆は怒らなかった。

「いや……直家殿の申されよう、ごもっともでござる」

束の間、両者の間に沈黙が流れた。

やがて、その気まずい沈黙を満隆が破った。

「もし、でござる。もし直家殿が、羽柴殿に人としての信を置けることが分かれば、上総介殿に直《じか》にではなく、羽柴殿を一つ挟んだ上で、織田家の客将になられる気はありますまいか」

来た、と感じる。やはりこれが満隆が来訪した目的だったのだ。

「しかし、わしには上総介殿に仕えるも、羽柴殿を通じて客将になるも、同様の仕儀になるように感じられまする」

秀吉に独自の裁量権がない限りは、結局、信長のどんな無体な要求でも呑まざるを得ないではないか。

そのことも、実際に口にして付け加えた。

すると満隆は、何故か改めて居ずまいを正した。

「直家殿、思えばそれがしは、直家殿との関係が、この世で最も長き間柄となりました」

あるいはそうかも知れぬ、と直家も感じる。

満隆の父である重隆は、既に十五年も前に鬼籍に入っている。四十年も近く前、この満隆と出会った頃から生きている者は、直家にももはや魚屋九郎右衛門ぐらいしかいない。あの後に姫路に行って小寺家に仕えた満隆ならば、なおさらその感慨は大きいのかも知れない。

だから黙ってうなずいた。

すると、満隆の顔が再び異様に強張った。

これは、と直家は直感的に悟る。

おそらくおれは、完全に思い違いをしていた。

先ほどの硬い表情。それは、直家の言いようを不快に思ったからではない。この男、よほど重大な秘密をまだその内に秘めている。

果たして能面のような表情のまま、満隆は言った。

「その長き御縁に縋《すが》り、これからそれがしが申すこと、構えて他言無用としていただけますでしょうか」

直家は、すこし考えてこう聞いた。

「それは、家老たちにもでしょうか」

「むろん」

「我が内儀にも？」

満隆は深々とうなずいた。

「直家殿の一心のみにて、なにとぞお留め置きいただきたい。さもなくば、下手をすれば我が黒田家は、破滅でござる」

これには驚いた。

そこまでの大事を打ち明けようとしているのであれば、これはもう直家も無条件に受け入れるしかない。

「承知いたしました。それがし、これから満隆殿の申されること、冥土《めいど》まで持っていきまする所存」

そう答えると、満隆は不意に吐息を洩《も》らした。

「実は、松寿丸は生きております る」

一瞬、我が耳を疑った。

「なんと？」

思わずそう問い返した。満隆は、さらに繰り返した。

「ですから、我が孫は死んではおりませぬ。上総介殿には殺された体《てい》にて報告が上がっておりまするが、その実はさる場所にて匿《かくま》われ、生きておりまする」

この秘事には、さすがの直家も腰が抜けるほどに愕然《がくぜん》とした。

……確かに、この一事を信長が知れば大事になる。黒田家の命運はむろん、命令を実行しなかった秀吉もどうなるか分からない。

と同時に、鮮やかな感動を覚えた。この満隆という男は、そこまで自分のことを信じてくれているのか――。

満隆の話は続いた。

「竹中半兵衛重治《しげはる》殿という御仁が、織田家中におられます。上総介殿の直臣《じきしん》ながら、羽柴殿の与力として長年過ごされて来ました」

その名前には、わずかに聞き覚えがあった。二年前の上月城攻防の折、官兵衛と共に宇喜多軍を散々に翻弄《ほんろう》した部将の名だ。

「羽柴殿は、上総介殿から松寿丸斬首《ざんしゅ》の命を受けた後も、散々に躊躇《ためら》っておられました。が、最後には決断しようとなされた危うきところを、竹中殿が『この件、それがしが仕《つかまつ》りましょう』と咄嗟《とっさ》にお申し出になられたのです。このお方の仕儀により、上総介殿の許《もと》に届いたのは、別人である死んだ少年の腐《ほた》れ首にて、結果、見分けはつかなかったようでありまする」

「それを、羽柴殿もまた黙認されていた、と」

束の間躊躇い、満隆はこう言った。

「羽柴殿には、上総介殿の命にあからさまに逆らうような気根はございませぬ」そう、ある意味ではばっさりと秀吉のことを切り捨てた。「ですが、少なくともこの件を黙認するぐらいの人情と、浮世の機微を察することが出来るほどの地頭はお持ちです」

そこで、直家はすべてを察した。

「つまり、それくらいの人品であれば、この権謀術数の世ではむしろ手を組むべきである、と」

満隆は、再び大きくうなずいた。

「羽柴殿があのようなお方でおられる限り、その組下にて与力した者たちが互いに庇《かば》い合えば、上総介殿のような主君の許でも、なんとか息をつくことが出来るのではありますまいか。敢《あ》えて織田家の敵に回り、武門の存亡を賭《か》けて戦い続けるより、まだ武門としては生き残る目が多きように感じまする」

「しかし今後、この一事が織田殿に露見した場合、竹中殿は、そして羽柴殿はどうなるのであろうか」

するると満隆は、束の間視線を下に落とした。

「竹中殿は、去る六月に儚《はかな》くなられました。そもそもが労咳《ろうがい》をお持ちの方でした」

知らぬ相手のこととはいえ、これもまた衝撃の事実だった。その竹中は、どのみち我が死を覚悟した上で、松寿丸を助けていたのだ。また、この顚末《てんまつ》の責を直接担う本人が死んでいるからこそ、こうして満隆は自分の前に姿を現した。

「その上で羽柴殿は、官兵衛が織田家を裏切らず、有岡城にて殺されたか、あるいは囚《とら》われの身になっていることに賭けておられます。それならば、上総介殿の御命令も反故《ほご》に出来るはずと踏んでおられるご様子」

あの小男の、配下の気持ちを慮《おもんぱか》りながらも、自らの先々での保身も図る平衡感覚には、つい唸《うな》らせられる思いだった。

が、もう一つ、重大な可能性が残っている。

「されど、織田殿が思われているように、官兵衛殿が万が一にも織田家を裏切っていた時は、どうなさる」

この答えは、束の間遅れた。

「……拙者《せっしゃ》には信じかねることですが、それでも羽柴殿は、上総介殿が松寿丸は死んだと思われている限り、敢えて命を奪う必要はなかろう、と申されております」

「なるほど」

「どこぞに放逐して、捨扶持《すてぶち》だけを与えておけばよい。黒田家はゆくゆく、官兵衛の次子である熊之助《くまのすけ》に継がせれば良い、と」

ふむ。秀吉は既に乗りかかった船だと思っている。露見せぬ限りは誤魔化し続けようと覚悟を決めている。

たしかにそのような男ならば、秀吉を通じて織田家に仕えることを、もう一度考え直しても良い。

「直家殿、如何でしょうか」改めて満隆が問うてきた。「もし直家殿が織田家に与《くみ》されることをお決めいただければ、この満隆、出来るだけのことはさせて頂く所存でござる。先々で上総介殿が無体なことを申されても、それがしは羽柴殿と共に、常に宇喜多家の藩屛《はんぺい》として動くこと、今ここでお誓い申し上げる。如何《いかが》でしょうか」

直家は、うなずいた。

「相分かり申した」ここまで相手に言わせたからには、こちらもはっきりと腹を打ち割って見せるしかない。「では、織田家に与する際の、それがしの望みを申し上げます」

そう、敢えて前提を隠さぬ言い方をした。そのほうが、満隆も後で秀吉と話をする時にはっきりとした判断材料になると思った。

「当家としては、備前と美作二ヶ国の正式な守護職と、それに伴う領土の安堵《あんど》、さらに上月城を含む今の西播磨の版図——この二つを確約していただけるようであれば、再び織田家に与する用意はござる」

満隆は、やや首をかしげた。

「ざっと、五十五、六万石の所領安堵ということになりまするな」

暗に、信長にその条件では難しいのではないかという口調だった。実際、先に官兵衛が提示した条件も、備前と美作の所領安堵と、出来れば守護職のお墨付きというものであった。この条件に、西播磨は含まれていない。

「左様。されど毛利と敵対した場合、おそらく備中の南部は奪われることになりましょう。さらに西美作と、備前の児島郡もどうなるか分かりませぬ。もしそうなった時にも、当家としては五十万石、悪くとも四十万石は確保したいと思っております。それ以下は、なりませぬ」

「ですが、何故です」満隆は問うてきた。「何故に、そこまで貨殖するように所領の大きさに拘《こだわ》るのであられますか」

「失礼ながら、織田殿はいついかなる時も非情かつ計算高く、その怒りようも相手の大きさを見て、明らかに態度を変えておられる。もしこの宇喜多家が織田殿の指先一つで転がせるような武門でありましたなら、多少の疑惑を覚えただけでも、その刃《やいば》は真っ直ぐに我らに向かいまするでしょう」

事実そうだ。もし黒田家が一万石程度の小宅でなければ、ああもあっさりと松寿丸の処刑を命じたりはしなかっただろう。

が、そのことは口に出さなかった。言わずとも、満隆には充分に身に染みて分かっているはずだ。代わりに、もっと大きな武門の例を引いた。

「二十万石の別所氏が叛旗《はんき》を翻した時、織田殿は長治殿をろくに説得もせず、すぐに攻城を命じられた。さらには四年前、織田家の古くからの客将であった水野信元《みずののぶもと》殿も、武田家に内通したかも知れぬという僅《わず》かな疑いにて織田殿に始末されております。結果、二十四万石の水野家は滅びてござる」

これもまた、事実であった。水野信元という武将は、そんな些細《ささい》な理由をもって信長に謀殺されていた。

「されど、摂津三十七万石を持つ荒木村重殿には、何度も翻意を促すような使者を送っておられる。これを見ても、織田殿が相手方の大きさに鑑《かんが》みて、算盤《そろばん》ずくで対応を変えておられるのは明々白々。さればこそ我が宇喜多家は、現在の版図の所領安堵なしには、織田家には与せぬつもりでござる」

「しかし、上総介殿が直家殿の申し出を蹴《け》られた場合は、どうなさる」

「その時は今まで通り、毛利殿と共に徹底して戦い抜くだけでござる」

これもまた、偽らざる自分の本心であった。いつその首が飛ぶかもしれぬような剣《けん》呑《のん》さでは、とうてい信長などに仕えたくはない。そもそもおれは、完全に誰かの被官になること自体、気が進まぬのだ。その誰かに自分の命運をそっくり預けることを想像しただけでも、吐き気がする。その意味での忠義など、犬にでも呉《く》れてやると改めて思う。

満隆は言った。

「されど長き目で見て、織田家に勝つとお思いでござるか」

「勝てぬまでも、負けぬ戦をする所存。弱者の戦略でござる。毛利殿と組んだまま中国筋の奥座敷に立て籠《こも》れば、少なくともあと十年は戦えましょう。昨今、与力からも裏切られ続けておられる織田殿でござる。そのうちに、どこぞからまた良き目も出てくるかも知れませぬ」

さらに言った。

「が、織田殿が先の話を呑《の》み、かつ、満隆殿が織田家の下で生き残る算段をそれがしと組んで頂けるのならば、この一件、乗りまする」

この直家の言葉に、しばし満隆は黙り込んでいた。

が、不意に破顔した。

「直家殿の話を聞いていると、なにやら商人《あきんど》との取引をしているようでござる」

直家も、つい苦笑した。

「そもそも拙者は商家で育っております。故に、武士としての美しさ、潔さなどははなから求めておりませぬ。そういう育ち方をしてもおりませぬ。他家からどのように言われようが、ひたすらに自家の保全を望む者にてござる。相手が算盤ずくなら、当方もまた算盤ずくにてこの乱世で生き残ることを、第一義としてござる」

この言葉に対し、満隆もゆっくりとうなずいた。

「相分かり申しました。では、この件、直家殿のお覚悟も含めて、とくと羽柴殿にお伝えいたしまする」

直家は、念のために聞いた。

「されど、羽柴殿が了承されるとしても、織田殿の御決断は、おのずと別のものにてござりましょうな」

「むろん」

と、満隆は簡潔にうなずいた。

八月、西丹波の黒井城《くろい》に籠っていた赤井家が、ついに明智軍によって滅ぼされた。これで丹波全域も、織田家のものとなった。

そして九月中旬、再び満隆がやって来た。

「良き話ではござらぬ」

そう前置きした上で、信長の反応を語った。秀吉が京に行って拝謁《はいえつ》したところ、信長は宇喜多家との和睦《わぼく》については、最初から渋い顔であったという。さらには直家が織田家に降《くだ》る条件を聞き及んだ途端、激怒した。

「おのれっ、あの備前の古狸めは一度裏切ったわしに対し、しおらしく首《こうべ》を垂れて来るならばともかく、ぬけぬけとそこまでほざくかっ」

挙句、秀吉に向かっても喚《わめ》き散らした。

「おのれもじゃ。何の権限があって宇喜多などと勝手に交渉しておる。そんな暇があるなら、とっとと三木城を落とさぬかっ」

そう叱りつけ、秀吉を播磨へと追い返したらしい。

いかにも信長らしい反応で、これには直家も笑うしかなかった。

と同時に、覚悟の臍《ほぞ》を固めた。

「満隆殿、残念ですが、ここまでにてございますな」

が、相手は首を振った。

「諦《あきら》めるには、まだ早うござりまする。上総介殿には上総介殿なりの面子《めんつ》もございましょう。せめて、一時《いっとき》なりとも西播磨だけでもお譲りいただくことはなりませぬでしょうか」

「はて。一時なりとも譲る、とは」

「羽柴殿は、宇喜多殿には決して悪いようにはせぬ、と申されております。もし今後、宇喜多殿が毛利殿と交戦して西の封土を失った場合、その失った分だけは順次に西播磨から返還し、少なくともその封土が備前と美作を合わせた所領――ざっと四十万石は下らぬようにすると、明言しておられました。また、それならば織田殿もゆくゆくは直家殿の戦働きをとくとご覧になり、納得されるのではないかとの由」

「なるほど」

「さらに毛利家のことが片付いた暁には、宇喜多殿に西播磨から備中の南部まで、今ある版図はすべて差し戻させて頂く。そう、羽柴殿は申されておりました」

うむ……それならばこちらも譲歩の余地はある。

一方では、それら秀吉の配慮も当然だ、とは感じていた。

何故ならば、羽柴軍の代わりに先鋒《せんぽう》で戦うのは、この宇喜多家だからだ。秀吉は労せずして毛利軍への攻略が進むことになる。当然、その戦果も織田家中では秀吉のものとなる。だからこそ、ここまで自分に対して心を砕いてきているのだ。

「相分かりました」直家は答えた。「では西播磨は、ひとまず織田家にお譲りしましょう。ですが、それでも織田殿が我を張られ、この宇喜多家を許さぬ、と言われた場合はどうなさる」

この頃、直家は既に堺の隆佐より聞いていた。

去る今月の初旬、荒木村重が有岡城を退去して、嫡男の居る尼崎城へと単身逃げ込んだという。いかなる訳かは分からないが、およそ武門の棟梁《とうりょう》としては信じられぬほどの愚劣さだった。これにて首領の居なくなった有岡城の士気は著しく低下しており、もはや落城も時間の問題のようであった。その情勢を受けた信長が、さらに強気に出てくる心配もある。

そのことを疑念として伝えると、

「実は、その有岡城のことにてありまする」そう満隆は、僅《わず》かに身を乗り出した。「先日、守備兵の隙を突いて、ようやく当家の者を忍ばせることが出来申した。官兵衛は、地下の牢《ろう》に繋《つな》がれておりました」

やはりそうだったか、とは感じつつも、直家もこの節義には、いささかの感動を覚えざるを得ない。と同時に、最初に息子のことではなく、まずは宇喜多家のことを語った満隆にも、奥ゆかしさを感じる。

「して、その様子は」

「髪も半ば抜け、顔や腕には疥癬《かいせん》、背骨も曲がり、片足もまったく動かずという有様でした。されど、命に別状はなきようだと聞いておりまする」

この無残さには言葉もなかった。半死半生の有様ではないか。織田家に忠心を尽くした結果が、これか。

そんなことを思っている間にも、満隆の話は続いた。

「この官兵衛の赤心を、それがしは羽柴殿と共に上洛《じょうらく》して、上総介殿に直《じか》に訴えかけまする。その上で、直家殿が二度と織田家を離叛することはないと、この黒田家が請け合うつもりですが、如何《いかが》でしょう。直家殿、お覚悟のほどはありまするか」

「それは――」

言いかけて、直家は再び絶句した。

まさか満隆が息子の惨状までだしに使って、信長に交渉を迫るとは思ってもいなかったからだ。この一見は優しげな男も、やはり乱世という盆上《ぼんじょう》に命を載せて生きているのだと感じる。その上で、もし直家が織田家を裏切れば、自分たちがその責を負うとまで暗に言っている。

正直、何故か追い詰められた気分になった。おれはそこまで誠心誠意、あの苛烈《かれつ》な信長に間接的にでも仕えることが出来るだろうか……。

挙句、こう苦し紛《まぎ》れに言った。

「されど我が宇喜多家に、何故ここまで肩入れしてくださる」

すると、ややあって満隆は訥々《とつとつ》と答えた。

「我が黒田家は、竹中殿に多大なる御恩を被《こうむ》りました。しかし、かのお方が儚《はかな》くなられた今となっては、それは返す当てのなき恩義でござる」

「……」

「ですから、その気持ちを今、直家殿とも分かち合いたいのでござる。それだけにてござる」

その途端だった。

不意に、直家の脳裏に古い記憶が忽然《こつぜん》と蘇《よみがえ》った。

もう三十年以上も前の、遠い記憶だ。

直家が初めて好きになった女——紗代《さよ》が、何かの折に直家に語った言葉だ。

「もし八郎殿が、私に対して恩義のようなものを感じておられますならば、それは、私に返さずともよろしいものでございます」

「それは、どういうことだろう」

「やがて直家殿が立派な大人になられた時、どなたかに返せばよろしいのです。そしてそのお方も、やがていつかは誰かに恩義を返す。なにも、当人でなくても良いのです。そのようにして人の縁《えにし》が繋がり、この広い宇内は広がっていく——そう、かつて申されたお方がおられました」

その言葉を今、つくづくと噛《か》みしめた。

紗代。常に、直家の若かりし頃の道標《みちしるべ》だった。

むろん、お福のことは好きだ。これからも死ぬまで好ましく思い続けることだろう。

一方で、どこかへと去ってしまった紗代のことも、日々に忘れたことはなかった。

おれは、一人で生きて来たのではない。

すべてが繋がっていく。

親代わりだった善定。直家を庇《かば》って戦場で死んだ柿谷。備前の行く末のために弥九郎を差し出した九郎右衛門。そして今、この満隆だ。

六歳の頃、鞆の津で飽かずに眺めていた。入り船と出船の光景だ。鏡面のような入り江に、次々と曳波《ひきなみ》が起こる。幾条にも交差して、穏やかな波紋を織り成す。

その人の波紋で、世は永劫《えいごう》に回り続けていく――。

直後には、自分でも驚くほど素直な気持ちになっていた。直家は目前の男に、深々と頭を下げた。

「満隆殿、わしはこのような御好意を賜り、つくづくありがたく存じます。では周旋のほど、何卒《なにとぞ》よろしくお願い申し上げまする」

そう、先程まで思いもよらなかった言葉が、腹の内からするりと出た。

もう、充分だ。

これで、織田と毛利を秤《はかり》にかけていたおれの時代は終わる。

今生での自分の役目も、またそうだ――。

9

九月の下旬、満隆は秀吉と共に上洛した。そして信長に、官兵衛が生きて地下牢に繋がれていることを伝えた。むろん、その惨憺《さんたん》たる有様もだ。

後に直家が聞いたところによれば、その報告を受けた信長は、珍しく大いに狼狽《ろうばい》したらしい。

すかさず秀吉が、宇喜多家が西播磨を割譲し、織田家に降《くだ》る旨を申し出た。その上で改めて満隆が、もし直家が再び寝返った時は、黒田家が全責務を負う旨を言上した。

信長はしばし迷った末、苦笑したという。

「分かった。良きようにせよ。宇喜多のことは、そちたちに一任する」

これにて宇喜多家が、羽柴軍の友軍になることが決定した。

さらに数日後、秀吉は松寿丸が生きていることを信長に報告した。信長は竹中半兵衛が死んでいることをふまえ、この一件を不問とした。

十月初旬、直家は、弟の忠家と弥九郎を自分の名代として、東播磨の羽柴軍の許《もと》へと遣わした。織田家との正式な和睦《わぼく》締結のためだ。

そして同月七日、織田家の嫡男、信忠が同席する中で両家の同盟が結ばれ、直家は羽柴軍の客将として織田家に所属することが正式に決定した。

この前後から直家は、毛利家に人質になっている戸川秀安の次男、孫六を取り戻すことに奔走した。

しかし当初、これには親である戸川自身が強硬に反対した。

「織田家との同盟をしばらくは極秘裏に保つことこそ、今は当家の大事。されば、我が息子は捨て殺しでよろしゅうございます。そもそも人質に出した時から、命は亡きものと覚悟しておりまする。ゆえに、ご配慮は無用でござる」

他の重臣たち——長船貞親や岡家利、馬場職家らも、戸川の態度には感動の色を露《あら》わにしつつも、無言のうちに賛意を示していた。

しかし直家は、断固として首を振った。おれもまた、この浮世に人の波を曳《ひ》くのだ。

「平助よ、そなたは乙子の時代より、わしや又三郎、平内と常に労苦を共にしてきた」そう、戸川、長船、岡たちを、昔の名で呼んだ。「あの頃に、わしは決しておぬしらを見捨てぬ、その忠心を裏切らぬと誓った。孫六は、八郎の身代わりで人質となった。それを思えば我が子も同然。みすみす見殺しには、せぬ」

これには、居並ぶ重臣たちも、激しく感涙にむせんだ。

たまたま恵瓊が堺からの帰路、備前沖を軍船で通りかかるという情報を得た。そこで、こちらも沖まで船を出し、恵瓊に立ち寄ってもらうことを求めた。

何も知らずにのこのこと訪ねてきた恵瓊を、直家は生け捕りにした。その上で同行してきた恵瓊の家臣たちにこう言い含め、安芸に向けて解き放った。

「恵瓊殿を返して欲しければ、当家の戸川の息子と引き換えである。そう、少輔《しょうふ》太郎(毛利輝元)殿にお伝えせよ」

毛利本家はこの報告を聞き、大いに怒った。むろんだが、囚《とら》われの身となった恵瓊も、それ以上に激怒していた。

「我が毛利家の信頼を裏切り、あまつさえ拙僧を幽閉するなど、やはり和泉守殿はお噂通りの人非人でござるな」

そう、面と向かって罵倒《ばとう》された。

直家は、苦笑するしかなかった。毛利家から見れば、まさしくその通りだからだ。また、宇喜多家の手に落ちたこのいささか腰の軽い僧に、同情もしていた。

「恵瓊殿、相済みませぬが、戸川の息子が帰って来るまでの、いましばらくの辛抱でござる。決して手荒には扱いませぬ。ご勘弁くだされ」

「毛利家と、本気で事を構えると申されるか」

「まあ、そういう仕儀に、相成りまするかの」

直家は他人事《ひとごと》のように答えた。

「我が毛利は、取引には応じぬかも知れませぬぞ」

そんな馬鹿なことがあるものか、と直家は腹の中で再び笑った。

毛利家から見れば、武門の外交を司《つかさど》る最高責任者と、宇喜多家の家臣の次子に過ぎぬ人質、その二つの命の価値の軽重には、雲泥の差がある。輝元は、間違いなく取引に応じる。

が、直家はこう伝えた。

「万が一、戸川の孫六が殺された場合にも、それがしは恵瓊殿を手にかけるつもりはありませぬ。しばしのち、安芸へとお戻しさせていただく。ご安心召されよ」

これもまた、本心であった。人質としての価値が無くなれば、殺すまでの必要はない。

しかし直家が思った通り、すぐに毛利家は取引に応じた。むしろ、こんな安き取引で良いのかと呆《あき》れていたらしい。

そして備中との国境にて、恵瓊と孫六を交換した。

直後から、毛利家の宇喜多領への大掛かりな侵攻が始まった。裏切られた報復の意味もあった。備中南部の領地は瞬く間に奪われ、さらに備前の児島郡や、美作の真島郡はむろん、大庭《おおば》郡にまで大軍を擁して攻め込んできた。

が、忠家や戸川といった重臣たちは、毛利軍を相手に善戦した。結果として戦況は、一進一退を繰り返した。

そんな状況下での十一月十九日、ついに摂津の有岡城が陥落する。信長は、荒木村重の眷属《けんぞく》や重臣たちの家族を含めた七百名弱を虐殺した。

嫌な男だ、と直家は改めて感じた。降伏した兵を、何もそこまで無残に扱う必要はないではないか。もし直《じか》に仕えるとしたら、とても付き合いきれる君主ではない。やはり秀吉の客将として織田家に間接的に与《くみ》したほうが、はるかに良い思案だ。

なお、官兵衛はこの時に初めて城外に連れ出された。とても一人で歩けるような状態ではなく、板輿《いたごし》に乗せられたその様子は、干からびた虫の死骸《しがい》のようであったという。

さらに翌天正八（一五八〇）年の一月、今度は東播磨の三木城が陥落した。

秀吉は間を置かず、続けざまに西播磨にある御着城の攻城戦に移った。満隆や官兵衛の旧主である小寺政職の主城である。

政職はしばしの抗戦の後、僅《わず》かな親族を連れて英賀の海岸から備後の鞆の津へと逃げた。残っていた城兵は、織田家に全面降伏した。これにて京から備前までの山陽道はすべて、織田家の勢力圏となった。

直家は、思う。

今、毛利軍は美作の真島郡にある高田城を拠点として、またしても大庭郡や久米郡まで侵攻して来ているが、小早川隆景や吉川元春にも、それが一時的な戦果に過ぎぬことは分かっているだろう。毛利家にはその百二十万石という版図以外に、支援の勢力はない。

対してこの宇喜多家には、今いかに領地を侵食されていようとも、やがては織田家という後詰めが入る。最後には盛り返すことが出来る。長い目で見れば、毛利家は織田家の巨大な軍事力の前に屈さざるを得ない。結果、今後の宇喜多家はほぼ安泰となるだろう。

が、そう思案してみたところで、直家には安堵《あんど》感《かん》以外には、ほぼ何も感じるところがなかった。

一つには再びの冬を迎え、また下腹部がひどく痛むようになっていたこともある。尻《しり》からの下血も夥《おびただ》しく続いている。その激痛のあまり下半身全体が痺《しび》れ、時には十日ほども床から出られなくなることがあった。気根も体力も、すっかり病魔に吸い取られ始めている。

家政は既に弟の忠家と、戸川、岡、長船の三家老が執るようになっていた。

それで良いと感じる。

宇喜多家は、もう他家への政略調略などを考えずとも良い段階に入ってきている。織田家の尖兵《せんぺい》として、対毛利戦を愚直に行うだけで良い。

直家が敢《あ》えて表に出ずとも、もう宇喜多家のことは回っていく。だからこれでいい。この世でのおれの役割は、やはり終わっている。

この頃になると、お福がひっきりなしに傍に付き、直家の看護をするようになっていた。直家の裾《すそ》をからげ、血塗《ちまみ》れの臀部《でんぶ》を剥《む》き出しにして、日に何度も白布で拭《ふ》き取った。そして、そのたびに真新しい褌《ふんどし》を締め上げてくれる。

「お福よ、このようなこと、そちがわざわざせずともよい。誰か近習にやらせる」

直家は当初、何度かそう訴えた。正直、恥ずかしさに身の置き所もなかった。時に下血には便も混ざっている。臀部に顔を近づければ、ひどく臭いもしよう。

が、お福はこう言って笑った。

「直家殿、我らは夫婦《めおと》でございます」

「し、しかし」

「五十をとうに過ぎても、私には無様なところを見せまいと恥じらわれます。恥じらう様《さま》を露わにされます。そのような直家殿を、好ましく思います。ですから、なおさら遠慮は無用のこと」

寒さが緩み、夏が近づくにつれ、次第に腹部の痛みが和らぎ始めた。

直家は、家政の表の場に出ることはほとんどなくなった。時に忠家や三家老から相談があった時だけ、手短に武門としての指針を示すだけだった。

さらに体調が良い時は、九歳になる嫡子・八郎の遊び相手をすることもあった。とはいっても、既に体を激しく動かすことは出来なかったから、将棋を教えたり、直家が少年期に嗜《たしな》んだ漢籍の内容を分かりやすく話してやるという、半ばは教育のような遊びだった。

八郎は自分の幼少の頃とは違って、素直で、ひどく活発でもあった。親の贔屓目《ひいきめ》ではなく、明らかにその子柄を誰からも好まれている。

だが、そのような少年の常として、自らを含めた物事をひたすらに見つめる姿勢は、やや弱いような気もした。自らの存在に、何の疑問も抱いていない。おそらくはまだ無意識だろうが、世の中というものは生まれ落ちた時から常に自分に対して開かれていると、ごく自然に感じている。その意味で、恐ろしく無邪気だ。

が、これからの世ではそれで良いのかも知れぬ、と感じる。

おれのように常にこの世と人を猜疑《さいぎ》し、旺盛《おうせい》な独立心をもって生きていく力とするような者は、もう時代には合わない。

この年の八月、ついに織田家が大坂本願寺を全面降伏に追い込んだ。これにて信長は、畿内のほぼ全土を勢力下に置いた。

直家は重臣からのその報告を、枕元で他人事のように聞いていた。

この頃、小西弥九郎は既に宇喜多家を去っていた。

去年の同盟締結の折から、秀吉は早くも弥九郎の才幹に目を瞠《みは》っていたらしい。宇喜多家の連絡役として播磨に何度も赴くに従い、ますます秀吉に気に入られ、ついには羽柴家から招聘《しょうへい》したい旨を申し入れられた。

直家は、それを受け入れた。

織田家の一客将となって働くようになった宇喜多家に、弥九郎ほどの政治眼を発揮できる場所は、もはや存在しない。ならば、これよりさらに立身するであろう秀吉の許《もと》で思う存分に力量を発揮したほうが、本人の先々にもはるかに良い。

「そちのためである」

直家は、枕元に平伏する弥九郎に、優しく告げた。

「もはや宇喜多家のことは忘れ、羽柴殿のために働け」

弥九郎はしばし沈黙していたが、やがて激しく落涙した。

「ここまで我が身を気遣っていただき、この弥九郎、御恩は一生忘れませぬ」

なお、この時の弥九郎の言葉に嘘はなかった。

弥九郎は後日、小西行長《ゆきなが》と名乗るようになり、これより八年後、様々なその身の変転を経て、肥後・宇土《うと》二十四万石の太守となった。そして二十年後の関ヶ原の戦いでは、秀家が当主の宇喜多家と、武門の命運を共にした。

また冬が来た。天正七（一五七九）年から天正八年にかけての冬だ。

しかし、お福の甲斐甲斐《かいがい》しい看病もあって、またしても直家は辛うじて生き延びた。越冬した。

そして春が近づくにつれ、ふたたび小康状態を取り戻したが、もはや二度と床から起き上がる体力は残っていなかった。

六月になり、羽柴軍が因幡の鳥取《とっとり》城を囲んだ。そして直家の病状が再び悪化し始めた十月下旬、城代である毛利家の重臣、吉川経家《きっかわつねいえ》が自決し、鳥取城は落ちた。これにて畿内からの中国筋で生き残っている武門は、僅かに毛利家と宇喜多家のみになった。

天正九（一五八一）年の初春、ついに直家の命は尽きようとしていた。

霞《かす》んでいく視界の中には、常に自分の顔を覗《のぞ》き込むお福の姿があった。

お福が何かを言った。直家にはよく聞き取れなかった。再度お福が口を開いた。

「お痛みは、まだありまするか」

直家は無理に笑みを浮かべ、首を振った。

「いや……もはや、なにも感じぬようだ」

すると、お福も微笑んだ。

ふと思い、直家は言った。

「お福よ、わしはこうして布団の中で、ぬくぬくと死んでいく」

「はい？」

「しかも、好きな女子《おなご》に看取《みと》られてだ」

「……」

「若き頃には、戦場で死ぬるものだと思っていた。ろくでもない死に方だ」

お福が再び何かを言ったようだ。だが、それはもはや直家の耳には届かなかった。

それでも言葉を続けた。

「このように良き末期を迎えられるとは、夢にも思っていなかった。お福よ、感謝している」

そこまでを途切れ途切れに、ようやく言い終えた。

不意に額に、冷たいものを感じた。

冷え切っていたお福の手のひらが置かれたのだと悟った。

気分がいい。とても、心地好《よ》く感じる。

ゆっくりと意識が混濁していく。この浮世から離れていく。

何故か、最後に思い出されたのは、吉井川の風景であった。

まだ日の高い穏やかな岸辺に、小さな川舟が二艘《そう》、寄り添っている。女郎舟だ。若い女が二人、いかにも手持ち無沙汰《ぶさた》な様子で船べりに座り、素足をぶらぶらと川面《かわも》の上で泳がせている。

確か、昔の知り合いだったはず……直家は、その二人の名を思い出そうとした。

しかし、その前に意識が途絶えた。

享年五十三。

その翌年、信長が本能寺にて横死した。

＊　＊

直家《おっと》の死から十九年後、関ヶ原の戦いで宇喜多家は滅んだ。

その旧領を貰《もら》った西軍の裏切り者——小早川秀秋《ひであき》は、自らの治世のために、それまでの宇喜多家の史書や資料をすべて岡山城の外堀に放り込み、さらに大量の土砂で埋めた。一切の記録を抹殺した。その上で備前の民に対して、亡夫《ぼうふ》——宇喜多直家がいかに悪逆非道だったかを物語として面白おかしく創作し、広めた。最後の最後に恨みを買った毛利家からも、同様だった。

なお、大坂の陣の前年——慶長十八（一六一三）年まで、お福は存命していた。備前を追われた後、京洛《きょうらく》の小宅で下女一人、ほとんど誰にもその存在を知られぬまま、ひっそりと暮らし続けていた。

お福は、時に思う。

歴史は、常に生き残った勝者の都合によって捏造《ねつぞう》され、喧伝《けんでん》される。滅んだ系譜——敗者は、その歴史の中で沈黙するのみである。

けれど、私だけは今も、あの男の本当の姿を知っている。その息遣いを、その内気な優しい眼差《まなざ》しを知っている。

それだけで、充分だ。

桃寿丸は二十二歳で夭折《ようせつ》してしまったが、幸いにも八郎——秀家《ひでいえ》は、流された八丈島《はちじょうじま》で貧苦に喘《あえ》ぎつつも、島民たちに愛され、助けられて今も元気に生きているようだ。人の和の中で生きていてくれさえすれば、それでいい。

さて。

もはや思い残すことはない。

そろそろ私も、夫の待つ彼岸——涅槃《ねはん》へと旅発《たびだ》つ。

（了）

解説

大森《おおもり》雅夫《まさお》（岡山市長）

垣根涼介《かきねりょうすけ》さんが、関係資料を読みこなし、類いまれな筆力、構想力とまっすぐな感性で備前《びぜん》岡山で生まれ育った英傑・宇喜多直家《うきたなおいえ》をこの『涅槃《ねはん》』で、歴史からよみがえらせている。同時に、彼は東の織田《おだ》、西の毛利《もうり》という超大国と渡り合った直家の胆力、人間力を記述することによって、現代の日本人にも必要とされるものを提起している。

直家は、よく戦国時代の三大梟雄《きょうゆう》（残忍で強く荒々しい人物）の一人と言われているが、単なる悪人がゼロからスタートし、五十万石の領土を獲得し、岡山という都市の礎を築けるものなのか疑問に思っていた。私は、市長になってからこの疑問に解を求めるべく、直家関係の歴史小説、関係資料を読み、歴史家の人たちと話し合ってきた。そして、私の中に直家像が固まりかけたところに、垣根さんの『涅槃』に出会った。読んだとたん、「これだ!!」と思った。真の直家の足跡にいざなっていただいたような気がした。

垣根さんは、長崎出身であり、岡山とも宇喜多家とも関係がない。このような垣根さんが直家にほれこんだ。ありがたいと思った。なお、垣根さんは『光秀の定理』『室町無頼』『信長の原理』といった斬新《ざんしん》な歴史小説を書かれてきたが、本書『涅槃』のあとに足利尊氏を描いた『極楽征夷大将軍』で直木賞を受賞された。

それでは、ここからはお互いの共通する直家の評価についてまずは語ってみたい。

1　合理性、リアリズム

直家は、砥石城《といしじょう》（岡山県瀬戸内市《せとうちし》）に生まれ、幼少のころまで生活していたが、城主である祖父が討たれ、城から脱出した。そして、商人の家、尼寺で育つという、いわばゼロからのスタートだった。したがって少ない戦力で相手に勝つためには知恵をしぼるしかない。「戦わずして勝つ」この孫子《そんし》の兵法を第一とせざるを得なかった。正念場の明禅寺《みょうぜんじ》合戦を除けば、多くの家臣を死なせることなく領土を拡大している。

例えば、毛利氏と結び備中《びっちゅう》をほぼ手中に収めた三村家親《みむらいえちか》が備前・美作《みまさか》国境に進出してきたため、彼を暗殺しようと、スナイパー遠藤《えんどう》兄弟を送り込んだ。この成功の鍵《かぎ》は、スナイパーを送るという発想の斬新さとともに、情報の的確性である。その他の事例も多々あるが、ここでは省略する。

ただ、何と言っても直家の真骨頂は、織田、毛利との渡り合いにある。将来を見据え、しがらみを捨て合理性を追求していったのであろうが、なかなかできることではない。

2　経済力の重視

備前福岡で商売をする阿部善定《あべぜんじょう》に育てられたこともあって経済を大切にするという気持ちが育っていったのだろう。浦上《うらがみ》氏に仕えて、最初に自ら望んで得た城が吉井川《よしいがわ》河口にある乙子城《おとごじょう》。商品の流通を水運に頼っている商家からみれば、直家の海賊退治は嬉《うれ》しかったに違いない。直家からみれば、通行料の獲得につながり、いざ合戦の際、町からの矢銭につながっていく。

ただ、吉井川の上流には、天神山城《てんじんやまじょう》があり、そこには浦上宗景《むねかげ》がいる。彼から通行料などもピンハネされている可能性が高く、これが直家を西に向かわせ、旭川《あさひがわ》という大きな河川を有する岡山の地を得ようとした理由の一つとなっているのではないか。(もちろん備中を手に入れようという領土的野心が中心だっただろうが)

商品の流通といっても、その当時の武将は、鉄砲など武器の入手がなにより重要である。鉄砲、火薬、弾の原材料の一部は、南蛮貿易なくしては手に入らない。直家たちは堺《さかい》商人などを通じて、その武器を得ていたのであろうが、当然価格は高くなる。直家は、直接南蛮との貿易をしたかったに違いない。武器商人でもある阿部善定を呼び寄せ、岡山城の近くの旭川の中洲《なかす》の土地を提供しているのもその表れではないか。

また、直家の親族、家臣団にキリシタン信徒が多いのも、南蛮貿易をしやすくしようとの考えが見てとれる。

3 親族、家臣団を大切にする

裏切りが当たり前の時代に、直家の親族、家臣などに離反は見受けられない。勝ち取った城に親族、直臣などを配置しているが、彼らも当然毛利などからの調略はあっただろうに全く表にでていない。乙子城主時代、直家は十代後半の食べ盛りのときに、一日何も食べないいわゆる失食の日を設けるとか、宇喜多が羽柴《はしば》軍の友軍になることが決まったときも毛利に人質に出していた重臣の戸川秀安《とがわひでやす》の次男を取り戻すために、毛利家の外交僧安国寺恵瓊《あんこくじえけい》を生け捕りにし、交換したとかのエピソードが、彼の家臣たちに対する優しさを示している。

なお、宇喜多が一体として終始できたのは、直家の性格、信念によるものであることは間違いないが、妻であるお福《ふく》のおかげともいえるだろう。

垣根さんによると、お福との結婚は、お福が沼城《ぬまじょう》に来てから相当の時間を経てからのことで当時珍しい恋愛結婚に違いないとのこと。直家の合理性を重視しながらも優しい性格からみると、お福は三国一の美女といわれるだけでなく、しっかりして包容力があり、家内をまとめる能力があると認めたから結婚したのではないかと思える。

だからこそ、家臣団との関係だけでなく、自らの子の秀家《ひでいえ》と直家の異母弟たちとの仲もうまくいったのであろう。

なお、直家の死後、安国寺恵瓊が毛利の重臣に宛てた手紙の中で備前にある虎倉《こくら》城を毛利側に残すよう秀吉《ひでよし》側との折衝で無理をしてはならない旨述べている。お福が秀吉に直訴すれば、もっと不利な交渉になりかねないと心配しているのだ。

これは、お福が宇喜多家の領土問題にも関与できる地位にあったことを示しており、直家生存中は、お福が宇喜多家の諸々を直家とともにこなし、死後は女城主的な存在であったことを意味するのではなかろうか。

以上であるが、私がこのように直家の評価をまとめても全く面白くないが、垣根さんが描くストーリーは実に面白い。男女の機微の部分、特に直家がお福と出会い、心を通わせ、結婚するまでの流れはまるで見てきたかのようである。

なお、直家が今まで悪人の代名詞のように言われてきたのは、その息子の秀家が秀吉の五大老の一人になり、西軍の主力として戦い家康《いえやす》に敗れ、滅んだこと、そして江戸時代にできた君臣の絆《きずな》などを説く社会秩序の中で下剋上《げこくじょう》が否定されたことなどが大きな要因であろう。こうした状況が岡山の街の建国の父とも言える直家に対する事実を歪《ゆが》め、批判が重ねられてきたから前述の評価になったとしか思えない。

歴史は常に勝者の都合によって捏造《ねつぞう》され、喧伝《けんでん》される。敗者は彼岸にて沈黙するのみである。これは、垣根さんの言葉であるが、我々は真の直家像にせまり、葬られた歴史から彼を救い出す必要があるのではないか。

本書は、二〇二一年九月に朝日新聞出版より刊行された単行本を加筆修正のうえ、文庫化したものです。

地図作成／ＲＥＰＬＡＹ

涅《ね》槃《はん》　下

垣《かき》根《ね》涼《りよう》介《すけ》

令和6年 7月25日　初版発行

発行者●山下直久

発行●株式会社KADOKAWA
〒102-8177　東京都千代田区富士見2-13-3
電話　0570-002-301(ナビダイヤル)

角川文庫 24248

印刷所●株式会社暁印刷
製本所●本間製本株式会社

表紙画●和田三造

ISBN 978-4-04-114862-4　C0193

◇◇◇

角川文庫発刊に際して

角川源義

第二次世界大戦の敗北は、軍事力の敗北であった以上に、私たちの若い文化力の敗退であった。私たちの文化が戦争に対して如何に無力であり、単なるあだ花に過ぎなかったかを、私たちは身を以て体験し痛感した。西洋近代文化の摂取にとって、明治以後八十年の歳月は決して短かすぎたとは言えない。にもかかわらず、近代文化の伝統を確立し、自由な批判と柔軟な良識に富む文化層として自らを形成することに私たちは失敗して来た。そしてこれは、各層への文化の普及滲透を任務とする出版人の責任でもあった。

一九四五年以来、私たちは再び振出しに戻り、第一歩から踏み出すことを余儀なくされた。これは大きな不幸ではあるが、反面、これまでの混沌・未熟・歪曲の中にあった我が国の文化に秩序と確たる基礎を齎らすためには絶好の機会でもある。角川書店は、このような祖国の文化的危機にあたり、微力をも顧みず再建の礎石たるべき抱負と決意とをもって出発したが、ここに創立以来の念願を果すべく角川文庫を発刊する。これまで刊行されたあらゆる全集叢書文庫類の長所と短所とを検討し、古今東西の不朽の典籍を、良心的編集のもとに、廉価に、そして書架にふさわしい美本として、多くのひとびとに提供しようとする。しかし私たちは徒らに百科全書的な知識のジレッタントを作ることを目的とせず、あくまで祖国の文化に秩序と再建への道を示し、この文庫を角川書店の栄ある事業として、今後永久に継続発展せしめ、学芸と教養との殿堂として大成せんことを期したい。多くの読書子の愛情ある忠言と支持とによって、この希望と抱負とを完遂せしめられんことを願う。

一九四九年五月三日

角川文庫ベストセラー

光秀の定理　垣根涼介

牢人中の明智光秀が出会った兵法者の新九郎と、路上で博打を開く破戒僧・愚息。奇妙な交流が歴史を激動に導く。光秀はなぜ瞬く間に出世し、滅びたのか……「定理」が乱世の本質を炙り出す、新時代の歴史小説！

信長の原理（上）（下）　垣根涼介

信長は、幼少から満たされぬ怒りを抱え、世の通念に疑問を抱いていた。破竹の勢いで織田家の勢力を広げる信長はある日、どんなに兵団を鍛え上げても、能力を落とす者が必ず出るという〝原理〟に気づき――。

乾山晩愁　葉室麟

天才絵師の名をほしいままにした兄・尾形光琳が没して以来、尾形乾山は陶工としての限界に悩む。在りし日の兄を思い、晩年の「花籠図」に苦悩を昇華させるまでを描く歴史文学賞受賞の表題作など、珠玉5篇。

実朝の首　葉室麟

将軍・源実朝が鶴岡八幡宮で殺され、討った公暁も三浦義村に斬られた。実朝の首級を託された公暁の従者が一人逃れるが、消えた「首」奪還をめぐり、朝廷も巻き込んだ駆け引きが始まる。尼将軍・政子の深謀とは。

秋月記　葉室麟

筑前の小藩、秋月藩で、専横を極める家老への不満が高まっていた。間小四郎は仲間の藩士たちと共に糾弾に立ち上がり、その排除に成功する。が、その背後には本藩・福岡藩の策謀が。武士の矜持を描く時代長編。

角川文庫ベストセラー

神剣 人斬り彦斎

葉室　麟

下級武士に生まれた河上彦斎は、吉田松陰と出会い、志士として生きることを決意した。厳しい修行の果てに最強の剣技を手にした彦斎は、敵対する勢力に牙を剥く。〈人斬り彦斎〉の生涯を描いた歴史長篇。

天下布武（上）（下） 夢どの与一郎

安部龍太郎

信長軍団の若武者・長岡与一郎は、万見仙千代、荒木新八郎ら仲間に支えられ明智光秀の娘・玉を娶る。大航海時代、イエズス会は信長に何を迫ったのか？　信長の夢に隠された真実を新視点で描く衝撃の歴史長編。

密室大坂城

安部龍太郎

大坂の陣。二十万の徳川軍に包囲された大坂城を守るのは秀吉の一粒種の秀頼。そこに母・淀殿がかつて犯した不貞を記した証拠が投げ込まれた。陥落寸前の城を舞台に母と子の過酷な運命を描く。傑作歴史小説！

佐和山炎上

安部龍太郎

佐和山城で石田三成の三男・八郎に講義をしていた八十島庄次郎は、三成が関ヶ原で敗れたことを知る。徳川方に城が攻め込まれるのも時間の問題。はたして庄次郎の取った行動とは……。（『忠直卿御座船』改題）

燕雀の夢

天野純希

戦国時代を戦い抜いた英傑たちと、その父の姿を、圧倒的な筆致で描く歴史小説。織田信秀、木下弥右衛門、松平広忠、武田信虎、伊達輝宗、長尾為景、歴史に埋もれてしまった真の父子の姿が明かされる。